## Kapitel eins

Mit einem Blick durch das Fenster in der hoch gelegenen vier Zimmer Wohnung erschien der beginnende Herbsttag völlig durchschnittlich. Am Himmel waren nur weiß graue Wolken erkennbar und der Beginn eines Sturmes war schon fühlbar. Jamie war ein eher unscheinbares Mädchen. Sie hatte langes blondes Haar und strahlend blaue Augen. Mit ihren mittlerweile 20 Jahren stand sie in ihrem Leben an einem Scheidepunkt. Die Schulzeit hatte sie hinter sich gelassen und musste nun einige wichtige Entscheidungen für ihre Zukunft treffen. Was sollte sie mit ihrem Leben anfangen? Und wie wird sie diese Entscheidungs- und Selbstfindungsphase überstehen? Ein dutzend Fragen schossen Jamie an diesem Morgen durch den Kopf und sie hoffte all diese Fragen mit einem einzigen Blick durch das große schmale Fenster in ihrem kleinen Zimmer klären zu können. Die zwei großen Eichen vor ihrem Fenster, die durch den Herbst schon fast alle ihre Blätter verloren hatten, begannen sich durch den sich langsam bildenden Sturm und immer stärker werdenden Wind zu biegen. Der Regen kündigte sich durch die immer dunkler werdenden Wolken an, blieb jedoch fern. Jamie war an diesem Morgen alleine Zuhause. Ihre Eltern waren beide selbstständig und leiteten zusammen eine kleine Cupcake Bäckerei. Ihre Mutter Susanne verwaltete das Geschäftliche und war für das planen und organisieren des alltäglichen Geschäfts verantwortlich. Ihr Vater Michael machte sich das Herz der kleinen Bäckerei zu Eigen. Er verwirklichte sich mit der Eröffnung des Cupcake Ladens einen lang ersehnten Traum. Er

1

machte sein Hobby zu seinem Beruf und backte die besten Cupcakes in den verschiedensten Variationen. Jamie hatte auch einen kleinen Bruder, Ben, der an diesem Morgen beim Fußballtraining war. Ben war ein achtjähriger kleiner Junge, der nur Fußball im Kopf hatte und an sonst nichts anderes dachte. Er lebt unbeschwert in den Tag hinein und das war eine Eigenschaft die seine große Schwester nur umso mehr beneidete, denn Jamies Leben war keineswegs unbeschwert. Jamie sah ihre Zukunft fernab des Familienbetriebs. Sie wollte ihr Leben selbst gestalten und auf niemanden angewiesen sein. Nur stand sie immer wieder vor dem gleichen Problem: Was soll ich nur machen? Jamie hatte nach ihrem Schulabschluss noch keine Perspektiven und lebte planlos in den Tag hinein. An diesem Morgen beschloss sie nicht Zuhause zu bleiben und über sich selbst nachzudenken. Sie machte sich fertig, zog ihre Biker Boots und ihre Lederjacke an und machte sich auf den Weg um mit ihrem Motorrad, trotz des aufziehenden Sturmes, frei und ohne Ziel durch die Gegend zu fahren.

Nach fünfzehn Minuten ziellosem Herumfahrens, erreichte sie eine Landstraße, wo nichts außer weiten Feldern zu sehen war und einem einsamen Falken, der über sie hinweg flog. Sie schaltete ihr Motorrad, auf einem kleinen Weg direkt neben der Straße aus. Beim Absteigen nahm sie ihren schwarzen Helm ab und ihre blonden langen Haare flogen, durch den starken Wind, in ihr Gesicht. Sie drehte sich um damit die Haare fernab ihres Gesichtes blieben. Sie schloss ihre Augen und atmete tief ein. Sie konnte spüren wie der Sturm stärker wurde. Ihre Augen waren immer noch geschlossen, dennoch nahm sie die entstehenden Blitze war. Es begann ein leichter Regen und Donner war aus der Ferne zu hören. Jamie allerdings wich nicht zurück und schien den kalten Regen und das Gewitter zu genießen. Sie stand einfach da während der Regen immer stärker wurde. Alles um sie herum ergab sich dem Sturm. Jamie öffnete ihre Augen und ihr Blick strahlte etwas ängstliches, dennoch starkes aus. Und plötzlich ohne erkennbaren Grund fiel Jamie zu Boden.

Nachdem Jamie wieder zu sich gekommen war war der Regen noch stärker geworden und der Donner und die Blitze schienen sich genau über ihr eingefunden zu haben. Sie lag klitschnass auf dem Feldweg neben ihrem Motorrad und spürte ein Kribbeln in ihren beiden Händen und ein Stechen in ihrer Brust. Sie stand auf und stützte sich währenddessen an ihrem nassen Motorrad ab. Sie löste ihre Hände von ihrem Motorrad und richtete sich auf. Ihre Gedanken überschlugen sich gerade zu. Was war mit ihr passiert? Wie lange hat sie wohl schon dort gelegen? Sie lehnte sich gegen ihr Motorrad, atmete tief durch und hoffte so das Stechen in ihrer Brust weg atmen zu können, aber es blieb. Sie betrachtete ihre Hände und ballte diese zu Fäusten. Sie beschloss noch eine Weile in dieser Position zu verharren und ihre Gedanken zu ordnen. Der Sturm ließ nach und die dunkle Wolkendeck begann aufzubrechen. Jamie redete sich ein nur eine einfache Grippe auszubrüten und versuchte sich wieder etwas zu entspannen. Sie dehnte sich als ob sie gleich beginnen würde einfach zu laufen, doch nun nahm sie ihren Motorradhelm in die rechte Hand und betrachtete ihn. Eine Frage schoss ihr durch den Kopf. " *Kann ich jetzt wieder fahren?*". Sie überlegte noch eine Minute und setzte schließlich ihren Helm auf und stieg auf das Motorrad. Sie startete die Maschine, löste den Ständer und suchte die Straße in beide Richtungen nach Autos ab. Es war weit und breit kein Mensch oder Auto zu sehen. Sie war alleine, ganz alleine. Sie fuhr los, diesmal aber mit einem Ziel, sie machte sich auf den Weg zu Jake, ihrem besten Freund. Er war fünfundzwanzig Jahre alt, ungefähr ein Meter achtzig groß und hatte kurze schwarze Haare. Zudem war er auch noch sehr muskulös. Kennengelernt hatten sich Jamie und Jake im Krankenhaus drei Monate zuvor. Jamie war von einem alkoholisierten Autofahrer angefahren worden und musste deswegen an ihrem linken Unterschenkel operiert werden. Nach ihrer Operation kam sie auf dasselbe Zimmer wie Jake, der wegen einer Schussverletzung an seinem Oberarm im Krankenhaus lag. Den Grund für seine Schussverletzung verschwieg Jake ihr bis heute, aber das war kein Hindernis für die Entstehung einer guten Freundschaft. Zusammen verbrachten sie eine Woche im Krankenhaus und munterten sich gegenseitig auf und auch nach ihren Entlassungen blieben sie in Kontakt und wollten ihre neu gewonnene Freundschaft nicht verlieren. Sie versprachen sich in Kontakt zu bleiben und sich so oft wie möglich zusehen, natürlich war dieses Versprechen nicht immer einzuhalten, denn Jake arbeitete beim Militär. Jamie wusste allerdings auch nicht was er dort genau tat. Alles rund um seinen Beruf war ein großes Geheimnis, aber das störte Jamie nicht. Zwar dachte sie immer mal wieder darüber nach, aber sie fragte ihn nicht mehr. Die Freundschaft war ihr sehr wichtig, denn abgesehen von Jake hatte sie nicht viele Freunde und auch wenn sich die beiden erst drei Monate kannten, wurde Jake einer ihrer liebsten Menschen in ihrem Leben.

Die Fahrt dauerte zwanzig Minuten und als Jamie endlich bei Jake ankam hatte sich der Sturm schon völlig verzogen. Es war mittlerweile Mittag und sie wusste, dass ihre Mutter und ihr kleiner Bruder gleich Zuhause eintreffen würden. Auch wenn sie ihre Familie liebte genoss sie die Zeit, die sie ohne sie verbrachte. Sie stellte ihr Motorrad an der Hausfassade ab und begab sich zur Eingangstür eines sechs Etagen hohen Gebäudes. Nachdem sie geklingelt hatte und das Gebäude betrat, stieg sie die Treppenstufen bis zur vierten Etage hoch wo Jake schon an seiner Wohnungstür wartete. " Du bist ja wohl bescheuert. " war das erste was sie hörte. Kein Hallo oder wie geht's dir? einfach nur dieser Satz. " Nett" sagte Jamie als sie vor ihm stand. " Ich freu mich auch dich zu sehen." Jake sah sie mit einem leichten Grinsen an und sagte, " Tut mir ja leid, aber du bist echt der einzige Mensch den ich kenne, der bei einem Sturm auf die Idee kommt Motorrad zu fahren." Er bat sie mit einer Handgeste in seine Wohnung und leitete sie zu seiner Garderobe. Sie legte ihren Helm auf den Fußboden und zog ihre nasse Lederjacke aus, hing sie an den vor ihr stehenden Kleiderhaken und zog danach ihre Schuhe aus und platzierte diese neben ihrem Helm. Er nahm sie erst einmal in den Arm und dann setzten sich beide auf das graue Sofa, das an der gegenüberliegenden Wand von der Eingangstür stand. " Ich hoffe ich komme nicht ungelegen." sagte sie nachdem sie sich hingesetzt hatten. " Nein du kommst nicht ungelegen, Alex ist arbeiten und ich wollte heute einfach mal faullenzen. Aber wir waren doch für morgen verabredet, ich habe schon das Bier für das Fußballspiel kaltgestellt" sagte er mit einem breiten Lächeln. " Ich weiß, nur hatte ich beim Fahren auf einmal so ein Gefühl, dass gleich irgendwas passiert. Ich weiß auch nicht es war irgendwie komisch". Das breite Lächeln verschwand aus Jakes Gesicht und er wurde ernst. " Was ist passiert? Du hast nicht einfach ein Gefühl und kommst dann her. Irgendwas hast du gemacht und du sagst mir jetzt bitte was!" sagte er in einem ernsten Tonfall. " Okay, schon gut. Ich war Zuhause und hab mal wieder über meine Zukunft und alles in meinem Leben nachgedacht. Das wurde mir einfach etwas zu viel und ich wollte nicht alleine sein." Er nahm sie noch einmal in den Arm und sie verblieben einige Minuten in dieser Position. " Ich bin immer für dich da, dass weißt du oder?" sagte er und ließ sie in der gleichen Sekunde los. Sie nickte bloß und daraufhin ging er in die Küche um ihnen etwas zu trinken zu besorgen. Jamie wusste nicht wieso, aber als sie ihn ansah als er sie fragte was los sei, konnte sie ihm nichts davon sagen, dass sie bewusstlos am Straßenrand lag. Denn sie konnte es sich nun mal selbst nicht erklären und wollte ihn auch nicht beunruhigen. Jake kam mit zwei Dosen gekühlter Cola light zurück und reichte ihr eine während er sich wieder zu ihr setzte. "Wie läuft es bei euch denn so?" fragte sie in der Hoffnung so das Thema zu wechseln. " Super, Alex und ich wollen heute Abend endlich mal klären wie wir das Arbeitszimmer renovieren. Die

Farbwahl ist immer noch ein Streitpunkt zwischen uns, aber du weißt, ich bekomm immer das was ich will." sagte er mit einem Lachen in seiner Stimme und einem breiten Grinsen in seinem Gesicht. Alex war der Freund von Jake und die beiden waren vor zwei Wochen zusammengezogen. Seit knapp zwei Jahren waren die beiden mittlerweile ein Liebespaar, was bei seinen Eltern anfänglich auf Ablehnung traf. Jakes Eltern waren zwei sehr konservative Menschen und schätzten Traditionen. Sie taten sich schwer damit die Homosexualität ihres Sohnes zu akzeptieren. Aber sie lernten damit zu leben, denn sie liebten ihren Sohn und wollten nur dass er glücklich war. " Naja du bekommst nicht immer deinen Willen. Wenn wir beide uns bei etwas nicht entscheiden können, zum Beispiel welche Fernsehserie wir uns ansehen sollen, wer setzt sich dabei immer durch? Du oder Ich?" fragte sie ihn mit einem höhnischen Lachen in ihrer Stimme. " Süße eins muss ich dir jetzt mal sagen, du bekommst nur immer deinen Willen, weil du den größten Dickschädel hast den ich kenne und damit will ich mich einfach nicht anlegen." entgegnete er ihr und beide begannen lauthals zu lachen. Nachdem sie sich wieder beruhigt hatten griff Jake nach der Fernbedienung, die sich auf dem Wohnzimmertisch vor ihnen befand und fragte sie lachend was sie sich ansehen wollen. Er schaltete den Fernseher ein und sie begannen zu diskutieren ob sie sich nun eine Soap oder eine Krimiserie ansehen sollten. Schließlich behielt Jake Recht und Jamie setzte ihren Dickschädel durch. Sie machten es sich auf dem Sofa gemütlich, kuschelten sich unter einer roten Decke aneinander und sahen sich die Krimiserie an.

Jamie und Jake verbrachten den gesamten Nachmittag damit zusammen fernzusehen und zu überlegen was sie beim morgigen Fußballspiel essen wollen. Mittlerweile war es 18 Uhr und Alex kam von seiner Arbeit als Elektriker nach Hause. " Oh, Wir haben Besuch. Na vielleicht fällt die Diskussion dann heute einmal aus" sagte Alex mit einem leichten Lachen, während er die Eingangstür schloss und seine Jacke an die Garderobe hing und seine Schuhe auszog. Er ging zu ihnen und setzte sich in den Sessel, der sich rechts neben dem Sofa befand. Jake und Jamie tauschten einen kurzen Blick aus, denn sie wussten beide das Jake, wenn er etwas wollte nicht einfach nachgab nur weil jemand zu Besuch war. "Na das glaubst aber auch nur du." sagte Jake und strahlte dabei Selbstsicherheit aus. Alex begann zu lachen und sagte nur " Schon gut, das war nur ein Witz, guckt doch nicht so verdutzt. Ich weiß ganz genau, dass ich bei so etwas schlechte Karten habe." Jamie beschloss die beiden nun alleine zu lassen und nach Hause zu fahren. Sie zog ihre Schuhe und ihre Jacken an und nahm ihren Helm in die linke Hand. Jake kam zu ihr und umarmte sie ein letztes Mal und öffnete ihr die Tür. Bevor er die Tür schloss sagte er ihr noch " Bis morgen Schatz" und Sie warf ihm mit einem Lächeln im Gesicht einen Handkuss zu. Er schloss die Tür und sie ging die Treppen hinunter. Als sie das Gebäude verließ war ihr Motorrad immer noch nass, aber der Himmel war mittlerweile klar und man konnte die ersten Sterne sehen. Jamie zog ihren Helm auf und stieg auf Ihr Motorrad. Sie startete den Motor und fuhr nach Hause. Die Straßen waren noch gefüllt mit Autos, der Berufsverkehr war nur leicht im Begriff sich etwas aufzulösen. Jamie schlängelte sich mit ihrem Motorrad zwischen den Autos hindurch um schneller nach Hause zu gelangen. Eine halbe Stunde später stand sie vor dem Garagentor, dass an ihr Wohnhaus angrenzte angekommen. Sie stellte ihr Motorrad aus und stieg ab um in Richtung des Garagentors zu gehen um dieses zu öffnen. Nachdem sie es geöffnet hatte ging sie zurück zu ihrem Motorrad und schob es in die Garage. Sie legte den Helm auf ihr Motorrad und schloss das Garagentor. Dann hielt sie einen Moment lang inne.

Nicht lange nur einen kleinen Moment und sie rief sich wieder ins Gedächtnis was heute Vormittag mit ihr auf diesem Weg nahe der Landstraße passiert war. Das Kribbeln in den Fingern war verschwunden und auch von dem Stechen in ihrer Brust merkte sich nichts mehr. "

*Dann kann es ja wohl doch nichts Schlimmes gewesen sein* " dachte sie und begab sich zur Eingangstür ihres Wohnhauses und ging zu den Treppen, die zu der drei Etagen entfernten Wohnung führten. Sie schloss die Wohnungstür auf und im selben Moment lief ihr ihr kleiner Bruder Ben entgegen. " Ich habe heute zwei Tore geschossen und der Trainer hat gesagt ich darf beim kommenden Spiel in die Startaufstellung." sagte er während er auf und ab hüpfte, mit einer merklich unerschütterbaren Aufregung in seiner Stimme. " Das ist ja klasse, du wirst noch ein richtiger Profi" sagte sie mit einem Lächeln während sie noch im Begriff war die Tür zu schließen. Susanne, Jamies Mutter, begab sich zu ihren beiden Kindern, die immer noch an der Eingangstür standen. " Wie ich sehe hat dir dein kleiner Bruder schon die aufregenden Neuigkeiten erzählt. Wir sind ja so stolz auf ihn." sagte Susanne und nahm ihren Sohn seitlich in den rechten Arm und schickte ihn dann in die Küche wo bereits ein leckeres Schokoladeneis mit Sahne auf ihn wartete. Susanne und Jamie blieben alleine zurück und Susanne setzte einen ernsteren Blick auf. " Wo warst du bitte solange und ich hoffe du warst bei diesem Wetter nicht mit diesem dämlichen Motorrad unterwegs. Du weißt, wenn es nach mir gegangen wäre hättest du es gar nicht erst bekommen." Ihre Mutter war kein großer Fan von allem was einen Motor hatte, aber sonst keinerlei Schutz wie ein normales Auto es bot, wie zum Beispiel Airbags." Ich war bei Jake und ja ich bin mit meinem Motorrad dorthin gefahren. Ich versteh nicht was daran so falsch sein soll. Es ist doch immerhin noch meine Sache was ich mache und mit was ich fahre oder?" entgegnete sie ihrer Mutter mit einem lauteren und ernsten Tonfall. " Rede nicht so mit mir ich bin immerhin noch deine Mutter und wenn du dich weiterhin so verhältst nehme ich die die Schlüssel einfach wieder weg. Und ich wette, dass dein Vater mir recht geben wird, wenn er von der Arbeit zurück ist." Jamie sah ihre Mutter nur noch mit einem verständnislosen Blick an und verschwand wortlos in ihrem Zimmer. Sie knallte ihre Tür hinter sich zu und schmiss ihre Jacke und ihre Schuhe in die Ecke neben der Tür. Dann warf sie sich auf ihr Bett, das sich an der gegenüberliegenden Wand befand. Den restlichen Abend verbrachte sie alleine in ihrem Zimmer und ließ niemanden an sich heran. Jegliche Versuche die ihre Eltern oder ihr Bruder unternahmen um mit ihr zu sprechen blockte sie wortkarg ab. Sie hatte kein Licht an und auch ihr Fernseher war aus. Sie lag einfach auf ihrem Bett ohne sich zu bewegen. Sie dachte an nichts und wollte einfach nur für sich sein, doch dann merkte sie etwas und die Ruhe um sie herum löste sich. Das Kribbeln in ihren Fingern und das Stechen in ihrer Brust waren zurück und dieses Mal noch ein wenig intensiver. Sie versuchte es zu ignorieren und versteckte sich unter ihrer Bettdecke. Doch der Schmerz verschwand nicht. Ihr Gesicht verzog sich schmerzvoll und sie krümmte sich unter ihrer Bettdecke nur noch zusammen. In dieser Position verharrte sie einige Zeit bis sie schließlich über den ganzen Schmerz, der immer schlimmer zu werden schien, das Bewusstsein verlor.

Als sie wieder zu sich kam und auf ihre Uhr schaute, die sich über ihrer Zimmertür befand, war sie verunsichert, denn die Uhr zeigte, dass es bereits vier Uhr war. Die vergangenen Stunden waren wie aus ihrem Leben verschwunden. " Was zur Hölle ist nur los mit mir?" Sie schob ihre Bettdecke auf Seite und betrachtete ihre Hände. Das Kribbeln hatte aufgehört und auch das Stechen in ihrer Brust war wieder weg. Sie setzte sich wieder auf und lehnte sich an die Wand an der sich ihr Bett befand. Ihr lief ein eiskalter Schauer über den Rücken und sie nahm sich schnell wieder ihre Decke und kuschelte sich darin ein. An Schlaf konnte sie jetzt nicht einmal denken. Gedanklich befand sie sich wieder auf dem Weg an der Landstraße und dachte an den letzten Moment an den sie sich erinnern konnte bevor sie das Bewusstsein verloren hatte. Aber ihr fiel nichts Ungewöhnliches auf. Ihr ging es an diesem Morgen körperlich gut und es gab keinerlei Anzeichen für ein Unwohlsein. Und auch als sie wieder Zuhause war, kam der stechende Schmerz und das Kribbeln in ihren Fingern ohne irgendeine Vorwarnung. Sie zerbrach sich den Kopf, aber sie konnte keinen klaren Gedanken mehr fassen. Samt Bettdecke begab sie sich Richtung Balkontür. Sie öffnete diese und trat auf den Balkon hinaus. Sie ging bis zum Geländer vor, berührte es aber nicht. Ihr Blick wanderte zu dem sternenklaren Himmel hinauf und dann schloss sie ihre Augen. Sie atmete ein paar Mal tief ein und wieder aus und als sie ihre Augen wieder öffnete, dachte sie daran Jake anzurufen und ihm alles zu erzählen. Doch diesen Gedanken verdrängte sie schnell wieder. Sie wollte ihm keine unnützen Sorgen bereiten, wenn sie schon selber nicht wusste was mit ihr geschah. Und außerdem kam ihr die Uhrzeit wieder und den Sinn und sie wollte ihn nicht stören, wenn er schlief. Sie ging zurück in ihr Zimmer, ließ jedoch die Balkontür geöffnet. Sie legte sich in ihr Bett und versuchte sich auf den anstehenden Tag zu fixieren um nicht mehr über sich selbst nachdenken zu müssen. Schließlich, ungefähr eine halbe Stunde später schlief sie endlich ein.

Durch ein gepolter in der Küche wurde sie wieder geweckt und sie ging diesem Geräusch nach. In der Küche stand ihr Vater, der eine Schüssel aus Edelstahl hatte fallen lassen. " Guten Morgen mein Schatz. Habe ich dich geweckt? Tut mir leid aber ich bin schon etwas spät dran und in der Eile lass ich doch immer alles fallen" sagte er mit einem sanften Lächeln. " Schon gut." war das einzige was sie sagte. Sie ging zum Kühlschrank und nahm sich die Karaffe mit Orangensaft heraus. Dann ging sie zum danebenstehenden Schrank und nahm sich einen großen roten Becher und goss sich den Orangensaft ein. Sie stellte die Karaffe zurück in den Kühlschrank und wollte wieder in ihr Zimmer gehen, doch bevor sie die Küche verlassen konnte sprach ihr Vater mit einer besorgten Stimme " Ist alles okay bei dir? Wir konnten gestern Abend ja nicht mehr mit einander sprechen. Du brauchst dir keine Sorgen machen, dass wir dir dein Motorrad wegnehmen. Es ist deins und das wird es auch bleiben." Jamie sah ihn an, aber ihr war nicht nach reden zumute. "Nein das ist es nicht ... ich ..." mitten im Satz brach sie ab. Sie überlegte ob sie ihrem Vater erzählen sollte was gestern mit ihr passiert war, aber als sie in sein sorgenvolles Gesicht sah, beschloss sie es nicht zu tun. " Es ist alles okay, ich habe nur nicht so gut geschlafen das ist alles". Sie schenkte ihm zum Abschluss ein kleines Lächeln und ging mit ihrem Orangensaft in ihr Zimmer. Er rief ihr noch hinterher " Ich bin da, wenn was sein sollte, das weißt du." Wortlos schloss sie ihre Zimmertür hinter sich und lehnte sich mit dem Rücken gegen die geschlossene Tür. " *Ich kann es ihm nicht sagen. Er hat genug zu tun, da braucht er nicht auch noch über meine Probleme nachdenken zu müssen*", dachte sie und nahm einen großen Schluck Orangensaft. " Vielleicht fehlen mir einfach ein paar Vitamine und den Sport habe ich in letzter Zeit auch etwas vernachlässigt" sagte sie und stellt den Orangensaft auf ihren Schreibtisch. Sie ging zu ihrem Kleiderschrank und zog sich ihre Sportsachen und ihre Laufschuhe an. Sie nahm ihr Handy und die Kopfhörer und ging Richtung Eingangstür und rief ihrem Vater noch zu " Ich geh etwas laufen. Ich melde mich später bei dir". Sie sprang die Treppen buchstäblich hinunter und lief schließlich in den nahegelegenen Park, der nur wenige Meter von ihrem Wohnhaus entfernt war. Sie machte die Musik von ihrem Handy so laut wie es nur ging und lief einfach zwischen den Bäumen und den Personen mit Hunden hindurch. Sie brachte ihren Puls so zum pulsieren das sie nicht einmal ihre eigenen Gedanken wahrnehmen konnte. Und das war ihr Ziel, einfach alles um sich herum ausblenden und an nichts denken müssen. Sie nahm nur den Wind, der ihr Gesicht streifte und die Musik wahr, die sie trotz ihres schnellen Pulsschlages noch hören konnte. Sie lief eine Dreiviertelstunde einfach nur herum und konzentrierte sich dabei auf ihren Pulsschlag und die Musik. In dieser Zeit musste sie mal ausnahmsweise nicht an sich selbst und ihre Probleme denken und auch die kürzlich geschehenen schmerzlichen Ereignisse waren für diese Zeit wie aus ihrem Kopf verschwunden. Das brauchte sie dringend. Eine Zeit in der die Welt stehen blieb und sie einfach sie selbst sein konnte ohne irgendwelche Entscheidungen treffen oder über ihre Zukunft nachdenken zu müssen. Also das was im Moment noch in der Ferne zu liegen schien.

Wieder Zuhause angekommen war es acht Uhr. Da es noch so früh war beschloss Jamie nicht einfach duschen zu gehen, sondern sich ein Schaumbad zu gönnen. Sie ging ins Badezimmer und drehte das Wasser auf. Nicht zu kalt, aber auch nicht zu warm. Sie entschied sich für ein nach Rosen duftendes Schaumbad und goss es ins aufsteigende Wasser, sodass sich Schaumbläschen zu entwickeln begannen. Ihre Laufschuhe stellte sie zurück in ihren

Kleiderschrank und die durchschwitzten Sportsachen warf sie in den daneben befindlichen Wäschekorb. Sie war alleine Zuhause. Ihre Eltern waren beide wieder arbeiten und Ben war bereits in der Schule. Also ging Jamie, ohne groß darüber nachzudenken, splitter nackt durch die Wohnung in Richtung Badezimmer. Das Wasser war bereits soweit angestiegen das Jamie hineinsteigen konnte und somit fast vollständig mit den nach Rosen duftenden Schaumbläschen bedeckt war. Aber nur fast. Sie legt ihr rechtes Bein auf den Rand der Badewanne. In dieser Position verharrte sie bis sie das Gefühl hatte den Punkt erreicht zu haben an dem sie vollends entspannen konnte. Nun tauchte sie samt Bein und Kopf Unterwasser. Sie war unter der Schaummasse vollständig verdeckt. Sie hielt die Luft solange an bis sie ihren Puls wieder schlagen hören konnte und sie reizte diesen Zustand solange aus bis sie nicht mehr konnte. Sie kehrte schwungartig an die Oberfläche zurück, wisch sich die Schaumreste aus ihrem Gesicht und atmete wieder tief ein und aus. Sie öffnete die Augen und ließ sich zurück an den Badewannenrand sinken. Soweit bis die Wasseroberfläche und der Schaum ihre Oberlippe erreicht hatten und sie noch genug Platz hatte um zu atmen. Ihre Augen schlossen sich wieder und sie genoss die Stille um sie herum. Sie atmete den Duft der Rosen ein und verlor sich in einer Art Trancezustand. Das Gefühl für Zeit schien verloren. Sie nahm sich so, für einen Moment, selbst aus dem Weltgeschehen heraus. Sie ließ die Welt Welt sein und sie war nur ein unscheinbarer Gast, der nicht als ein Teil diese Welt galt. In diesem Moment, in der Badewanne entwich sie der Welt und all deren Probleme. Sie baute Distanz zu allem auf und genoss diese. Aber es war nur ein Moment, sie wusste genau, wenn sie diese Illusion in er sie sich während der Zeit in ihrem Rosenschaumbad befand, verlässt wird alles so sein wie es vorher war. Aber daran wollte sie jetzt nicht denken. Die Schaumbläschen waren nur noch minder lebendig. Mit dem erneuten Einlass von Wasser belebte sie die Schaumbläschen noch einmal bevor sie in die Realität zurückkehrte. Sie stieg schließlich aus dem Wasser und konnte noch einzelne Schaumbläschen auf ihrem Körper spüren, die sich langsam auflösten. Sie trocknete sich mit ihrem grünen Frotteehandtuch ab und zog sich ihren seidenen Bademantel an. Zurück in ihrem Zimmer, sah sie auf die Uhr und stellte fest das es nun neun Uhr war. So wie sie war legte sie sich auf ihr Bett. Eine Stunde lag sie einfach nur da und dachte an nichts. Sie hatte noch drei Stunden Zeit bis sie in der Bäckerei ihrer Eltern erscheinen musste, also beschloss sie noch etwas zu schlafen, denn die vergangene Nacht war nicht sehr erholsam für sie gewesen. Sie stellte sich den Wecker auf ihrem Handy auf 11:30 so hatte sie noch eine Stunde bevor sie losmusste.

Jamie verließ die Wohnung und überlegte sich ob sie mit dem Auto oder ihrem Motorrad zur Bäckerei fahren sollte. Als sie vor dem Garagentor stand entschied sie sich für das Motorrad *"Mal gucken ob sie jetzt wieder einen Grund hat um sich darüber aufzuregen"* dachte sie und musste grinsen. Sie schob das Motorrad samt Helm aus der Garage, schloss das Tor und fuhr dann zur Bäckerei. Die Fahrt dauerte eine halbe Stunde, sodass Jamie um ein Uhr dort eintraf. Sie stellte das Motorrad an der roten Ziegelsteinwand am Hintereingang der Bäckerei ab. Ihre Mutter kam heraus und ging direkt auf sie zu und ließ nur einen beiläufigen Blick auf das Motorrad schweifen. "Gut, dass du da bist, dein Vater braucht Hilfe in der Backstube. Es kam eben eine große Bestellung für eine Hochzeitsgesellschaft herein und du musst ihm beim Backen helfen sonst kommen wir mit dem alltäglichen Geschäft zusätzlich nicht hinterher."

Jamie nickte bloß und beide betraten die Bäckerei. Ihre Mutter ging direkt zurück hinter die Theke, da musste sie heute einspringen, weil eine Aushilfe sich krankgemeldet hatte. Jamie ging zu ihrem Vater in die Backstube und legte ihren Helm und ihre Jacke auf einen kleinen Tisch neben der Garderobe. " Hiermit melde ich mich zum Dienst. Wie kann ich dir helfen?" sagte sie und stellte sich neben ihren Vater. " Du kannst die nächste Ladung Schokocremecupcakes backen. Die sind uns eben ausgegangen" sagte er mit einem Lächeln und gab ihr das Rezept. Bis 18 Uhr war Jamie damit beschäftigt zu backen und zu spülen. Bis sie schließlich mit allem fertig war. Sie zog sich ihre Jacke wieder an um sich auf den Weg zu Jake zu machen. Die beiden wollten sich zusammen das anstehende Fußballspiel ansehen und vorher noch etwas zusammen kochen. In einer viertel Stunde wollten sich die beiden vor dem Supermarkt treffen, der sich drei Straßen von der Bäckerei entfernt befand. Sie ging zum Ausgang und rief ihren Eltern noch zu " Wir sehen uns nachher Zuhause" und ihre Eltern antworteten ihr fast synchron " Bis später und viel Spaß". Jamie ging zu ihrem Motorrad am

17

Hintereingang der Bäckerei, aber bevor sie sich fertig zum Fahren machen konnten ließ sie ihren Helm fallen. Ohne irgendeine Vorwarnung war der stechende Schmerz wieder da. Sie fiel auf ihre Knie und stütze sich mit ihrer linken Hand am Fußboden ab und mit der rechten Hand faste sie sich an die Brust. Das Atmen fiel ihr immer schwerer und sie fing an zu husten. Weit und breit war kein Mensch zu sehen und die Hintertür der Bäckerei, die aus festem Stahl bestand war zu, sodass ihre Eltern nichts davon mitbekommen konnten. Jamie versuchte tief einzuatmen was ihr wirklich schwer fiel. Mit einem schmerzverzehrten Gesicht stand sie wieder auf und lehnte sich mit ihrem Rücken an die rote Ziegelsteinwand neben ihrem Motorrad. In diesem Moment wusste sie nur eins, so konnte sie Jake nicht gegenübertreten. Sie versuchte ihren Schmerz zu ignorieren. Sie ließ ihr Motorrad und ihren Helm dort und machte sich auf den Weg in Richtung Supermarkt. Aber die Schmerzen waren einfach zu stark. Eine Straße weiter war ein altes verlassenes Gebäude, das früher einmal als Lager für Autoreifen diente. Die Türen waren nicht verschlossen und nur mit zwei Holzlatten vernagelt. Jamie kroch unter den Holzlatten durch und ging in das Gebäude. Sie lehnte sich an eine Wand nahe des Eingangs an der zwei alte verstaubte Holzkisten standen und hielt sich dabei weiterhin ihre Brust. Als ob sie durch die bloße Berührung etwas an ihren Schmerzen ändern konnte. Vor lauter Schmerz konnte sie sich nicht länger auf ihren Beinen halten und sie fiel wieder auf ihre Knie. Diesmal stützte sie sich mit beiden Händen auf dem staubigen Fußboden ab und auch ihr Kopf schien mittlerweile zu schwer zu sein um ihn länger hoch zu halten. Ihre Finger kribbelten wieder und sie hatte das Gefühl, dass sich die Erde unter ihren Händen bewegen würde. Sie nahm ihre restliche Kraft zusammen und setzte sich neben die Holzkisten und lehnte sich mit dem Rücken an die staubige Wand. Sie wollte Jake anrufen, aber sie hatte ihr Handy in der Bäckerei vergessen. Keiner wusste wo sie war, sie war alleine und die Schmerzen schienen immer stärker zu werden und gar nicht mehr aufzuhören.

Jake stand schon vor dem Supermarkt und wartete auf Jamie, doch sie kam nicht. Es war nicht üblich, dass sie sich verspätete und jetzt war sie schon seit zehn Minuten überfällig. Er versuchte sie anzurufen aber es ging nur ihre Mailbox ran. Nach einem weiteren Versuch sie zu erreichen ging ihr Vater an ihr Handy. " Hallo Jake hier ist Michael, Jamies Vater. Tut mir leid aber Jamie ist nicht mehr hier. Sie hat ihr Handy hier vergessen." Die Sorgen in Jake wuchsen ein wenig mehr. " Ah hallo Michael. Ich mache mir langsam Sorgen um Jamie. Ich warte schon eine Weile auf sie. Wir wollten zusammen einkaufen und dann zu mir das Spiel ansehen, aber sie kommt einfach nicht." Jake hörte wie Michael seine Frau zu sich rief und sie fragte ob sie wüsste wo sich Jamie gerade befinde. Als Michael schließlich wieder am Handy war sagte er nur " Tut mir leid, aber auch Susanne weiß nicht wo sie ist. Aber ich denke es kann nicht lange dauern bis sie bei dir ist. Mach die keine Sorgen." Michael versuchte Jake etwas zu beruhigen. " Okay ich warte noch ein bisschen, aber wenn sie nicht kommt melde ich mich gleich nochmal bei ihnen" sagte er, aber immer noch in einem besorgten Tonfall. " Okay, aber wenn du was von ihr hörst sag ihr sie soll ich mal bitte bei mir melden, ihre Mutter und ich machen uns auch ein wenig Sorgen." erwiderte Michael. Sie legten auf und Jake suchte mit seinen Blicken die Straße in alle möglichen Richtungen ab, aber nirgendwo war Jamie zu sehen. Jake wartete noch weitere zehn Minuten, aber auch in dieser Zeit war nichts von Jamie zu sehen. Und plötzlich klingelte sein Handy. Es war Jamies Vater. " Hallo Jake ich bin es nochmal. Ich war gerade an unserem hinteren Eingang und dort sah ich Jamies Motorrad stehen und ihr Helm lag daneben auf dem Fußboden." sagte er mit einer besorgten Stimme. " Jetzt weiß ich das da irgendetwas nicht stimmen kann. Sie lässt nicht einfach ihr Motorrad irgendwo stehen und verschwindet dann einfach. Da muss etwas passiert sein." erwiderte Jake mit einem leichten Zittern in seiner Stimme. Bevor sie das Telefonat beendeten sagte Michael noch, dass er und seine Frau jetzt nach Hause fahren und dort nach ihr suchen werden und dass er sich dann wieder bei ihm melden würde. Jake lief die Straße ab bis zur Bäckerei und wieder zurück zum Supermarkt, aber auch diesmal sah er sie nicht. Jake entschied zu sich nach Hause zu gehen, denn vielleicht wartet Jamie ja dort auf ihn. Aber auch als er dort ankam war Jamie nicht da. Er ging hoch in seine Wohnung und traf dort nur auf Alex, der früher Feierabend machen konnte. Jake erklärte seinem Freund was geschehen war und das er Jamie einfach nicht finden konnte. Auch Alex begann sich nun Sorgen zu machen. Jakes Handy klingelte erneut und es war wieder Jamies Vater. Schon fast panisch sagte er " Sie ist auch nicht

Zuhause. Keine einzige Spur von ihr. Hast du mittlerweile etwas von ihr gehört?" Alex sah, dass der Gesichtsausdruck von Jake schon voller Angst war. " Nein ich habe auch noch nichts von ihr gehört. Sie war nicht am Supermarkt, wo wir uns treffen wollten und auch bei mir Zuhause ist keine Spur von ihr. Das alles ist so untypisch für sie " sagte Jake in einem lauten und ernsten Ton." Ich habe überlegt die Polizei einzuschalten, aber die Polizei würde jetzt noch nichts unternehmen. Wir müssen noch etwas abwarten, vielleicht taucht sie ja noch auf, solange ist sie ja noch nicht weg. Mach dir nicht so große Sorgen sie taucht schon noch auf." sagte Michael und schien sich damit selber überzeugen zu wollen. Er wollte jetzt noch keine Panik machen. Er kannte seine Tochter und wusste, dass sie sich irgendwie bei ihnen melden würde, wenn etwas passiert wäre. Sie legten auf doch Jake konnte sich nicht beruhigen. Er sah zu Alex, der ihn ratlos ansah. Jake dachte kurz nach und da fiel ihm etwas ein. Jamie wusste nicht was Jake beruflich machte, aber das würde sie bald erfahren.

Jamie saß indes immer noch in dem alten verlassenen Gebäude und begann zu zittern. Die Temperaturen um sie herum sanken um den Abend herum ab. Jamie wollte aufstehen und zu Jake gehen, aber sie konnte sich nicht rühren, die Schmerzen waren noch immer zu stark. Jamie wurde wütend, wütend auf sich selbst. " *Hätte ich gestern nur etwas gesagt. Wieso habe ich niemandem gesagt was passiert ist. Jetzt sitz ich hier und kann nichts tun. Ich bin so blöd.* " Und mit diesem einen Gedanken, der so intensiv und voller Emotionen war flog auf einmal eine der alten Holzkisten an das andere Ende des Raumes und zersplitterte. Total geschockt und mit aufgerissenen Augen saß Jamie nun aufrecht und ohne sich vor Schmerzen zu krümmen an der Wand. Die Schmerzen waren weg, einfach so, aber das Kribbeln in ihren Fingern war geblieben. *"Was war das? Ich bin doch alleine hier. Holzkisten fliegen nicht einfach so ohne Grund durch die Luft. Ich mein das ist doch nicht normal."* dachte sie. Tausende Gedanken schossen ihr durch den Kopf. Wie war so etwas nur möglich? Und wo waren die Schmerzen auf einmal wieder hin? Und eine Frage beschäftigte sie am meisten. Während sie aufstand und dabei ihre Hände betrachtete. Sie fragte sich ob sie vielleicht etwas damit zu tun habe könnte, ob sie die Ursache für die fliegende Holzkiste war. Sie stand einfach da und betrachtete abwechselnd ihre Hände und die kaputte Holzkiste am anderen Ende des Raumes. Sie ging langsam und vorsichtig zu der zersplitterten Kiste, als ob sie befürchten müsste, dass ihr gleich etwas entgegenspringen würde. Nichts passierte, alles war ruhig. Nur sie fand keine Ruhe mehr. Innerlich war sie völlig aufgewühlt. Sie kniete sich hin und nahm einen Splitter der Holzkiste in die Hand und betrachtete es genau. Es war nichts Ungewöhnliches erkennbar. Ein einfaches Stück Holz, mehr war es nicht. Jamie legte es aber nicht zurück. Sie stand auf und ging, samt Holzsplitter, auf und ab. Sie betrachtetet auch ihre Umgebung, aber es war alles gewöhnlich um sie herum, nichts was ihre Aufmerksamkeit auf sich lenken würde. Sie schaute erneut auf ihre Hände und auf den in ihrer rechten Hand befindlichen Holzsplitter. Sie stand einfach nur da und sah auf ihre Hände und auf den Splitter, aber es schien alles so gewöhnlich. Jamie fixierte sich auf diesen Splitter. Sie wollte unbedingt wissen was da passiert ist, aber sie konnte nichts in Erfahrung bringen. *" Ich kann das Ding hier anstarren wie ich will, aber dadurch werd ich auch nicht schlauer"* dachte sie während sie den Splitter nur noch zwischen den rechten Daumen und Zeigefinger hielt und in näher an ihre Augen heranführte. Sie öffnete ihre Hand wieder sodass der Splitter wieder grade auf ihr lag. Jamie dachte nur daran, wie sich der Holzsplitter von ihrer Hand löst und das tat er schließlich auch tatsächlich. Jamie erschrak und sie ließ den Splitter fallen. Sie umklammerte sich mit ihren Armen. *" Das ist jetzt nicht passiert. Das kann doch nicht sein."* Plötzlich kam ihr Jake wieder in den Sinn und sie verdrängte den Gedanken, dass sie die Ursache für den schwebenden Holzsplitter in ihrer Hand sein könnte und verließ das Gebäude. Sie fing an zu laufen was sich schnell zu einem Sprint entwickelte. Sie rannte zu der Wohnung von Jake und als sie um die Ecke bog hielt sie prompt an. Vor dem Eingang zu seinem Wohnhaus befanden sich mehrere Männer in schwarzen Anzügen und auch Jake stand bei ihnen, aber er trug keinen Anzug. Er trug eine schwarze Lederjacke und eine normale Jeans, aber Jamie konnte genau erkennen, dass er eine Waffe an der Hüfte trug. Jamie dachte einen Moment lang nach *" Soll ich jetzt zu ihm gehen? Eine Versammlung der Man in Black? Ich weiß ja gar nicht was jetzt gerade bei ihm los ist. Über seine Arbeit haben wir ja nie gesprochen. Wenn ich da jetzt irgendwo reinplatze, wäre vielleicht nicht so gut „,* aber bevor sie ihre Gedanken zu Ende führen konnte hatte Jake sie schon entdeckt und kam zu ihr gelaufen." Wo bist du nur gewesen? Ich habe mir scheiß Sorgen um dich gemacht. Auch deine Eltern sind schon mit ihren Nerven am Ende" sagte er während er ihr entgegenlief und schließlich bei ihr ankam und sie feste umarmte. Das einzige was sie noch sagen konnte war " Ich krieg keine Luft mehr". Jake löste seine Umarmung, hielt sie aber weiterhin an ihren Oberarmen fest. " Wo warst du?". Jamie sah ihm tief in die Augen und ihr lief eine Träne die Wange hinunter. Jake nahm sie wieder in den Arm und so standen sie einfach eine Weile da. Jake gab den Männern in den Anzügen ein Handzeichen und sie verschwanden wieder. Sie stiegen in ihre Wagen und fuhren davon. Jake und Jamie gingen zusammen hoch in seine Wohnung und er schob sie in Richtung seines Sofas. Jamie setzte sich und Jake ging zum Telefon. Alex kam mit einem überraschten Blick zu ihnen und setzte sich neben Jamie. Jake rief bei ihren Eltern an und gab ihnen Entwarnung, sodass sie sich keine Sorgen mehr machen mussten. Er sagte ihnen außerdem noch das Jamie heute Nacht bei ihm schlafen werde und während er das sagte blickte er zu ihr hinüber. Nachdem er aufgelegt hatte setzte er sich neben sie auf das Sofa und fragte sie erneut " Wo warst du?" Jamie sah ihm in die Augen und danach auf ihre Hände. Alex ließ die beiden alleine und ging in sein Schlafzimmer. Er wusste, dass Jamie erst einmal alleine mit Jake reden musste. Und dann, endlich erzählte sie ihm alles. Sie erzählte ihm was gestern passiert war bevor sie zu ihm gekommen war und was in der Nacht geschah. Aber bevor sie im Erzählen konnte was eben mit ihr passiert war, holte er ihr schnell eine Flasche Wasser aus der Küche und setzte sich dann wieder zu ihr. " Und wo warst du gerade eben? Ich habe mir Sorgen gemacht" sagte er in einem besorgten aber beruhigenden Tonfall. " Ich wollte gerade auf mein Motorrad steigen als die Schmerzen wieder anfingen. Also wollte ich zu Fuß zu dir kommen, aber auf halber Strecke konnte ich nicht mehr. Ich bin dann in das alte Lager gegangen, wo früher die Autoreifen aufbewahrt wurden. Und dort bin ich dann wieder zusammengebrochen. Ich konnte mich nicht mehr bewegen und dann..." Jamie hielt inne und dachte darüber nach wie sie ihm das mit der Holzkiste erklären sollte, aber sie überlegte nicht lange und erzählte ihm schließlich alles. Wie die Holzkiste durch den ganzen Raum geflogen ist und wie die Schmerzen dann plötzlich wieder weg waren. Und das danach der Holzsplitter in ihrer Hand schwebte, nur weil sie daran dachte. Jake schaute ihr tief in die Augen und nahm ihre Hände in seine. Er wusste, dass sie dachte, dass sie den Verstand verlor, also beschloss er ihr die Wahrheit zu sagen. Die Wahrheit über sich selbst und seinen Beruf, worüber sie bis zu diesem Moment noch nie gesprochen hatten. " Süße ich muss dir was sagen." sagte er mit einem ernsten Blick. Jamie sah ihn fragend an, sagte aber nichts. " Ich habe dir noch nie etwas davon erzählt, weil ich dich schützen wollte. Das was ich tue ist gefährlich und kaum jemand weiß darüber Bescheid. Ich sage es dir jetzt auch nur, weil du jetzt wohl dasselbe durchmachen musst wie ich früher als ich meine Kräfte bekommen habe." Jamie guckte ihn verwirrt an und fragte letztlich " Was bitte für Kräfte? Ich verstehe Garnichts mehr." Jakes Gesicht blieb ernst und dann begann er ihr alles von Anfang an zu erzählen. " Ich war gerade einundzwanzig geworden und ab diesem Zeitpunkt wurde mir immer öfter schwindelig und ich habe auch, so wie du, ab und zu das Bewusstsein verloren. An einem Abend hielt ich es Zuhause nicht mehr aus und bin nach draußen gegangen um alleine zu sein. An diesem Abend hat es in Strömen geregnet, aber das machte mir nichts aus. Ich habe mich nahe eines Waldes auf einen großen Stein gesetzt und dann versucht an etwas anderes zu denken. Ich habe mich auf den Regen konzentriert und auf die einzelnen Tropfen. Ich habe mir vorgestellt wie der Regen eine Schutzdecke über mir bildete, sodass ich nicht mehr nass werden würde. Ich habe mich wirklich stark darauf konzentriert und als ich die Augen schloss schien der Regen plötzlich weg zu sein. Ich dachte zuerst es hätte wirklich aufgehört zu regnen, aber als ich meine Augen wieder öffnete, sah ich den Regen vor mir. Es regnete immer noch, aber er traf mich nicht mehr. Ich sah nach oben und sah den Regen über mir und er schien mich einfach zu umgehen, wie bei einem Regenschirm. Nur das ich keinen Regenschirm hatte. Der Regen wurde von irgendetwas abgehalten, dass ich nicht sehen konnte, aber ich spürte innerlich etwas. Ich hatte eine Art Kribbeln in meiner Brust und dann wusste ich es einfach. Ich war der Grund. Irgendwie war ich in der Lage das Wasser zu kontrollieren. Von da an habe ich es jeden Tag versucht. Ich stand oft im Badezimmer und ließ das Wasser an, nur um es wieder zu versuchen. Ich brauchte ein paar Versuche, aber irgendwann hat es funktioniert. Das Kribbeln in meiner Brust wurde stärker, aber ich konnte es kontrollieren. Immer dann, wenn ich versuchte das Wasser zu kontrollieren begann das Kribbeln. Nach und nach fiel es mir immer leichter und ich konnte mit dem Wasser tun was ich wollte. Ich konnte es in die Richtung fließen lassen die ich wollte, ich konnte es durch den Raum fliegen lassen und sonst noch alles Mögliche. Das Gefühl etwas zu können was sonst niemand kann war und ist bis heute unbeschreiblich." Jake lächelte, aber als er Jamie betrachtete sah sie einfach nur verängstigt aus. " Ich versteh nicht. Hat das was mit mir zu tun? Und was hat das mit deiner Arbeit zu tun? Ich weiß nicht mehr was ich denken soll." sagte sie mit einer zittrigen und immer schneller werdenden Stimme. Bevor Jake etwas sagen konnte stand Jamie auf und ging im Raum auf und ab. Sie wusste nicht was sie davon halten soll, dass ihr bester Freund ihr auf einmal so etwas erzählte. Das war alles zu unwirklich und realitätsfremd. Jake stand auf um sie zu beruhigen und reichte ihr die Flasche Wasser, die er ihr vorhin geholt hatte. Jamie trank einen Schluck und beruhigte sich langsam wieder. Normalerweise hätte sie die Geschichte von Jake für einen Witz gehalten, aber nachdem was mit ihr in den letzten Tagen passiert war, glaubte sie ihm. " Okay es geht wieder. Aber was hat das denn jetzt bitte mit mir zu tun?" fragte sie ihn mit einem immer noch verängstigten Gesichtsausdruck. " Die Schmerzen, das Kribbeln in deinen Fingern und das du dieses Holzstück hast schweben lassen. Du bist keine normale Frau. Du bist in der Lage etwas Außergewöhnliches zu tun. Nicht jetzt, aber mit der Zeit und etwas Übung wirst du lernen es zu kontrollieren." sagte er in einem beruhigenden Tonfall. Jamie ging zurück zum Sofa. Sie setzte sich wieder hin und stellte die Flasche Wasser auf den Wohnzimmertisch vor ihr. " Also ich wusste ja immer schon das ich nicht der normalste Mensch bin, aber das ich wirklich anders bin das ist ..." sie führte den Satz nicht zu Ende und schaute auf ihre Hände, die sie flach auf ihre Knie gelegt hatte. Jake setzte sich wieder neben sie auf das Sofa. " Wenn dir das alles zu viel ist dann,..." er konnte den Satz nicht zu Ende aussprechen, denn Jamie unterbrach ihn schnell." Nein, ich will jetzt alles wissen. Keine Geheimnisse mehr okay?". Jake sah ihr in die Augen und nickte. " Also gut." sagte er und setzte sich aufrecht hin. Jamie richtete sich ebenfalls auf und ihr Gesicht drückte reine Neugierde aus.

Jakes Gesichtsausdruck wurde etwas ernster und Jamie richtete ihre gesamte Aufmerksamkeit auf ihn. " Nachdem ich meine Kräfte kontrollieren konnte, wollte ich sie auch im alltäglichen Leben ausprobieren. Ich ging eines Morgens an den See im Park. Es waren nur Leute mit ihren
Hunden zu sehen und eine Frau, die allen Anschein nach, schwimmen gehen wollte. Als ich am
Rande des Sees angekommen war, betrachtete ich die Wasseroberfläche und die leichten Wellen die auf mich zukamen. Ich stand aufrecht vor dem See und schloss meine Augen. Ich atmete ein paar Mal tief ein und wieder aus. Danach öffnete ich meine Augen wieder und winkelte meine Arme so an, dass sich meine Handoberflächen parallel zur Wasseroberfläche befanden. Aber bevor ich etwas tun konnte, hörte ich einen Schrei. Die Frau die im See schwamm, hatte einen Krampf und war kurz davor zu ertrinken. Ich konzentrierte mich auf die Frau und leitete das Wasser so zu ihr, dass ich sie an das Ufer leiten konnte. Als sie in greifbarer Nähe war, zog ich sie heraus. Ihr ging es gut, sie hatte nur etwas Wasser geschluckt, aber

ansonsten fehlte ihr nichts. Sie bedankte sich tausende Male und dachte nicht eine Minute darüber nach wie ich sie denn retten konnte. Sie war einfach glücklich alles gut überstanden zu haben. Ich fragte sie noch ob ich nicht einen Krankenwagen rufen sollte, aber dies verneinte sie. Zum Schluss umarmte sie mich und ging. Ich blieb am See stehen und blickte auf die Wasseroberfläche. Ich stand bestimmt eine Viertelstunde nur so da und dachte darüber nach was ich gerade getan hatte. Ich konnte nicht glauben was ich getan hatte. Aber ich beschloss dann letztendlich nach Hause zu gehen. Den restlichen Abend bekam ich das Grinsen nicht mehr aus meinem Gesicht. Ich konnte nicht mehr aufhören daran zu denken wie vielen Menschen ich so noch helfen konnte." Jake hatte während seiner Erzählung die ganze Zeit ein Lächeln auf den Lippen und auch Jamie musste lächeln. " Das klingt ja alles wirklich klasse, aber was du jetzt genau beruflich machst, weiß ich noch immer nicht. Du bist doch kein Vollzeit Superheld oder? Damit verdienst du doch kein Geld?" fragte sie mit fragenden Augen, aber immer noch mit einem Lächeln. Jake schaute kurz von ihr weg und musste lachen. Als er sie wieder ansah erzählte er weiter. " Okay keine Sorge ich bin ja noch nicht fertig. Also ich überlegte am nächsten Morgen wie es weitergehen sollte. Ich wollte den Menschen helfen, aber ich konnte nicht immer an einem See oder sonst wo stehen und darauf warten, dass jemand meine Hilfe brauchte. Ich überlegte mir wie ich den Menschen helfen konnte, aber lange blieb mir keine Zeit um zu überlegen." Jamie sah unglaubwürdig zu ihm " Wieso keine Zeit? Haben die Kräfte ein Ablaufdatum?" fragte sie. Jake musste

wieder lachen, aber verneinte diese Frage dennoch. "
Nein die haben kein Ablaufdatum. Hab etwas Geduld.
Das ist etwas viel zu erzählen, das geht nicht so
schnell." sagte er mit einem Grinsen. Jamie musste
lachen und erwiderte " Du weißt ich bin nicht gerade
die geduldigste Person." Jake sah sie weiterhin an und
sein Grinsen schien immer breiter zu werden. " Ja das
weiß ich. Okay also, an diesem Morgen dachte ich
darüber nach, wie es mir nun möglich war den
Menschen zu helfen. Aber bevor ich einen klaren
Gedanken bilden konnte, klopfte es an meine Tür. Ich
ging zur Tür und als ich sie öffnete stand dort ein etwas
älterer Mann, ungefähr 50 Jahre alt. Er trug einen
schwarzen Anzug und hatte graue Haare und einen,
ebenfalls grauen Schnurrbart. Dazu führte er noch
eine Aktentasche bei sich und fragte mich dann ob ich
der Jake Miller war, der auf diese Wohnung gemeldet
war. Ich bejahte diese Frage und fragte daraufhin wer
er denn sei. Seine Antwort offenbarte mir nur seinen
Nachnamen `Butten`. Er fragte ob er eintreten dürfe
und ich ließ ihn rein. Obwohl ich ja sonst keinen
hereinlasse, den ich nicht kenne. Aber dieser Mann
strahlte so eine positive und auch beruhigende Art
aus. Also ließ ich in herein. Wir setzten uns an den
Küchentisch und er legte seine Aktentasche darauf. Er
öffnete sie und holte ein Foto heraus. Er zeigte es mir
und ich erschrak in der Sekunde, in dem ich es sah."
sagte Jake mit einer ernsteren Stimme. " Und dann?
Was war auf dem Foto?" fragte Jamie aufgeregt. " Lass
mich doch weiterreden, dann erfährst du es schon.
Okay, also das Foto zeigte eine Aufnahme von mir, wie
ich am See stand und die Frau aus dem Wasser zog.
Daraufhin zeigte er mir ein weiteres Foto, wo zu sehen

war, wie die Frau sich noch in der Mitte des Sees befand und ein schmerzerfülltes Gesicht hatte. Beide Fotos hatten einen Zeitstempel und es war von der Zeit her unmöglich, dass ich die Frau aus der Mitte des Sees bis zum Ufer bringen konnte. Und meine Klamotten waren ja auch trocken. Ich schaute zu dem Mann, der mich zuerst nur Wortlos ansah und ich wollte etwas sagen, aber ich brachte kein Wort raus. Ich dachte er wäre hier um mich abzuholen und mich später einsperren zu lassen. Und dann sprach er. Er erklärte mir, dass er mir nichts Böses tun wollte, aber dass er genau wusste, wie ich die Frau retten konnte und das ich eine außergewöhnliche Gabe besaß. Ich stand immer noch unter Schock und verstand nicht recht was der Mann jetzt von mir wollte. Aber dann sprach er weiter mit einer sehr vertrauenswürdigen Stimme. Er sagte, er arbeitet bei einer etwas anderen Art des Militärs, dass darauf spezialisiert ist Menschen mit außergewöhnlichen Fähigkeiten, eine Möglichkeit zu geben anderen Menschen zu helfen. Also so zu sagen hat er eine Organisation gegründet, damit Menschen wie ich oder um es anders zu sagen, Menschen wie wir, nicht eingesperrt werden, sondern die Möglichkeit hatten ihre Kräfte zu benutzen ohne Angst haben zu müssen das ihnen deswegen etwas passierte." Jake überlegte ob das nicht alles etwas viel für sie war, denn sie hatte gerade erst herausgefunden, dass sie nicht normal war so wie andere Menschen. Aber Jamie ahnte was Jake gerade dachte und unterbrach seine sich gerade bildenden Gedanken." Ich weiß was du jetzt denkst. Und ich will jetzt auch den Rest hören. Also eine Organisation für Menschen mit außergewöhnlichen Fähigkeiten.

Meinst du so eine Art wie in den Filmen `The Avengers´?" fragte sie und Jake musste wieder grinsen und antwortete " Ja so in der Art. Ich habe ihn auch zuerst etwas verständnislos angeschaut, aber er bot mir an, dass ich mir diese Organisation mal ansehen könnte. Und ich dachte `Was habe ich schon zu verlieren´. Ich nahm sein Angebot an und nachdem wir noch eine Weile über alles gesprochen hatten und ich ein etwas besseres Gefühl dafür bekam, stiegen wir in seinen Wagen und fuhren zu diesem Stützpunkt." Jake wartete etwas ab bis Jamie alles verstanden hatte. " Also du bist einfach mit in seinen Wagen gestiegen? Was wenn das so ein Serienkiller oder sonst irgendwie ein Irrer gewesen wäre. Was hast du dir dabei nur gedacht?" sagte sie mit einem etwas erschrockenen Gesichtsausdruck. " In diesem Moment habe ich eigentlich an nichts gedacht, außer daran `Was habe ich schon zu verlieren´. Meine Neugier war geweckt und ich wollte einfach nur noch wissen was sich hinter diesem Mann im schwarzen Anzug noch so alles verbarg." Jake versuchte es ihr verständlich zu machen, dass er zu diesem Zeitpunkt damals nur daran dachte, dass dieser Mann ihm eine Möglichkeit eröffnete, die er nutzen konnte um seine Kräfte für etwas Gutes einzusetzen. Für ein paar Sekunden saßen Jake und Jamie einfach nur auf dem Sofa und sagten nichts. Jake schaute zu Jamie hinüber um sie zu beobachten. Er machte sich Gedanken ob das nicht doch alles ein wenig zu viel auf einmal für sie war. Jamie schaute zu der gegenüberliegenden Wand, aber sie wusste, dass Jake sie anstarrte und sagte schließlich " Keine Sorge. Ich lass das alles gerade nur mal etwas sacken. Wir sind hier noch nicht fertig. Du hast meine

Neugierde geweckt und diese will jetzt auch gestillt werden." sagte sie und lächelte während sie sich wieder zu ihm drehte und ihn wieder gespannt ansah. " Weiter." sagte sie, nur dieses eine Wort und behielt dabei immer noch ihr Lächeln bei. Sie wollte ihm verständlich machen, dass sie ein großes Mädchen war und es verkraften konnte. Zum Schluss erzählte er ihr noch von seinen ersten Eindrücken, die er bekam als er diesen riesigen Stützpunkt sah. Es war ein riesiges Gebäude mitten in einer Art Wüste, die an einen großen See angrenzte. Dort gab es drei Hubschrauberlandeplätze und einen großen Hangar mit den verschiedensten Autos, darunter Jeeps und normale PKWs, LKWs und Motorräder bis hin zu militärisch ausgerüsteten Fahrzeugen. Und auch wenn dieser Stützpunkt viel Platz einnahm und auch sehr viele verschiedene Fachgebiete wie zum Beispiel Forschungseinrichtungen, Kampfstudios, Waffenkammern und noch andere Dinge beherbergte, waren dort nur mäßig viele Menschen beschäftigt. Denn es war eine geheime Einrichtung, zu der nicht jeder die Befugnis hatte um etwas über sie zu erfahren oder sie gar zu betreten. Er lernte auch eine Handvoll Menschen kennen, die waren wie er. Die auch Kräfte besaßen. Einer konnte die Elektrizität kontrollieren und ein anderer konnte sich unsichtbar machen. Sie haben alle das gleiche durchmachen müssen wie Jake zu diesem Zeitpunkt und erklärten ihm daher auch, weswegen sie sich dafür entschieden hatten auf diesem Stützpunkt und mit den Menschen dort zusammenzuarbeiten. Er brauchte nicht lange um eine Entscheidung zu treffen. Er war Feuer und Flamme für die Idee, auf diese Weise seine Kräfte einsetzten zu können und Menschen so zu helfen. Und jetzt vier Jahre später, sprach er immer noch begeistert und euphorisch von seiner damaligen Entscheidung. Jake hatte ihr nun alles über sich und seine Arbeit erzählt. Nun lag es bei Jamie, welchen Weg sie einschlagen würde. Jake machte ihr das Sofa für die Nacht zurecht und vergewisserte sich noch einige Male, ob es ihr wirklich gut gehe. Letztendlich begab er sich in sein Schlafzimmer und Jamie lag nun alleine dort auf dem Sofa. Alleine mit ihren Gedanken.

**Kapitel zwei**

An dem wolkenlosen Himmel waren die Sterne und der Vollmond zu sehen. Jamie lag auf dem Sofa und sah durch das Wohnzimmerfenster in den Himmel und betrachtete das Leuchten des Mondes. " *Ist das jetzt wirklich alles wahr oder träume ich das alles nur? Ist das überhaupt möglich? Und was ist dann bitte meine besondere Fähigkeit? Holz durch die Gegend fliegen lassen?"* dachte Jamie. In dieser Nacht fand sie nicht richtig in den Schlaf. Sie hatte zu viele Fragen, die ihr durch den Kopf gingen und sie fand keine passenden Antworten. Sie wusste, dass sie in dieser Nacht nicht mehr einschlafen würde und daraufhin setzte sie sich auf. Die Decke legte sie sich über ihre Schultern und setzte sich im Schneidersitz auf das Sofa. Sie nahm die Fernbedienung vom Wohnzimmertisch und wollte den Fernseher einschalten. Doch dann kam ihr plötzlich ein Gedanke. Sie ließ die Fernbedienung flach auf ihren beiden Händen liegen und fixierte sie. Sie dachte daran wie die Fernbedienung sich, wie zuvor der Holzsplitter von ihren Handflächen löste. Es funktionierte nicht. Jamie saß einige Minuten weiter so da mit der Fernbedienung auf ihren Handflächen. Sie dachte schon daran einfach wieder aufzugeben, aber sie startete noch einen letzten Versuch. Sie fixierte die Fernbedienung erneute. Dieses Mal dachte sie nicht daran wie sich die Fernbedienung von ihren Händen löste, sie dachte einfach an nichts. Sie sah einfach nur hin, frei von Gedanken und Problemen, die sie zuvor beschäftigten. Sie sah einfach nur auf die Fernbedienung. Und plötzlich, Jamie konnte es kaum glauben, löste sich die Fernbedienung von ihren Handflächen. Sie schwebte einfach über sie hinweg. Jamie ließ ihren Blick auf der Fernbedienung, aber gleichzeitig ließ sie ihren Blick auch durch den Raum schweifen. Die Fernbedienung folgte ihr. Da wo sie hinsah und sich dabei trotzdem auf die Fernbedienung konzentrierte, dorthin bewegte sie sich auch. Die Fernbedienung flog langsam durch den Raum bis Jamie sie auf den Küchentisch nieder ließ. Jamie musste erst einmal tief Luft holen und atmete zweimal tief durch. Sie stand auf und ging zum Küchentisch. Und fand dort die Fernbedienung vor. Sie nahm sie wieder in die Hand und hielt sie fest. Sie legte ihren Kopf in den Nacken und schloss ihre Augen." *Ich habe es tatsächlich geschafft. Also nicht nur Holz das durch die Gegend fliegt. Ich glaub das nicht. Lass das bitte kein Traum sein."* dachte sie und öffnete die Augen wieder und sah die Fernbedienung an. Jamie war sich nun sicher, dass das was Jake ihr alles erzählt hatte, wahr sein musste. Sie ging zurück zum Sofa und legte die Fernbedienung zurück auf den Wohnzimmertisch. Sie schlüpfte wieder unter die Bettdecke und legte sich wieder zum Schlafen hin. Ihr Kopf sank dabei auf das weiche grüne Kissen und sie schien erleichtert zu sein. Sie sah nur zur Fernbedienung und lächelte. Sie grübelte nicht mehr nach und dachte einfach an nichts mehr. Und über die Genugtuung, die sie erlangt hatte schlief sie letztlich ein.

Am nächsten Morgen waren Jake und Alex schon früh auf den Beinen. Jake machte Frühstück und Alex machte sich auf zu seiner Arbeit. Jamie wachte über den Geruch von heißen Waffeln und Kakao auf. "Morgen Schlafmütze" rief Jake ihr aus der Küche zu. Jamie stand auf und ging in die Küche. "Guten Morgen" sagte sie, während sie sich streckte. Jake saß auf dem Küchenstuhl neben dem Fenster und hatte bereits alles bereitgestellt für ein leckeres Frühstück. "Und wie hast du geschlafen? War gestern ja alles etwas viel für dich." fragte er und bot ihr den Stuhl neben seinem an. Jamie setzte sich und fing an zu lächeln " Mir geht's wirklich gut. Ich hatte Schwierigkeiten einzuschlafen, aber dann ging es später doch ganz einfach." sagte sie und nahm einen Schluck heißen Kakao. " Wieso lächelst du so? Ist etwas passiert von dem ich noch nichts weiß?" fragte er und sah sie dabei neugierig an. Jamie sah ihm in die Augen und musste einfach weiter lächeln und sagte " Ich habe einfach gut geschlafen sonst nichts" Jake sah sie ungläubig an " Natürlich, einfach gut geschlafen. Das glaub ich dir jetzt einfach mal". Jake stand auf und ging zum Kühlschrank. Er öffnete ihn und suchte den Orangensaft. Jamie nahm die vor ihr liegende Gabel in die Hand. Wie in der Nacht zuvor machte sie ihren Kopf frei und dachte an nichts. Sie fixierte die Gabel und diese begann auch schon zu schweben. Jamie leitete die Gabel langsam in Jakes Richtung. Er stand noch immer am Kühlschrank, mit dem Rücken zu ihr. Die Gabel befand sich jetzt direkt hinter Jake, ungefähr auf seiner Schulterhöhe schwebte sie im Raum. " Jake" war das einzige was sie sagte. Jake drehte sich zu ihr und sein Blick fiel sofort auf die Gabel, die vor seiner Brust schwebte. Er nahm die Gabel in die Hand und Jamie fing an zu lachen. " Ich wusste es. Du kannst wirklich Dinge schweben lassen. Das ist ja unglaublich." sagte er euphorisch. Er setzte sich zurück auf den Stuhl und hielt die Gabel immer noch fest in seiner Hand. Er sah abwechselnd sie und die Gabel an. Wodurch er sogar vergaß die Kühlschranktür wieder zu schließen. " Als ich nicht einschlafen konnte, wollte ich noch etwas Fernsehen und nahm die Fernbedienung in meine Hand. Ich wollte gerade den Fernseher einschalten, als ich daran dachte, es einfach mal auszuprobieren. Ich dachte es muss doch auch mit anderen Dingen funktionieren als nur mit Holz. Und es hat tatsächlich funktioniert." sagte sie und machte Jake dann letztlich auf die offene Kühlschranktür aufmerksam. Jake legte die Gabel auf den Küchentisch und ging zum Kühlschrank. Er nahm eine Flasche Orangensaft heraus und schloss die Türe wieder. Er setzte sich wieder neben sie und goss ihr dabei ein Glas mit Orangensaft ein. Jake schlug ihr vor, sie am nächsten Tag mit zum Stützpunkt zu nehmen und ihr alles zu zeigen, aber sie lehnte sein Angebot ab, vorerst. " Ich will jetzt erst einmal herausfinden zu was ich alles in der Lage bin und was jetzt gerade überhaupt alles passiert. Bis gestern dachte ich doch noch ich wäre einfach krank und hätte deswegen

Schmerzen. Und jetzt weiß ich, dass ich etwas kann, was sonst niemand kann. Ich muss jetzt erst über alles nachdenken und dann… ich weiß nicht, vielleicht komm ich dann mit. Ich sag dir noch Bescheid, aber ich brauche jetzt erst einmal etwas Zeit für mich. Ist das okay?" fragte sie in der Hoffnung ihn nicht verletzt zu haben. " Ich kann dich ganz gut verstehen. Ich musste damals ja auch erst herausfinden, wer ich nun war und was ich konnte. Ich habe mir die Zeit genommen um alles Neue über mich zu erfahren. Nimm dir so viel Zeit wie du brauchst. Man sollte nichts übereilen." sagte er und nahm sie dann in den Arm. " Ich bin auf jeden Fall für dich da." sagte er abschließend, gab ihr einen Kuss auf die Wange und sie begannen dann mit dem Frühstück.

Jamie bekam auf einmal einen finsteren Gesichtsausdruck, also ob ihr etwas eingefallen war, etwas sehr Wichtiges, was sie vergessen hatte. " Meine Eltern" sagte sie und ließ Messer und Gabel auf den Tisch fallen. " Was soll ich den beiden jetzt bitte sagen. Ich habe ihnen ja auch nichts von den Schmerzen erzählt und die haben sich doch gestern auch Sorgen gemacht." Sie sank auf ihrem Stuhl zurück und Jake versuchte sie zu beruhigen. " Das wird schon. Du erzählst ihnen einfach, dass du gestern etwas vergessen hattest und noch schnell etwas erledigen musstest, bevor du dich auf den Weg zu mir machen konntest. Du sagst ihnen einfach, dass es dir leidtut und dass es nicht mehr vorkommen wird. Du musst deine Eltern erst einmal beruhigen, der Rest ergibt sich dann von selbst." während er das sagte, behielt er einen beruhigenden Ton. Er wollte nicht, dass sie sich aufregte, denn sie hatte in den letzten Tagen, seiner Meinung nach, schon genug durchgemacht. " Ich sag ihnen aber nichts von den schwebenden Sachen. Ich glaube das würden sie nicht verkraften, oder sie würden mir gar nicht erst glauben und mich einweisen lassen." sagte sie und beruhigte sich dabei etwas. " Ich habe meiner Familie bis heute nichts davon erzählt. Auf dem Stützpunkt haben die mir vom ersten Tag an, geraten, niemandem davon zu erzählen. Zu groß ist die Gefahr das jemandem etwas passiert, wenn er etwas weiß." sagte er und sah in Jamies Augen, dass ihr ein Stein vom Herzen fiel. Sie war erleichtert, dass sie mit Jake reden konnte, aber es mit sonst keinem anderen tun musste. Ein kleines Geheimnis zwischen besten Freunden. Sie redeten noch eine Weile weiter. Nicht nur über die letzten Geschehnisse. Sie redeten über alles, worüber sie sonst auch immer geredet hatten. Und ein kleiner Themenwechsel schadete auch nicht. Jake war der Meinung, dass Jamie nicht zu viel über alles nachdenken und einfach so weiterleben sollte wie zuvor, nur das sie jetzt halt einen kleinen Bonus in ihrem Leben dazu gewonnen hatte. Aber Jamies Gedanken waren nicht so leicht von etwas abzubringen, wenn es eine so schwerwiegende Veränderung in ihrem Leben war. Jamie machte sich schließlich fertig um zu der Bäckerei zu gehen, denn ihr Motorrad stand dort immer noch, seit dem vorherigen Tag. Jake bot ihr an sie zu begleiten, aber sie zog es vor alleine zu gehen. Sie wollte an der frischen Luft einfach für sich sein und abschalten.

Jamie verließ das Gebäude und bog nach links in Richtung der Bäckerei. Sie beeilte sich nicht. Sie wollte sich noch darauf vorbereiten, wie sie ihren Eltern gegenübertreten sollte. Sie hatte sich schon zuvor mit ihrer Mutter wegen dem Motorrad gestritten und da wollte sie nicht daran denken, wie ihre Mutter nun reagieren würde. Es war ja nicht gerade alltäglich, dass sie einfach verschwand und niemand wusste wo sie sich befand. Jetzt musste Jamie nur noch einmal nach rechts um eine Ecke gehen und dann war sie auch schon angekommen. Sie stand vor dem Vordereingang der Bäckerei und atmete noch einmal tief durch, bevor sie die Tür öffnete. Die Aushilfe stand hinter der Theke und begrüßte sie freundlich. Jamie ging auf direktem Wege nach hinten in die Backstube. Als sie durch die Tür zur Backstube trat, machte sie sich schon auf eine gewaltige Standpauke von ihren Eltern bereit. Aber als ihr Vater von dem Teig aufsah, den er gerade machte, ließ er direkt alles stehen und liegen und kam Jamie entgegen. Ohne irgendetwas zu sagen, nahm er seine Tochter einfach nur in den Arm. " Ich habe mir riesige Sorgen um dich gemacht. Wo hast du nur gesteckt?" sagte er besorgt und er ließ sie noch immer nicht los. " Du kannst mich wieder loslassen, bitte." erwiderte sie. Er ließ seine Tochter wieder los und musterte sie. Jamie wollte ihm gerade den Grund für die gestrige Situation nennen, als ihre Mutter dazu stieß. Sie stand ohne etwas zu sagen im Türrahmen und sah ihre Tochter an. Und auch sie kam schließlich auf sie zu und umarmte sie. " Wo bist du gewesen?" fragte ihre Mutter sie. Jamie sah ihre Eltern an und dachte darüber nach, was sie ihnen jetzt erzählen sollte. Sie war sich sicher, dass sie ihnen nichts von den wirklichen Geschehnissen sagen konnte, also musste sie sich schnell etwas überlegen. " Ich hatte ein kleines

Problem. Ich wollte mich auf den Weg machen, um mich mit Jake am Supermarkt zu treffen, aber als ich draußen an meinem Motorrad stand, ist mir noch etwas Wichtiges eingefallen. Ich hatte etwas vergessen und musste es schnell erledigen. Ich bin gelaufen und habe in diesem Moment irgendwie ausgeblendet, dass ich das Motorrad hätte nehmen können. Also bin ich gelaufen und als ich schließlich bei Jake ankam, hat er mir erzählt, dass ihr euch Sorgen gemacht habt. Es tut mir wirklich leid, aber ich habe einfach alles vergessen. Es kommt nie wieder vor. Versprochen." damit beendete sie ihre Erklärung und sah ihre Eltern mit einem schuldbewussten Blick an. Ihre Eltern tauschten einen kurzen Blick aus und dann drehte sich ihre Mutter um und ging zum Wandschrank. Sie holte etwas heraus und kam zurück. Jamie wusste nicht was sie denken sollte. Ihre Eltern sagten beide nichts. Sie sah ihre Mutter fragend an und diese begann leicht zu lächeln. Sie streckte ihre rechte Hand aus, in der sich das Handy ihrer Tochter befand. " Vergiss das bitte nie wieder okay. Wir müssen dich doch erreichen können." sagte sie und gab ihrer Tochter das Handy. Jamie nahm das Handy und steckte es in ihre Jackentasche. Sie sah ihre Eltern abwechselnd an und entschuldigte sich abermals. Ihre Eltern nahmen sie gleichzeitig noch einmal in den Arm und dann gingen sie auch schon wieder an ihre Arbeit. Jamie war erleichtert. Ihre Eltern waren nicht sauer auf sie und sie musste auch auf die gestrige Situation nicht weiter eingehen. Jamie beschloss nach Hause zu fahren. Sie verließ die Bäckerei über den Hintereingang und ging zu ihrem Motorrad, das immer noch genauso dastand, wie sie es gestern hatte stehen lassen. Sie setzte ihren Helm auf, stieg auf ihr Motorrad und fuhr los. Auf halben Weg nach Hause entschied Jamie noch einen kleinen Umweg zu machen. Sie fuhr wieder die Landstraße entlang, zu dem Ort an dem sie das erste Mal ihr Bewusstsein verloren hatte. Sie stieg von ihrem Motorrad, nahm den Helm ab und stand einfach nur da. Sie ließ ihren Blick über die Felder streifen und atmete die frische Luft ein. Sie dachte daran, dass sie, auch wenn es mit Schmerzen verbunden war, dankbar war. Sie hatte sich in ihrem Leben noch nie richtig normal gefühlt und jetzt war sie sich sicher. Sie war anders als andere Menschen und sie fand es auch gut so. Anders zu sein gefiel ihr. Denn jetzt da sie wusste was sie so anders machte, konnte sie besser mit allem umgehen. Sie fühlte sich stärker und selbstbewusster. Als sie so dastand, auf dem Weg nahe der Landstraße, dachte sie auch über Jakes Angebot nach mit ihm zusammen auf dem Stützpunkt zu arbeiten und ihre Kräfte für Gutes einzusetzen. Sie hatte auf einmal das Gefühl nicht nach Hause zu können. Sie wollte draußen sein und einfach nur spazieren gehen und den Tag genießen. Sie stieg wieder auf ihr Motorrad und fuhr in die Stadt. Dort stellte sie ihr Motorrad schließlich auf einem Parkplatz nahe der Innenstadt und schloss es zusammen mit ihrem Helm dort ab. Anschließend ging sie durch die Stadt und betrachtete die Menschen. Alle um sie herum schienen so unbeschwert und sich keine Sorgen zu machen. Jamie ging in die nahegelegene Bank und wollte am Geldautomaten etwas Geld abheben. Es waren mehrere Menschen in der Bank, sodass Jamie anstehen musste. Während sie dort wartete bemerkte sie drei Männer, die sich durch den großen

Empfangsraum hinweg ansahen. Sie wusste nicht wieso, aber sie hatte kein gutes Gefühl. Sie wusste, dass gleich irgendetwas passieren würde. Und bevor sie den Gedanken zu Ende führen konnte zogen die drei Männer schwarze Schiemützen auf und es fiel ein Schuss.

Jamie stellte sich instinktiv schützend vor eine schwangere Frau und sie fühlte einen Adrinalinschub. "Keine Bewegung. Ich will kein Wort hören. Ihr setzt euch jetzt alle dort an die Wand", sagte einer der maskierten Männer und zeigte auf die lange Wand neben den Geldautomaten. Jamie setzte sich zu der verängstigten, schwangeren Frau. Sie nahm die Hand der Frau und versuchte sie zu beruhigen, aber als sie gerade etwas sagen wollte, kam einer der drei Männer und hielt ihr seine Waffe entgegen. " Wenn du auch nur einen Laut von dir gibst, schieß ich dir direkt zwischen deine kleinen Augen. Haben wir uns verstanden?" sprach der Mann und blieb mit seiner Waffe solange vor ihr stehen, bis sie im zu nickte. *" Okay diese Woche hat es echt in sich. Aber das hier passiert doch jetzt nicht wirklich."* dachte sie und beobachtete die drei Männer genau. Einer von ihnen zwang den Geschäftsführer der Bank, ihm all das Geld was sich dort befand in einen großen braunen Leinensack zu packen. Ein zweiter Mann beobachtete die Ausgänge und hielt dabei Ausschau nach der Polizei. Der dritte Mann kümmerte sich um die Geiseln, der Mann der Jamie eine Waffe an den Kopf gehalten hatte. Die Türen waren alle verriegelt, sodass Jamie keinen Fluchtweg finden konnte, aber sie wusste, dass es nicht mehr sehr lange dauerte, bis die

Polizei kam. Denn dadurch, dass der Geschäftsführer der Bank auch die untersten Scheine in den Sack gepackt hatte, wurde ein stiller Alarm ausgelöst, der direkt zur Polizei geleitet wurde. Jamie dachte daran, dass es sich hierbei um keine erfahrenen Bankräuber handeln konnte, denn wenn sie so etwas schon einmal getan hätten, wüssten sie, dass wenn die untersten Scheine herausgenommen wurden, automatisch ein Alarm ausgelöst wurde. Einige Minuten vergingen und Jamie hatte einen Plan, aber sie musste noch etwas warten. Sie wollte nicht, dass irgendwer verletzt wurde, also musste sie noch etwas abwarten. Sie wartete auf ein Zeichen, dass die Polizei auch wirklich schon da war. Der Mann, der mit dem Geschäftsführer beschäftigt war, schien nervös zu werden und trieb ihn weiter an das Geld schneller in den Sack zu packen. Und auch der Mann, der die Ausgänge kontrollierte wurde schnell nervös. " Schneller, wir sind nicht mehr alleine" sagte er und dadurch wurden die anderen zwei nur noch nervöser und auch aggressiver. Der Mann der die Geiseln beaufsichtigte wies alle an näher zusammen zu rücken, was sie auch taten. " *Das wird mir jetzt alles etwas zu kuschelig* " dachte Jamie und gleichzeitig dachte sie an ihren Plan, den sie jetzt durchführen konnte. Sie atmete noch einmal tief durch und schaffte sich einen klaren Verstand. Sie sah zu dem Haupteingang, der aus einer gläsernen Tür bestand. Einer von den drei Bankräubern hatte sich, mithilfe eines Computers, in den Schließmechanismus der Tür gehackt, sodass die Tür nicht mehr geöffnet werden konnte. Jamie wusste nicht wie sie diesen Mechanismus reparieren konnte, also entschied sie sich für drastischere Maßnahmen. Sie entdeckte den

Schreibtischstuhl einer der Mitarbeiter. Durch ihre Kraft konnte sie den Stuhl schweben lassen und so warf sie ihn durch die gläserne Tür. Das Glas zerbrach und die drei Bankräuber waren für einen Moment lang abgelenkt. Jamie musste jetzt schnell handeln. Sie fragte sich nur ob sie sich nicht zu viel zugemutet hatte, aber sie verdrängte diesen Gedanken. Sie konzentrierte sich auf die Waffen der drei Bankräuber und zog sie von ihnen weg. Die Geiseln schrien auf als sie sahen, wie die drei Waffen mitten im Raum schwebten. Man sah ja auch nicht jeden Tag etwas Schweben. Die drei Männer standen für einen kleinen Moment unter Schock als sie ihre schwebenden Waffen sahen. Und das gab der Polizei genug Zeit, um die drei Männer zu überwältigen und festzunehmen. Die drei Männer wurden in Handschellen abgeführt und Jamie ließ die Waffen langsam zu Boden sinken. Ihr Herz schlug schnell und sie konnte ihren Pulsschlag hören, wie nach einem Ausdauerlauf. Einer der Polizisten kam hinüber zu den Geiseln und vergewisserte sich das keiner verletzt war. Weitere Polizisten kamen dazu und fingen an die Geiseln zu befragen. Die Geiseln schilderten den uniformierten Polizisten das Geschehen, nur Jamie wurde von keinem uniformierten Polizisten befragt. Ein älterer Mann in einem schwarzen Anzug kam auf sie zu und sie musste an Jakes Geschichte denken. " Mein Name ist Quentin Butten. Ich würde mich gerne mal mit ihnen unterhalten." sagte er und bat sie mit in einen Nebenraum zu kommen. Jamie konnte keinen richtigen Gedanken fassen, aber sie ging mit. Sie ahnte was dieser Mann mit ihr besprechen wollte und dachte nur an eins " *Ich muss es einfach machen*". Sie gingen in den Nebenraum und setzten sich an den Tisch. " Ich will ihnen keine Angst einjagen. Es ist nichts Schlimmes. Ich möchte mich nur mit ihnen unterhalten" sagte er und strahlte dabei Selbstbewusstsein, aber auch Einfühlsamkeit aus. " Ich verstehe. Es ist okay. Kein Problem" sagte sie und er begann sich erst einmal richtig vorzustellen. " Okay dann fangen wir an. Mein Name ist Quentin Butten. Ich will ehrlich sein, ich bin kein Polizist. Ich arbeite bei einer militärischen Geheimorganisation, aber das wissen sie schon, habe ich recht?" fragte er und lächelte sie freundlich an. Jamie wusste nicht genau was sie sagen sollte. Sie wusste nicht ob Jake ihr all das erzählen durfte oder nicht. Aber er sah, dass sie ein wenig beunruhigt war und fuhr fort. " Ich weiß, dass ihr Freund Jake sie bereits über alles Wichtige informiert hat. Er wollte uns zunächst nichts von ihnen erzählen, aber er wusste, dass sie in Gefahr sind und hat uns eingeweiht. Wir wollten allerdings erst einmal Abstand zu ihnen halten, aber nach den jüngsten Ereignissen in der Bank haben wir beschossen ihnen schon jetzt ein Angebot zu unterbreiten." Bevor er ihr dieses Angebot mitteilen konnte unterbrach sie ihn. " Entschuldigen sie, aber inwiefern bin ich in Gefahr? Es weiß doch niemand wer ich bin oder?" fragte sie und schien etwas unsicher. " Bis eben waren sie es auch nicht, aber sie haben ihre Kräfte in der Öffentlichkeit angewandt und das wurde auf einem Überwachungsvideo aufgezeichnet. Für ungelernte Augen ist auf dem Videoband natürlich nichts zu erkennen, aber für Leute wie uns die darauf spezialisiert sind Menschen mit außergewöhnlichen Fähigkeiten zu schützen, ist es kein schwieriges

Unterfangen herauszufinden wer was getan hat. Und nicht alle Menschen die so etwas erkennen können, stehen auf derselben Seite. Es gibt Menschen die sich ihre Fähigkeiten zunutze machen wollen und schrecken dabei vor nichts zurück." Jamie musste das erst einmal sacken lassen und bevor er oder sie noch etwas sagen konnten klopfte es an der Tür und jemand betrat den Raum.

Jake kam durch die Tür und begab sich auf direktem Wege zu Jamie. Er musste sich zuerst vergewissern das es ihr gut ging. Quentin Butten begrüßte ihn und sagte ihm, dass er bereits auf ihn gewartet hatte. " Ich habe ihr gerade erklärt das wir eigentlich warten wollten bevor wir sie aufklären und ihr anbieten mit uns zu arbeiten. Aber das die jüngsten Ereignisse die Situation etwas geändert haben." sagte er und übergab somit Jake das Wort. Jake setzte sich zu Jamie und nahm ihre Hand. " Ich dachte du wolltest über alles nachdenken und dir einen ruhigen Tag machen." sagte er und brachte in ihr ein kleines Lächeln hervor. " Du weißt ich kann nicht einfach etwas Ruhiges machen. Ich brauche Aktion." sagte sie mit einem leichten Lachen in ihrer Stimme. Quentin Butten unterbrach die beiden und wies Jake daraufhin, dass sie nicht den ganzen Tag dafür Zeit hatten. Jamie sah Jake fragend an. " Okay ich will nur dass du weißt, dass dir noch alle Türen offenstehen und du die Entscheidung selber treffen kannst, nur können wir nicht lange hierbleiben. Unsere Organisation muss unter allen Mittel geheim bleiben." sagte er und fixierte ihren Blick. " Ich bin dabei! " war das einzige was sie sagte. Quentin und Jake tauschten einen überraschten Blick aus und sahen sie dann wieder an. Sie mussten nichts sagen. Jamie erklärte es ihnen von selbst. Sie stand auf und stellte sich aufrecht vor die beiden Männer. " Hört zu, ja ich wollte etwas Zeit haben um über alles nachzudenken, aber dass gerade eben", sie machte eine kurze Pause. " Das war einfach unglaublich. Keiner wurde verletzt und ich konnte dazu beitragen das drei Verbrecher verhaftet wurden. Ich weiß es ist eine wichtige Entscheidung, aber ich habe mich in dem Moment entschieden als ich den ersten Schuss hörte. Ich will den Menschen helfen und ich will lernen, es besser zu machen. Ich will, dass ihr mir alles beibringt" sagte sie mit echter Begeisterung in ihrer Stimme. Quentin und Jake tauschen erneut einen Blick aus und Quentin Butten sagte nur einen Satz an Jake gerichtet und verließ dann den Raum. " Zeigen wir es ihr." Jamie und Jake blieben in dem Raum zurück und Jamie umarmte ihn. Dann verließen sie auch schon den Raum und stiegen in seinen schwarzen Jeep. Jake startete den Wagen und sah zu Jamie " Sicher?" fragte er. Und Jamie warf ihm nur einen ernsten, aber gleichzeitig auch einen begeisternden Blick zu. Dann fuhren sie los. Die Fahrt dauerte eine Weile und der Weg zu dem Stützpunkt führte über die Autobahn, Landstraßen und Waldwege bis sie schließlich auf eine weite freie Fläche zu fuhren. Jamie konnte von dem Gebäude, dass Jake ihr schon beschrieben hatte, nur ein Stück erkennen. Ihr Herz schlug immer schneller, aber sie wusste, dass es das richtige war. Sie sah zu Jake, der den Jeep durch ein riesiges Tor fuhr. Der gesamte Stützpunkt war umgeben von Steinmauern und elektrischen Zäunen. Das riesige Tor bot die einzige Durchfahrtsmöglichkeit. " Sicher das du mich nicht ins

Gefängnis bringst" sagte sie mit einem Lachen in ihrer Stimme und zeigte auf den Elektrischen Zaun. Jake sah zu ihr und lächelte sie an. " Das sind nur Schutzmaßnahmen. Diese Einrichtung ist geheim und das muss sie auch bleiben." sagte er und fuhr den Jeep in eine unterirdische Garage. Dort standen alle Autos, die ein wenig umgewandelt worden waren und eine etwas neuere Ausstattung, was Waffen und Elektronik betraf, hatten. Er stellte den Motor ab und fragte sie noch ein letztes Mal, aber mit einem breiten Lächeln. " Und bereit?" Jamie sah ihn an und als sie sagte " Ist die Frage ernst gemeint?" stieg sie auch schon aus. Er führte sie in einen Fahrstuhl, der sich nur fünfzig Meter entfernt befand. Sie fuhren drei Stockwerke nach oben und als sie ausstiegen, stand Jamie in einem riesigen Raum. Sie befanden sich nun in der Eingangshalle. Rechts von ihnen stand ein ausgemusterter Panzer, der nur noch zur Deko diente. Jamie sah sich gespannt um, aber es war nichts Besonderes zu sehen. Alles sah unspektakulär aus. Vor ihnen öffnete sich ein großer zweitüriger Eingang und Quentin Butten bat sie in den dahinterliegenden Raum. Als Jamie den Raum betrat sah sie einen riesigen Bildschirm, der fast die gesamte, ihr gegenüberliegende Wand einnahm. Darauf zu sehen waren verschiedene Überwachungsaufnahmen, darunter auch die von dem Banküberfall bei dem sie zum ersten Mal ihre Kräfte eingesetzt hatte. Jake setzte sich schon einmal an den großen schwarzen Tisch, um den zehn schwarze Drehstühle standen. Jamie konnte noch nicht richtig begreifen wo sie gerade war. " Setzten sie sich doch bitte." sagte Quentin Butten und bot ihr den schwarzen Drehstuhl an, der sich direkt neben Jake befand. Jamie setzte sich hin und sah Jake an, aber sagte nichts. Dann sah sie zu Quentin Butten, "Jake wird ihnen gleich eine Führung geben." sagte er und schenkte ihr ein breites Lächeln. " Ich bin wirklich froh, dass sie sich dafür entschieden haben von nun an mit uns zu arbeiten. Die Menschen dort draußen sind auf die Hilfe von Menschen wie ihnen angewiesen, auch wenn sie es nicht wissen. Unsere Organisation versucht gegen die Ungerechtigkeit auf dieser Welt vorzugehen. Und sie müssen auch wissen, dass es Menschen gibt die auch außergewöhnliche Fähigkeiten besitzen, aber diese für böse und selbstsüchtige Zwecke einsetzen. Wir versuchen mit unserer Arbeit diese Menschen unschädlich zu machen und zu verhindern, dass irgendwer Schaden nimmt. Aber ich kann ihnen jetzt viel erzählen. Ich werde ihnen einfach mal ein paar Aufnahmen zeigen. Aufnahmen von Missionen, die wir erfüllen mussten und von verschiedenen Situationen bei denen wir gezwungen waren einzuschreiten. " sagte er und wies einen Mann an, der sich wie fünf weitere Personen an einem Computer befand, etwas abzuspielen. Jamie sah gespannt auf den riesigen Bildschirm wo sie verschiedene Ausschnitte sah. Auf einem war zu sehen, wie eine Gruppe von Terroristen versuchten eine Bombe zu zünden. Drei weitere Personen kamen dazu, darunter konnte sie Jake erkennen, was aber nicht ganz einfach war. Zwei von ihnen handelten blitzschnell und setzte die Terroristen außer Gefecht. Die dritte Person entschärfte die Bombe. Jamie sah es sich an, konnte aber nicht recht fassen was sie sah. Diese Organisation befasste sich mit den gefährlichsten Aufgaben und sie dachte nur eins. *" Ich will das auch machen"*. Quentin unterbrach die Aufnahme und sagte " Natürlich kann nicht jede unserer Missionen immer ein gutes Ende nehmen. Auch wenn wir die Bösen überwältigen können, nehmen unsere Agents," dabei sah er zu Jake, "auch manchmal Schaden." Jamie sah ebenfalls zu Jake und sagte nur " Die Schusswunde". Denn als Jamie und Jake sich kennengelernt hatten, waren sie in einem Krankenhaus und Jake hatte eine Schusswunde, von der Jamie nie wusste wie es zu dieser Verletzung kam. Bis jetzt. Die Unterhaltung zwischen Jamie, Jake und Quentin ging noch eine Stunde weiter. Zum Ende hin versicherte sich Quentin noch, dass es Jamie auch wirklich ernst war und dass sie nicht das Gefühl hatte keine andere Wahl zu haben. Sie konnte sich immer noch umentscheiden, wenn sie versprach dieses Geheimnis zu wahren. Aber für Jamie gab es kein zurück. Sie war sich absolut sicher, dass sie an diesem Ort richtig war. Sie wollte nichts anderes tun. Sie hatte endlich ein Gefühl der Sicherheit und das Gefühl angekommen zu sein.

Einige Zeit später verließen Jake und Jamie den Raum und er führte sie über den Stützpunkt. Sie sahen sich die Waffenkammern an, die Kampfstudios, die Forschungseinrichtungen, den Flugzeughangar, der mit den verschiedensten Fahrzeugen gefüllt war und sonst noch alles was sich über und unter der Erdoberfläche befand. Es gab zehn Stockwerke über der Erdoberfläche und acht weitere darunter. Jamie war begeistert und konnte gar nicht all die neuen Eindrücke wahrnehmen. Sie betraten einen Raum mit einer Wand, die als ein einziges großes Fenster diente, mit Blick auf einen der drei

Hubschrauberlandeplatz und den dahinterliegenden See. Der Raum diente als eine Art Aufenthaltsraum. Dort befand sich eine große Sitzecke, ein großer Fernseher mit zwei verschiedenen Spielekonsolen und eine kleine Bar mit jeder Alkoholsorte die es nur gab. Jamie und Jake setzten sich in die Sitzecke. " Brauchst du jetzt einen Schnaps oder geht´s noch?" fragte er ironisch. " Das hier ist alles so unglaublich. Ich kann das noch alles gar nicht fassen. Ich hoffe nur, das ist kein Traum" sprach Jamie euphorisch und konnte ihre Begeisterung nicht verbergen. Die Tür ging auf und drei Personen kamen herein. Es waren zwei Mädchen und ein Junge, ungefähr im selben Alter wie Jamie und Jake. Der Junge ging zu Bar, sagte aber nichts. Er sah Jamie zunächst nur flüchtig an, aber mit einem, nicht direkt zu erkennenden Lächeln. Jamie schätzte ihn auf ungefähr ein Meter fünfundachtzig. Er hatte kurze blonde Haare und genau wie Jake war er sehr muskulös. Die beiden Mädchen gingen sofort auf Jamie zu und setzten sich zu ihr. " Hey, ich bin Andy und das ist Nicki. Du bist Jamie oder? Wir haben schon einiges von dir gehört" sagte Andy. Andy war eine groß gewachsene, schlanke Frau. Sie hatte kurze braune Haare und eine außerordentlich freundliche Art. Nicki war etwas zurückhaltender, aber es war offensichtlich, dass sie sich über den Neuzugang freute. Nicki war wesentlich kleiner als Andy und auch Jamie war mindestens einen Kopf größer als sie. Sie hatte lange blaugefärbte Haare und ein Nasenpiercing. " Wir haben die Aufnahmen von dem Banküberfall gesehen und wussten direkt, dass du gut zu uns passen würdest. Ich hoffe du fühlst dich hier wohl. Wir können nämlich jede Unterstützung gebrauchen." sagte Andy und nahm Jamie danach direkt in den Arm. Jamie fühlte sich direkt super wohl. Es war so, als würde sie alle schon lange kennen. Andy, Nicki und Jamie unterhielten sich noch eine Weile angeregt. Jamie erfuhr von den beiden noch einige Dinge über die Arbeit hier und das sie ab morgen mit ihnen zusammen anfangen konnte zu trainieren. Sie erfuhr zudem auch noch welche Fähigkeiten Andy und Nicki besaßen. Andy konnte alles was mit Elektrizität zu tun hatte kontrollieren und leiten. Und auch wenn es ihr noch Schwierigkeiten bereitete, konnte sie anfänglich auch Elektrizität selber entstehen lassen, aber dass musste sie noch lernen. Nicki war in der Lage sich unsichtbar zu machen. Was ihr in Einsätzen immer einen Vorteil verschaffte. Sie machte täglich Meditationsübungen um an sich zu arbeiten und die Unsichtbarkeit so zu kontrollieren. Jake ging indes hinüber zu dem Jungen an der Bar, der seinen Blick oftmals zu Jamie herüber schweifen ließ. " Willst du sie nicht auch begrüßen? Oder bist du dir zu fein dafür?" fragte er ihn und bekam zunächst nur ein Grinsen zurück. " Ich dachte ich lass zuerst die Geier etwas kreisen. Du weißt doch selbst das Andy und Nicki immer sehr viel zu sagen haben." sagte er und nahm noch einen Schluck von der Cola, die er sich aus dem Kühlschrank genommen hatte. Jamie sah immer mal wieder an die Bar herüber und sah wie der fremde Junge sie immer mal wieder ansah. Schließlich beschloss sie selbst hinüberzugehen und sich ihm vorzustellen. Jake kam zurück zur Sitzecke und im selben Moment stand Jamie auf und ging zur Bar. Sie nahm sich eine kleine Flasche Wasser und stand ihm gegenüber." Hey, ich bin Jamie." sagte sie und er

53

begann sie kurz einmal zu mustern. " Ich bin Chris. Du bist also die Neue hier." sagte er und lächelte sie leicht an, aber dann verließ er auch schon wieder den Raum. " Was war das denn jetzt bitte?" fragte Jamie und sah zu den anderen die aufstanden um zu ihr zur Bar zu kommen. " Mach dir nichts draus. Der ist immer so" sagte Nicki. " Es dauert eine Zeit lang bis man ihn versteht. Er hält immer ein bisschen Abstand." sagte Andy. " Ach Schwachsinn. Ein bisschen Abstand? Nein der ist einfach nur arrogant. Das ist alles. Der hält sich doch für was Besseres nur weil er ein Multi ist." sagte Jake und setzte sich auf einen der Barhocker. Jamie sah ihn an und dann zu Nicki und Andy. " Die beiden können sich nicht leiden. Das war schon immer so." sagte Nicki und wurde dann auch schon von Jake unterbrochen. " Nicht Leiden. Seine Art lässt es gar nicht zu." Jamie konnte das nicht verstehen, denn Jake war bislang immer der erste gewesen, der einen mochte. Es gab eigentlich niemanden den er nicht mochte. Aber sie wollte nicht weiter nachfragen und stattdessen versuchte sie das Thema zu wechseln. " Was ist ein Multi?" fragte sie. Andy und Nicki tauschten einen Blick aus und Andy erklärte es ihr. " So nennen wir Chris nur, weil er nicht nur eine Kraft hat, die ihn besonders macht. Chris ist nicht nur außerordentlich stark, er kann auch die Luft und den Wind leiten und dadurch auch Stürme erzeugen." " *Wow*" dachte Jamie, aber ihre Gedanken wurden unterbrochen. Nicki fuhr fort." Und das ist noch nicht alles. Er hat unglaublich schnelle Reflexe und Wahrnehmung. Du kannst dich nicht an ihn heranschleichen. Er merkt schon, wenn jemand im Begriff ist den Raum zu betreten, auch wenn derjenige noch hundert Meter entfernt ist. Und zu all dem ist er auch noch ein schnell Heiler. Verletzungen wie Schnittwunden oder Schussverletzungen heilen bei ihm um einiges schneller als bei uns." Jamie verarbeitete diese Informationen und sagte anschließend " Also ein Multitalent". Jake sah sie an und sie wusste nun wieso Jake ihn nicht leiden konnte. Nicht weil er Abstand zu allem hielt. Nein. Jake fand ihn nur arrogant, weil Chris mehr Kräfte als er hatte und sich dessen auch bewusst war. Und Jamie dachte auch daran, dass Jake wohl etwas eifersüchtig deswegen auf ihn war, aber sie sprach den Gedanken nicht aus. Jamie wollte das Thema wechseln, da sie merkte, dass es Jake etwas unbehaglich wurde. "Also was ist das für ein Training mit dem ich morgen anfangen soll?" fragte sie und sah zu Andy und Nicki. Aber nicht sie, sondern Jake antwortete ihr. " Wir fangen morgen mit deinem Kampftraining an. Du musst schnell lernen dich zu verteidigen, damit du dich nicht nur auf deine Kräfte verlässt. Du wirst alles so lernen müssen als hättest du keine Kräfte." sagte er und lächelte wieder. " Den Rest klären wir morgen. Ich zeig dir jetzt erstmal dein Zimmer und du kannst deinen Eltern Bescheid sagen, dass du heute nicht mehr nach Hause kommst. Das Training beginnt morgen sehr früh, da schläfst du lieber hier." sagte Jake und stand auf. " Stimmt, wir haben jetzt so viel geredet, dass wir die Zeit völlig vergessen haben. Wir müssen noch zum Training bevor es zu spät wird." sagte Nicki an Andy gerichtet. Sie verabschiedeten sich und sagten zu Jamie noch, dass sie sich später noch weiter unterhalten wollen. Sie gingen und auch Jake und Jamie verließen den Raum. " Was soll ich meinen

Eltern denn sagen, warum ich nicht nach Hause komme?" fragte sie während sie die Treppen, die dem Aufenthaltsraum gegenüberlagen, hochgingen. " Du sagst ihnen du schläfst bei mir. Und morgen, nach dem ersten Training fahren wir zu ihnen und erklären ihnen, dass du jetzt einen neuen Job hast. Wir erklären ihnen, dass du dich, ohne es ihnen vorher zu sagen, beim Militär beworben hast und angenommen wurdest." sagte er und sie bogen nach rechts zu den Zimmern. Die dritte Tür auf der linken Seite führte in ihr Zimmer. Jake hatte den Schlüssel und übergab ihn ihr. Sie öffnete die Tür und betrat das Zimmer.

Es war nur ein großer Raum mit einer Tür auf der rechten Seite, die in ein Badezimmer führte. Gegenüber von der Eingangstür befand sich ein großes Fenster mit einer Schiebetür, die als Zugang zu einem Balkon diente. Das Bett stand direkt neben dem Fenster mit dem Kopfende an der Wand. An der linken Wand, von der Eingangstür aus gesehen, war eine kleine weiße Wohnwand zu sehen, die in den Raum rein ragte und eine Abgrenzung bildete und so dem Bett Privatsphäre bot. Auf der anderen Seite der Wohnwand, von der aus der Fernseher zu sehen war stand noch ein schwarzes Sofa und dazwischen ein kleiner weißer Wohnzimmertisch. An der Tür, die zum Badezimmer gehörte standen links und rechts noch zwei weiße Kommoden und der Teppich war schwarz, sodass die Farbgestaltung in dem Zimmer schwarz und weiß war. Jamie setzte sich auf das Sofa und fühlte sich in diesem Zimmer direkt wohl. " Alles nach deinem Geschmack?" fragte Jake und stand dabei mitten im Raum. " Ja alles ist perfekt." antwortete sie und nahm im selben Moment ihr Handy aus ihrer Jackentasche. Sie wählte die Nummer ihrer Eltern und es klingelte. Als ihre Mutter ran ging sagte Jamie ihr, dass sie heute bei Jake schlafen würde und dass es ihr gut gehe. Ihr Mutter bedankte sich dafür das ihre Tochter nach der letzten Nacht daran dachte ihr Bescheid zu sagen und dann legten sie auch schon auf. " Ich will gar nicht wissen wie meine Eltern morgen reagieren werden." sagte sie etwas verunsichert und legte sich auf das Sofa. Jake kam zu ihr, nahm ihre Beine hoch und setzte sich hin. Er legte ihre Beine auf seinen Schoß und sprach ihr etwas Mut zu." Das wird alles schon gut werden. Die beiden werden einfach nur froh sein, dass du arbeitest." sagte er und die beiden fingen an zu lachen. Als das Lachen dann auch wieder verschwand, stellte Jamie ihm noch eine Frage." Wie wird das jetzt alles laufen? Bleibe ich solange hier bis ich alles soweit kontrollieren und mich auch verteidigen kann?" Jake sah sie an. " Es wäre besser, wenn du hierbleiben würdest. Du kannst natürlich Tagsüber zu deiner Familie gehen und sie besuchen, aber die restliche Zeit solltest du hierbleiben und trainieren." Jake verabschiedete sich dann auch schon wieder und ließ sie alleine. Jamie brauchte jetzt ein paar Minuten für sich, um alles zu verdauen und zu verstehen. Jamie stand auf und ging durch das Zimmer. Sie warf einen Blick in die Kommoden und da fiel ihr ein, dass sie gar keine Klamotten hier hatte. Nichts zum Wechseln und auch keine Sportsachen. Aber der Gedanke verschwand schnell wieder. Zuviel hatte sie heute erfahren und da war so eine kleine Sache wie Klamotten nur nebensächlich. Sie machte die Schiebetür auf und trat auf den Balkon hinaus. Es war

57

ein gemeinsamer Balkon, der für die gesamte Etage zugänglich war. Jamie sah zunächst nur auf den See hinaus und nahm gar nicht wahr, dass sie nicht alleine auf dem Balkon stand. " Schöne Aussicht oder?" fragte eine männliche Stimme, die hinter ihr zu sein schien. Jamie drehte sich nach rechts und sah vom See weg und entdeckte Chris. Er kam langsam auf sie zu. " Hier stand ich auch an meinem ersten Tag. Einfach nur um einmal durchzuatmen." Jamie war ein wenig verwirrt. Eben an der Bar hat er kaum ein Wort herausgebracht und jetzt begann er zu sprechen. " Alles okay oder hast du deine Zunge verschluckt? fragte er und hielt ihrem Blick stand. " Nein alles okay. Es ist nur alles etwas viel auf einmal." sagte sie und drehte sich wieder zum See hin. " Hat Jake dich vor mir gewarnt oder warum kannst du mir nicht in die Augen schauen?" fragte er und versuchte ihren Blick auf sich zu richten. " Jake hat nichts über dich gesagt. Naja das ist nicht ganz die Wahrheit. Es ist der Meinung du hast dich selbst ein bisschen zu gern." sagte sie und erwiderte nun seinen Blick und hielt ihm auch stand. Sie standen beide einfach nur so da, für eine Minute und sahen sich gegenseitig in die Augen. Chris lächelte sie mit einem selbstsicheren Blick an. Er wollte wissen, was Jamie für eine Person war und wie sie tickte. Er wollte wissen wie sie war, wenn Jake nicht bei ihr war. " Du kannst mich nicht leiden oder?" fragte er in einer selbstgefälligen Art. So als ob er die Antwort schon kannte. " Ich kenne dich nicht. Ich muss mir erst ein Bild machen bevor ich urteile." sagte sie und lächelte, aber strahlte dabei Selbstsicherheit aus. " Naja ich dachte, da du und Jake ja so dicke miteinander seid, würdest du auf seiner Seite stehen." Er behielt seine selbstsichere Art bei. " Ja Jake ist mein bester Freund und ich gebe viel auf seinen Rat, aber ob ich jemanden leiden kann oder nicht, entscheide ich immer noch selber." sagte sie und konnte sehen, dass er merkte, dass sie ihren eigenen Kopf hatte und genau wusste was sie wollte. Er stellte sich aufrecht vor ihr hin und schenkte ihr noch ein Lächeln. Bevor er ging sagte er noch " Dann mal sehen wie es läuft." und verschwand dann. Jetzt stand Jamie alleine auf dem Balkon und sie sah wieder auf den See hinaus. Sie wusste nicht was sie von Chris halten sollte. Sie konnte seine Art nicht richtig einordnen. Er war selbstsicher und war sich seiner Stärken auch bewusst. Jamie wusste nicht, ob er nur so tat als sei er arrogant oder ob er es wirklich war. Aber sie hatte ja jetzt die Möglichkeit es selber herauszufinden. Sie blieb noch einen Moment dort stehen und betrachtete den See. Jetzt war sie einfach nur glücklich. Noch vor ein paar Tagen wusste sie nicht, was sie mit ihrem Leben anfangen sollte und war dadurch nur unzufrieden mit sich selbst. Und jetzt waren alle Probleme und die Unzufriedenheit wie weggeblasen. Sie hatte jetzt eine Perspektive und wusste, dass es das richtige für sie war. Die Zeit verging und es war nun bereits neun Uhr abends. Sie stand immer noch auf dem Balkon und war einfach nur froh hier zu sein. Dann klopfte es an ihre Tür. Sie ging zur Tür und machte sie auf. Andy stand vor ihr und bat sie mitzukommen. Ohne nachzufragen ging sie mit und schloss ihre Zimmertür. Sie gingen in den Aufenthaltsraum und dort wartete eine kleine Überraschung auf Jamie. Ein paar der Mitarbeiter waren zusammengekommen und auch Nicki und Jake waren dort. Es war eine Willkommensparty für Jamie.

Nur Chris war nicht da und das fiel Jamie aus irgendeinem Grund als allererstes auf. Aber sie dachte nicht weiter darüber nach. Sie lernte auf der Party alle kennen und fühlte sich wohl. Sie hatte kein Verlangen nach Hause zu gehen und war sich jetzt erst recht sicher, dass sie die richtige Entscheidung getroffen hatte. Alle waren wirklich herzlich zu ihr und nahmen sie, wie sie es liebevoll nannten, in ihrer Familie auf. Jamie hatte keinerlei Zweifel mehr. Sie tanzten, tranken und redeten alle die ganze Nacht. Keiner schien sich darum zu kümmern was am nächsten Tag war. Nur diese Nacht zählte. Die Zeit verging und die Party war im vollen Gange. Alle hatten Spaß und dann stieß auch Chris dazu. Er fiel Jamie direkt auf und sie ärgerte sich dafür, dass er in ihren Gedanken überhaupt einen Platz einnahm. Sie wusste immer noch nicht was sie von ihm halten sollte, aber er ging ihr nicht aus dem Kopf. Jamie und Chris wechselten auf der Party kein einziges Wort miteinander, aber ihre Blicke trafen immer wieder aufeinander. Und sie konnten ihre Blicke voneinander auch nicht wieder so schnell abwenden, so als ob eine Art Anziehungskraft zwischen ihnen bestand.

Es war mittlerweile ein Uhr morgens und die Party löste sich bereits auf. Zuletzt waren nur noch vereinzelte Leute da. Jamie unterhielt sich noch immer angeregt mit Andy und Nicki, aber dass Chris im Begriff war die Party zu verlassen entging ihr nicht. Und auch diesmal fragte Jamie sich, wieso sie über Chris nachdachte. Sie kannte ihn noch überhaupt nicht und was Jake ihr über ihn bislang erzählt hatte, war nicht besonders positiv. Und auch wenn sich Jake in seiner

Meinung über Chris sehr sicher zu sein schien, musste sich Jamie ein eigenes Bild von ihm machen und sie war entschlossen sich dabei von niemandem beeinflussen zu lassen. Letztendlich ging auch Jamie in ihr Zimmer und versuchte zu schlafen, nur fiel ihr das nicht so leicht. Sie war immer noch sehr aufgeregt und einfach nur überglücklich einen Ort gefunden zu haben, an dem sie sich richtig Zuhause fühlte. Jamie musste die ganzen neuen Eindrücke erst einmal verarbeiten und ihre Gedanken neu ordnen. Bislang konnte sie sich eine Welt mit Superhelden nur erträumen und nun schien eine solche Welt auf einmal greifbar für sie.

Letztendlich schlief sie ein, mit einem Lächeln im Gesicht.

Der Morgen begann für Jamie nicht gerade sehr angenehm. Um ungefähr sieben Uhr klopfte es lautstark an ihrer Tür. Jamie war noch nicht ganz wach und war auch noch nicht wirklich aufnahmefähig. " Komm schon, mach die Tür auf. Wir haben heute eine Menge zu erledigen." sagte eine männliche Stimme und Jamie wurde sich ruckartig bewusst wo sie gerade war und dass sie es nicht nur geträumt hatte. Sie gab sich einen Ruck und öffnete die Tür. Jake kam herein und übergab ihr ein paar saubere Sportsachen. " Geh erst einmal duschen und mach dich fertig. Wir fangen in einer halben Stunde mit deinem ersten Training an." sagte er und als er Jamie ansah wusste er, dass sie nun den ersten Nachteil an der Arbeit auf dem Stützpunkt kennengelernt hatte. Das frühe Aufstehen. Jake verschwand wieder bevor Jamie auch nur ein Wort sagen konnte. Sie legte die Klamotten auf das Sofa und ging duschen. Sie drehte das Wasser auf und ließ das lauwarme Wasser über ihr Gesicht fließen. Das Wasser bahnte sich seinen Weg über ihren Körper. Es floss über ihren Rücken und ihre Brust bis hin zu ihren Zehnspitzen. Als sie vollkommen nass war und sich mit einem Aloe Vera Duschgel eingeschäumt und es endlich auch geschafft hatte wach zu werden, stellte sie das Wasser wieder ab und trocknete ihren nassen Körper mit einem gelben Frotteehandtuch ab, föhnte ihre Haare und band sie zu einem Zopf zusammen. Dann verließ sie das Badezimmer und zog sich die Sportsachen an, die Jake ihr gebracht hatte. Es war eine lange, schwarze Jogginghose und ein pinkes Shirt und die Schuhe strahlten in einem leuchtenden Grün. Es klopfte erneut an ihre Tür. Jake war da um sie abzuholen. Sie gingen den Flur hinunter zum Fahrstuhl und fuhren in den dritten Stock und betraten das Kampfstudio. " So, dann wollen wir mal anfangen. Wir beginnen mit einfachen Verteidigungsübungen." sagte er und stellte sich ihr gegenüber. Der Fußboden unter ihnen war mit Gummimatten ausgelegt, sodass sich keiner bei seinem Training verletzten konnte. " Du wirst mich jetzt angreifen und ich zeige dir wie man es am besten abwehren kann." sagte er und nahm eine Kampfposition ein. Die beiden trainierten zwei Stunden lang, bis Jamie es geschafft hatte das Jake auf der Matte lag. Jamie strengte sich sehr an, denn sie wollte so schnell wie möglich alles lernen. " So den Anfang hätten wir dann geschafft. Jetzt geht's weiter. Wir gehen etwas laufen um deine Ausdauer zu verbessern. 6 Kilometer sollten erstmal reichen." sagte er während er von der Matte aufstand und sich wiederaufrichtete. Sie gingen nach draußen und Jamie fragte sich worauf sie sich da eingelassen hatte. Sie war nicht gerade die sportlichste Person und sie war jetzt, nach dem Kampftraining schon außer Atem. Sie liefen und liefen. Jake trieb sie immer weiter an. Er verlangte ihr bestes. Sie hatte die 6 Kilometer hinter sich gebracht und hatte das Gefühl, dass ihre Lunge gleich platzen würde, aber sie war stolz auf sich und wollte keinesfalls aufgeben. " Geh jetzt erstmal duschen. Das war's für diesen Morgen. Wir fahren gleich zu deinen Eltern. Du musst es ihnen erklären, das Gespräch kann nicht mehr warten." sagte er und sein Gesichtsausdruck zeigte ihr den Ernst dieser Situation. Jamie ging wieder auf ihr Zimmer und wieder duschen. Nachdem sie wieder trocken war und sich angezogen hatte, dachte sie einen Moment lang nach. " Was, wenn meine Eltern es nicht verstehen?". Aber sie dachte auch daran, dass sie, egal was ihre Eltern sagen würden, bei ihrer Entscheidung blieb. Sie ging in die Eingangshalle wo sie auf Jake wartete. Sie stand vor dem ausgemusterten Panzer, der nur zur Deko dort stand und betrachtete ihn. " Mit so einem würdest du bestimmt gerne mal fahren oder?" fragte eine männliche Stimme, die sich hinter ihr befand und näherkam. Jamie drehte sich um und sah Chris. " Wer würde das nicht gerne mal machen?" fragte sie und dachte dabei zurück an die Willkommensparty und die intensiven Blicke, die die beiden ausgetauscht hatten. Chris antwortete ihr nicht sondern schenkte ihr nur ein einfaches Lächeln. Und bevor sie noch etwas sagen konnte, kam Jake dazu. " Was willst du hier?" fragte er in einem genervten Tonfall. Chris sah ihn an und sein Lächeln verschwand. Er sah nochmal zu Jamie und sagte noch " Vielleicht finden wir beide ja noch einen

Panzer mit dem wir fahren können", bevor er den Raum verließ. " Musste das sein? Er hat doch nichts getan." fragte sie und sah Jake verständnislos an. Aber Jake reagierte nicht auf ihre Frage und ging voran zum Aufzug um in die Tiefgarage herunter zu fahren.

**Kapitel drei**

Die gesamte Fahrt zu ihren Eltern schwiegen sie. Jake schien sauer zu sein und Jamie überlegte nur wie sie ihn dazu bringen könnte, ihr zu erzählen was zwischen ihm und Chris geschehen war. Sie bogen in die Straße ein, die zum Hintereingang der Bäckerei ihrer Eltern führte und Jake parkte den schwarzen Jeep. Sie stiegen aus und betraten die Bäckerei und noch immer sagte keiner von ihnen etwas zueinander. " Hallo Papa." begrüßte sie ihren Vater, der gerade zwei Bleche Vanille Cupcakes in den Ofen schob. " Hey Schatz und hallo Jake, wie geht es euch?" fragte er sie, während er auf sie zuging und seine Tochter in seine Arme schloss. " Ja alles gut, nur ähm, ich muss mit dir und Mama reden." sagte sie leicht stotternd und ihr Vater sah, wie nervös sie war. " Deine Mutter ist oben im Büro. Ich sag nur schnell der Aushilfe Bescheid, dass sie nach den Cupcakes schauen soll und dann gehen wir hoch." sagte er und ging umgehend in den Verkaufsraum. Jamie und Jake warteten an der Treppe, die in den oberen Stock führte. Ihr Vater kam zurück und sie stiegen die Treppe nach oben und betraten das Büro ihrer Mutter. " Hey ihr zwei. Was führt euch den zu mir?" sagte sie, während sie an ihrem Schreibtisch Papiere ordnete. Jamie und Jake setzten sich auf zwei Stühle, die vor dem Schreibtisch standen und ihr Vater stellte sich neben seine Frau hinter den Schreibtisch. " Unsere Tochter will uns etwas sagen." sagte ihr Vater zu seiner Frau. Ihre Eltern sahen sie aufmerksam an und signalisierten ihr, dass sie ihr zuhörten. Jamie sah noch einmal zu Jake und er nickte ihr vertrauensvoll zu. Sie sah wieder zu ihren Eltern und sammelte ihre Gedanken. " Okay also gut, dann fang ich mal an." Jamie wusste nicht genau was sie sagen sollte, aber als sie in die Gesichter ihrer Eltern schaute wusste sie, dass ihr schon etwas einfallen würde. " Ich habe jetzt einen Job." begann sie und wartete eine Reaktion ihrer Eltern ab. " Das ist doch super mein Schatz. Was ist das für ein Job?" fragte ihr Vater. Sie sah kurz zu Jake und dann wieder zu ihren Eltern. " Ich arbeite jetzt mit Jake zusammen. Ich habe mich beim Militär beworben." Ihre Eltern tauschen einen erschrockenen Blick aus und ihre Mutter wurde etwas blass. " Beim Militär? Und was machst du da?" fragte ihr Vater, aber bevor sie etwas sagen konnte sprach ihre Mutter. " Das ist doch jetzt ein Witz oder? Du bist jetzt nicht beim Militär. Du nimmst uns nur auf den Arm oder?" fragte ihre Mutter und schien vollkommen überfordert. Aber bevor Jamie antworten konnte, dachte ihre Mutter noch einmal kurz nach. "Kannst du dir nicht etwas Normales aussuchen, so wie jeder andere auch?" fragte ihre Mutter schließlich und schien völlig verständnislos. Jamie konnte die Reaktion ihrer Mutter nicht verstehen, denn sie wollte doch immer, dass ihre Tochter etwas Vernünftiges aus ihrem Leben machte. Sie sah zu ihrem Vater, aber er konnte sie nicht einmal ansehen, stattdessen sah er bloß auf den Boden. " Ist das jetzt euer Ernst?" fragte

Jamie und stand auf. Sie ging vom Schreibtisch weg und stand nun in der Mitte des Raumes und wandte sich zu ihren Eltern. " Ich habe etwas gefunden das mir Spaß macht, wobei ich mich nützlich fühle und ihr reagiert so. Ich dachte ihr unterstützt mich, aber das hier ist das letzte. Ich fass es nicht. Wie könnt ihr nur so fies sein?" Jamie war wütend und konnte sich nicht mehr beruhigen. Ihre Mutter sah sie nur an und sagte nichts. Ihr Vater hatte nun den Mut gefunden seiner Tochter in die Augen zu sehen. Jamie sah ihm in die Augen und fixierte seinen Blick. " Du musst uns auch verstehen. Du bist unsere Tochter und wir kennen dich. Du hast immer wieder etwas angefangen und es dann doch nicht durchgezogen. Und beim Militär kannst du nicht einfach wieder aufhören, wenn du keine Lust mehr hast. Und wir machen uns auch Sorgen, es ist ja auch nicht ganz ungefährlich." sagte ihr Vater, der endlich in der Lage war etwas zu sagen. Jamie konnte nicht fassen was ihr Vater gerade gesagt hatte. " Ihr glaubt ich schaffe das nicht. Ihr glaubt ich nehm das nicht ernst. Was seid ihr nur für Eltern?" Jamie war nun so außer sich, dass sie ihre Fäuste ballte und irgendwo reinschlagen wollte. Ihre Eltern sagten nichts mehr und sahen sie nur an. Jamie fixierte noch kurz ihre Blicke, aber sie wusste, wenn ihre Eltern jetzt auch nur noch ein Wort sagten, würde sie sich nicht mehr beherrschen können. " Wir sind fertig!" sagte sie noch und stürmte dann hinaus. Jake kam ihr hinterher und wollte sie beruhigen, aber sie blockte völlig ab. " Lass uns einfach zu mir nach Hause fahren. Ich will mir ein paar Klamotten einpacken und einfach weg von hier." Sie gingen zum Jeep und stiegen ein. Jake hatte sie noch nie so wütend gesehen. Er wusste wie wichtig es ihr war, dass ihre Eltern sie verstanden. Das Schweigen, wegen der Situation mit Chris war wie vergessen. Jake wartete einfach nur ab bis Jamie in der Lage war etwas zu sagen. Aber das dauerte. Jake parkte den schwarzen Jeep vor Jamies Wohnhaus. Sie gingen nach oben und Jamie packte ein paar Klamotten, Schuhe, Kosmetiker, Kissen und sonst noch alles ein, was sie für nötig hielt. " Das ist ja wie ein kleiner Umzug." sagte Jake und versuchte die Situation etwas aufzulockern. Aber Jamie reagierte nicht. Sie legte ihren Haustürschlüssel auf den Tisch in der Küche und schrieb ihren Eltern noch etwas auf einen Zettel. ´Vielen Dank für euern Zuspruch! ´ schrieb sie und dann verließen sie auch schon wieder die Wohnung. Auf dem Weg zurück zum Stützpunkt sagte Jamie immer noch kein Wort, aber Jake wusste wie er dafür sorgen konnte, dass sie sich besser fühlte. Sie brachten Jamies Sachen auf ihr Zimmer, nachdem sie auf dem Stützpunkt eingetroffen waren und Jake bat sie mit ihm zu kommen. Jamie fragte sich was er wollte, aber sie ging trotzdem mit. Sie wusste, wenn sie jetzt mit ihren Gedanken alleine wäre, würde sie irgendetwas kaputt machen und sie wollte nicht riskieren Ärger zu bekommen, Gerade jetzt wo sie nicht mehr nach Hause gehen wollte.

Sie fuhren mit dem Fahrstuhl und Jamie wusste immer noch nicht wo Jake mit ihr hinwollte. Die Fahrstuhltüren öffneten sich und sie befanden sich im dritten Stock. Der dritte Stock beherbergte alles, was mit Sport zu tun hatte. Jake führte sie in den Fitnessbereich und zu den Boxsäcken. Er gab ihr ein Paar Boxhandschuhe. Sie zog sie an und ging zu einem der Boxsäcke. " Lass es raus. Schlag einfach zu." sagte er und ging einen Schritt auf Seite. Jamie zog die Boxhandschuhe an, sah zu dem Boxsack und schlug einfach zu. Sie war immer noch wütend und mit jedem Schlag spürte sie die Wut immer mehr. Während sie mit all ihrer Kraft zuschlug, fand sie endlich ein paar Worte und begann zu sprechen. " Ich glaub das nicht. Wie können die nur so etwas sagen? Die glauben echt ich schaff das nicht, ich würde kneifen wenn´s hart auf hart kommt. Was denken die eigentlich wer sie sind? Die wissen gar nicht, wozu ich in der Lage bin. Die wissen Garnichts von mir." Jamie ließ alles raus, was sie von dem Moment an gedacht hatte, als sie das Büro ihrer Mutter verlassen hatte. Alles was sie in sich rein gefressen hatte und nicht aussprechen konnte, kam jetzt zum Vorschein. Und während sie zuschlug spürte sie wieder ein Kribbeln, aber dieses Mal nicht in ihren Fingern, sondern in ihrer Brust. Sie ließ all ihre Gefühle raus und merkte dabei gar nicht, dass sich Andy, Nicki und auch Chris dazu gesellt hatten und ihr zusahen. " Was ist passiert? fragte Nicki Jake und konnte währenddessen ihren Blick nicht von Jamie abwenden. "Familiendrama." war alles was Jake antwortete. Sie sahen alle wie gefesselt auf Jamie. Jamie schlug indes einfach nur zu und plötzlich geschah etwas Unerwartetes. Andy, Nicki, Chris und Jake waren erstaunt und auch Jamie konnte es nicht glauben. Bei ihrem letzten Schlag löste sich der Hacken, an dem der Boxsack hing, aus seiner Verankerung in der Decke, sodass der Box sack durch den gesamten Raum flog, bis an die gegenüberliegende, zwanzig Meter entfernte Wand. Bevor Jamie begreifen konnte was gerade passiert war rief Andy etwas in den Raum " Du bist ein Multi!".

Jamie stand wie eingefroren an der Stelle, an der sich eben noch ein Boxsack befand. Andy und Nicki kamen auf sie zu gerannt und schienen wie aufgeladen. Sie schienen sich wirklich aufrichtig für Jamie zu freuen und sprangen fröhlich vor ihr herum " Na los, freu dich du hast noch eine Kraft. Das ist doch unglaublich" sagte Andy. " Du bist stark. Das ist eine wirklich nützliche Fähigkeit. Freu dich." sagte Nicki und nahm Jamie in die Arme und auch Andy schloss sich der Umarmung an. Jamie verstand langsam was gerade geschehen war und löste ihren Blick zaghaft von dem am Boden liegenden Boxsack. Sie sah zu Andy und Nicki und realisierte das gerade Geschehene. Chris, der sich zu dem, auf dem Boden liegenden Boxsack begeben hatte und ihn musterte sagte nur " Willkommen im Club" und er lächelte sie dabei auf eine arrogante Art und Weise an. Jamie dachte daran, dass Chris sich für etwas Besseres hielt als die anderen nur weil er mehrere Fähigkeiten hatte. Und sie nahm sich vor, dass sie sich nicht verändern würde nur weil sie jetzt mehr als eine Fähigkeit besaß. Jake blieb für ihn untypisch ruhig. Er hatte nur ein zaghaftes Lächeln. Jamie konnte sehen, dass er sich nicht wirklich für sie freuen konnte. Und da kam ihr noch ein anderer Gedanke. Vielleicht konnte Jake Chris wirklich nur nicht leiden, weil er eifersüchtig war, dass Chris mehr Fähigkeiten besaß als er. Und vielleicht hat Jake sie nur so beeinflusst, dass sie nur glaubte, dass Chris so arrogant war, weil er wollte das Jamie so dachte wie er, dass wenn man mehr als eine Kraft hatte automatisch arrogant sein musste. Und jetzt da Jamie auch mehr als eine Kraft besaß, fragte sie sich, ob Jake jetzt auch über sie dachte, dass sie sich für etwas Besseres hielt. Aber den Gedanken verdrängte sie schnell wieder. Jake war ihr bester Freund und er würde sich nicht von ihr abwenden, nur weil sie jetzt zwei Fähigkeiten besaß. Andy und Nicki hakten sich bei Jamie ein und die drei Frauen gingen zum Fahrstuhl. Sie fuhren ins Erdgeschoss und gingen in den Aufenthaltsraum. Jamie und Nicki setzten sich auf die Barhocker und Andy ging hinter die Bar und mixte ihnen drei Tequila Sunrise. " Das muss gefeiert werden." sagte Andy und im gleichen Moment stand Nicki auf und ging hinüber zur Musikanlage und schaltete die Playlist mit Partymusik ein. Das erste Lied war ´Stimme´ von EFF. Die kleine Feier begann und Jamie verdrängte die Gedanken an Jake, Chris und ihre Eltern. Sie freute sich jetzt einfach und wollte Spaß haben.

Jake und Chris befanden sich indes noch immer im Fitnessbereich. Jake hob den, auf dem Boden liegenden Boxsack auf und stellte ihn bei Seite. Er musste dabei eine enorme Kraft abrufen, denn es war ein einhundertzwanzig Kilo schwerer Boxsack. Dabei dachte er, dass Jamie nun nicht nur die Telekinese beherrschte, sondern auch noch stärker als ein normaler Mensch war. " Ich glaub das jetzt nicht" dachte er und wollte den Gedanken, dass er eifersüchtig auf seine beste Freundin war, verdrängen. " Kannst du sie jetzt auch nicht mehr leiden?" fragte Chris ihn, während er auf ihn zukam. " Nicht das ich dir eine Antwort schuldig wäre, aber sie ist meine beste

Freundin und ich habe keinen Grund eifersüchtig zu sein." sagte er und versuchte ihn weiter zu ignorieren. " Ach komm, ich habe doch gesehen, wie du sie eben angesehen hast.

Sie hat jetzt eine Kraft mehr als du und dass stört dich. Genauso wie es dich stört, dass ich mehr Kräfte hab als du." Chris versuchte Jake zu provozieren. Und das schien er auch zu schaffen. " Halt einfach deine Klappe. Niemanden interessiert es was du denkst." sagte er und begann sauer zu werden. Er wollte zum Fahrstuhl gehen, aber Chris versperrte ihm den Weg. " Du kannst mir nichts vormachen. Ich seh doch genau, dass du dir wünschst, dass dir das passiert wäre und du diese neue Kraft hättest. Los gib es doch einfach zu. Du bist neidisch." Während er das sagte kam er immer näher an Jake heran und sah ihm direkt in die Augen. Er wusste genau wie er Jake provozieren konnte. Jake wollte es vor ihm nicht zugeben und er verfluchte sich selbst das Chris wusste, dass er recht hatte. Jake war eifersüchtig, aber er wollte es sich nicht selber eingestehen. Chris stand immer noch sehr nah vor ihm und grinste ihn höhnisch an. Jake konnte sich nicht mehr beherrschen und schlug zu. Seine Faust schoss regelrecht gegen Chris´ Kiefer, aber Chris hatte sehr schnelle Reflexe und daher ging Jakes Schlag daneben. Jake verlor die Balance und fiel zu Boden. Jake trat Chris seine Beine unter seinem Körper weg, sodass dieser auch zu Boden fiel. Aber Chris ließ das nicht auf sich sitzen. Er beugte sich über Jake und schlug zu. Jake überwältigte ihn und war nun in der oberen Position, aber bevor er zuschlagen konnte schrie jemand " Aufhören. Sofort". Quentin betrat den

Fitnessbereich des dritten Stockwerks und kam auf die beiden zu. " Aufstehen" sagte er und die beiden kamen seiner Aufforderung sofort nach. " Habt ihr sie eigentlich noch alle? Ihr gehört beide zum selben Team und ich verlange, dass ihr euch auch so verhaltet. Man ihr seid beide erwachsen. Verhaltet euch auch dementsprechend. Ist das klar?" Quentin war sauer. Er war der Meinung, dass man sich in einem Team zwar nicht mögen, aber dennoch respektieren muss. "
Ich habe euch etwas gefragt. Ist das klar?" fragte er erneut. " Ja " antworteten beide zeitgleich." Wenn ich euch beide noch einmal dabei erwische wie ihr euch auch nur etwas zu nahekommt, werde ich euch versetzen lassen. Und glaubt mir. Ich werde keinen Ort aussuchen der auch nur im Geringsten angenehm für euch ist. Und jetzt geht mir aus den Augen." Jake und Chris verließen ohne ein Wort den Raum. Quentin richtete seine Krawatte und verschwand.

Die drei Frauen hatten von dem Zwischenfall zwischen Jake und Chris nichts mitbekommen. Sie hatten es sich in der Sitzecke gemütlich gemacht und sahen sich zusammen einen Film an. Es war gut das Chris und Jake nicht dabei waren, denn ein Liebesfilm wäre bestimmt nichts für sie. Jamie war nicht gerade der Typ für Liebesfilme, aber Nicki und Andy hatten sie überstimmt.
Jamie mochte lieber Actionfilme oder Thriller, aber Andy und Nicki liebten alles worin das Wort `Liebe´ nur vorkam. Der Film handelte von einem Liebespaar das sich in einem Krankenhaus kennengelernt hatte. Die Frau hatte einen Autounfall und ihr Bein war dadurch

mehrmals gebrochen worden. Der Mann hatte Krebs und war schon länger im Krankenhaus. Die beiden lernten sich kennen und lieben. Die Frau wurde schließlich gesund und der Mann schien auch auf dem Weg der Besserung. Bis der Krebs eines Tages zurückkehrte. Auch wenn er nicht wollte, dass die Frau bei ihm blieb und mit ansehen musste wie er starb, verließ sie ihn nicht. Sie blieb bei ihm bis zum Ende. Jamie war von dem Film nicht wirklich emotional ergriffen, aber Andy und Nicki verbrauchten ein Taschentuch nach dem anderen. Der Film war zu Ende und Jamie musste lachen. " Was ist denn bei dir schiefgelaufen? Wie kannst du nach diesem Film lachen?" fragte Andy und schien die Welt nicht mehr zu verstehen. " Ich lache nicht wegen dem Film, sondern wegen euch beiden. Ich versteh einfach nicht wie man bei einem Film weinen kann." sagte sie und sah die Verständnislosigkeit in ihren Augen. " Das müssen wir ändern. Ich suche für die nächsten Tage ein paar Filme heraus. Wir kriegen dich schon dazu zu heulen. Oder wenigstens eine Träne zu vergießen." sagte Nicki und machte es sich somit zur Mission Jamie zum Weinen zu bewegen. Jamie verabschiedete sich dann von den beiden und machte sich auf um in ihr Zimmer zu gehen. Andy und Nicki beschlossen sich den Film noch einmal anzusehen und bevor sie den Raum verließ drehte sich Jamie noch einmal zu ihnen um und warf ihnen noch ein Päckchen Taschentücher zu. Sie verließ den Raum und wollte sich in der Küche noch eine Flasche Wasser besorgen. Als sie in der Küche ankam fand sie dort Jake vor, der sich ein Kühlakku auf sein linkes Auge gelegt hatte. " Was zur Hölle..." sagte

Jamie, aber beendete den Satz nicht. Sie rannte zu ihm und sah sich sein Auge an. " Was ist da passiert?" fragte sie besorgt. " Ach das ist nicht weiter schlimm." sagte er nur und hielt, dass Kühlakku wieder an sein Auge. " Erzähl mir doch nichts. Was ist passiert? Und jetzt bitte die Wahrheit" sagte sie energisch. " Ich hatte nur eine kleine Meinungsverschiedenheit mit Chris. Weiter nichts. Mach da kein großes Ding draus. Es ist passiert und das wars." sagte er und wollte die Küche verlassen. " Warte. Du kannst doch jetzt nicht einfach gehen. Wieso hat er dich geschlagen?" fragte sie und hielt ihn an seinem rechten Arm fest, damit er nicht abhauen konnte. " Du weißt doch, ich kann ihn nicht leiden und wir sind eben ein wenig aneinandergeraten. Lass es gut sein." sagte er und blockte alles Weitere ab. Er löste ihren Griff und verließ daraufhin die Küche. " *Wie kann man nur so stur sein?*" fragte sie sich und dachte daran, wenn Jake ihr nicht verraten wollte was passiert war musste sie eben Chris fragen. Sie verließ umgehend die Küche und begann Chris zu suchen. Sie wusste nicht genau wo sie mit ihrer Suche anfangen sollte. Also beschloss sie bei seinem Zimmer anzufangen. Sie klopfte an seine Tür und ein paar Sekunden später machte er die Tür auf. Damit er die Tür nicht direkt wieder schließen konnte, ohne das Jamie eine vernünftige Antwort bekam, stürmte sie direkt in sein Zimmer. " Natürlich komm doch rein." sagte er und war etwas verwundert. " Was kann ich für dich tun?" fragte er und sah sie an. " Was hast du mit Jake gemacht?" fragte sie und wirkte aufgeregt. " Hat sich Mister Perfect bei dir ausgeheult?" Chris schien genervt " Komm mir nicht so. Er will mir nicht verraten was passiert ist. Also komm schon, sag es mir." drängte sie ihn und sah ihn dennoch besorgt an. Chris setzte sich in Ruhe auf sein Sofa. Die Raumaufteilung und die Möbel in seinem Zimmer waren identisch mit denen in Jamies Zimmer. " Setz dich doch" er bot ihr den freien Platz neben sich auf dem Sofa an. Jamie setzte sich, aber hielt noch etwas Abstand zu ihm. " Okay ich will ja mal nicht so sein, außerdem glaub ich, wenn ich es dir nicht erzähle, werde ich dich heute nicht mehr los." sagte er mit einer leicht genervten Stimme und auch sein Gesichtsausdruck verriet ihr, dass er keine Lust auf dieses Gespräch hatte. Jamie wartete ungeduldig auf eine Antwort. " Du und die anderen hattet gerade den Raum verlassen und Jake und ich blieben noch. Ich habe mir den Boxsack angesehen und die Strecke, die er geflogen war. Übrigens war das echt eine Leistung." sagte er und schenkte ihr dann doch noch ein kleines Lächeln und musterte sie kurz. Sie sagte nichts, denn sie befürchtete, dass wenn sie ihn weiter drängte weiter zu sprechen, er gar nichts mehr sagen würde. Aber er konnte an ihrem Blick sehen, dass es ihr ernst war. " Okay. Er kam dann und stellte den Boxsack auf Seite. Ich habe nur einen kleinen Kommentar abgegeben und er ist ausgeflippt." Jamie sah ihn ungläubig an. " Jake flippt nicht einfach wegen einem kleinen Kommentar aus. Was hast du wirklich gemacht?" fragte sie und er sah ihr tief in die Augen. Und nun wurde auch er etwas ernster. " Ich habe ihn offen gefragt ob er eifersüchtig auf dich ist. Du hast jetzt eine Kraft mehr als er und ich bin mir absolut sicher, dass das auch ein Grund ist warum er mich nicht leiden kann, dass ich so wie du jetzt mehr als eine Kraft habe. Er wollte aber nichts davon hören. Aber ich habe ihn nochmal gefragt und da hat er mir eine verpasst, auch wenn er nicht getroffen hat. Ich will das nur noch einmal deutlich sagen. Er hat zuerst zu geschlagen." sagte er und wartete auf eine Reaktion ihrerseits. Jamie stand auf und ging durch den Raum. " Du hast ihn provoziert." sagte sie und Chris konnte genau sehen, dass sie noch überlegte. Er ließ ihr einen Moment um ihre Gedanken zu ordnen. " Aber egal wie sehr man ihn provoziert, Jake ist keiner, der einfach zuschlägt." Sie grübelte weiter und währenddessen stand auch Chris auf. " Du kennst ihn wohl doch nicht so gut wie du dachtest. Jamie sah ihn an und wollte ihm am liebsten auch eine verpassen. Sie dachte daran das Jake schon seine Gründe hatte um ihn zu schlagen und sie hatte nun auch einen ersten Eindruck von Chris bekommen. Er war arrogant und dachte nicht einmal daran, die Schuld bei sich selber zu suchen. Sie verließ sein Zimmer ohne ein Wort und hörte ihn nur noch sagen " Ich rede auch immer wieder gerne mit dir." Jamie ging in ihr Zimmer, was sich genau neben dem von Chris befand. Sie schloss die Tür hinter sich und dachte weiter nach. " *Was ist, wenn er Recht hat. Bis vor kurzen wusste ich ja auch nichts von seinem Job und seinen Fähigkeiten. Ich dachte immer ich kenne ihn und jetzt? Was ist nur los mit ihm? Aber er war nach der Sache mit dem Boxsack wirklich etwas komisch. Er hat sich nicht für mich gefreut. Ehrlich gesagt hat er bis jetzt nicht wirklich etwas dazu gesagt.* " Sie dachte eine Weile nach und beschloss dann Jake zur Rede zu stellen. Sie verließ ihr Zimmer wieder und ging zu dem von Jake. Er war aber nicht da. Sie suchte alle Etagen des Stützpunktes ab, aber sie konnte ihn nirgends finden. Sie stand letztlich auf einem der

Hubschrauberlandeplätze und sah nach oben. Und da sah sie ihn. Jake stand auf dem Dach. Sie begab sich sofort zu ihm und versuchte erneut mit ihm zu sprechen. " Jake ist alles in Ordnung bei dir?" Jake sah auf den See hinaus. " Und hast du mit ihm gesprochen?" Jake wusste, dass Jamie bei Chris war, um herauszufinden was geschehen war. Jamie stellte sich neben ihn und sah ebenfalls auf den See hinaus. " Er hat mir gesagt, dass du ihn zuerst geschlagen hast, weil er dich gefragt hat ob du eifersüchtig bist, dass ich jetzt zwei Fähigkeiten habe." erzählte sie ihm. Er zeigte keine Reaktion. " Stimmt es denn? Bist du eifersüchtig?" fragte sie und wartete ab. Jake sank seinen Kopf für einen Moment und sah zu ihr. " Nein bin ich nicht. Ich bin stolz auf dich. Ich habe eben nur die Beherrschung verloren. Chris hat mich provoziert. Das passiert nicht nochmal. Ich werde lernen mich zu beherrschen." sagte er und umarmte sie. Während er sie in seinen Armen hielt dachte Jamie nach. Sie glaubte ihm nicht. Sie wusste, dass er sie gerade angelogen hatte. Sie konnte es in seinem Gesicht erkennen. Nur fragte sie sich nun wieso er sie anlog. Er löste die Umarmung und sah wieder zum See. Die Sonne war dabei gerade unterzugehen. Alles war in orange rotes Licht gehüllt. Die letzten Sonnenstrahlen spiegelten sich auf der Wasseroberfläche. Eigentlich war es ein schöner Moment, aber Jamie konnte den Moment nicht genießen. Sie ging zurück in ihr Zimmer und den restlichen Abend grübelte sie darüber nach, wieso ihr bester Freund es nötig hatte sie anzulügen. Aber sie dachte nicht nur über Jakes Lügen nach, sondern über alles was an diesem Tag passiert war. Zuerst das Unverständnis ihrer Eltern, dann die neue

Kraft. Und zum Schluss der Streit zwischen Jake und Chris mit der anschließenden Lüge von Jake. Das war alles zu viel für Jamie. Sie legte sich hin, versuchte den Tag einfach zu verdrängen.

Am nächsten Morgen wachte Jamie auf und machte sich für ihr tägliches Training fertig. Sie dachte an Jake und daran, wie sie nun am besten mit ihm umgehen sollte. Sie konnte seine Lüge einfach nicht vergessen, denn ihre Freundschaft beruhte immer auf Ehrlichkeit und Einfühlsamkeit. Mit einer innerlichen Unruhe fuhr Jamie mit dem Fahrstuhl auf die dritte Etage. Chris war schon intensiv mit seinem Training beschäftigt und Jake stand nahe des Fahrstuhls und wartete auf Jamie. " Na gut geschlafen?" fragte er sie und die gestrigen Ereignisse schien er vollkommen verdrängt zu haben. "War okay. Lass uns anfangen." sagte sie beiläufig und ging in den Fitnessbereich. Jake folgte ihr und wusste, dass sie wegen gestern noch etwas sauer auf ihn war. Sie wollten gerade beginnen als Quentin zu ihnen stieß. "Wartet bitte noch mit eurem Training. Ich muss euch erst noch etwas sagen. Chris komm bitte auch dazu." sagte er und alle drei sahen ihn fragend an. " Nach den gestrigen Ereignissen habe ich etwas nachgedacht. Jamie du musst jetzt eine Kraft mehr trainieren und solange du deine Stärke nicht richtig kontrollieren kannst, möchte ich, dass du von nun an mit Chris trainierst." sagte er und Jamie fiel in eine Art starre. Auch wenn es mit Jake im Moment etwas schwierig war, konnte sie gut mit ihm trainieren und sie wollte nicht mit Chris zusammen trainieren. " Aber wieso das? Wieso kann ich nicht weiter mit Jake trainieren?"

fragte sie und sah dabei Chris und Jake abwechselt an. " Du sollst ja nicht all dein Training mit Chris absolvieren, nur den Teil der deine Stärke betrifft." Jake sah Chris mit einem finsteren Blick an und mischte sich ein. " Ich denke ich bin in der Lage, mit Jamie auch ihre Stärke zu trainieren. Dazu brauchen wir ihn nicht." Chris stand derweil einfach nur da. Er war nicht besonders erpicht darauf, mit Jamie zu trainieren, aber er hatte noch weniger Lust darauf, mit Jake und Jamie diskutieren zu müssen. " Es ist bereits beschlossene Sache. Bis Jamie ihre Stärke kontrollieren kann, trainiert sie mit Chris. Wenn etwas passieren sollte und Jamie jemanden verletzt ist er als einziger in der Lage schneller zu heilen." begründete er seinen Standpunkt und verließ anschließend den Raum. Chris stellte sich Jamie gegenüber. " Denk nicht so viel darüber nach. Er hat Recht. Wenn du jemanden verletzt, dann am besten jemanden, der es besser verkraften kann. Und das restliche Training kannst du ja immer noch mit dem da machen." sagte er und sah anschließend zu Jake. Chris wusste, dass Jake am liebsten ausrasten würde. Nach der gestrigen Prügelei wusste Chris, dass Jamie bei ihm einen Schwachpunkt darstellte. " Jamie wir fangen jetzt mit unserem Training an. Das Training mit ihm kannst du danach beginnen. Wenn das für alle okay ist?" sagte er und richtete die Frage an Chris. Chris antwortete ihm nicht und sprach stattdessen zu Jamie " Wir sehen uns nachher, wenn er dich gehen lässt." Er sah beide noch mit einem höhnischen Lächeln an und führte sein Training fort. Jamie sah Jake an und wusste, dass er wütend war, aber sie sagte nichts dazu. " Lass uns anfangen." Sie begannen mit dem Aufwärmtraining und zogen dann das restliche Training durch, was Jake für sie geplant hatte. Es war immer noch extrem anstrengend für Jamie. Immerhin war das jetzt erst ihr zweites Training, aber sie nahm sich vor es durchzuziehen, ohne zu schwächeln. Am Ende ihres Trainings sah sie noch einmal zu Jake und sah einen betrübten Blick. Er verstand die Entscheidung von Quentin nicht, aber er versuchte es zu akzeptieren. Jamie ging hinüber zu Chris, der gerade dabei war Gewichte zu stemmen. " Okay fangen wir an." sagte sie und nahm sich vor alles Persönliche außen vor zu lassen und sich einfach auf das Training zu konzentrieren. " Okay Süße, dann legen wir mal los." Er legte die zwei, jeweils sechzig Kilo Hanteln auf den Boden und kam auf sie zu. Er trug kein T-Shirt und sein Oberkörper glänze durch die Schweißschicht auf seiner Brust. Sein Sixpack glänzte ihr regelrecht entgegen. Sie atmete einmal tief durch und versuchte sich auf das beginnende Training zu konzentrieren, aber ihr Blick richtete sich immer mal wieder auf seinen nackten Oberkörper. Chris gab ein leises Lachen von sich. Er wusste, was sie dachte, als sie ihn ansah, aber er sagte nichts dazu. Er wollte sie nicht in Verlegenheit bringen. Sie begannen mit Atemübungen, damit Jamie, wenn sie Gewichte stemmte die richtige Atemtechnik beherrschte. Dann wagten sie sich an die Gewichte. Jamie legte sich auf die Hantelbank und Chris stellte ihr die Gewichte ein. Nach und nach gab er ihr immer schwerere Gewichte. Bevor er ihr einen richtigen Trainingsplan erstellen konnte, musste er herausfinden wo sich ihre Grenze befand.

In den folgenden drei Wochen gab es für Jamie nichts anderes als Training. Sie wurde stärker, schneller und auch Selbstbewusster. Ihr Training variierte von Tag zu Tag, denn Jamie veränderte sich schnell. Im sportlichen Sinne war sie nun fast auf demselben Stand wie alle anderen. Nur Chris gab ihr noch eine Art Ziel. Von seiner Sportlichkeit und Ausdauer war sie noch weit entfernt. Aber Jamie war motiviert und behielt ihre Ziele im Auge. Bei den persönlichen Angelegenheiten hatte sich aber in den letzten drei Wochen nicht viel geändert. Jamie behielt immer noch eine gewisse Distanz zu Jake und auch er verhielt sich ihr gegenüber anders. Jamie beherrschte jetzt nun beinahe zwei Fähigkeiten, die Stärke bereitete ihr allerdings noch einige Schwierigkeiten. Aber und umso besser sie wurde, desto komischer verhielt sich Jake ihr gegenüber. Chris hatte sich auch kein Stück geändert. Jake gegenüber verhielt er sich wie ein arroganter Vollidiot und Jamie bewahrte dadurch Abstand zu ihm. Sie hatte noch immer kein genaues Bild von ihm. Während sie mit ihm trainierte, war er freundlich und unterstützte sie, wo er nur konnte. Aber sobald das Training vorbei war, verhielt er sich vollkommen anders. Er war arrogant und egoistisch. Er tat nur dann etwas, wenn es ihm etwas nützte und er provozierte Jake immer wieder. Jamie dachte daran, dass er es vielleicht gar nicht mit Absicht machte und das Jake in dieser Beziehung einfach zu sensibel war. Jamie brauchte noch Zeit um ihn richtig einzuordnen. Er war für sie ein Mysterium, aber er ging ihr nicht aus dem Kopf so sehr sie es auch versuchte. Die Beziehung zu ihren Eltern hatte sich auch nicht unbedingt groß verändert. Ihre Eltern waren immer noch der

Meinung, dass Jamie es nicht schaffen und irgendwann wieder nach Hause kommen würde. Jamie war immer noch total wütend auf sie und brach den Kontakt fast vollständig ab. Sie sah ihre Eltern nur, wenn sie ihren kleinen Bruder besuchte. Im Gegensatz zu ihren Eltern, war er super stolz auf seine große Schwester und fragte sie jedes Mal, wenn sie ihn besuchte, aus und wollte alles über ihre Arbeit wissen. Natürlich konnte sie ihm nie die ganze Wahrheit erzählen über das was sie wirklich tat, aber sie war überglücklich das er stolz auf sie war. Und das war eine Motivationsstütze für sie, denn wenn sie einmal einen schlechten Tag hatte, dachte sie an Ben und ihre Stimmung wurde wieder besser.

Jamie hatte ihr Training für diesen Tag beendet und verbrachte den Nachmittag zusammen mit Andy und Nicki. Die drei Frauen waren sich in den letzten Wochen richtig nah gekommen und richtig gute Freundinnen geworden. Sie saßen im Aufenthaltsraum und sahen sich einen Film an. Dieses Mal traf Jamie die Wahl und sie sahen sich einen Actionfilm an. Diesmal weinte niemand und sie sahen einfach gespannt auf den Fernseher. Nicki hatte schon den nächsten Film ausgesucht, da sie ihr Ziel noch nicht erreicht hatte. Sie hatte sich vom ersten Tag an, als Jamie neu auf den Stützpunkt war, vorgenommen sie durch einen Liebesfilm zum Weinen zu bringen. Sie hatte es aber noch nicht geschafft. Jamie hatte mittlerweile auch ein eigenes Handy bekommen, wodurch sie angepiept werden konnte, wenn sie einen Einsatz hatte. Bisher war aber noch nichts geschehen. Jamie hatte noch keine Chance bekommen ihre neuen Fähigkeiten in einem echten Einsatz zu demonstrieren. Der Film war noch nicht ganz zu Ende, aber die drei mussten ihn ausschalten. Sie waren um vierzehn Uhr mit Sven verabredet. Sven war auf dem Stützpunkt dafür verantwortlich, dass keiner von den fünf Superagents, wie Quentin seine Agents bezeichnete die außergewöhnlichen Fähigkeiten hatten, bei einem Einsatz erkannt werden konnten. Am heutigen Tag war es nämlich soweit. Jamie bekam ihr eigenes Outfit, damit sie niemand erkannte. Durch diese Verkleidungen war es ihnen möglich, neben der Arbeit auch ein normales Leben führen zu können und auch zu ihrem eigenen Schutz. Denn wie es Quentin allen schon erklärt hatte, machte sich jeder von ihnen nur durch ihre bloße Anwesenheit und der offenen Anwendung ihrer Kräfte, Feinde. Andy, Jamie und Nicki fuhren mit dem Fahrstuhl in den fünften Stock. Sven erwartete sie schon. Andy und Nicki setzten sich in einem Ankleideraum an das Fenster auf ein kleines braunes Sofa. Sven sagte Jamie, dass sie sich schon einmal hinter der, im hinteren Teil des Raumes befindlichen, Ankleidewand entkleiden sollte. Sven verließ den Ankleideraum um die Klamotten zu holen, die er schon für sie herausgesucht hatte. Chris und Jake kamen zeitgleich dazu und gesellten sich zu Andy und Nicki. Jamie fragte sich wieso Chris hier war und sie fühlte sich etwas unbehaglich, denn bis auf ihre Unterwäsche trug sie nichts. " Was wollt ihr zwei denn hier?" fragte Andy. " Na das lass ich mir doch nicht entgehen. Ich bin doch neugierig, was Sven sich für sie einfallen lässt." sagte Chris und strahlte eine gewisse Aufregung und Neugierde aus. " Und du?" fragte Nicki an Jake gerichtet. " Ist es verboten mir anzusehen, was meine beste Freundin für ein Outfit bekommt?" fragte er und lachte kurz. " Eure Outfits will ich dann aber auch gleich sehen. Das ist nur fair." sprach die Stimme hinter der Ankleidewand mit einem leichten Lachen. " Ah, wir haben Zuschauer bekommen. Aber das mir keiner von den Herren hinter die Wand schaut." sagte Sven als er zurück in den Raum kam und musterte währenddessen Chris und Jake. Sven trug einige Klamotten bei sich. Er ging zu Jamie und überlegte kurz, was denn am besten zu ihr passte. Er hatte ein gutes Stilbewusstsein. Und bei jedem den er bisher eingekleidet hatte, traf er direkt ins Schwarze. " Okay ich denke ich weiß was passt." Er gab ihr die Sachen und etwas Privatsphäre. Er stellte sich zu den anderen und wartete. " Mit der Farbe bin ich schon mal einverstanden." sagte sie. Es dauerte nicht lange und sie hatte sich fertig angezogen. Sie kam hinter der Ankleidewand hervor und sah nur in erstaunte Gesichter. " Wow" sagten Andy, Nicki und Sven gleichzeitig. " Ich bin gut" fügte Sven noch hinzu und musste schmunzeln. Jamie sah zuerst zu Jake sagte jedoch nichts. Er stand da mit erhobenen Augenbrauen und musste einmal kurz schlucken. " Wow, wirklich du siehst toll aus." sagte er und brachte Jamie damit leicht zum Lächeln. Jamie hatte sich selbst noch nicht gesehen und als sie sich vor den Spiegel stellte um sich selbst zu betrachten, hörte sie Chris noch etwas sagen. " Damit lässt sich doch arbeiten" Jamie sah zu Chris und er lächelte sie an. Sie sah wieder zum Spiegel und war zufrieden mit dem was sie sah. Sie trug eine schwarze lange Hose in Lederoptik. Dazu ein kurzes dunkelrotes Top und darüber eine schwarze langärmelige Lederjacke, die aber nur ihre Brust bedeckte, sodass ihr Bauch frei war und man das dunkelrote Top sehen konnte. Außerdem trug sie noch kniehohe schwarze Lederstiefel, mit ungefähr zehn Zentimeter hohen Absätzen. Damit sie bei Einsätzen keine Fingerabdrücke hinterließ, trug sie zusätzlich noch schwarze lederne Handschuhe. Das Outfit betonte ihre Figur, die durch das intensive Training, äußerst attraktiv geworden war. Damit sie bei einem Einsatz aber nicht erkannt werden konnte trug sie eine große schwarze Sonnenbrille und eine Perücke, sodass sie nun lange glatte schwarze Haare hatte, die bis zu ihren Ellenbogen reichten. " Sven hatte noch einen Einfall." Nicht bewegen!" sagte er und stellte sich vor ihr aufrecht hin. Er zog einen Blutroten Lippenstift aus seiner Tasche und schminkte ihre Lippen. " Jetzt ist es perfekt" sagte er abschließend. "So jetzt seid ihr dran. Ich will jetzt auch sehen wie ihr ausseht." forderte Jamie die anderen auf. Die vier tauschten Blicke aus, nur Jake und Chris sahen sich gegenseitig nicht an. Chris weigerte sich zuerst, doch mit ein wenig Überredung von Nicki und Andy gab er schließlich nach. Jamie dachte direkt daran, dass Chis wohl nur zustimmte, damit Andy und Nicki aufhörten zu reden. Der Gedanke brachte sie zum Lächeln, denn Andy und Nicki redeten wirklich viel.

Ihre Outfits befanden sich in ihren Zimmern, sodass Jamie in der Eingangshalle auf sie wartete. Zuerst kam Jake. Er trug eine olivfarbene Stoffjacke und eine dazu farblich passende Hose. Er trug zudem noch schwarze Fallschirmspringerstiefel, ein schwarzes T-Shirt, schwarze Handschuhe und eine schwarze Maske, die nur den Bereich um seine Augen bedeckte. " Schick siehst du aus", sagte sie während er auf sie zukam. Und kurz darauf kamen die anderen alle zusammen dazu. Jamie betrachtete zuerst Andy dann Nicki und zum Schluss Chris. Andy trug einen gelben ledernen Ganzkörperanzug, mit schwarzen Streifen an ihrer Hüfte und seitlich entlang ihres Körpers. Der Anzug begann an ihren Füßen, sodass sie keine Schuhe trug und ging bis zu ihrem Hals. Zudem trug sie noch gelbe lederne Handschuhe und eine schwarze Maske, die, wie die von Jake nur den Bereich um ihre Augen bedeckte. Nicki trug ebenfalls einen Ganzkörperanzug, allerdings in Weiß. Und auch weiße Handschuhe. Ihre Maske glich der von Andy und Jake, allerdings war auch sie weiß. Ihr Anzug bestand aber nicht aus Leder, sondern aus einem Stoff, den Jamie nicht genau definieren konnte. Sie dachte daran, dass es ein spezieller Stoff sein musste, damit der Anzug mit ihr zusammen unsichtbar werden konnte. Jamie sah hinüber zu Chris. Sein Outfit passte zu ihrem. Er trug eine schwarze Jeans, eine schwarze Kapuzenjacke ohne Ärmel und ein weißes Muskelshirt, sodass man seine muskulösen Arme sehen konnte. Er hatte schwarze Sneaker an und wie sie eine schwarze Sonnenbrille und schwarze Handschuhe. Ihr Blick blieb noch einen Moment auf Chris gerichtet. " Wow, Sven hat ja wirklich Ahnung von dem was er tut." sagte sie und löste ihren Blick, der auf Chris gerichtet war. Andy lachte und Nicki bemerkte eine interessante Tatsache. " Hey ihr passt ja zusammen." sagte sie und zog Jamie zu sich und schob sie dann neben Chris. Chris und Jamie tauschten einen kurzen Blick aus, aber bevor sie etwas sagen konnten, klingelten all ihre Handys. Es war soweit. Die Zeit war gekommen. Jamies erster Einsatz.

**Kapitel vier**

Sie wurden alle fünf zu einem Notfall gerufen. Es war eine Geiselnahme und eine Bombendrohung an einem Bahnhof, mitten in der Innenstadt. Die örtliche Polizei hatte den Bereich um den Bahnhof weitestgehend abgesperrt, sodass keine weiteren Zivilisten in Gefahr geraten konnten. Es wusste noch niemand, um was für eine Bombe es sich handelte und wo genau sie sich befand. Die fünf Agents fuhren zusammen mit Quentin und drei weiteren Mitarbeitern zum Bahnhof. Quentin ging zusammen mit den drei anderen Mitarbeitern zu den Polizisten, die über die Absperrung wachten. Sie zeigten ihnen ihre Ausweise und sie konnten somit den abgesperrten Bereich betreten. Für die Außenwelt waren Quentin und sein Team normale Agents, für die Sicherheit ganz Europas. Seine Organisation war nicht ganz geheim. Es gab ausgewählte Personen beim normalen Militär und auch in der Regierung, die über alles Bescheid wussten. So war es der Organisation möglich Geldmittel, Ausweise und alles Weitere zu bekommen was sie brauchten um richtig arbeiten zu können. Sie arbeiteten auch mit dem normalen Militär zusammen, vorausgesetzt dass alle die etwas über die Organisation      erfahren      eine Verschwiegenheitserklärung unterschrieben hatten. Quentin und sein Team konnten sich nun ein Bild von der gesamten Situation verschaffen und er informierte die anderen fünf, damit sie sich so gut wie möglich vorbereiten konnten. Alle von ihnen, bis auf Nicki, waren nun mit Waffen, Kopfhörern und Mikrofonen ausgerüstet. Nicki bekam einen Kopfhörer, ein Mikrofon und eine kleine Kamera damit sie mit den anderen kommunizieren konnte und sie sich ein Bild von allem machen konnten. Sie konnte keine Waffe mitnehmen, weil es nicht möglich war, dass die Waffe zusammen mit ihr unsichtbar wurde. Nicki betrat als erste den Bahnhof. Durch ihre Unsichtbarkeit war es ihr nun möglich unerkannt durch den Bahnhof zu gehen. Sie ging erst zu den Geiseln und den Geiselnehmern. So konnten sich Jake, Chris und Jamie ein genaues Bild machen. Denn als nächstes betraten sie den Bahnhof. Andy blieb noch draußen und verfolgte auf einem Monitor im Jeep Nickis Schritte. Andy musste warten und dann später, wenn Nicki die Bombe gefunden hatte, die Bombe entschärfen. Jamie, Jake und Chris teilten sich auf. Jake und Chris kamen durch den Hintereingang und gingen in Richtung der Geiseln und der Geiselnehmer. Jamie nahm den Weg über das Dach. Und zeitgleich kamen alle drei in den Raum, wo sich die Geiseln und die Geiselnehmer befanden. Jake rannte zu den Geiseln und befreite sie. Jamie sprang durch das Deckenfenster, sie konnte den Aufprall mithilfe ihrer Telekinese mildern indem sie sich selbst kurz vor dem Boden schweben ließ und sich dann auf den Boden sinken ließ. Chris kam aus derselben Richtung wie Jake und schlug den ersten Geiselnehmer zu Boden. Jamie und Chris überwältigten einem nach dem anderen. Bis schließlich keiner mehr übrig war. Sie sahen hinüber zu Jake und er signalisierte ihnen, dass er alles unter Kontrolle hatte. Chris und Jamie zogen die bewusstlosen Körper einem nach dem anderen an eine Wand. Nur bemerkten sie nicht, dass einer nicht bewusstlos war. Er zog blitzschnell seine Waffe und richtete sie auf Jamie, die gerade mit dem Rücken zu ihm stand. Als sie sich umdrehte hatte er schon den Abzug betätigt. Chris kam blitzschnell zu ihr gerannt und warf sich vor die Kugel. Jamie realisierte was Chris gerade tat und wollte etwas unternehmen und dann geschah etwas Ungewöhnliches. Chris stand nun schützend vor Jamie und sah in Richtung des Schützen, aber die Kugel traf ihn nicht. Vor den beiden hatte sich eine Art Kraftfeld aufgerichtet. Die Kugel prallte einfach von ihr ab. Währenddessen schoss Jake mit seiner Waffe auf den Schützen und machte ihn so unschädlich. Da die Organisation aber anstatt richtiger Munition nur Betäubungspfeile verwendete, wurde der Schütze nicht verletzt. Chris drehte sich zu Jamie um und die beiden sahen sich durch die Sonnenbrillen hindurch in die Augen. So standen sie einfach nur da bis Jake sie unterbrach. " Ist alles in Ordnung bei dir?" fragte er sie durch den Raum hindurch, denn er stand immer noch bei den Geiseln. Jamie löste den Blick von Chris und antwortete ihm " Ja alles ok". Jamie und Chris gingen zu Jake und den Geiseln und vergewisserten sich über das Mikrofon und die Kopfhörer wie es mit der Bombe voranging. " Nicki hörst du mich?" fragte Chris " Andy entschärft gerade die Bombe. Wir hatte Glück, es handelte sich um keine große Bombe und sie ist nicht sehr kompliziert gebaut." sagte Nicki und nahm der gesamten Situation so etwas von ihrer Spannung. Jamie, Jake und Chris schafften währenddessen die Geisel aus dem Bahnhof. Die uniformierten Polizisten kümmerten sich um die

Geiseln, sodass die drei wieder in den Bahnhof gingen. Andy gab Entwarnung, die Bombe war entschärft. Sie ließen nicht viel Zeit vergehen und die fünf machten sich daraufhin wieder auf den Weg zum Stützpunkt. Jamie saß im Wagen neben Chris. Keiner verlor auch nur ein Wort über das Kraftfeld, sie sahen sich nur an. Chris dachte daran, dass Jamie bestimmt nicht wollte das jemand erfuhr was geschehen war bevor sie es selbst noch nicht wusste. Er behielt es für sich. Jamie war dankbar, dass Chris nichts gesagt hatte über das Geschehene und dachte daran, dass er vielleicht doch nicht so egoistisch war wie er sich gab.

Zurück auf dem Stützpunkt war Jamie immer noch voller Adrenalin. Ihr erster Einsatz hatte fehlerlos funktioniert, bis auf den kleinen Schuss, aber der hatte ja zum Glück keine Folgen. Quentin und die drei anderen Mitarbeiter waren noch nicht wieder auf dem Stützpunkt eingetroffen. Sie mussten noch einiges klären was die Geiselnehmer betraf und das weitere Vorgehen. Es stand für Quentin noch eine Menge Papierkram an, wie nach jedem Einsatz. Jamie ging indes auf ihr Zimmer. Sie zog sich wieder normale Kleidung an und entfernte sich den Blutroten Lippenstift. Es klopfte an ihre Tür, aber es war nicht ihre Zimmertür, sondern die Balkontür. Sie sah durch das Fenster und entdeckte dort Chris. Sie öffnete die Schiebetür und sah ihn etwas verwundert, aber auch etwas nervös an. " Hey" war alles was sie sagte. Chris lehnte an der Balkonmauer und stand mit verschränkten Armen da. Auch er hatte sich inzwischen umgezogen. " Was war das eben?" fragte er und sah sie verwundert an. Jamie sah ihm in die

Augen und versuchte die richtigen Worte zu finden, sie wusste ja selber nicht was passiert war. " Ganz ehrlich. Ich weiß es nicht." sagte sie und stellte sich dann neben ihm und lehnte sich gegen die Mauer. " Ich habe auf die Waffe gesehen und dann wie du auf einmal vor mir standest und dann ist es einfach passiert. Ich weiß nicht was es war." Chris lehnte sich ein wenig zu ihr herüber. " Es war eine Art Kraftfeld denke ich. Eine Art Schutzmauer." sagte er und versuchte mit seiner ruhigen Stimme etwas von ihrer Anspannung zu nehmen. " Ein Kraftfeld? Aber wie habe ich das denn gemacht?" fragte sie ihn und sah ihn wieder an. " Ich denke das war purer Instinkt. Ein Reflex. Wir finden das schon irgendwie heraus." sagte er und stützte sich mit seiner rechten Hand hinter ihr auf der Balkonmauer ab, sodass er ein Stück näher an sie herankam. " Wir? Du willst mir helfen?" fragte sie ihn mit einer gewissen Hoffnung, aber auch mit etwas Verwunderung in ihrer Stimme. Denn abgesehen von der Telekinese und der Stärke schien sie jetzt noch eine weitere Kraft bekommen zu haben und dass machte ihr ein wenig Angst. " Naja wir trainieren doch sowieso schon zusammen und da können wir doch auch daran arbeiten oder?" fragte er sie und lächelte sie leicht an. Sie dachte gerade daran, dass Chris doch vielleicht ganz anders war als er sich gab, aber dann sagte er noch etwas und versetzte ihren Gedanken damit wieder einen Dämpfer. " Und mit mir ist es ja auch vielleicht einfacher. Denk nur daran wie Jake wieder reagiert. Der hat ja schon das letzte Mal nicht verkraftet." Jamie sah ihn genervt an und sagte nichts und ging in Richtung ihres Zimmers. Aber bevor sie es erreicht hatte drehte sie sich noch einmal um und sagte noch " Das musste jetzt wirklich nicht sein. Aber auf dein Angebot komm ich noch zurück." Dann schloss sie schließlich auch die Tür und legte sich auf ihr Sofa. Chris verschränkte seine Arme vor seiner Brust und musste schmunzeln. Er ging auch in sein Zimmer und Jamie sah noch einmal aus dem Fenster um zu gucken ob er immer noch dastand. Aber er war weg. " Man was soll das immer. In dem einen Moment ist er nett und dann wieder nicht. Ich versteh den einfach nicht." dachte sie und sie musste auch an den Moment zurück denken an dem Chris schützend vor ihr stand. Er warf sich vor die Kugel damit sie sie nicht traf. " Hat er das nur gemacht, weil er dachte, dass er schneller heilt und es besser verkraften würde als ich oder weil er... Nein das kann nicht sein." Sie unterbrach ihre eigenen Gedanken und setzte sich auf. Sie sah aus als hätte sie einen Geist gesehen. Sie wollte nicht daran denken, dass Chris vielleicht etwas für sie empfand. Sie wusste ja auch immer noch nicht was er genau für ein Typ war und sie wollte keine Gefühle ins Spiel bringen solange sie noch kein genaues Bild von ihm hatte. Sie wollte an etwas anderes denken und verließ ihr Zimmer. Sie ging in die Küche um etwas zu essen.

In der Küche angekommen standen dort Andy und Jake. Sie aßen Schokokekse und dazu tranken sie kalte Milch. Jamie sah sie an und musste grinsen. " Sehr ausgewogene Ernährung nach der Arbeit." sagte sie und Andy musste lachen. Jamie trat neben die beiden an die Kücheninsel, die mitten im Raum stand und nahm sich ebenfalls einen Schokokeks. " Nach einem erledigten Job gibt es nichts Besseres." sagte Andy während sie Jamie ein Glas kalte Milch eingoss und es ihr reichte. Jamie nahm das Glas entgegen und trank einen Schluck und stellte das Glas dann auf die Kücheninsel. Jake stand neben ihr und wich ihr mit seinem rechten Daumen einen Milchschnurrbart aus dem Gesicht. Jamie kam nicht umhin sich zu fragen wieso Jake ihr jetzt wieder so nahe kam. In letzter Zeit hatten sie sich ein wenig voneinander entfernt. " Alles klar bei dir?" fragte er sie. Jamie überlegte einen Moment lang. Sie wusste nicht ob sie allen davon erzählen sollte was passiert war als der Schuss gefallen war. Aber sie beschloss es zu lassen. Es reichte ihr das Chris es wusste und sie wollte erst mit ihm zusammen herausfinden, was da genau passiert war. " Alles gut. Ich war zwar ganz schön aufgeregt, aber es hat alles super geklappt." sagte sie mit einem breiten Lächeln. Andy nahm sie in den Arm und als sie sie wieder los ließ sagte sie, " Du hast das wirklich super gemacht und du hast echt schnelle Reflexe bewiesen als der Typ auf dich geschossen hat." Jamie sagte erst einmal nichts. " Ja da hat sich unser Training wirklich gelohnt. Die Telekinese beherrscht du jetzt wirklich erstklassig." sagte Jake und reichte ihr noch einen Schokokeks. Während sie ihn entgegen nahm dachte sie daran, dass dieses Kraftfeld wohl nur von ihrer Seite aus gesehen werden konnte. Chris hatte es gesehen, weil er direkt vor ihr und somit auch hinter dem Kraftfeld stand. Die anderen befanden sich vor dem Kraftfeld also musste es wohl von der anderen Seite unsichtbar gewesen sein. " Ja das mit der Telekinese habe ich jetzt wohl drauf." sagte Jamie mit einem etwas aufgezwungenen Lächeln. Sie sah wie stolz Jake darauf war, dass die Fähigkeit, die sie mit ihm trainiert hatte so gut funktionierte, aber sie konnte sich darüber nicht so sehr freuen. *" Man was ist nur los mit mir? Ich sollte mich mit Jake zusammen freuen, aber ich krieg das einfach nicht hin. "* dachte Jamie und zwang sich weiter ein Lächeln auf. Chris und Nicki betraten zusammen die Küche und kamen auch zu der Kücheninsel und nahmen sich beide einen Schokokeks. " Nervennahrung." sagte Nicki und lächelte Jamie an. " Und wie war dein erster Einsatz? Und direkt hat einer auf dich geschossen, aber das hast du ja gut geregelt." sagte Nicki an Jamie gerichtet. Bevor Jamie ihr antwortete sah sie zu Chris und er schenkte ihr einen vertrauenswürdigen Blick. Sie wusste, dass er hielt was er versprochen hatte und es niemanden sagen würde. " Ja da hat alles gut geklappt. Ich fand es einfach nur aufregend." sagte sie und wandte ihren Blick von Chris ab und sah zu Nicki. Die fünf standen noch eine Weile in der Küche und unterhielten sich über den Einsatz. Und plötzlich klingelten Jamies und Chris´ Handys. Sie sollten sofort zu Quentin in den Konferenzraum kommen.

Im Konferenzraum angekommen erwartete Quentin Jamie und Chris schon. Die beiden setzten sich auf Quentins Bitte hin. " Wenn ihr wollt bleibt das hier natürlich unter uns, aber wir müssen etwas besprechen." sagte Quentin und klang dabei etwas ernst. Jamie und Chris tauschten einen kurzen Blick aus und beide wussten, dass es etwas mit dem abgewehrten Schuss zu tun haben musste. " Ich denke ihr beide wisst schon wieso ihr hier seid. Aber ich will es euch noch erklären. Ich habe euer Training beobachtet und bin wirklich zufrieden mit euch. Ihr könnt gut zusammen trainieren und das möchte ich demnächst auch bei einem Einsatz testen." sagte er und wartete eine Reaktion von den beiden ab. Jamie und Chris sahen sich etwas verwundert an. Beide dachten, dass sie wegen Jamies neu entstehender Kraft hier waren und wegen nichts anderem. Sie lösten ihre Blicke wieder und sahen zurück zu Quentin. " Was soll das denn für ein Einsatz sein?" fragte Chris. " Am Wochenende ist eine große Gala in Madrid und dort wird jemand anwesend sein, der schon etwas länger auf unserer schwarzen Liste steht. Die Gala ist nur ein Vorwand von ihm um seine krummen Geschäfte durchzuführen." Quentin reichte den beiden ein Foto mit ihrer Zielperson. Es war ein ungefähr vierzig jähriger Mann mit schulterlangen braunen Haaren und einem finsteren Ausdruck in seinem Gesicht. " Das ist Rodger Marlow. Er wird in mehreren Ländern wegen Wirtschaftsbetrug und Drogenhandels gesucht. Normalerweise würden wir das nicht übernehmen, aber zu Marlows Bodyguards zählen zwei Personen mit außergewöhnlichen Fähigkeiten." Quentin reichte ihnen zwei weitere Fotos mit dazugehörigen Personenbeschreibungen. Es waren zwei Männer. Einer war ein Meter achtzig groß, war zwanzig Jahre alt und hatte blonde kurze Haare. Dazu hatte er die Fähigkeit durch Wände zu gehen. "Wie ein Geist." sagte Jamie. Der andere war um einiges kleiner. Er war ein Meter vierzig, war dreißig Jahre alt und hatte kurze schwarze Haare und einen schwarzen Stoppelbart. Seine Fähigkeit betraf das Feuer. Er konnte es entstehen lassen und kontrollieren. " Ein kleiner Feuerteufel", sagte Chris und Jamie musste kurz lachen. " Was gibt's da zu lachen?" fragte Chris ironisch und musste ebenfalls Schmunzeln. " Naja wir haben es dann mit einem Feuerteufel und einem Geist zu tun. Das ist schon irgendwie eine komische Kombination." sagte sie und sah Chris an. " Okay das mag zwar eine komische Kombination sein, aber damit ist nicht zu spaßen. Ihr zwei habt die Aufgabe Informationen zu beschaffen. Ihr sollt keinen von ihnen festnehmen oder sonst irgendwie mit ihnen aneinandergeraten. Am besten wäre es, wenn sie euch gar nicht erst bemerken." sagte Quentin und Jamie und Chris wurden wieder ernster. " Auf der Gala trifft Marlow jemanden. Dieser Jemand verschafft ihm Informationen und Geldmittel. Ich will diese Informationen haben, denn nur mit diesen Informationen sind wir in der Lage die Pläne von Marlow und seinen Bodyguards zu durchkreuzen." sagte Quentin und besprach dann noch alles weiter mit den beiden. Wie sie auf die Gala kamen und wie sie sich verhalten mussten. Das würde Jamies erster Undercover Einsatz werden und da wollte Quentin auf Nummer sichergehen, dass sie alles verstanden hatte. " Und was ist, wenn sie uns doch bemerken?" fragte Jamie abschließend. " Wenn das geschieht habt ihr zum Schutz noch Waffen dabei und wir schicken umgehend Unterstützung. Ihr habt dann den Freifahrtschein um einmal richtig draufzuhauen. Denn wenn sie euch einmal bemerkt haben, müsst ihr sie unter allen Umständen unschädlich machen. Aber versucht unbemerkt zu bleiben. Ich will Marlow bei der Durchführung seines Plans erwischen." sagte Quentin mit etwas Wut in seiner Stimme. " Wir brechen übermorgen auf. Die Gala ist am Freitag, da habt ihr noch einen Tag um euch vorzubereiten und euch ein

Bild vom Gebäude zu machen." sagte Quentin zum Schluss und erinnerte die beiden nochmal daran, dass keiner von den anderen etwas erfahren soll, was die beiden in Madrid machen werden. Jake, Andy und Nicki werden zwar für den Fall das etwas passiert mitfahren, aber sonst nichts erfahren. Chris und Jamie verließen den Konferenzraum und blieben kurz stehen. " Wir müssen und jetzt noch schnell überlegen was wir den anderen sagen. Die werden nicht lockerlassen." sagte Chris. " Okay wir sagen einfach das Quentin und einen kleinen Urlaub in Spanien spendiert." sagte Jamie und erhoffte sich eine positive Reaktion von Chris. Er nickte bloß und dann gingen sie zurück zu den anderen.

Die Zeit bis zu ihrer Abreise verging schnell. Chris und Jamie verbrachten ihre gesamte Zeit damit zu trainieren und sich aufeinander einzustellen, denn bei einer Undercover Mission musste man seinen Partner kennen und ihn auch ohne Worte verstehen. Die beiden waren nun gut aufeinander eingespielt und je näher und intensiver Jamie mit Chris arbeitete desto komischer wurde Jake ihr gegenüber. Es war Mittwochmorgen und Jamie trainierte gerade mit Chris als Jake dazu kam. " Ich dachte wir trainieren heute zusammen. Wieso bist du jetzt schon wieder bei ihm?" fragte Jake sie und klang dabei etwas wütend. Jamie sah zu Chris und dann wieder zu Jake " Wir trainieren doch nur zusammen. Das ist doch jetzt kein Weltuntergang. Wir können später doch auch noch zusammen etwas machen oder?" fragte sie ihn, aber er verschwand ohne irgendein Wort. Jamie warf ihre Hantel beiseite. " Man was hat der für ein Problem?"

fragte sie sich. "Er ist eifersüchtig" sagte Chris und Jamie wunderte sich zunächst über eine Antwort bis sie bemerkte, dass sie die Frage nicht gedacht, sondern laut ausgesprochen hatte. Jamie drehte sich zu ihm. "Da hat er doch garkeinen Grund für." sagte sie und bemerkte dabei, dass das Lächeln aus Chris´ Gesicht verschwand. *"Hab ich jetzt was Falsches gesagt?"* fragte sie sich als sie Chris immer noch ansah. " Lass uns weitermachen. Es dauert nicht mehr lange bis wir fliegen." sagte er und klang ernst. Sie trainierten noch eine Stunde weiter und machten sich dann fertig um nach Spanien zu fliegen. Chris und Jamie packten nur das nötigste ein, denn sie wussten, dass sie nicht viel Zeit in Spanien verbrachten. Die anderen dagegen packten mehr ein, da sie dachten, dass sie zum Urlaub nach Spanien fliegen würden. Als Jamie und Chris mit ihren kleinen Reisetaschen an einem privaten Militärflugzeug ankamen mussten sie noch auf die anderen warten. " Was dauert bei denen denn bitte so lange?" fragte Chris. " Na die denken doch es wären ein paar Urlaubstage." sagte Jamie und die beiden sahen sich etwas angespannt an. " Aber da es ja wohl noch etwas dauert bis die anderen kommen. Kann ich dich da noch was fragen?" sagte Jamie. Chris sah sie fragend an. " Klar" war alles was er sagte. " Warst du schon einmal Undercover?" fragte sie ihn und er sah Aufregung in ihren Augen. " Ja das ein oder andere Mal, aber kein Einsatz ist wie der andere. Du darfst nicht zu viel darüber nachdenken. Ich denke du wirst das alles ganz gut hinbekommen." sagte er und schenkte ihr ein aufmunterndes Lächeln. Bevor sie sich für seinen Zuspruch bedanken konnte, kamen die anderen dazu und die beiden verstummten schnell. Sie stiegen alle in das Militärflugzeug und dieses startete umgehend. Während des gesamten Fluges beobachtete Jake Jamie und Chris. Die beiden saßen nicht zusammen, aber Jake konnte sehen das sie ständig Blicke austauschten. *" Da läuft doch etwas zwischen den beiden. Ich glaub das nicht, wie kann sie nur auf so einen Vollidioten hereinfallen?"* dachte er und beobachtete sie weiter. Er fragte sich auch wieso er sich so aufregte. Jamie war erwachsen und traf eigene Entscheidungen, auch wenn Jake nicht immer damit einverstanden war. Nur dieses Mal störte es ihn ganz gewaltig. Ob es nur daran lag das er Chris nicht leiden konnte oder wegen etwas anderem. Aber ihm fiel nichts anderes ein oder er wollte sich nichts anderes eingestehen.

Das Flugzeug landete und die fünf betraten einen Militärflughafen in Madrid. Andy und Nicki konnten ihre Freude nicht verbergen und genossen die Sonne. Sie stiegen in einen großen dunkelblauen Van und fuhren zu einem normalen Wohnhaus nahe der Innenstadt von Madrid. Die Organisation hatte über alle Kontinente hinweg ´Savewohnungen´. Also Orte an denen die Agents sicher waren, wenn sie irgendwo einen Unterschlupf brauchten. " Ich bekomm das größte Schlafzimmer." schrie Andy und rannte durch die Wohnung. Nicki rannte ihr direkt hinterher. Jamie ging in ein kleines Zimmer nicht weit vom Wohnzimmer entfernt und Chris nahm das Zimmer neben ihrem. Jake hatte ein komisches Gefühl im Bauch. Er sah es nicht gerne, wenn Chris und Jamie sich zu nahekam. Er bezog das Zimmer gegenüber dem von Jamie. Er wollte in ihrer Nähe bleiben und auch ein

Auge auf Chris behalten. Er war sich sicher, dass Chris irgendetwas vorhatte und er wollte herausfinden was. Nachdem alle ihre Sachen ausgepackt hatten versammelten sie sich im Wohnzimmer. Die Frauen saßen auf dem großen grauen Sofa und Jake saß auf dem danebenstehenden Sessel. Chris kam gerade aus der Küche, mit einer Dose Cola in seiner Hand. " Was wollen wir als erstes machen? Zum Strand oder einkaufen?" fragte Nicki ganz aufgeregt. " Zum Strand. Zuhause ist es so kalt. Ich will einfach in die Sonne." antwortete Andy. Bevor die anderen etwas sagen konnten klopfte jemand an die Tür. Chris stand als einziger und ging daher zur Tür. Er öffnete sie und sah Quentin. Quentin betrat die Wohnung und schloss die Tür hinter sich. Er ging mit Chris zu den anderen und wollte etwas verkünden. " Hey Leute" begrüßte er sie zuerst. Jamie hoffte, dass Quentin jetzt irgendwas sagen würde, weshalb sie und Chris nicht mit zum Strand gehen konnten. " Ich hoffe ihr habt einen guten Start in den Urlaub? Allerdings muss ich mir mal Chris und Jamie ausleihen, aber der Rest macht sich einen schönen Tag okay." sagte er und Chris und Jamie war die Erleichterung anzusehen. " Wieso die beiden? Was ist denn los?" fragte Jake und schien sie nicht gehen lassen zu wollen. " Wir müssen noch etwas besprechen. Das betrifft nur die beiden. Ihr gönnt euch einfach mal eine Pause." sagte Quentin und sein Blick sagte Jake, dass er es darauf beruhen lassen sollte. " Komm schon Jake, wir gehen jetzt zum Strand. Die beiden können doch nachkommen." sagte Andy und bewarf ihn mit einem Fußball. " Wir können solange Fußball spielen." Jamie und Chris machten sich fertig und gingen zusammen mit Quentin zu einem weißen

Jeep. " Ich dachte mir schon, dass es für euch nicht ganz einfach wir unbemerkt von den anderen wegzukommen." sagte er während sie in Richtung des Gebäudes fuhren indem am nächsten Tag die Gala stattfinden sollte. Aber sie fuhren nicht direkt zu dem Gebäude. Sie bogen eine Straße früher ab und fuhren durch ein Tor zu einem alten Lagerhaus. Sie stiegen aus dem Jeep und betraten das Lagerhaus. Von außen war es ein unscheinbares Gebäude, aber von innen hatte Quentin es leicht modernisiert. Es waren ein paar Mitarbeiter dort die an Computern arbeiteten. Sie überwachten das Gebäude indem die Gala stattfand und auch alle Straße die sich um das Gebäude befanden. Quentin deutete auf einen leeren Tisch der von zwei Lampen beleuchtet wurde. Jamie und Chris stellten sich nebeneinander an den Tisch und Quentin befand sich ihnen gegenüber. Er rollte ein großen Stück Papier aus. Es handelte sich um einen Bauplan des Gebäudes. Sie prägten sich die verschiedenen Fluchtwege ein und auch wo die Besprechung zwischen Rodger Marlow und seinem Informanten stattfinden sollte. Zudem ermittelten sie die schnellstmöglichen Wege um von dem großen Saal, indem die Gala stattfand, zu dem Raum zu kommen indem sich Marlow befinden würden. " Heute Nacht macht ihr beide einen Testlauf. Ihr bringt dabei in dem Raum, wo Marlow morgen sein wird und in den Räumen links und rechts davon, Mikrofone an und an den Türen und Fenstern befestigt ihr Kameras." sagte Quentin und sah sie ernst an. " Woher wissen wir denn, dass Marlow morgen genau in diesem Raum sein wird?" fragte Jamie. " Wir haben ihn schon vor einiger Zeit angefangen zu beobachtet und wir haben gesehen wie gestern einer von seinen Bodyguards dort mehrere Waffen versteckt hat." sagte Quentin und reichte den beiden daraufhin einen großen schwarzen Koffer. " Da ist alles drin. Mikrofone, Kameras und eure Waffen. Ihr könnt den Jeep draußen nehmen." sagte Quentin. " Ach und eure Kleidung liegt hier morgen für euch bereit." fügte er noch hinzu. Chris und Jamie machte sich daraufhin auf den Weg zurück zu der ´Savewohnung´.

Sie dachten nicht daran, dass jemand da sein könnte, aber sie redeten trotzdem nicht mehr über ihre Aufgabe. Sie parkten den Jeep und betraten das Wohnhaus. Als sie durch die Wohnungstür traten fanden sie dort die anderen vor. " Was macht ihr denn hier? Ich dachte ihr wolltet zum Strand." fragte Jamie. " Wir waren auch am Strand, aber Andy ist auf eine kaputte Glasflasche getreten und da sind wir wieder hergekommen." sagte Nicki, während sie Andys Fuß verarztete. " Stören wir?" fragte Jake und schien dabei genervt zu sein. " Nein wieso solltet ihr stören?" fragte sie ihn, aber er antwortete ihr nicht. Er sah sie nur an. Jamie sah zu Chris und der hob nur seine Schultern und zeigte ihr damit, dass er nicht wusste was da los war. Jamie reagierte nicht mehr auf Jake. Sie verstand ihn einfach nicht mehr und wollte jetzt nicht weiter über ihn nachdenken. Den restlichen Abend saßen alle gemeinsam auf dem Sofa und sahen sich einen Film an. Es wurde spät und die Sonne war mittlerweile untergegangen. Jamie sah zu Chris und er nickte ihr, für die anderen unmerklich zu. Sie sagte sie sei müde und ging dann in ihr Zimmer und schloss die Tür hinter sich. Chris verabschiedete sich auch, aber er sagte er wolle noch etwas spazieren gehen um den Kopf frei zu bekommen. Er verließ die Wohnung und ging zum Jeep wo er auf Jamie wartete. Jamie war unterdessen aus ihrem Fenster gestiegen, das im dritten Stock lag. Dank ihrer Fähigkeiten konnte sie einfach runterspringen. Sie stoppt kurz vor dem Boden und federte so den Aufprall ab. Sie landete mit einer Rolle und richtete sich wieder auf. Dann lief sie zum Jeep wo Chris sie schon erwartete. Sie stiegen beide ein und fuhren los. Die Fahrt dauerte nur zehn Minuten, da die Straßen weitestgehend leer waren. Sie parkten den Jeep zwei Straßen entfernt und gingen den Rest zu fuß. Wie sie jetzt genau vorgehen mussten, hatten sie alles schon vorher besprochen. Sie gingen zum hinteren Eingang des Gebäudes und sahen sich nach anderen Personen um. Keiner war zusehen. Jamie sah nach oben und fixierte sich auf ein Fenster im vierten Stockwerk. Mit ihrer Telekinese öffnete sie das Fenster. " Okay dann geht's jetzt los" sagte sie und die beiden sahen sich noch einmal um. Noch immer war niemand zu sehen. Sie stellten sich beide genau unter das geöffnete Fenster. Chris positionierte sich so als ob er eine Räuberleiter machen wollte. Jamie hielt sich an seinen Schultern fest und trat mit ihrem rechten Fuß auf seine Hände. Und mit einem Ruck warf er Jamie in die Luft. Durch seine enorme Stärke gelang es ihm Jamie bis zum vierten Stock zu werfen. Jamie hielt sich an der Fensterbank fest und zog sich durch das Fenster in das Gebäude. Als sie schließlich in dem Gebäude war, sah sie aus dem Fenster und hob Chris mit ihrer Telekinese nach oben. Er kletterte durch das Fenster und die beiden gingen zu einer Tür, die in ein Treppenhaus führte. Sie gingen runter in den zweiten Stock und verließen das Treppenhaus. Sie hielten beide Ausschau nach irgendwelchen Personen, aber niemand war zu sehen. Sie schlichen weiter und kamen letztendlich an dem Raum an, in dem Marlow sich morgen befinden würde. Chris wollte die Tür öffnen, aber sie war verschlossen. Er trat einen Schritt beiseite, sodass Jamie die Tür mit ihrer Telekinese und einer einzigen Handbewegung öffnen konnte. Sie betraten den Raum und schlossen die Tür hinter sich. Chris trug einen Rucksack bei sich indem sich die Mikrofone und Kameras befanden. Er holte fünf Mikrofone und drei Kameras heraus und reichte Jamie zwei Mikrofone und zwei Kameras. Sie öffnete daraufhin das einzig Fenster im Raum und kletterte hinaus. Sie drückte sich mit ihrem Rücken gegen die Hausfassade und bewegte sich langsam auf das rechtsliegende Fenster zu. Sie öffnete das Fenster, stieg hindurch und platzierte ein Mikrofon unter einem Tisch und ging zurück zum Fenster und befestigte eine kleine Kamera daran. Sie stieg wieder hinaus und schloss das Fenster wieder. Sie drückte ihren Rücken wieder an die Hausfassade und bewegte sich nach links, an dem Fenster des Raumes indem Chris sich befand vorbei und zu dem danebenliegenden Fenster. Sie öffnete das Fenster und stieg hindurch. Wie bei dem Zimmer davor versteckte sie ein Mikrofon unter einem Tisch und befestigte eine kleine Kamera an dem Fenster. Dann stieg sie wieder hinaus, schloss das Fenster wieder und ging zurück. Als sie wieder an dem ersten Fenster und somit auch wieder bei Chris angekommen war, half er ihr durch das Fenster. " Alles geschafft?" fragte er mit einem Gesichtsausdruck, der ihr zeigte, dass er die Antwort schon wusste. " Und hier?" fragte sie ihn. Sie tauschten nur ein Lächeln aus und er holte noch zwei weitere Kameras aus seinem Rucksack. Und zog den Rucksack wieder an. Sie gingen zur Tür und Chris öffnete sie langsam. Jamie wagte einen kurzen Blick hinaus auf den Flur und sah sich um. Niemand war zu sehen. Sie traten auf den Flur und Jamie schloss die Tür mit einer Handbewegung wieder ab während Chris zwei weitere Kameras auf der gegenüberliegenden Wand befestigte. Eine war so platziert, dass sie die mittlere, die rechte Tür und den rechten Flur im Blick hatten und die andere war auf die linke Tür und den linken Flur gerichtet. Jamie und Chris tauschten einen Blick aus und gingen zurück zum Treppenhaus. Sie betraten das Treppenhaus und blieben stehen. Chris sah auf sein Handy und sah eine Nachricht von Quentin. Er schrieb nichts. Die Nachricht sollte den beiden nur signalisieren, dass alle Kameras und Mikrofone funktionierten. " Alles klar" sagte er und sie gingen wieder in den vierten Stock zu dem geöffneten Fenster. Chris kletterte hinaus und sprang. Kurz bevor er den Boden berühren konnte, stoppte Jamie ihn und ließ ihn langsam zu Boden. Nun kletterte Jamie hinaus, schloss das Fenster und während sie es schloss rutschte sie ab und fiel. Sie drehte sich während sie fiel mehrmals um ihre eigene Achse und konnte sich nicht mehr richtig auf den bevorstehenden Aufprall konzentrieren. Doch bevor sie daran denken konnte gleich schmerzvoll auf dem Boden zu landen, fing Chris sie auf. Er hielt sie in seinen starken Armen und sie konnte nicht begreifen was gerade passiert war. " Alles okay bei dir?" fragte er sie und klang besorgt. " Ja alles gut. Dank dir." sagte sie und er hielt sie immer noch in den Armen. Er sah ihr in die Augen und auch sie konnte seinem Blick nicht entweichen. So standen die beiden einfach nur da. Er hielt sie fest und sie hatte ihre Arme um seinen Hals geschlungen. *"Was ist denn jetzt los?"* dachte sie und kehrte mit diesem Gedanken in die Realität zurück. " Ähm, du kannst ich dann jetzt wieder runterlassen." sagte sie und er schien sich auch ruckartig wieder daran erinnert zu haben, dass er sie noch festhielt. Er ließ sie runter und räusperte sich kurz. " Okay dann lass uns wieder gehen." sagte er und versuchte den Moment zu überspielen. Sie gingen zurück zum Jeep und fuhren umgehend zurück zur ´Savewohnung´. Dort angekommen gingen sie zusammen zu der Stelle an der Jamie aus ihrem Zimmerfenster gesprungen war und er warf sie, wie zuvor, nach oben. Das Fenster war noch geöffnet und sie kletterte wieder hindurch und stand in ihrem Zimmer. Sie sah wieder aus dem Fenster, aber Chris war schon verschwunden. Sie schloss ihr Fenster wieder und zog sich dann ihre Schlafklamotten an und hörte dann wie die Wohnungstür geöffnet wurde. Chris betrat die Wohnung und wurde schon von Jake erwartet. Chris sagte nichts und schloss die Tür hinter sich. Er legte die Schlüssel auf die Kommode, die sich direkt neben der Eingangstür befand. " Das war ja ein langer Spaziergang." sagte Jake. Er saß auf dem Sofa und sah ihn an. " Es ist ein schöner Abend, also wieso sollte ich ihn nicht genießen?" fragte er ihn. Chris blieb währenddessen vor ihm stehen. " Ist mir auch eigentlich egal. Ich will dir nur eins sagen. Halt dich einfach von Jamie fern." sagte er und stand vom Sofa auf und stellte sich genau vor ihn. " Ich denke Jamie kann ganz gut für sich selbst entscheiden mit wem sie etwas macht und mit wem nicht okay?" sagte er und kam ein Stück näher an ihn heran. Beide standen so nah aneinander, dass sie ihren Atem spüren konnten, sich jedoch nicht berührten. " Ich will das du sie in Ruhe lässt." sagte er in einer bedrohlichen Stimmlage. " Wer bist du eigentlich, dass du glaubst mir irgendwas verbieten zu können, wenn es um Jamie geht. Wenn ich nicht wüsste, dass du schwul bist würde ich sagen du stehst auf sie." sagte er und auch seine Stimme klang bedrohlicher. " Wie bitte? Was denkst du eigentlich wer du bist? Sie ist meine beste Freundin und wenn ich denke, dass jemand ein schlechter Umgang für sie darstellte, dann gehe ich dazwischen und du bist schlechter Umgang. Und jetzt halte sich einfach von ihr fern." sagte er und wurde wütend. " Vergiss es." war alles was Chris erwiderte. Jake wollte gerade zu einem Schlag ausholen bis jemand rief " Schluss jetzt." Jamie kam zu ihnen in das Wohnzimmer. Jake drehte sich zu ihr um. " Was ist denn hier bitte los?" fragte sie und versuchte dabei leise zusprechen um die anderen nicht zu wecken. " Willst du es ihr sagen oder soll ich?" fragte Chris Jake. Jake sah ihn an und wollte etwas sagen, aber er sagte doch nichts. Er sah Jamie noch einmal an und verschwand dann in seinem Zimmer. Chris und Jamie blieben zurück und sie sah ihn ungläubig an. " Ich habe wirklich nichts Schlimmes gemacht." sagte er und hielt dabei unschuldig seine Hände hoch. " Ich weiß, ich habe euch reden hören. Ich glaub es einfach nicht. Bin ich fünf oder was?" sagte sie und sah Chris fragend an. " Hast du mal daran gedacht ob er nicht nur schwul ist, sondern vielleicht auch auf Frauen stehen könnte? Und ins besondere auf dich." fragte er sie und setzte einen ernsteren Blick auf. " Ich muss mal mit ihm reden. Wir sehen uns morgen" sagte sie und begab sich in Jakes Zimmer.

Sie klopfte an seine Zimmertür, bekam jedoch keine Antwort. Sie öffnete die Tür langsam. " Kann ich reinkommen?" fragte sie, aber Jake zeigte keine Reaktion. Sie ging trotzdem in sein Zimmer und schloss die Tür hinter sich und ging langsam auf ihn zu. Er lag auf seinem Bett und sein Blick war auf die Zimmerdecke gerichtet. " Was ist nur los mit uns? Was ist los mit dir?" fragte sie und er richtete sich schließlich auf. " Ich will einfach nicht, dass du so viel Zeit mit dem verbringst. Der hat keinen guten Einfluss." sagte Jake und er klang ein wenig wütend. Jamie setzte sich auf sein Bett und sah ihn etwas sauer an. " Ich muss von niemandem beschützt werden. Ich bin ein großes Mädchen und kann selber entscheiden wer gut für mich ist und wer nicht." Jake hielt einen Moment lang inne und sah sie mit purem Unverständnis an. " Ich glaub es nicht, bist du etwa so blind?" fragte er sie wenig später. Sie wendete den Blick von ihm ab und stand auf und während sie zur Tür ging sagte sie noch " Wenn du dich wieder beruhigt hast und mir endlich sagen willst was wirklich mit dir los ist, weißt du ja wo du mich findest." Sie verließ sein Zimmer und ging zurück in ihres. Sie schloss ihre Tür und lehnte sich gegen diese. Sie sank zu Boden und vergrub ihr Gesicht in ihren Händen. " *Ich glaub das einfach nicht. Was ist nur los mit ihm? So kenn ich ihn überhaupt nicht.*" dachte sie, aber sie versuchte wieder einen freien Kopf zu bekommen, denn am nächsten Tag hatte sie genug zu tun und konnte keine

Ablenkung gebrauchen. Sie legte sich in ihr Bett und versuchte zu schlafen auch wenn ihr das nicht besonders leichtfiel, zu viel schwirrte ihr in ihrem Kopf herum.

## Kapitel fünf

Als Jamie wieder aufwachte war es sieben Uhr morgens. Jamie stand auf und musste immer noch an die gestrige Situation mit Jake denken. Sie zog sich ihre Sportsachen an und wollte laufen gehen. Sie verließ ihr Zimmer und betrat das Wohnzimmer. Dort befanden sich bereits Nicki, Jake und Chris. Chris hatte ebenfalls seine Sportsachen an und wollte, wie Jamie, laufen gehen. Jake und Nicki frühstückten gemeinsam. Jamie sah zu Jake, sagte aber nichts. Sie ging zu Nicki und nippte kurz an ihrem Orangensaft. " Ich geh etwas laufen" sagte sie und Nicki nickte ihr zu. " Kommst du mit?" fragte sie Chris und drehte sich zu ihm. Chris sah kurz zu Jake und dann wieder zu ihr " Klar, lass uns gehen" sagte er und sie verließen die Wohnung. Nicki sah zu Jake und er erwiderte ihrem Blick. " Was läuft da zwischen dir, Chris und Jamie?" fragte sie ihn und wartete mit einem durchdringenden Blick auf eine Antwort. Jake wollte nicht darüber sprechen, aber er wusste, dass Nicki niemals lockerlassen würde. " Mir gefällt einfach nicht, dass Jamie die ganze Zeit bei Chris ist." sagte er und hoffte das Nicki nicht weiter nachfragen würde. " Ach das soll ich dir jetzt einfach mal eben so glauben. Mach mir doch nichts vor, ich kenn dich jetzt schon eine Weile und so wie jetzt hast du dich noch nie benommen." sagte sie und fixierte seinen Blick weiter. " Was willst du denn von mir hören?" fragte er sie und erhoffte sich eine richtige Antwort, denn er wusste selber nicht wieso er sich so verhielt. " Darf ich dich mal was fragen und du musst wirklich ehrlich antworten okay?" fragte sie ihn. Jake sah sie ernst an und musste einen Moment überlegen. " Los frag." sagte er und atmete einmal tief durch. " Ich weiß du liebst Alex, das steht außerfrage, aber was genau empfindest du für Jamie? Und vergiss nicht, ehrlich antworten." Jake sah sie einen Moment lang nur an. " Jamie ist meine beste Freundin. Sie ist einer meiner liebsten Menschen auf der Welt." Er hielt einen Moment lang inne und sprach dann weiter. " Aber seit sie hier ist, bei uns und ich sie mit Chris sehe, weiß ich nicht was mit mir los ist. Wenn ich die beiden zusammen sehe, erkenn ich mich selber nicht mehr wieder." sagte er und rieb sich die Augen und atmete noch einmal durch. " Jake ich sag es ja nicht gerne, aber ich denke du…" Jake unterbrach sie. " Sag nichts mehr. Ich weiß was du sagen willst. Aber das kann nicht sein. Ich liebe Alex, wirklich. Aber ich bin einfach nur durcheinander." sagte er und hielt sich den Kopf so als hätte er Kopfschmerzen. Nicki sah ihn nur an und sagte nichts mehr. Sie nahm seine Hand und er sah sie wieder an. " Nimm dir Zeit um über alles nachzudenken." sagte sie und sie beendeten das Thema als Andy sich zu ihnen gesellte. " Guten Morgen" sagte sie und humpelte auf sie zu. Als sie sich endlich hingesetzt hatte fragte Nicki " Und wie geht es deinem Fuß?" Jake goss ihr ein Glas mit Orangensaft ein und reiche es ihr. Sie nahm es entgegen und antwortete." Naja ich kann in nächster Zeit keinen Marathon laufen, aber ich werde es wohl überleben" Alle fingen an zu lachen. Jake sah aber immer noch etwas betrübt aus. " Wo sind Jamie und Chris?" fragte sie, woraufhin Nicki und Jake kurz einen Blick austauschten. " Die sind beide laufen." sagte Jake und nahm daraufhin einen großen Schluck Kaffee. " Das war ja klar. Wir haben das erste Mal ein paar Tage frei und den beiden fällt nichts Besseres ein als laufen zu gehen." sagte sie verständnislos und Nicki musste lachen. " Du bist doch nur neidisch, dass du nicht laufen kannst." sagte sie und auch Jake musste anfangen zu lachen.

Es verging eine Stunde bis Jamie und Chris zurückkehrten. Sie traten durch die Tür und gingen als erstes in die Küche um sich zwei Flaschen Wasser aus dem Kühlschrank zu holen. Während sie sie austranken rief Andy sie zu sich. Sie gingen daraufhin beide ins Wohnzimmer und auf Andy zu, die auf dem Sofa saß. "Was gibt es?" fragte Chris. " Wir haben Urlaub und ihr geht laufen. Was ist los mit euch?" fragte sie mit einem Lachen in ihrer Stimme. " Was soll man um sieben Uhr morgens denn sonst machen?" fragte Jamie und musste auch ein wenig lachen. Jake kam ebenfalls ins Wohnzimmer und als er Jamie sah wollte er mit ihr reden, aber sie ging ohne ein Wort in das Badezimmer um zu duschen. Jake sah daraufhin Chris vorwurfsvoll an, sagte jedoch nichts. Chris ging in das zweite Badezimmer und duschte ebenfalls. " Was war das jetzt?" fragte Andy. Jake sah sie nur an, antwortete aber nicht. Er setzte sich wortlos neben sie und schaltete den Fernseher ein. Andy sah ihn fragen an, aber auch sie sagte nichts mehr. Sie spürte, dass da etwas Komisches vor sich ging, aber sie wollte keine unangenehme Situation schaffen. Chris war mittlerweile fertig im Badezimmer und gesellte sich zu den anderen ins Wohnzimmer und auch dieses Mal reagierte Chris nicht auf die Blicke von Jake, der Chris immer noch die Schuld an der Situation mit Jamie gab. Chris setzte sich neben Andy auf das Sofa, sodass Andy nun zwischen Jake und Chris saß und das brachte Andy nur dazu sich noch mehr Gedanken über diese komische Situation zu machen. Wenig später kam auch Jamie aus dem Badezimmer und sie setzte sich auf den einzelnen Sessel in dem Zimmer und auch sie schien sich noch nicht richtig beruhigt zu haben. Sie spürte die Blicke, die Jake ihr zu warf, aber sie versuchte nicht darauf einzugehen. Nicki war nun ebenfalls ins Wohnzimmer gekommen und sie versuchte die angespannte Stimmung etwas aufzulockern. Sie überlegten nun alle was sie heute machen sollten. " Kein Strand!" sagte Andy und alle mussten kurz lachen. " Wir können uns oben auf dem Dach auf die Terrasse setzten. Das Wetter ist schön und so muss Andy nicht so viel laufen." schlug Jamie vor. Mit dem Hintergedanken, dass sie und Chris heute noch etwas zu erledigen und nicht den ganzen Tag Zeit hatten. " Ja das klingt gut. Solange ich nicht laufen muss." stimmte Andy zu. Chris packte daraufhin eine Kühlbox mit kalten Getränken, eine paar Snacks und dann begaben sich alle auf die Dachterrasse.

Auf der Terrasse angekommen musste Jamie erst einmal staunen. Von der Terrasse aus hatten sie einen wunderschönen Blick über Madrid. Jamie ging bis zum Geländer vor und genoss die Aussicht. Chris stellte die Kühlbox zu Andy, die sich bereits auf eine der Liegen gesetzt hatte. Und dann kam er zu Jamie an das

Geländer " Klasse Aussicht" sagte er. " Ja das ist wirklich wunderschön" erwiderte sie. Sie blieben eine Weile dort stehen und genossen wortlos die Aussicht. Jake setzte sich indes neben Andy und Nicki. Nicki sah ihn an und er erwiderte ihren Blick. Er wusste was sie dachte und auch er bekam den Gedanken nicht mehr aus dem Kopf. Er lehnte sich zurück und sah zu Jamie. *" Das kann einfach nicht sein. Wieso passiert das ausgerechnet mir?"* fragte er sich. Andy schreckte auf einmal auf und zog damit die Aufmerksamkeit aller auf sich. " Was wollte Quentin eigentlich gestern von euch?" fragte sie Jamie und Chris, die daraufhin einen nachdenklichen Blick austauschten. " Er wollte nur noch einmal besprechen, dass wir das Training trotz des Urlaubes nicht vollständig vernachlässigen. Jamie sollte weiter lernen. Sie ist ja noch nicht sehr lange im Training und sie sollte jetzt nicht damit aufhören." sagte Chris und Jamie schien über diese präzise schnelle Antwort beeindruckt zu sein. " Ja stimmt, deshalb waren wir auch eben zusammen laufen" fügte sie noch hinzu und bestätigte somit seine Geschichte. " Okay klingt plausibel." sagte Andy und ließ es damit auf sich beruhen. Sie verbrachten den gesamten Tag auf der Terrasse, bis es für Jamie und Chris Zeit war zu gehen. Jamie sah zu Chris und sie nickten beide. Sie überlegten nun was sie sagen sollten um zu verschwinden. " Leute, entschuldigt aber mir geht es gerade nicht so gut. Ich werde mich etwas hinlegen ok" sagte Jamie und verschwand anschließend. Während sie das sagte, konnte Chris unbemerkt an seinem Handy etwas einstellen, sodass es so klingelte als ob er von Quentin angepiept werden würde. Sein Handy klingelte und die anderen sahen direkt zu ihm und er sah auf sein Handy. " Ich soll zu Quentin kommen." sagte er und stand auf. " Wieso das?" fragte Nicki. " Steht hier nicht, aber wir sehen uns später" antwortete er und verließ daraufhin die Terrasse. Er ging hinunter zum Jeep, wo Jamie schon auf ihn wartete. Sie fuhren zu dem Lagerhaus wo sie einen Tag zuvor Quentin getroffen hatten. Sie parkten den Wagen und gingen in das Gebäude. " Hey Leute. Ich habe euch schon erwartet." sagte Quentin und schickte sie umgehend in den Nebenraum, damit sie sich umziehen konnten. In der Mitte des Nebenraumes stand eine Ankleidewand und links und rechts davon Kleidung für beide. Chris zog einen schwarzen eleganten Smoking an und Jamie trug nun ein langes schwarzes, mit Strass steinen verziertes Abendkleid. Es war auf der rechten Seite bis zur Hüfte aufgeschlitzt, sodass ihr gesamtes rechtes Bein zu sehen war. Dazu trug sie schwarze High Heels. Ihre langen blonden Haare waren gewellt und auf der rechten Seite zusammengesteckt, sodass ihr Rücken zu sehen war. Das Abendkleid war so geschnitten, dass ihr gesamter Rücken zu sehen war. Sie trug außerdem noch silberne runde Ohrringe und eine silberne schlichte Kette. Sie hatte sich nun fertig angezogen und traten hinter der Ankleidewand hervor. " Wow" war das einzige was Chris hervor brachte. " Selber Wow" erwiderte Jamie. Sie ging voran aus dem Raum und auf Quentin zu. " Wow klasse seht ihr aus" sagte er und ließ seinen Blick für einen Moment lang auf Jamie und Chris gerichtet. " Euer Wagen wartet bereits auf euch, aber ihr habt jetzt noch eine Aufgabe. Ihr müsst mir noch weitere Informationen beschaffen." sagte er und gab Jamie einen USB-Stick." Marlow hat einen Computer dabei mit weiteren wichtigen Informationen. Dieser Computer befindet sich in einem der Zimmer, die ihr ebenfalls verwanzt habt." Die beiden nickten ihm zu und gingen dann nach draußen. Sie stiegen in den Wagen, der von einem der Mitarbeiter Quentins gefahren wurde, und machten sich auf den Weg zu der Gala. Schon bevor sie ausstiegen, konnten sie das Blitzlicht der Paparazzi sehen, die darauf wartete irgendeinen Prominenten vor ihre Linse zu bekommen. Der Fahrer öffnete ihnen die Tür und Chris stieg als erster aus. Er reichte ihr seine Hand und Jamie hielt sie beim Ausseigen fest. Dann hakte sie sich in seinem rechten Arm ein und sie betraten zusammen das Gebäude. "

Showtime" sagte er und brachte sie zum Lächeln. Zu Beginn betrachteten sie ihre gesamte Umgebung und hielten dabei Ausschau nach ihren Zielpersonen. Aber es war noch niemand von ihnen zusehen." Willst du tanzen?" fragte er sie und reichte ihr seine rechte Hand. Sie sah ihn an und musste an den Moment zurückdenken, indem er sie gefangen hatte als sie gefallen war und daran wie sie sich danach einfach ansahen. Sie legte ihre Hand in seine und sie begaben sich auf die Tanzfläche. " Von hieraus können wir alles gut überblicken." sagte er und während er das sagte dachte Jamie daran, dass Chris vielleicht bei allem was er tat doch nur an die Arbeit dachte und dass sie sich den Moment nur eingebildet hatte, als sie in seinen Armen lag. Sie versuchte sich zu konzentrieren. Sie hatte eine Aufgabe und da war kein Platz für persönliches. Sie hielten beide Aussicht nach ihren Zielpersonen, während sie sich beim Tanzen aneinanderschmiegten.

In dem Moment, als Chris die Nachricht bekam wurde Jake misstrauisch. Er verließ die Terrasse unter dem Vorwand, dass er nach Jamie sehen wollte und folgte dann stattdessen Chris. Er konnte nicht glauben was er sah, als er Jamie erkannte, die an einem weißen Jeep auf Chris wartete. Er folgte ihnen zum Lagerhaus und sah wie sie in Abendkleidung wieder herauskamen. Ab diesem Moment war er sich sicher, dass zwischen den beiden etwas lief. Er folgte ihnen weiter bis zur Gala und suchte dann eine Möglichkeit unbemerkt in das Gebäude zu kommen. Er schaffte es am Hintereingang in das Gebäude und verschaffte sich so Zugang. Er bewegte sich unbemerkt durch das Gebäude und bahnte sich seinen Weg um die beiden zu finden. Währenddessen hatten Jamie und Chris Rodger Marlow entdeckt, aber bevor sie ihm folgen konnten, mussten sie erst seine Bodyguards ausfindig machen. " Da, ich sehe die beiden. Sie folgen Marlow." sagte Chris und drehte sie mit einer eleganten Drehung in ihre Richtung. Sie verließen langsam die Tanzfläche und folgten den dreien unauffällig. Sie mussten schnell, aber auch sehr vorsichtig sein. Auch wenn bereits Mikrofone und Kameras in den Zimmern waren, mussten sie in der Nähe sein, falls etwas schiefging. " Warte" sagte sie und hielt ihn an seinem rechten Arm fest. Einer der Bodyguards von Marlow stand zur Sicherheit vor der Tür. " Was machen wir jetzt. Wir müssen in das Zimmer." sagte Chris. Jamie dachte einen Moment lang nach. " Komm mit" sagte sie und er folgt ihr. Sie gingen zu den Aufzügen und fuhren in den dritten Stock. " Was wollen wir hier? Die sind im zweiten Stock." fragte Chris, aber Jamie sagte nichts. Sie ging weiter und blieb vor einer Zimmertür stehen. Sie klopfte kurz an um sich zu vergewissern, dass niemand drin war. Dann öffnete sie die Tür wieder mit ihrer Telekinese und die beiden betraten das Zimmer. Chris schloss die Tür und wusste nun was sie vorhatte. Sie gingen beide zum Fenster und sie öffnete es. Chris rief Quentin an. " Ist jemand in den Zimmern? Und in welchem von den beiden freien Zimmern ist der Computer?" fragte er. Er gab Jamie ein Zeichen und legte wieder auf. Sie sah aus dem Fenster und auf das unter ihr befindliche. Sie öffnete es und sah dann zu Chris. " Ich lass dich zuerst nach unten" sagte sie und Chris kletterte direkt aus dem Fenster. Sie ließ ihn nach unten und er stieg durch das Fenster. Er lehnte sich nach vorne um sicherzugehen, dass sie nicht wieder herunterfiel. Jamie stieg nun ebenfalls aus dem Fenster, was mit dem Kleid nicht sehr einfach war und ließ sich langsam nach unten schweben. Chris hielt ihr seine Hände entgegen und zog sie dann herein. " Alles klar?" fragte er. " Ich hätte was anderes anziehen sollen, aber sonst ist alles gut." antwortete sie. Sie versuchten beide so leise wie möglich zu bleiben. Chris ging zur Tür für den Fall das jemand herein kam und Jamie nahm den USB-Stick und ging zu dem Computer, der offen auf einem Tisch lag. Sie kopierte die Daten und verstaute den USB-Stick wieder in ihrem BH, denn sie hatte keine Tasche dabei. Sie signalisierte Chris, dass sie fertig war und er rief erneut bei Quentin an um herauszufinden ob im Flur noch jemand war. Als er schließlich wieder aufgelegt hatte, kam Jamie zu ihm. " Beide Bodyguards sind bei ihm im Zimmer." sagte er und öffnete daraufhin langsam die Tür. Keiner war zu sehen. Sie verließen schnell den Raum und schlossen die Tür wieder. Sie entfernten sich ungefähr drei Meter von der Tür bis Chris etwas wahrnahm und Jamie fest hielt " Scheiße" war alles was er sagte. Bevor Jamie etwas sagen konnte öffnete sich die mittlere Tür. Chris sah Jamie an und sie sah das im etwas eingefallen war, damit sie nicht enttarnt wurden und so in Schwierigkeiten kamen. Und bevor Jamie realisierte was geschah küsste Chris sie. Er drückte sie gegen die Wand und seine Hände ruhten dabei auf ihrer Hüfte. Sie legte ihre linke Hand auf seine Schulter und dann streichelte sie seine Wange. Ihre rechte Hand ruhte währenddessen auf seiner Brust und sie konnte seinen, immer schneller werdenden Herzschlag spüren. Die Küsse waren lang und intensiv. Sie schienen beide alles um sich herum zu vergessen und gaben sich der Situation voll und ganz hin. Sie stellte ihr linkes Bein zwischen seine und er drückte sie ein wenig stärker gegen die Wand und die Küsse wurden noch intensiver.

Jake, der sich weiter seinen Weg durch das Gebäude bahnte, war mittlerweile im zweiten Stock angekommen und als er gerade um eine Ecke biegen wollte sah er sie. Er wich zurück um die Ecke und musste sich erst einmal klar werden was er gerade gesehen hatte. Er wagte noch einen zaghaften Blick um die Ecke und sah Chris und Jamie, wie sie sich küssten. Und dann sah er wie jemand aus einem Zimmer kam und die beiden unterbrach. Jake wich wieder zurück und konnte einfach nicht glauben was gerade passiert war. Er konnte den Anblick von Jamie und Chris, wie sie sich küssten nicht genau einordnen und er wusste auch nicht wieso die beiden auf eine Spendengala gingen, aber der Grund für ihre

Anwesenheit bei dieser Gale erschien ihm vollkommen unwichtig. Er konnte seine eigenen Gefühle nicht mehr richtig nachvollziehen und er wusste nur eins. Er wollte so schnell wie nur möglich weg von hier und er machte sich umgehend auf den Weg um das Gebäude zu verlassen. Er wollte einfach nur noch weg und versuchte das Gesehene zu verdrängen.

Chris und Jamie standen nun da, Arm in Arm und einer der Bodyguards von Marlow befand sich genau vor ihnen. " Hey was wollt ihr hier? Die Gala ist in dem großen Saal und nicht hier." sagte er und stand ihnen bedrohlich gegenüber. Es war der Feuerteufel, wie Chris ihn genannt hatte und er sah aus als ob er keine Scherze mochte. " Tut uns leid, aber wir sind heute Gäste auf der Gala und meine Freundin hat dieses Kleid an und da konnte ich mich einfach nicht mehr beherrschen." sagte Chris und sah daraufhin Jamie an und strich ihr mit einer Hand über ihr Haar. " Los verschwindet einfach." sagte er während er Jamie langsam von Kopf bis Fuß musterte und sie mit seinem durchdringenden Blick fast auszog. Jamie nahm Chris´ Hand und sie verschwanden wieder. Sie schwiegen den restlichen Weg bis sie wieder an ihrem Wagen standen. Sie setzte sich in den Wagen und der Fahrer fuhr los. Und auch die Fahrt über sagten sie nichts. Sie tauschten nur flüchtige Blicke aus, aber keiner schien sich zu trauen etwas zu sagen. Der Fahrer hielt den Wagen an und sie stiegen aus. Sie standen vor dem Wohnhaus indem sich die ´Savewohnung´ befand. Sie betraten letztlich das Gebäude und gingen hinauf zur Wohnung. Als sie durch die Wohnungstür traten, wurden sie von erstaunten Blicken empfangen. " Wie seht ihr denn aus? Und wo wart ihr?" fragte Nicki und kam auf sie zu gelaufen. Jetzt da es vorbei war konnten Chris und Jamie allen von dem Undercover Einsatz erzählen. Jake, der von der Gala direkt wieder zu den anderen gegangen war, kam auch dazu. " Wir hatten einen kleinen Einsatz bei der Spendengala." sagte Chris. " Sind wir nur deshalb in Madrid?" fragte Andy. " Ja, eigentlich schon." sagte Jamie und setzte sich auf das Sofa. " Ganz ehrlich, die Schuhe bringen mich noch um." sagte Jamie und musste gleichzeitig anfangen zu lachen. Die anderen fragten nicht weiter nach um was es sich für eine Mission handelte, sie wussten, dass sie alles darüber erfahren würden, wenn sie erst einmal wieder zurück auf dem Stützpunkt waren. Jake war noch immer durcheinander. Er fragte sich ober der Kuss, den er zwischen Jamie und Chris gesehen hatte, nur Show gewesen war, wegen dem Einsatz oder ob es ernst war. " *Für einen Showkuss war das einfach zu intensiv. Den konnten sie nicht einfach spielen oder?*" fragte er sich, aber er fragte nicht nach. Jamie schien noch immer sauer auf ihn zu sein. Und er wusste auch immer noch nicht was er empfand und ob es überhaupt einen Grund gab, dass er so durcheinander war. Jake ging schließlich in sein Zimmer und kam den restlichen Abend auch nicht mehr heraus. Die anderen Unterhielten sich noch etwas bis sie dann auch alle in ihre Zimmer gingen. Jamie zog sich zum Schlafen um und legte sich auf das Bett. Sie versuchte einzuschlafen, aber sie musste ständig an diesen Kuss denken. " *Wieso hat er das getan? Es gab doch bestimmt noch eine andere Möglichkeit damit wir nicht aufgeflogen wären. Aber dieser Kuss,* " Jamie fand keine logische Erklärung. Aber sie wollte nicht weiter darüber nachdenken, aber die Erinnerung an diesen Kuss brachte ihn ihr schon ein komisches Gefühl hervor. Sie redete sich ein, dass der Kuss nur Show war und das Chris es nur getan hatte um die Mission nicht zu gefährden. Sie verdrängte den Gedanken, dass Chris vielleicht etwas für sie empfand, vollkommen. Bis sie schließlich einschlief.

Der nächste Morgen war gekommen und die einzigen die in der Nacht gut schlafen konnten, waren Nicki und Andy. Alle saßen gemeinsam am Esstisch, der sich neben dem Sofa befand. Andy und Nicki versuchten die anderen aufzumuntern und wach zu bekommen, aber Jamie, Jake und Chris saßen nur unbeeindruckt da und starrten auf den Tisch. Keiner von ihnen sagte etwas und sie sahen sich auch gegenseitig nicht an. " *Okay wieso sich Jake so verhält ist mir ja klar, aber was ist jetzt mit den andern beiden?*" fragte sich Nicki und versuchte allein durch einen Blick herauszufinden was da los war. Die Stimmung war angespannt und Andy und Nicki gelang es nicht die Stimmung auch nur ein bisschen zu lockern. Dann klingelte das Telefon. Jake, Jamie und Chris sahen vom Tisch auf und zu den anderen. Keiner hatte wirklich die Lust aufzustehen und zum Telefon zu gehen. Andy konnte nicht aufstehen und Nicki war damit beschäftigt, zu versuchen die Gedanken der anderen zu lesen und schien dabei das Telefon nicht wahrzunehmen. Jamie setzte daraufhin ihre Telekinese ein und ließ das Telefon zu sich kommen und ging dann auch ran. " Hallo" war alles was sie sagte. Von dem Telefonat bekamen die anderen nur Jamies beiläufige Antworten wie zum Beispiel ´ok´ oder ´ Ja machen wir` mit bis sie auflegte. Sie sah zu den anderen und ließ das Telefon zurück auf seinen Platz schweben. " Wir sollen uns fertigmachen. Quentin schickt gleich jemanden vorbei, der uns abholen kommt. Wir haben noch ungefähr eine halbe Stunde." sagte sie und stand auf. Da sie und Chris nicht viel an Gepäck dabeihatten, übernahmen sie das aufräumen. Sie räumten das Frühstück weg und sonst noch alles was herumlag. Sie machten alles sauber und währenddessen sagte keiner von ihnen auch nur ein Wort. Nur die Blicke zwischen ihnen konnten sie nicht lassen. Die Situation zwischen ihnen war angespannt, aber sie ignorierten es. Die anderen hatten mittlerweile fertig gepackt und der Wagen, den Quentin geschickt hatte, wartete schon auf sie. Sie schlossen die ´Savewohnung´ ab und verließen das Gebäude. Wortlos stiegen sie in den Wagen und fuhren zum Militärflughafen. " Man Leute. Was ist mit euch los?" fragte Nicki und schien dabei völlig genervt zu sein. Jamie und Chris tauschten einen kurzen Blick aus und Jamie antwortete ihr " Nichts, alles ist gut. Ich habe nur nicht besonders gut geschlafen" Chris schloss sich Jamie an und schob seine distanzierte Haltung auch auf eine schlechte Nacht. Jake hingegen brachte noch immer kein Wort heraus und sah nur aus dem Fenster. Der Wagen hielt genau vor dem Militärflugzeug und sie stiegen aus. Sie nahmen ihr Taschen und stiegen dann ins Flugzeug. Quentin, der vor dem Flugzeug auf sie gewartet hatte, wunderte sich auch über die schlechte Stimmung. Jamie gab ihm den Stick und stieg dann auch in das Flugzeug. Jamie, Chris und Jake setzten sich in verschiedene Ecken des Flugzeuges und hielten Abstand zueinander. " Was ist da los?" fragte Quentin Andy und Nicki. " Keine

Ahnung" sagten beide zeitgleich und setzten sich dann hin. Das Flugzeug hob ab und während des Fluges ging das Schweigen weiter.

Sie landeten einige Zeit später am Stützpunkt und alle verließen fast fluchtartig das Flugzeug. Sie gingen alle auf ihre Zimmer und stellten ihr Gepäck ab, aber es blieb ihnen keine Zeit um einmal durchzuatmen und etwas alleine zu sein. Quentin hatte direkt nach dem Flug eine Besprechung einberufen. Sie fanden sich alle wenig später im Konferenzraum ein und setzten sich gemeinsam an den großen schwarzen Konferenztisch. Quentin nahm auch dieses Mal die angespannte Stimmung war, aber er wollte nicht näher darauf eingehen. " Okay ich weiß nicht was hier los ist und es soll mir auch egal sein. Ich will mit euch die gestrige Mission besprechen. " sagte Quentin ernst. Er gab einem der Männer, die an den Computern saßen ein Zeichen und dieser spielte die Videoaufnahmen von den Kameras, die Chris und Jamie angebracht hatten, ab. Die Kameras und die Mikrofone hatten zwei Männer, die Quentin beauftragt hatte, heute Morgen vor dem Abflug abgenommen und wieder mitgebracht. Sie sahen sich Aufnahmen von dem Treffen zwischen Rodger Marlow und seinem Informanten an. " Wir haben den Informanten identifiziert. Es handelt sich um Spencer Meed, einen Wirtschaftskriminellen. Er hatte sich eigentlich zur Ruhe gesetzt, aber aus irgendeinem Grund ist er jetzt wieder aktiv. Wir werden die Daten von dem Stick weiter auswerten. Und wir sind uns sicher, dass da noch etwas Großes auf uns zukommt, aber dazu später." sagte Quentin und erklärte ihnen daraufhin das weitere Vorgehen. Sie sahen sich noch einmal die Aufnahmen an und diesmal die ganzen Aufnahmen. Sie konzentrierten sich dabei auf Marlows Bodyguards. Sie gehorchten Marlow aufs Wort und taten all das was er verlangte. " Wie kleine Schoßhündchen" sagte Chris und schien damit die angespannte Stimmung überwinden zu wollen. Er und Jamie sahen sich wieder an und sie musste schmunzeln. " Okay, wir werden noch genaue Profile von den beiden erstellen um sie das nächste Mal nicht einfach laufen zu lassen." sagte Quentin und wollte gerade dem Mann am Computer ein Zeichen geben, dass sie fertig waren und er die Aufnahmen ausschalten konnte, aber bevor er das tat, sah er, fast wie eingefroren auf den Bildschirm. Und auch die anderen konnten ihre Blicke nicht mehr abwenden. Sie sahen einen Ausschnitt einer Aufnahme, worauf Jamie und Chris zu sehen waren und sich leidenschaftlich küssten. " Gehörte das auch zur Mission?" fragte Nicki und versuchte sich dabei das Lachen zu verkneifen. Chris und Jamie sahen sich kurz an und dann sprach Chris. " Wir mussten schnell irgendwas machen. Der Feuerteufel kam aus dem Zimmer und es war keine Zeit mehr um abzuhauen." Chris versuchte so ernst wie nur möglich zu klingen und sah dann zu Jamie. Er schien zu hoffen, dass sie seine Geschichte bestätigte. " Ja, wir konnten doch nicht riskieren aufzufliegen und ich hatte echt keine Lust darauf, dass der Typ dann mit seinem Feuer vor uns herumspielte." sagte Jamie und hoffte, dass die Antwort ausreichend war und keiner mehr nachfragen würde. Nicki und Andy tauschten einen Blick aus und sagten nichts mehr, aber ihre Blicke verrieten, dass sie ihnen kein Wort glaubten. Quentin beendete die Besprechung letztendlich und alle verließen den Raum. Chris verschwand blitzschnell und auch Jake ging ohne ein Wort. Jamie blieb mit Andy und Nicki alleine zurück. " Klar, das gehörte nur zur Mission. Natürlich" sagte Andy ironisch. Andy und Nicki standen vor Jamie und sahen sie schmunzelnd an. Jamie wollte ernst bleiben, konnte es aber nicht. " Müssen wir hier darüber reden?" fragte sie und daraufhin gingen sie alle zusammen in ihr Zimmer. Sie schloss ihre Zimmertür und ging zu ihrem Fenster. Sie wollte sichergehen, dass Chris nicht auf dem Balkon stand und etwas von dem Gespräch mitbekam. Andy hatte sich bereits auf das Sofa gesetzt. Ihr Fuß war noch wegen der kaputten Glasflasche verletzt. Nicki setzte sich neben sie und beide sahen neugierig zu Jamie. Jamie setzte sich auf ihren Wohnzimmertisch und somit gegenüber von Andy und Nicki. " Was wollt ihr denn jetzt von mir hören?" fragte sie und schien sich etwas unwohl zu fühlen. " Wie kam es wirklich zu dem Kuss?" fragte Nicki " Und wie war er?" fragte Andy direkt im Anschluss. Jamie sank vor Scharm ihren Kopf und überlegte was sie sagen sollte. Sie hob ihren Kopf wieder und sah die beiden an. " Zu dem Kuss kam es wirklich nur wegen dem Feuerteufel. Wir hatten echt keine Zeit mehr um uns etwas anderes zu überlegen. Und zuerst war ich wirklich überrascht, aber dann realisierte ich was er vorhatte." sagte sie und hoffte, dass Andy und Nicki sich damit zufriedengaben, aber sie wusste, dass die beiden nicht so einfach lockerließen. " Komm schon, erzähl uns was. Man hat doch genau gesehen, dass das kein gespielter Kuss war" sagte Andy und drängte auf eine Antwort. Jamie

125

sah beide noch einmal an und Andy und Nicki erkannten das Jamie noch etwas verbarg. " Okay. Ich weiß auch nicht. Ich wusste, dass der Kuss nur Show war, aber..." sie hielt kurz inne. "...aber er war so intensiv und hat sich echt angefühlt." sagte sie schließlich und schien erleichtert. Andy konnte nicht mehr ruhig sitzen bleiben und wackelte hin und her. Sie schien total aufgeregt zu sein. Nicki hingegen war ruhiger, denn sie wusste etwas, was sonst keiner wusste, aber sie behielt es erst einmal für sich. " Jetzt versteh ich auch was heute mit euch los war. Ihr habt seit dem Kuss nicht mehr miteinander gesprochen oder?" fragte Nicki. Jamies Lächeln verschwand. " Kein einziges Wort. Ich wusste einfach nicht was ich sagen sollte und von ihm kam ja auch nichts. Ich habe dann einfach gedacht, dass es für ihn dann wohl bloß Show war und weiter nichts." sagte sie und zwang sich ein kleines Lächeln auf. " Ach Schwachsinn. Wenn er wirklich denken würde, dass es nur Show war, dann hätte er doch kein Problem normal mit dir zu sprechen." sagte Andy und war sich dabei wirklich sicher. " Naja ich denk da jetzt nicht so viel drüber nach. Und bitte lasst es jetzt gut sein und fragt nicht mehr nach ok?" bat Jamie und Andy und Nicki sahen, dass sie sich bei diesem Thema nicht sehr wohl fühlte. Sie wechselten das Thema und versuchten Jamie etwas von der ganzen Situation abzulenken.

Währenddessen befand sich Chris bei den Boxsäcken und schlug einfach nur Sinnlos auf einen Boxsack ein, bis er plötzlich stoppte. *" Es war nur ein Kuss zur Tarnung. Wieso kann ich dann nicht einfach aufhören darüber nachzudenken?"* fragte er sich und vergaß dadurch das Boxen. Er stand einfach nur da und sah durch den Raum. Er schien völlig planlos zu sein. Dann hörte er jemanden und riss sich wieder zusammen. Er ging wieder zum Boxsack und schlug zu. Jake wollte gerade auch etwas von seiner schlechten Laune herauslassen, aber als er Chris sah drehte er sich wieder um und wollte gehen. " Jetzt stell dich doch bitte nicht so an." rief Chris ihm zu und Jake drehte sich daraufhin zu ihm um. " Wie bitte?" fragte er und sah ihn abschätzig an. " Wir arbeiten hier zusammen und da passiert es schon mal, dass wir zusammen auf der gleichen Etage sind. Da musst du dich jetzt nicht so anstellen. Mach doch einfach was du wolltest." sagte er und dann schlug weiter auf den Boxsack ein. Jake riss sich zusammen und nahm sich auch ein paar Boxhandschuhe und begann auf einen Boxsack einzuprügeln, der sich gegenüber von Chris befand. Beide schlugen einfach wild drauf los bis Jake aufhörte und zu ihm sprach. " Musste das wirklich sein? Du kannst sie nicht einfach küssen. Sie ist keine von denen." sagte er und schien dabei richtig wütend zu sein. " Was geht dich das bitte an? Und was heißt sie ist keine von denen?" fragte er und sah wie Jake ein Stück näher auf ihn zukam. " Sie ist keine von deinen Tussen die du einfach benutzen und dann wegwerfen kannst." Jetzt kam auch Chris hinter seinem Boxsack hervor und sah ihn an. " Ach ich benutze sie und werfe sie dann weg. Was ist bei dir schiefgelaufen? Du bist doch nur eifersüchtig, weil sie dich nur als Freund sieht und mehr nicht. Und wenn ich etwas mit ihr hätte, glaub ich nicht das dich das irgendwie etwas angeht." sagte Chris und wurde etwas aggressiver. " Natürlich geht mich das etwas an. Ich will nicht, dass du sie wie irgendeine x beliebige Nummer behandelst." Jake wurde mit jedem Wort noch wütender. " Was fällt dir eigentlich ein. Wenn du niemanden für gut genug hältst, dann geh zu ihr und sag ihr das du sie willst, aber halt mir keinen Vortrag darüber das ich ja so scheiße bin. Jamie kann sehr wohl selber entscheiden wen sie will." sagte er abschließend und warf Jake seine Boxhandschuhe vor die Füße und verließ dann den Raum. Er musste sich beherrschen, sonst hätte er ihm noch eine rein gehauen, aber er durfte sich nichts mehr erlauben. Quentin hatte eine klare Meinung über Gewalt untereinander. Jake stand nun alleine im Fitnessbereich und ließ seiner Wut freien Lauf. Er schlug wie wild auf den Boxsack ein und konnte sich so schnell nicht mehr beruhigen. *"Was findet Jamie bitte nur an diesem Idioten? Der passt doch überhaupt nicht zu ihr."* dachte er. Er versuchte seine Gedanken an Jamie zu verdrängen. Er wollte nicht über sie und Chris nachdenken müssen, aber es gelang ihm nicht vollständig diese Gedanken aus seinem Kopf zu bekommen.

**Kapitel sechs**

Andy und Nicki hatten Jamie indes in ihrem Zimmer alleine gelassen um ihr etwas Ruhe zu gönnen. Jamie ging auf den Balkon und atmete tief durch. Sie dachte an Chris, den Kuss und an seine Reaktion bei der Besprechung. " *Er war so ernst. Für ihn war das wohl wirklich nichts Besonderes.*" redete sie sich ein. Sie sah nur auf den See und wollte ihre Gedanken von allem befreien und die Ruhe genießen. Aber es blieb nicht lange ruhig. Sie zuckte zusammen und drehte sich zu Chris' Zimmer. Sie hörte wie er seine Tür zu knallte und etwas auf den Boden schmiss. Sie dachte darüber nach einfach nach ihm zu sehen, aber der Gedanke erledigte sich schon in der Sekunde als sie ihn hatte. Chris öffnete seine Balkontür und trat hinaus. Er sah Jamie und schien nicht sonderlich darüber erfreut zu sein, eher genervt. Jamie merkte, dass sie nicht erwünscht war und wollte wieder in ihr Zimmer gehen. " Warte" sagte er und sie drehte sich wieder zu ihm und sah ihn wortlos an. " Tut mir leid. Es ist nicht wegen dir das ich jetzt so drauf bin." sagte er und stütze sich mit seinen Unterarmen auf die Mauer und sank seinen Kopf. " Was ist denn los?" fragte Jamie und machte ein paar kleine Schritte auf ihn zu. " Das willst du nicht wissen" sagte er und behielt seinen Kopf unten. " Woher willst du das wissen, wenn du es mir nicht sagen willst?" fragte sie ihn und er richtete sich daraufhin vor ihr auf und sah sie an. " Ich hatte mal wieder ein kleines Gespräch mit deinem Freund." sagte er und sah in ihrem Blick, dass sie nicht sehr erfreut darüber war. " Was hat er gemacht?" fragte sie genervt. Chris sah sie verwundert an und fand nicht die richtigen Worte. " Wieso guckst du jetzt so komisch?" fragte sie ihn. " Naja zum ersten Mal hast du gefragt was er getan hat. Also gehst du nicht direkt davon aus, dass ich mal wieder der Schuldige war." sagte er und musste schmunzeln. Jamie dachte eine Sekunde über seine Antwort nach und versuchte sich das Lachen zu verkneifen und sagte dann " Warst du es denn schuld?" Beide mussten lachen und die vorherige angespannte Stimmung schien vollkommen vergessen. Jamie wollte aber verhindern, dass es wieder komisch zwischen ihnen wurde und beendete das Lachen. " Was ist denn nun passiert?" Chris wurde auch wieder ernster. " Ich war oben ein wenig Boxen und da kam er dazu. Er bestand darauf das ich mich von dir fern halte, da er der Meinung ist das ich schlechten Einfluss auf dich habe. Und er denkt, dass ich dich nur benutzen will und dann wieder wegwerfe." sagte er und sie wunderte sich über seine vollkommene Ehrlichkeit. Aus irgendeinem Grund zweifelte sie an keinem seiner Worte. " Ich glaub ich muss jetzt wirklich mal mit ihm reden." sagte sie und verabschiedete sich dann.

Sie fuhr mit dem Fahrstuhl auf die dritte Etage und fragte sich ob Jake noch da sein würde. Die Türen des Fahrstuhls öffneten sich und Jamie konnte ihn schon hören. Sie hörte seine Anstrengung und wie er auf etwas einschlug. Sie ging in den Fitnessbereich und sah Jake, der voller Wut auf einen Boxsack einschlug. Er schien sie nicht wahrzunehmen. Sie ging näher an ihn heran und er sah sie. Er hörte auf mit dem Boxen und versuchte ihrem Blick standzuhalten, wendete seinen Blick aber immer wieder ab. " Was ist los mit dir? Ich mach mir langsam Sorgen um dich." sagte sie und sah ihn besorgt an. "Hat sich Chris wieder bei dir ausgeheult?" fragte er und versuchte ernst zu bleiben. " Lass Chris jetzt aus dem Spiel. Ich will wissen was mit dir los ist verdammt." sagte sie und er merkte, dass sie langsam sauer wurde. Er sah sie endlich richtig an, aber brachte kein vernünftiges Wort heraus. " Ich habe euch gestern gesehen, wie ihr euch geküsst habt." sagte er und fixierte nun ihren Blick. " Wie konntest du uns gestern denn sehen? Bist du uns gefolgt?" fragte sie etwas entsetzt. " Das spielt doch keine Rolle, aber ich habe es gesehen und das war auf keinen Fall nur Show." Jamie konnte nicht fassen, dass er ihnen gefolgt war, aber sie musste auch an seine Worte denken, dass der Kuss nicht nur Show gewesen war. Sie verdrängte den Gedanken an den Kuss schnell wieder und richtete ihre Aufmerksamkeit wieder ganz auf ihn. " Vertraust du mir wirklich so wenig, dass du mir schon hinterher spionierst? Ich glaub das jetzt nicht. Ich habe gedacht du wärst mein Freund." sagte sie und zeigte ihm ihre Enttäuschung. Seine ursprüngliche Wut wandelte sich in Reue. Er hatte seine beste Freundin ausspioniert. Er war sich nun sicher, dass mit ihm etwas nicht stimmte. Jamie sagte nichts mehr. Sie ließ ihn alleine und lief auf ihr Zimmer. Sie schmiss ihre Zimmertür hinter sich zu und warf sich auf ihr Bett. Chris hatte den Knall mitbekommen und klopfte an ihr Fenster. Sie sah auf und ihr Blick richtete sich auf Chris, der vor ihrem Fenster stand. Sie stand auf und öffnete das Fenster. " Alles okay?" fragte er und schien aufrichtig besorgt zu sein. Jamie ging zurück und setzte sich auf ihr Bett. " Nicht wirklich" antwortete sie ihm und er betrat daraufhin ihr Zimmer. Er schloss das Fenster hinter sich und setzte sich zu ihr. " Hast du mit ihm gesprochen?" fragte er und sprach dabei mit einer beruhigenden Stimme. "Er hat uns gestern hinterher spioniert. Er war da als wir uns", sie stoppt ihren Satz und sah zu ihm und fuhr dann fort. " Naja du weißt schon. Aber auf jeden Fall hat er es für nötig gehalten uns auszuspionieren.

Ich glaub das nicht." Sie warf sich zurück aufs Bett. " Hast du mal darüber nachgedacht, dass er mehr für dich empfindet als nur Freundschaft?" Jamie richtete sich wieder ruckartig auf und sagte " Er ist schwul." Sie sah ihn verständnislos an. " Na vielleicht ist er nicht so schwul wie du dachtest." sagte er und schien sich sicher, dass Jake Jamie mehr mochte als er zugab. " Glaub ich nicht. Nein das kann nicht sein." sagte sie und war nun vollkommen verwirrt. " Ich will darüber nicht mehr nachdenken" Chris sah, dass sie völlig durcheinander war und hatte eine Idee. Er stand auf und reichte ihr seine Hand. Sie sah ihn misstrauisch an. Stand schließlich aber auch auf, aber fasste ihn dabei nicht an die Hand, die er ihr reichte. Sie verließen ihr Zimmer und fuhren dann mit dem Fahrstuhl bis zur dritten Etage unter der Erdoberfläche. "Was wollen wir hier?" fragte sie ihn während die Fahrstuhltüren aufgingen. " Du musst ein bisschen Dampf ablassen und mal auf andere Gedanken kommen." sagte er und führte sie zum Schießstand. Er reichte ihr ein ´Sturmgewehr 44`. Sie sah ihn erst einmal etwas ratlos an. Sie nahm die Waffe entgegen und richtete sie auf eine der Zielscheibe. " Warte kurz" sagte er und umfasste ihr linkes Handgelenk und sie konnte seinen Atem in ihrem Nacken spüren. Er legte seine rechte Hand auf ihre Schulter und half ihr so die richtige Position zu finden und das Gewehr richtig zu halten bevor sie schoss. Sie hatte nun die richtige Position eingenommen und er verweilte noch einen Moment in ihrer Nähe. Sie spürte immer noch seinen heißen Atem in ihrem Nacken. " Ich bleib noch hinter dir, bis du ein Gefühl für den Rückstoß hast." sagte er und bewegte seine rechte Hand langsam von ihrer Schulter runter bis zur Mitte ihres Rückens. Während seine Hand über ihren Rücken wanderte, bekam sie eine Gänsehaut und musste einmal tief einatmen. " Und los" sagte er. Jamie schoss einmal und merkte nun wieso er hinter ihr stand. Der Rückstoß des Gewehrs war um einiges Stärker als bei einer normalen Handfeuerwaffe. Sie stand nun noch ein Stück näher an Chris und konnte seine Brust und seine Atmung an ihrem Rücken spüren. Sie schoss noch einmal und hatte nun ein Gefühl für den Rückstoß. Chris ließ sie jedoch nicht los und blieb weiter hinter ihr stehen. Während sie so da standen musste sich Jamie etwas eingestehen. Es gefiel ihr und es fühlte sich gut an, ihm so nah zu sein. Sie spürte wie er seine Finger, an ihrem Rücken leicht hin und her bewegte und sie zu streicheln schien. Sie schoss ein weiteres Mal und die Distanz zwischen ihnen wurde immer kleiner und verschwand fast vollständig. Sie konnte spüren wie er seinen Kopf etwas in ihre Richtung neigte und wie sein Atem nun ihr linkes Ohr streifte. Sie schoss kein weiteres Mal, stattdessen drehte sie ihren Kopf ein wenig nach links und er berührte nun ihr linkes Ohr mit seiner Wange. Er sank seinen Kopf immer mehr und auch sie drehte ihren Kopf ein Stück weiter zu ihm und sie ließ das Gewehr ein wenig nach unten sinken. Sie sahen einander nicht an. Seine Wange und ihre berührten sich und beide spürten einander. Sie wussten beide, dass es nicht mehr lange dauern und sie sich erneut küssen würden, aber diesmal hatten sie keine Ausrede. Sie kamen einander immer näher. Er nahm ihr, mit seiner rechten Hand, das Gewehr aus der Hand und legte es auf die Ablage, die sich direkt neben ihm befand. Sie drehte sich mit ihrem restlichen Körper nun auch zu ihm und er legte seine rechte Hand in ihren Nacken. Ihre Oberlippen berührten sich zaghaft. Doch bevor es zu einem Kuss kommen konnte, klingelten ihre Handys. Sie wichen voneinander weg, aber nicht ruckartig. Sie ließen sich etwas Zeit bevor sie ihre Handys nahmen um zu gucken weshalb Quentin diesen Moment gestört hatte. Sie sahen sich noch in die Augen und verweilten einen Moment in dem Blick des anderen. Schließlich sahen beide auf ihre Handys. Quentin bat alle auf den obersten Hubschrauberlandeplatz zu kommen.

Sie mussten sich beeilen, da die Nachricht von Quentin dringend zu sein schien. Chris und Jamie gingen zum Fahrstuhl und als sich die Türen öffneten, stand Jake darin. Sie stiegen ein und die Fahrstuhlfahrt verlief schweigend bis sich die Türen wieder öffneten. Alle drei liefen zum Hubschrauberlandeplatz. " Gut das seid ihr ja." sagte Quentin, als Jamie, Chris und Jake zu ihm kamen. Andy und Nicki waren bereits vor ihnen eingetroffen. " Was ist denn so dringend?" fragte Jake. " Wir bekommen heute ein paar Neuzugänge und da brauche ich eure Hilfe." sagte Quentin. Zwei Hubschrauber flogen auf sie zu und landeten vor ihnen. Ein Mann stieg aus dem ersten Hubschrauber, kam auf sie zu und sagte " Es gibt da ein kleines Problem. Einer von ihnen ist psychisch labil und stellt eine enorme Gefahr dar." sagte er und gab den restlichen Männern in den Hubschraubern ein Zeichen. Zuerst öffnete ein Mann die Türen beim ersten Hubschrauber und zwei Deutsche Schäferhunde sprangen hinaus. " Hunde? Wir sind hier wegen Hunden?" fragte Chris verwirrt. Quentin sah ihn nicht an und antwortete auch nicht. Er wies Andy und Nicki an, die zwei Hunde schon einmal in die Eingangshalle zu bringen und dort zu warten. Als sie dann mit den Hunden verschwunden waren, kam der Mann, der eben schon bei ihnen war, zurück und sagte " Jetzt bitte vorsichtig. Charly ist bissig." Daraufhin öffnete ein weiterer Man die Türen vom zweiten Hubschrauber und ein weiterer deutscher Schäferhund sprang heraus. " Ein ganzer Hubschrauber für nur einen Hund? fragte Jake. Der Hund schien aber nicht normal zu sein. Er bellte ununterbrochen und sprang die Männer an, die versuchten ihn zu bändigen. Aber nichts schien zu helfen. Er fletschte seine Zähne, riss einen Mann zu Boden und wollte gerade zu beißen bis er plötzlich ganz ruhig und aufmerksam wurde als er etwas hörte. "Charly" rief Jamie so laut sie nur konnte und es funktionierte. Charly schien ihr zu gehorchen. Alle standen ruhig da und sagten nichts. Die Männer entfernten sich, auf ein Zeichen von Quentin hin, von dem Hund. Jamie ging langsam und ohne ruckartige Bewegungen auf ihn zu. Er stand einfach vor ihr und gab keinen Laut von sich. Jamie näherte sich immer mehr und als sie genau vor ihm stand, kniete sie sich hin und sah ihn nur an. Sie sah wie er sie beobachtete und sagte dann mit sanfter Stimme zu ihm " Ganz ruhig. Alles ist gut." und diese Worte beruhigten ihn. Er ging ein Stück auf sie zu und sie lächelte ihn weiter an. Und mit einer schnellen Bewegung sprang Charly Jamie an und leckte ihr das Gesicht ab. Sie streichelte ihn und erschien ihr zu vertrauen. Sie nahm seine Leine in die Hand und er folgte ihr mit jedem Schritt. Sie gingen zusammen zu den anderen, aber als Charly die anderen sah flippte er wieder aus. Jamie konnte ihn aber schnell wieder beruhigen. Charly war ruhig solange Jamie bei ihm war. " Da wissen wir ja jetzt wer die meiste Zeit mit ihm arbeiten wird." sagte Quentin und lächelte Jamie an. Sie gingen alle zusammen in die Eingangshalle zu den anderen. Charly blieb an Jamies Seite und wehrte jeden ab der ihr zu nahekam. Sie gingen alle zusammen zu einer Art Hundeschule speziell für Bombenspürhunde, die sich nur fünfzig Meter von der Eingangshalle entfernt befand. Andy und Nicki übergaben ihre Hunde den Tierpflegern, aber Charly wehrte jegliche Annäherungsversuche von anderen ab. Er versteckte sich hinter Jamies Beinen. " Okay da haben wir jetzt wohl ein kleines Problem." sagte Quentin und dachte weiter nach. " Ich habe eine Idee. Jamie du nimmst Charly mit. In den nächsten Tagen wird er bei dir bleiben und du gewöhnst ihn etwas an seine neue Umgebung." Jamie sah zu Charly und dann wieder zu Quentin. " Alles klar" sagte sie und ein Pfleger gab ihr eine Tasche mit Futter, Spielzeug und allem weiteren was sie brauchte. Sie ging danach zusammen mit Charly auf ihr Zimmer. Nachdem sie ihre Tür geschlossen hatte, ließ sie ihn von der Leine und er sah sich in ihrem Zimmer um. Jamie nahm die Sachen aus der Tasche, die der Pfleger ihr gegeben hatte und stellte ihm eine Schale mit Futter und eine mit Wasser hin. Sie legte das Spielzeug auf den Boden und stellte dann die leere Tasche beiseite. Sie setzte sich auf das Sofa und Charly folgte ihr. Er legte sich auf das Sofa und seinen Kopf auf ihre Beine. " Na bist du unkomplizierter als die anderen?" fragte sie ihn und musste lachen. Sie musste an die Situation denken bevor Quentin ihr geschrieben hatte und sie zum Hubschrauberlandeplatz musste. An die Nähe die sie zu Chris hatte. Bei dem Gedanken an den beinahe Kuss musste sie lächeln. Aber ihr wurde auch klar, dass es in nächster Zeit nicht noch einmal zu so einem solchen Moment kommen würde, denn sie war jetzt nicht mehr alleine. Charly verbrachte den restlichen Tag bei Jamie und auch in der Nacht wich er nicht von ihrer Seite. Er schien es zu seiner Aufgabe gemacht zu haben, auf Jamie aufzupassen.

Am nächsten Morgen wurde Jamie von Charly geweckt. " Wie kannst du morgens nur so eine Energie haben?" fragte sie ihn und er lief in ihrem Zimmer nur hin und her. Sie hatte eine Idee. Sie zog sich ihre Sportsachen an und nahm ihn an die Leine. Sie öffnete ihre Zimmertür und Charly rannte direkt los. Sie gingen zusammen nach draußen und sie ließ ihn wieder von der Leine. Sie warf die Leine auf den Boden und lief einfach los. Sie dachte, wenn sie und Charly in nächster Zeit zusammen sein werden, musste sie ihn in ihren Trainingsplan mit einbinden. Sie liefen zusammen über das weite Gelände ungefähr eine Stunde. Zum Schluss nahm sie ihn wieder an die Leine und sie gingen wieder rein. Charly schien nach dem Sport ganz ruhig zu sein. " Das muss ich mir merken" sagte sie und gingen zu Quentin. " Guten Morgen, wie war eure erste Nacht?" fragte Quentin. " Super, aber ich brauchte keine Decke, er ist wie eine lebende Heizung." sagte sie und beide lachten kurz. " Ach und ich habe etwas herausgefunden. Wenn Charly Sport macht ist er danach ruhiger und springt keinen mehr so schnell an." sagte sie und Quentin wollte ihr dann noch etwas zeigen. Sie gingen an eine Wand in der Eingangshalle. Er zeigte ihr eine Art Alarmknopf an der Wand." Diese

Knöpfe wurden letzte Nacht im gesamten Gebäude installiert. Damit du nicht rund um die Uhr Charly bei dir haben musst. Falls er mal entwischt kann jeder diesen Knopf drücken und der Alarmton informiert dich dann, dass du ihn schnell finden musst." sagte er und sie nickte. Er betätigte den Alarm einmal damit Jamie wusste, wie er sich anhörte. Es war ein lauter, dumpfer Alarm und zeitgleich leuchtete ein rotes Licht. Quentin schaltete den Alarm wieder aus. " Okay ich denke das kann ich mir merken." sagte sie und ging dann wieder in ihr Zimmer. Sie musste ihr Training heute ausfallen lassen und mit Charly arbeiten. Sie ging schnell duschen und dann zu der Hundeschule, wo die Pfleger sie schon erwarteten. Den restlichen Tag verbrachte Jamie damit Charly an die anderen Hunde und Pfleger zu gewöhnen, aber das funktionierte nicht richtig. Jamie wusste dass Charly es ihr in nächster Zeit nicht gerade einfach machen würde.

Es verging eine Woche und Jamie hatte jede Minute zusammen mit Charly verbracht. Er war jetzt soweit tagsüber bei den anderen Hunden und Pflegern zu bleiben, aber in der Nacht blieb er weiterhin bei ihr. Jamie konnte nun wieder ihren normalen Trainingsplan durchziehen, den sie in der letzten Zeit zu sehr vernachlässigt hatte. Es war acht Uhr morgens und Jamie war schon mit Charly laufen gegangen und brachte ihn jetzt in die Hundeschule. Anschließend fuhr sie mit dem Fahrstuhl auf die dritte Etage und ging in den Fitnessbereich. " Na wen seh ich denn da? Lebst du noch?" fragte Andy als Jamie den Raum betrat. Chris drehte sich zu ihr und auch Jake sah sie an. " Jaja ich versteh schon, ich habe euch vernachlässigt." sagte sie und ging zu Andy und Nicki. Sie nahmen sich in den Arm und als sie sich wieder los ließen sprach Chris. " Dann können wir ja jetzt wieder trainieren oder?" fragte er sie und sie sah zu ihm. Sie hatte ein komisches Gefühl und konnte diese auch nicht recht zuordnen. In den vergangenen Tagen hatten sie sich kaum gesehen und somit auch nicht über den beinahe Kuss am Schießstand gesprochen. " Dann lass uns mal anfangen." sagte sie und ging zu ihm hinüber. Sie gingen in einen Nebenraum und begannen mit ihrem Nahkampftraining, aber die gesamte Trainingszeit über, verschwand das komische Gefühl nicht und Jamie tat sich schwer damit sich zu konzentrieren. Jamie und Chris zogen ein verlängertes Trainingsprogramm durch um die versäumten Stunden nachzuholen. Sie verbrachten den halben Tag zusammen und Jamies Gefühlslage verbesserte sich den Tag über auch nicht, aber da schien sie nicht alleine zu sein. Auch Chris schien sich nicht besonders gut zu fühlen. Er verhielt sich ihr gegenüber etwas komisch und schien nicht genau zu wissen wie er sich ihr gegenüber verhalten sollte.

Danach trafen sie sich alle im Aufenthaltsraum. Jamie setzte sich zusammen mit Andy und Nicki in die Sitzecke und Jake und Chris blieben an der Bar stehen. Beide sahen abwechselnd zu Jamie, aber sie saß mit dem Rücken zu ihnen. " Und wie lief es mit Charly?" fragte Andy. " Es war ganz schön anstrengend, aber ich habe ihn jetzt soweit das er nur noch nachts bei mir bleiben muss, damit er nicht vollkommen ausflippt." sagte sie und musste lachen. " Aber können wir bitte das Thema wechseln. Ich habe Charly ja wirklich gerne, aber ich brauche mal ein anderes Thema als Charly ok" sagte sie und schien erleichtert nur unter Menschen zu sein. " Wie wäre es, wenn wir heute einen Filmabend machen. Wie haben unser Training für heute erledigt und den restlichen Tag haben wir nichts zu tun." sagte Nicki und die anderen waren damit einverstanden. " Aber jetzt entspannen wir einfach alle mal." sagte Andy während sie aufstand und die Musik einschaltete. Es erklang ´Love Me Again´. Andy und Nicki begannen zu tanzen. Jamie stand auf und ging zur Bar. Sie sah Chris und Jake, die ohne sich gegenseitig zu nerven gemeinsam an der Bar standen. " Ist es zu früh um etwas zu trinken?" fragte sie und sah abwechselnd Chris und Jake an. " Naja wir haben den ganzen Tag trainiert und wir haben mittlerweile fünf Uhr, also denke ich das ist schon ok." sagte Chris und reichte ihr ein Glas mit Whiskey. Sie nahm es entgegen und schluckte es in einem runter. " Ist der Hund so schlimm?" fragte Jake. Das war das erste Mal das er seit der letzten Woche mit ihr sprach. " Schlimm ist nicht das richtige Wort. Er ist nur anstrengend." antwortete sie ihm. Sie saßen den gesamten Abend alle zusammen und unterhielten sich. Und dadurch vergaßen sie sogar den geplanten Filmabend. Jake bat Jamie kurz mit ihm zu kommen und sie verließen zusammen den Aufenthaltsraum. Sie setzten sich auf die Treppenstufen gegenüber von der Tür und Jamie wartete darauf das Jake begann zu reden. " Ich weiß ich habe mich in der letzten Zeit echt scheiße benommen, aber ich weiß nicht was mit mir los war. Es tut mir wirklich leid und wenn du mit Chris befreundet sein willst, steh ich dem nicht mehr im

Weg." sagte er und sah sie voller Reue an. Sie stand auf und reichte ihm ihre Hand. Er nahm ihre Hand und stand ebenfalls auf und sie umarmte ihn " Schon gut. Alles wieder in Ordnung" sagte sie und sie blieben einen Moment so stehen. Die Tür des Aufenthaltsraumes öffnete sich und Chris kam heraus. Jamie sah ihn und ließ Jake langsam los. Jake drehte sich um und sah Chris, dann sah er wieder zu Jamie. Er wusste nicht was zwischen den beiden war, aber es gefiel ihm nicht. Die drei standen einen Augenblick in dem Flur und bevor Jamie etwas sagen konnte, ging der Alarm los. Sie lief dem Alarm nach und er wurde immer lauter. Charly befand sich auf dem Panzer, der in der Eingangshalle stand. Jamie stoppte vor dem Panzer und sah zu Charly. " Wie ist der da hochgekommen?" fragte sie und bemerkte dann das Chris und Jake ihr gefolgt waren. "Macht den dämlichen Alarm aus." rief sie ins Leere und irgendjemand schaltete ihn ab. Jamie holte Charly mithilfe ihrer Telekinese vom Panzer und er lief auf sie zu. Sie nahm ihn an die Leine. Charly fing an zu bellen und an der Leine zu ziehen. Aber er bellte nur Jake an. Chris schien er gar nicht wahrzunehmen. " Charly es reicht!" rief sie ihm zu und er beruhigte sich etwas, aber er konnte seinen Blick nicht von Jake abwenden und blieb beschützend vor Jamie stehen. " Ich nehme ihn am besten mit auf mein Zimmer." sagte sie noch und verschwand dann. Sie ging auf ihr Zimmer und ließ ihn wieder von der Leine. Er legte sich direkt auf das Sofa und sie ging auf den Balkon. Sie sah auf den See hinaus und atmete tief durch. " Alles ok bei dir?" fragte sie eine männliche Stimme wenig später. Sie drehte sich um und sah Chris. " Könnte besser sein." sagte sie und lehnte sich mit dem Rücken an die Mauer, die als Geländer diente. Chris stellte sich neben sie. " Was ist denn los?" fragte er und sah sie an. " Ich weiß auch nicht. Heute ist einfach nicht so mein Tag." sagte sie und sah jetzt auch ihn an. Jamie dachte an den Moment, auf dem Schießstand zurück und an den beinahe Kuss. Aber bevor ein weiterer intimer Moment zwischen den beiden entstehen konnte, kam Charly zu ihnen. Chris kniete sich zu ihm herunter. " Nein nicht der will dich nur beißen." sagte sie und während sie das sagte konnte sie nicht glauben was sie sah. " Wie machst du das?" fragte sie. Charly schien auch Chris zu vertrauen. Er ließ sich von ihm streicheln und stand weiterhin einfach nur ruhig da. Jamie kniete sich ebenfalls hin und sah die beiden an. " Du bist wohl doch nicht die einzige dem er vertraut." sagte er mit einem breiten Lächeln. Sie lächelte ihn einfach nur an und sagte nichts bis Charly wieder in ihr Zimmer ging und sich auf das Sofa legte. Chris und Jamie standen wieder auf und sahen sich weiterhin an. Und dann begann es zu regnen. " Wir sehen uns morgen ok." sagte sie und beide gingen in ihre Zimmer. Jamie legte sich auf ihr Bett und konnte nicht aufhören an Chris zu denken, aber auch Jake war wieder in ihren Gedanken. Sie dachte daran, dass zwischen ihnen wieder alles normal werden und sie ihren besten Freund endlich wiederbekommen würde. Und über diesen Gedanken schlief sie ein.

An nächsten Morgen verlief alles weitestgehend normal. Jamie stand auf und lief mit Charly zusammen ihre morgendlichen acht Kilometer. Dann brachte sie ihn vor ihrem richtigen Training in die Hundeschule.

Auch wenn Charly noch keinem der Pfleger vertrauen konnte, wusste er das Jamie zurückkommen und ihn wieder da wegholen würde. Jamie fuhr mit dem Fahrstuhl auf die dritte Etage und ging zu Chris, der schon auf sie wartete. Sie begannen mit ihrem Nahkampftraining. Sie teilte ein paar schmerzhafte Tritte aus und auch ihm gelang es sie ein paar Mal auf die Matte zu schmeißen. Jamie lag mit dem Rücken auf der Matte und Chris kniete über ihr. Er hielt sie mit seinen starken Armen am Boden fest und mit seinem rechten Bein machte er ihr es fast unmöglich ihre Beine zu bewegen. Aber sie schaffte es ihr rechtes Bein frei zu bekommen und konnte so sein rechtes Bein lösen. Sie drehte sich mit einer schnellen Bewegung und beugte sich letztlich über ihn. Nun lag er mit dem Rücken am Boden und sie setzte ihre Stärke ein um ihm am Boden zu halten. " Da hat ja jemand dazu gelernt." sagte er und atmete angestrengt. " Ich hatte ja auch einen guten Lehrer." entgegnete sie ihm und auch ihr fiel das Atmen schwerer. Sie verharrten kurz in dieser Position. Chris sammelte etwas Kraft und schaffte es, durch eine schnelle Bewegung, Jamie zu überrumpeln und wieder die Oberhand zu bekommen. Jetzt lag sie wieder am Boden und er befand sich über ihr. Sie sahen sich tief in die Augen und keiner von beiden strengte sich noch an. Sie schien sich nicht befreien zu wollen und er musste auch keinerlei Stärke anwenden um sie am Boden zu halten. Er lockerte seinen Griff, ließ ihre Handgelenke los und bewegte seine Hände von ihren Handgelenken langsam zu ihren Händen. Sie verschränkten ihre Finger ineinander und verharrten einen Moment lang in dieser Position. Sie sahen sich immer noch tief in die Augen und sie richtete sich ein Stück auf und er kam ihr entgegen. Der Moment vom Schießstand schien sich zu wiederholen. Sie näherten sich immer weiter an, bis Jake plötzlich in den Raum trat. Er stand einfach nur da und sah die beiden an. Chris stand auf und half ihr hoch. " Hey" sagte sie und ging auf ihn zu. " Ich dachte wir wollten mit deinem Training weitermachen?" fragte er sie und schien leicht geschockt zu sein. Jamie drehte sich zu Chris. " Ich komm nachher wieder, dann können wir das andere Training beginnen." sagte sie und bezog sich dabei auf die kürzlich neu entdeckte Fähigkeit Kraftfelder zu erzeugen. Wovon allerdings noch keiner erfahren sollte. Chris verstand was sie sagen wollte und nickte ihr zu. Sie verließ zusammen mit Jake den Raum und sie gingen auf einen von den Hubschrauberlandeplätzen. " Was wollen wir hier?" fragte sie ihn. " Du kannst ja, ohne dich dabei zu verletzen von Gebäuden springen. Und da dachte ich mir, dass wir das heute trainieren. Du nimmst jetzt etwas Anlauf und springst von diesem Landplatz auf den anderen." sagte er und zeigte dabei auf den Landeplatz, der sich schräg unter dem befanden, auf dem sie gerade standen. " Ist das dein ernst?" fragte sie ihn und sah das er es ernst meinte. Er ging einen Schritt auf Seite und sie nahm Anlauf. Sie sprang in Richtung des anderen Landeplatzes, der sich ungefähr fünfundzwanzig Meter unter ihr befand. Durch ihre Telekinese machte sie sich kurz vor dem Aufprall etwas langsamer und rollte sich dann am Boden ab. Sie richtete sich wieder auf und drehte sich zu Jake. Er lief die Treppen, die sich an der Gebäudefassade befanden, herunter und auf sie zu. " Das hast du jetzt nicht zum ersten Mal geübt oder?" fragte er und schien etwas frustriert. " Ja etwas. Chris war der Meinung, dass es gut wäre das zu können." sagte sie ihm und sah seine Enttäuschung. Er begann dennoch wieder leicht zu lächeln. " Ich habe noch eine Idee. Komm mit" sagte er und lief in das Gebäude zurück. Sie fuhren wieder auf die dritte Etage und gingen in einen Raum, indem Jamie bisher noch nie gewesen war. Der Raum war ungefähr doppelt so hoch wie alle anderen und dort standen verschiedene Sportgeräte wie ein Reck, in verschiedenen Größen. Es standen auch verschieden große Trampoline und Schwebebalken in unterschiedlichen Höhen da. Und an der Decke waren große silberne Ringe befestigt. " Was ist das hier?" fragte sie ihn und sah sich alles gespannt an. " Das ist unser Parcours" sagte er und ging zu einer kleinen Tür. Er öffnete sie und zog einen großen schwarzen Apparat heraus. Jamie ging zu ihm und fragte sich was er dahatte. Er platzierte den Apparat in der Mitte der Wand, die sich gegenüber von allen Sportgeräten befand. " Das Ding hier schießt gleich mit Paintballs auf dich. Du kannst dir gleich ein Lied aussuchen und in dem Rhythmus von der Musik, schießt die Maschine dann mit Panitballs auf dich." sagte er und wusste, dass Chris ihr das nicht gezeigt hatte, und das gefiel ihm. " Also ich soll jetzt an die Geräte und dabei versuchen den Paintballs auszuweichen?" fragte sie und sah ihn ungläubig an. Jake suchte sich ein Lied aus. Seine Wahl traf auf ́Keine Maschine ́. Er schaltete die Musik ein und ging hinter die Maschine, um nicht selber getroffen zu werden. Die Maschine besaß einen Sensor, sodass die Maschine sich immer in die Richtung bewegte in der sich Jamie gerade befand. " Ah, scheiße tun die weh."

rief sie als sie eine der Paintballs traf und versuchte nun ihnen auszuweichen. " Geb dir mal was Mühe." rief er ihr zu und konnte nicht mehr aufhören zu lachen. " Na dir zeig ich es." sagte sie leise zu sich selbst und strengte sich nun richtig an. Sie lief zu dem Reck hinter ihr und sprang an ihm hoch. Sie kreiste zweimal um das Reck herum und ließ dann los. Sie flog nach oben zu dem höhergelegenen Reck, hielt sich fest und kreiste auch zwei Mal um dieses herum. Sie ließ wieder los und flog zu einem der Schwebebalken. Sie stand nun auf dem Balken und machte ein paar Flick Flacks nach vorne und konnte so den Paintballs ausweichen. Sie sprang auf einen weiteren Balken und machte weitere Flick Flacks. In einer fließenden Bewegung sprang sie schließlich von dem Balken auf eines der Trampoline. Sie sprang auf dem Trampolin so hoch sie konnte. Sie wollte einen der silbernen Ringe zu fassen bekommen. Schließlich konnte sie einen erreichen und umkreiste in, wie zuvor das Reck. Die Musik ging aus und Jamie ließ sich einfach fallen. Sie landete auf dem Trampolin und sprang von ihm auf den Boden und rollte sich am Boden ab. Sie richtete sich wieder auf und sah zu Jake, der nicht recht zu glauben schien, was er gerade gesehen hat. " Hast du das schon mal gemacht?" fragte er sie. " Nein, aber das hat echt Spaß gemacht" sagte sie und lächelte von einem Ohr zum anderen. " Du hast das klasse gemacht. Naja bis auf den Anfang." sagte er und kam näher zu ihr. " Orange ist nicht so ganz deine Farbe." sagte er lachend und zeigte auf ihr T-Shirt, das zwei orangene Flecken hatte. Sie sah an sich herunter und musste auch lachen. Dann sah sie ihn wieder an " Das ist nicht witzig. Die Dinger tun verdammt weh." sagte sie, aber auch sie konnte nicht aufhören zu lachen. " Das müssen wir jetzt jeden Tag machen." sagte sie ihm und klang euphorisch. " Ja machen wir. Komm wir gehen was essen." sagte er und schien wieder fröhlich. Sie verließen den Raum, aber Jamie blieb wieder stehen. " Was ist?" fragte er und sah, dass sie ernster wurde. " Ich kann jetzt nichts mit dir essen gehen. Chris wartet bestimmt schon. " sagte sie und sah seine Enttäuschung." Dann geh schon das Essen läuft uns ja nicht weg" sagte er und versuchte ihr zu zeigen, dass es ihm nichts ausmachte, aber es gelang ihm nicht richtig. Er ging zum Fahrstuhl und sie wieder in den Raum, in dem sie Chris zuvor allein gelassen hatte.

" Was ist denn mit dir passiert?" fragte Chris als Jamie den Raum betrat. Sie sah wieder an sich herunter und schien die orangenen Flecken total vergessen zu haben. " Ich wollte mal ausprobieren wie schmerzhaft Paintballs sind." sagte sie und lächelte. " Ah verstehe du warst beim Schussvermeidungstraining." sagte er und sie schien etwas verwirrt. " Das hat einen Namen?" fragte sie und beide lachten. Sie schloss die Tür hinter sich, damit niemand etwas mitbekam von dem was sie jetzt machten. Er musste kurz lachen. " Was ist jetzt?" fragte sie. " Naja um dein Kraftfeld zu testen habe ich etwas mitgebracht." Er ging zu einer braunen Tasche, die an der Wand lag und zog eine Paintballpistole heraus. " Im ernst jetzt?" fragte sie und lachte. Nachdem sie sich beide wieder beruhigt hatten, wurden sie ernst. " Okay du musst dich jetzt konzentrieren. Erinnere dich an den Moment zurück, an dem das Kraftfeld zum ersten Mal erschien." Jamie schloss ihre Augen und dachte an den Moment zurück.

Sie dachte daran, wie sie auf die Waffe schaute und dann ein Schuss erklang. Sie dachte dann an Chris wie er sich schützend vor sie stellte. " Erinnerst du dich?" fragte er sie und entfernte sich ein paar Schritte. " Ja" sagte sie. " Okay. Lass deine Augen geschlossen und denkt weiter an diesen Moment." sagte er und richtete die Paintballpistole auf sie. Jamie dachte weiter an den Moment zurück, aber nicht an den gesamten Moment, nur an den Teil bei dem sich Chris vor sie stellte um sie zu schützen. Und dann hörte sie einen Schuss und spürte etwas Schmerzendes an ihrem unteren linken Bein. Sie öffnete ihre Augen und sah auf ihr Bein. " Hat nicht funktioniert." sagte sie und sah dann zu Chris. " Beim ersten Mal kann das schon passieren. Wir müssen halt noch etwas üben." sagte er und sah sie beruhigend an. " Nochmal" sagte sie, aber sie ließ ihre Augen dieses Mal offen. Sie dachte nicht genau an den Moment zurück, sondern nur an das was sie dabei gefühlt hatte. Sie dachte daran wie Chris auf einmal vor ihr stand und das sie in dem Moment daran dachte, dass die Kugel nun ihn treffen würde und nicht sie. Sie hörte wieder einen Schuss, aber diesmal spürte sie nichts. Sie sah ein Stück nach unten und sah grüne Farbe an einer unsichtbaren Wand vor ihrem rechten Bein. Das Kraftfeld verschwand wieder und die Farbe fiel auf die Matte am Boden. Sie sah zu Chris und sah, dass er lächelte. " Es hat funktioniert." sagte er euphorisch. " Ich glaubs ja nicht" sagte sie und sah nochmal zu der grünen Farbe am Boden. Chris kam ein Stück auf sie zu und fragte " Woran hast du gedacht?" Jamie sah ihn an, aber konnte es ihm nicht sagen. Sie hatte an das gedacht was sie in dem Moment gefühlt hatte, als er vor ihr stand und dass sie Angst hatte das ihm etwas passierte. Sie sah ihn immer noch an und wusste, dass sie etwas sagen musste. " Ich weiß nicht genau. Ich habe nur an den Schuss gedacht und eigentlich an nichts Weiteres." sagte sie und hoffte, dass er ihr das glaubte. Sie sah, dass er ihr nicht vollständig glaubte, aber er fragte nicht weiter nach. " Okay. Wir versuchen es noch einmal und gucken ob du es jetzt schon etwas kontrollieren kannst." Er ging wieder ein paar Schritte zurück und sie dachte wieder an das Gefühl der Angst, dass sie in dem Moment empfunden hatte als sie dachte, dass Chris verletzt werden würde. Chris schoss und auch dieses Mal landete der Paintball an ihrem Kraftfeld. Sie sah ihn an uns sah das er sich für sie freute. Auch diese Farbe ging wieder zu Boden. Er legte die Paintballpistole wieder in die braune Tasche und nahm die Tasche dann in die Hand. Sie verließen zusammen den Raum und brachten die Tasche in einen Schrank, nahe des Fahrstuhls. " Wir versuchen es morgen noch einmal und gucken dann ob du das Kraftfeld irgendwie erweitern kannst." sagte er und sie stiegen in den Fahrstuhl. Sie gingen zusammen in die Küche und wollte etwas essen. In der Küche trafen sie schließlich auf Andy, Nicki und Jake. " Na habt ihr genug trainiert für heute?" fragte Andy während die beiden auf sie zukamen. " Ja das reicht für heute." antworteten beide synchron. Jake versuchte sich zusammenzureißen, konnte aber nicht verstehen wieso Jamie so viel Zeit mit Chris verbringen musste. " Wollen wir heute ins Kino gehen?" fragte Nicki. " Gute Idee, dann kommen wir mal raus hier" antwortete Andy und sah dann zu den anderen. " Tut mir leid, aber ich treffe mich gleich mit meinem kleinen Bruder." sagte Jamie. Die andere verstanden sie. Sie hatte ihren Bruder schon länger nicht gesehen, aber sie konnten auch sehen das sich Jamie nicht richtig darüber freuen konnte, denn sie traf ihren Bruder Zuhause wo sie auch auf ihre Eltern treffen würde, mit denen sie sich noch immer nicht versöhnt hatte. Die anderen beschlossen trotzdem zusammen ins Kino zu gehen und machten sich auf den Weg. Und auch Jamie machte sich auf den Weg um zu ihrem Bruder zu fahren.

Sie fuhr eine halbe Stunde bis sie mit ihrem olivfarbenen Jeep vor der Garage stand und dann hoch in die Wohnung ging. Sie musste klingeln, denn als sie ihre Sachen abgeholt hatte und auf den Stützpunkt zog, hatte sie ihre Schlüssel dort gelassen. Ben öffnete ihr die Tür und umarmte sie direkt. " Hey kleiner alles klar bei dir?" fragt sie ihn. Er ließ sie los, zog sie in die Wohnung und schloss die Tür. " Eigentlich gut, aber du fehlst hier. Mama und Papa lassen mich kaum noch alleine. Das ist echt nervig." sagte er und daraufhin nahm sie ihren Bruder noch einmal in den Arm. " Tut mir leid." sagte sie und dann kamen ihre Eltern in den Flur. Jamie ließ Ben los und sah ihre Eltern wortlos an. " Auch wieder Zuhause?" fragte ihre Mutter. " Ich bin nicht wegen euch hier." sagte sie ohne jegliche Emotionen in ihrer Stimme. " Jetzt komm schon. Können wir uns nicht einfach wieder vertragen?" fragte ihr Vater und schien sich nicht mehr streiten zu wollen. " Das wäre bestimmt auch besser für Ben." sagte ihre Mutter. " Lass Ben aus dem Spiel. Nimm ihn nicht als Vorwand nur um dich nicht entschuldigen zu müssen. Ihr versteht einfach noch immer nicht wie sehr ihr beide mich verletzt habt. Ihr traut mir überhaupt nichts zu. Ich kann euch einfach nicht verstehen und das wird sich wohl in nächster Zeit auch nicht ändern. Ihr seht euren Fehler ja nicht einmal ein." sagte Jamie und hielt Ben weiter mit ihrem rechten Arm fest. " Entschuldigt euch doch einfach bei ihr. Sie hat doch wirklich nichts Falsches gemacht." mischte sich Ben ein. " Ich wüsste nicht wofür wir und entschuldigen sollten." sagte ihre Mutter und war sich vollkommen sicher im Recht zu sein. " Wir wollen doch nur dein Bestes. Das was du da tust ist einfach nichts für dich. Wir habe dich doch lieb und wollen dir nichts Böses." sagte ihr Vater und ging einen Schritt auf sie zu. " Ihr versteht es immer noch nicht. Lass uns gehen ok. Ich lad dich auf ein Eis ein oder worauf du auch immer Lust hast." sagte Jamie zu Ben und öffnete daraufhin die Wohnungstür. Ben holte seine Jacke, zog seine Schuhe an und verschwand dann mit seiner Schwester. Ihre Eltern blieben zurück. Jamie und Ben stiegen in den Jeep und fuhren in die Innenstadt. " Also worauf hast du Lust?" fragte sie und bemühte sich die Streitigkeiten zwischen ihr und ihren Eltern zu vergessen und sie wollte die Zeit mit ihrem kleinen Bruder einfach genießen. Sie konnte in der letzten Zeit nicht so viel mit Ben unternehmen wie sie es eigentlich gewollt hätte, aber sie nahm sich jedes Mal vor, die Zeit mit Ben so zu verbringen, dass sie nicht mehr an die Streitigkeiten mit ihren Eltern denken musste und sie wollte auch nicht das Ben so viel von diesem Streit mitbekam." Können wir ins Kino gehen? Der neue Disneyfilm ist draußen und den will ich unbedingt gucken." sagte er und schien aufgeregt zu sein. " Na dann fahren wir ins Kino" Jamie lächelte ihn an und sie fuhren zum Kino.

Mittlerweile im Kino angekommen standen sie nun an der Kasse und kauften sich zwei Karten. Sie gingen zur Snackbar hinüber und kauften sich noch eine große Tüte Popcorn und zwei Becher Cola und gingen dann zu einem der Tische neben dem Kinosaal in den sie später rein mussten. Sie unterhielten sich über alles Mögliche und Jamie war froh, zwischen dem ganzen Training auch Zeit mit ihrem kleinen Bruder verbringen zu können. " Guck mal da ist Jake." sagte Ben und lief im selben Moment auch schon zu Jake. " Hey kleiner, was machst du denn hier?" fragte er ihn. " Ich seh mir mit Jamie einen Film an. Willst du mit uns gucken?" fragte er während Jamie zu ihnen kam. Sie reichte Ben sein Getränk und die Tüte Popcorn. " Hey, du wolltest das haben also kannst du es auch tragen." sagte sie ihm und lächelte ihm zu. Dann sah sie zu Jake und auf die anderen die dazu kamen. " Hey " war alles was sie sagte." Na auch hier?" fragte Nicki sie und sah dann zu Ben. " Ja Ben will den neuen Disneyfilm sehen." sagte sie und legte ihre rechte Hand auf Bens Schulter. " Wollt ihr euch mit uns den Film angucken?" fragte Ben die anderen. Er kannte nur Jake, aber er sah dass es sich um Freund von Jamie handeln musste. Jamie sah die anderen an und musste schmunzeln. Sie sahen einander an und dann wieder zu Ben. " Klar wieso nicht. Ich besorg uns schnell ein paar Karten und ihr holt das Popcorn." sagte Nicki und ging auch schon zur Kasse um Karten zu kaufen. " Ihr müsst euch den Film nicht angucken." sagte Jamie, aber sie hatte keine Chance gegen Ben. " Also doch Kino?" fragte Chris und schmunzelte sie an. Sie antwortete nicht und lächelte nur. " Ist das dein

Freund?" fragte Ben Jamie und sah sie fragend an. Sie sah ihn etwas verlegen an und dann zu Chris. " Er ist ein Freund." sagte sie und sah daraufhin wieder zu Ben. " Ihr seht aber nicht danach aus." sagte Ben und Andy begann lauthals zu lachen. Chris und Jamie sagte beide nichts. Nicki kam zurück mit den Karten und sah verwirrt zu Andy und dann wieder zu den anderen." Was hat die jetzt für ein Problem?" fragte Nicki und schien total verwundert. " Nichts Besonderes." antwortete Jake ihr. Jamie sah zu Jake und wusste nicht was sie von seiner Antwort halten sollte. " Kommt der Film fängt an." sagte Jamie und schob Ben ein Stück zum Kinosaal rüber. Sie setzten sich alle zusammen in die vorletzte Reihe. Ben saß zwischen Jamie und Jake und Chris setzte sich neben Jamie. Neben ihm nahmen erst Nicki und dann Andy Platz. " Ein Kinderfilm ist mal was anderes." flüsterte Chris Jamie zu und lehnte sich dabei etwas zu ihr. Sie sah ihn an und er befand sich immer noch nahe bei ihr. Sie sahen sich wieder in die Augen und rückten beide unmerklich noch ein Stück zusammen. Währenddessen unterhielt sich Ben mit Jake. " Du passt doch auf Jamie auf oder?" fragte Ben ihn. " Natürlich. Ihr passiert nichts." versicherte er ihm. Ben sah kurz zu Jamie und dann wieder zu Jake. " Sie mag ihn oder?" fragte er ihn und Jake sah über Ben hinweg zu Jamie und Chris, die sich leise unterhielten. " Ich denke schon." antwortete er ihm letztlich. Ben wollte immer alles genau über Jamie wissen und fragte Jake weiter aus bis der Film begann. " Und wie ist der so?" Ben sah Jake neugierig an. Jake dachte darüber nach was er Ben erzählen sollte. Er mochte Chris nicht, aber er merkte das Jamie ihn mochte und wenn sich

153

wirklich etwas zwischen den beiden entwickeln sollte, wollte er nicht das Ben vorher schon beeinflusst war und sich vielleicht deswegen mit seiner Schwester streiten würde. " Er ist ganz in Ordnung. Da brauchst du dir keine Sorgen machen. Deine Schwester weiß was sie tut." sagte er und dann begann der Film auch schon. Während des Filmes saßen Jamie und Chris immer noch nahe beieinander und Jake beobachtete sie immer mal wieder. Und ihm gefiel nicht was er sah. Der Film dauerte knapp zwei Stunden und während des gesamten Filmes grübelte Jake nach. Er grübelte über sich und seine Beziehung zu Alex nach und über seine Freundschaft mit Jamie. Er liebte Alex, dabei war er sich sicher, aber er hatte auch mittlerweile Gefühle für Jamie. Er musste jetzt nur noch herausfinden was das für Gefühle waren. Der Film endete schließlich und alle verließen den Saal. " Ben du hast wirklich einen guten Geschmack was Filme angeht." sagte Nicki und lächelte ihn an. Ben lachte und fühlte sich wohl zwischen Jamies neuen Freunden. " Wollen wir jetzt noch etwas Essen gehen?" fragte Andy in die Runde. Alle bejahten ihre Frage und sahen dann zu Jamie. " Können wir mitgehen?" fragte Ben sie. Jamie sah ihn an und dann zu den anderen. " Klar wieso nicht. Ich habe jetzt langsam wirklich Hunger." antwortete sie und sie gingen alle zusammen in einen Burgerladen, der nicht weit vom Kino entfernt lag. Nachdem sie sich in eine gemütliche Ecke gesetzt und bestellt hatten, wurde Ben neugierig. " Ihr arbeitet also alle mit meiner Schwester zusammen oder?" fragte er und sah Andy, Nicki und Chris abwechselnd an. Die drei mussten schmunzeln und bejahten dann alle seine Frage. " Könnt ihr dann unseren Eltern nicht erklären, dass

Jamie nicht einfach wieder aufhören wird." fragte er sie und die drei sahen zu Jamie. " Jamie und aufgeben?" fragte Andy und sah wieder zu Ben. Alle drei sahen etwas verwirrt aus. " Ja unsere Eltern sind der Meinung das Jamie das nicht durchziehen wird, aber ich bin mir sicher, dass sie falsch liegen." sagte er und lächelte Jamie an. Jamie legte ihre rechte Hand auf seine Schulter und strich ihm dann langsam darüber und lächelte. " Jamie wird niemals aufgeben, dass kannst du deinen Eltern sagen." sagte Chris und sah zuversichtlich erst zu Jamie und dann zu Ben. " Denk nicht so viel darüber nach. Ich regle das mit den beiden schon. Du brauchst dir keine Sorgen zu machen." sagte Jamie zu Ben und versuchte ihn zu beruhigen und ihm etwas von seinen Sorgen zu nehmen. Er sollte sich keine Sorgen über etwas machen, dass ihn nicht betraf. Ben sah zu Jamie und nickte. Sie nahm ihre Hand von seiner Schulter und dann kam auch schon das Essen. Während des Essens unterhielten sich alle und lachten gemeinsam, bis es schließlich acht Uhr war. Sie bezahlten und verließen den Burgerladen. " So ich bring dich jetzt lieber mal nach Hause." sagte Jamie zu Ben und sie verabschiedeten sich von den anderen. Sie gingen zu ihrem Jeep, der nahe beim Kino stand, stiegen ein und fuhren los. " Deine Freunde sind wirklich nett, aber Jake war heute irgendwie anders als sonst." sagte Ben. " Ja im Moment ist er etwas komisch, aber das wird schon wieder." sagte sie und warf ihm einen zuversichtlichen Blick zu. Er sah zu ihr und hatte plötzlich wieder einen neugierigen Blick. " Was ist?" fragte sie und musste schmunzeln. " Chris ist auch wirklich nett." War alles was er sagte. Jamie musste anfangen zu lachen. " Ach ja, findest du?"

fragte sie und man konnte das Lachen in ihrer Stimme noch hören. " Du magst ihn oder?" fragte er sie. Sie sah ihn kurz an und sah, dass er es ernst meinte. " Er ist ein guter Freund. Wir verstehen uns." sagte sie und hoffte, dass das für Ben als Antwort reichte. " Ich glaub er mag dich. " sagte Ben noch abschließend. Jamie sah ihn an und musste immer noch lächeln. Die Fahrt dauerte zwanzig Minuten und sie standen wieder vor der Garage. " Kommst du noch mit nach oben?" fragte er sie und sie sah in seine flehenden Augen. " Nein ich komm nicht mit. Wir sehen und aber bald wieder ok." sagte sie und sie umarmten sich zum Abschied. Er stieg aus und ging zur Eingangstür des Gebäudes. Sie wartete bis die Tür hinter ihm zufiel und fuhr dann zurück zum Stützpunkt.

Wieder am Stützpunkt angekommen, ging Jamie in den Aufenthaltsraum und traf dort auf Andy und Nicki. " Hey" sagte sie. " Na hast du ihn auch gut nach Hause gebracht?" fragte Andy während sich Jamie zu ihnen an die Bar setzte. " Ja auch wenn er mich nicht gehen lassen wollte." antwortete sie und sah sie etwas schuldig an. " Ihn belastet das alles aber auch sehr oder?" fragte Nicki sie. " Ja schon, aber er versteht mich." sagte sie und wusste, dass er trotz allem stolz auf sie war. " Aber hast du gemerkt wie er Chris dauernd angesehen hat." sagte Andy und musste schmunzeln. " Er sieht auch, dass da etwas zwischen euch ist und er ist erst acht." sagte Nicki. Jamie musste grinsen und war etwas verlegen. " Das war aber noch nicht alles." sagte Jamie und die beiden sahen sie fragend an. " Auf dem Weg nach Hause hat er mich gefragt ob ich Chris mag" sagte sie und daraufhin tauschten Andy und Nicki höhnische Blicke aus. " Und was hast du ihm geantwortet?" fragte Nicki sie mit erhobenen Augenbrauen. Aber bevor Jamie antworten konnte, öffnete sich die Tür zum Aufenthaltsraum und Jake trat hinein. " Stör ich?" fragte er als er sah wie die drei verstummten als sie ihn sahen. " Nein. Du kommst gerade richtig." sagte Jamie und fühlte sich ein wenig erleichtert nicht mehr über Chris sprechen zu müssen. " Los komm her. Wir wollten gerade Cocktails mixen" sagte Jamie und sah dann zu Andy und Nicki. Jamie ging hinter die Bar und gab ein paar Eiswürfel in den Mixer. Sie mixte für jeden eine Margarita. " Hat Ben noch irgendetwas gesagt, auf dem Weg nach Hause?" fragte Jake. Jamie sah zu Andy und Nicki bevor sie antwortete. " Also eigentlich nichts Besonderes. Wieso fragst du?" entgegnete Jamie ihm. Jake schien etwas anderes erwartet zu haben und sah etwas erleichtert aus. " Ach ich frag nur so. Hat keinen besonderen Grund." sagte er und nahm dann einen großen Schluck von der Margarita. Jamie sah ihn kurz etwas verwundert an, beließ es aber dann auch dabei. Sie wollte nicht riskieren das Andy oder Nicki noch etwas über Chris sagten und dem was Ben sie gefragt hatte. " Hat Ben der Abend denn gefallen?" fragte Jake. " Ja er fand euch alle Toll. Naja dich kannte er ja schon, aber er war froh das du da warst." antwortete Jamie ihm. Sie wechselten schließlich das Thema und der restliche Abend verging ruhig. "Ich geh dann mal Charly abholen und dann schlafen." sagte Jamie und verabschiedete sich. Sie ging zu der Hundeschule und wurde direkt von Charly empfangen. Sie war verwirrt und auch etwas sauer. Sie rief einen der Pfleger zu sich und fragte mit einer etwas wütenden Stimme. " Wieso trägt er einen Maulkorb?". Der Pfleger sah sie etwas ängstlich an. " Wir hielten das für besser. Er hat andauert jeden angesprungen und wollte die anderen Hunde beißen." antwortete er ihr mit einer zittrigen Stimme. " Das ist kein Grund ihm einen Maulkorb zu verpassen. Ihr hättet ihn auch nur anleinen und ihn irgendwo festbinden können, aber ein Maulkorb. Der Hund hat doch wirklich schon genug durchmachen müssen." sagte sie und befreite Charly von dem Maulkorb. Sie nahm Charly an die Leine und verließ die Hundeschule. Sie betraten die Eingangshalle und blieben kurz stehen. Jamie kniete sich vor Charly hin und streichelte ihn erstmal etwas. " Das hast du wirklich nicht verdient." sagte sie zu ihm und schenkte ihm ein Lächeln. Er schien wieder fröhlich und leckte ihr das Gesicht ab. " Was hat er nicht verdient?" fragte Chris als er auf sie zukam. Jamie stand auf und sah ihn an. " Die Hundepfleger haben ihm einen Maulkorb verpasst." sagte sie und sah kurz zu Charly runter. Chris kam noch ein Stück auf sie zu und kniete sich zu Charly runter. Charly ging auf ihn zu und blieb ruhig vor ihm stehen. Chris streichelte ihn und lächelte. " Ne das hat er wirklich nicht verdient." sagte er und stand daraufhin wieder auf. Sie unterhielten sich noch kurz über den Abend bis Charly anfing zu bellen und versuchte sich von der Leine zu reißen. Jamie musste versuchen die Leine festzuhalten und Chris versuchte ihn zu beruhigen. " Was ist jetzt los?" fragte Chris und Jamie sah weshalb Charly sich so aufregte. " Jake" war alles was sie sagte. Chris drehte sich um und sah Jake dort stehen. " Ich geh lieber wieder." sagte Jake und wollte gerade gehen bis Jamie ihn aufhielt. " Nein bleib hier. Der beruhigt sich gleich wieder." sagte sie und hielt dabei die Leine stramm. Chris streichelte Charly unterdessen um ihn zu beruhigen. " Alles gut. Bleib ruhig" sagte er zu ihm und Charly beruhigte sich wieder ein wenig. Chris stand wieder auf und sah zu Jake. " Noch ein Hundeflüsterer." sagte Jake und klang etwas genervt. Jamie sah ihn bloß an und sagte nichts. " Ja er scheint mich zu mögen." sagte Chris und sah dabei zu Jake. Die beiden lieferten sich daraufhin ein kleines Anstarrduell, bis Jamie sie schließlich unterbrach. " Ist das jetzt euer ernst?" fragte sie die beiden und verschwand dann zusammen mit Charly und ging mit ihm zusammen auf ihr Zimmer.

Sie schloss ihre Zimmertür und ließ Charly von der Leine. " *Die sind ja wirklich bescheuert*" dachte sie. Charly saß vor dem Fenster. " Was willst du da?" fragte sie ihn, aber er schenkte ihr keine Reaktion. Sie dachte darüber nach zu ihm zu gehen um nachzusehen worauf er sich so fixierte, aber sie wollte nicht schon wieder auf Chris treffen, denn vielleicht war Charly auf Chris fixiert, der mal wieder auf dem Balkon stand. Jamie legte sich auf das Sofa und starrte zur Decke. Sie dachte über die Situation im Kino nach, wie sie und Chris sich wieder etwas angenähert hatten. Aber sie dachte auch an die Situation gerade in der Eingangshalle, wie Chris und Jake versuchten durch bloßes Anstarren ihr Revier zu markieren. " *Das ist doch wirklich dämlich. Wieso denk ich nur über diese zwei Idioten nach?*" dachte sie und setzte sich wieder auf. Sie sah zu Charly, der immer noch wie gefesselt vor dem Fenster saß. Sie zog sich schließlich um und legte sich ins Bett. Und auch Charly legte sich letztlich doch zu ihr. Sie streichelte ihn noch kurz und versuchte sich einen klaren Kopf zu schaffen. Sie wollte weder an Chris, Jake oder ihre Eltern denken. Sie dachte an den Nachmittag zurück und wie froh sie darüber war noch einmal etwas Zeit mit ihrem kleinen Bruder verbringen zu können. Auch wenn ihr Leben im Moment alles andere als normal war, war sie froh Ben zu haben und auch Charly bereitete ihr mittlerweile eine willkommene Ablenkung in ihrem chaotischen Alltag.

## Kapitel sieben

Ihre Nacht wurde durch das Klingeln ihres Handys unterbrochen. Charly schreckte auf und Jamie sah auf ihr Handy, es war eine Nachricht von Quentin. Ein Notruf. Jamie sprang auf und zog sich ihre Einsatzklamotten an. Sie lief nach unten zum Konferenzraum, wo Quentin auf alle wartete. Bis auf Andy waren schon alle da. Schließlich kam auch Andy dazu und Quentin informierte alle, dass an einem Flughafen zwei Städte weiter, eine Terrorwarnung herausgegeben wurde. Mehrere Terroristen hatten sich an einem Flughafen eingefunden und Geiseln genommen. Sie stiegen alle sofort in den Jet, der auf einem der Hubschrauberlandeplätzen auf sie wartete und flogen los. Es dauerte nicht sehr lange bis sie an diesem Flughafen eintrafen, sodass sie sich beeilen mussten alle Informationen zu verarbeiten. Es handelte sich um eine Gruppe von zehn Terroristen. Die Anzahl der Geiseln war noch nicht bekannt und auch ob sich eine oder mehrere Bomben am Flughafen befanden war nicht klar. " Wir müssen da Blind rein" sagte Chris. Sie nahmen ihre Waffen und der Jet landete auf einer Landebahn des Flughafens. Nicki rannte als erstes rein und nutze ihre Unsichtbarkeit um sich ein erstes Bild zu machen, aber es blieb keine Zeit für die anderen sich die Bilder, die sie dank Nicki auf einem Monitor sehen konnten, anzuschauen. Sie teilten sich auf. Andy und Chris gingen durch den Hintereingang herein und schlichen sich an die Terroristen heran. Jamie und Jake rannten zum Vordereingang. Sie mussten den Polizisten ausweichen und die Absperrungen umgehen. Quentin hatte bereits alle Polizisten und andere Einsatzkräfte über Funk informiert, dass sie kommen würden und dass ihnen keiner im Weg stehen sollte. Jamie öffnete die Vordertüren mit ihrer Telekinese und sie und Jake betraten den Flughafen. Sie mussten noch ein Stück laufen und trafen dann auf die Terroristen. Diese brauchten keine Sekunde um auf sie aufmerksam zu werden und schossen direkt auf sie. Jamie und Jake gingen in Deckung und warteten kurz ab, bis aufgehört wurde zu schießen. Über Kopfhörer meldeten sich Chris und Andy bei ihnen, sie informierten sie, dass sie die Terroristen im Blick hatten. Nicki sagte, dass sie sich nun bei den Geiseln einen Überblick verschaffte und sich auf die Suche nach einer Bombe und einem Fluchtweg für die Geiseln machte. Jamie, Jake, Chris und Andy machten sich bereit um anzugreifen. " Denk an das Training mit den Paintballs." sagte Jake zu Jamie bevor beide ihre Deckung verließen. Jamie stand auf und setzte ihre Telekinese ein um den Terroristen ihre Waffen wegzunehmen. Sie zog die Waffen vorsichtig, aber schnell zu sich und so konnten Chris, Andy und Jake anfangen die Terroristen außer Gefecht zu setzten. Jamie platzierte die Waffen in einer weit entfernten Ecke und informierte Quentin, dass jemand die Waffen sicherstellen musste. Sie rannte zu den anderen und half die Terroristen zu überwältigen. Sie hatten die meisten Terroristen bereits überwältigt, bis sie plötzlich einen Schuss hörten. Einer der Terroristen hatte eine weitere Waffe gezogen, die Jamie zuvor nicht bemerkt hatte. Sie vergewisserten sich schnell ob jemand von ihnen verletzt war. Keine meldete eine Schussverletzung und so fuhren sie fort. Sie überwältigten einen nach dem anderen bis Nicki meldete, dass sie keine Bombe finden konnte. Quentin schickt die Polizisten zusammen mit Bombenspürhunde in das Gebäude, nachdem alle Terroristen außer Gefecht waren und festgenommen wurden. Andy und Jake schaffte die Geiseln aus dem Flughafen und in Sicherheit. Währenddessen liefen Jamie und Chris durch den Flughafen um die Polizisten mit den Spürhunden zu unterstützen, bis Jamie auf einmal stehen blieb. " Was ist los?" fragte Chris und lief auf sie zu. Bevor sie etwas sagen konnte, brach sie in seinen Armen zusammen. Ohne es gemerkt zu haben, hatte der gefallene Schuss sie getroffen, aber sie hatte es durch das ganze Adrenalin in ihrem Körper nicht bemerkt. Bis jetzt. Chris rief über sein Mikrofon den anderen zu " Ich brauche hier dringend Hilfe. Jamie wurde getroffen." Chris legte sie langsam zu Boden und sie fasste an ihren Bauch. Die Kugel war in ihre rechte untere Seite eingedrungen. Es gab keine Austrittswunde, also befand sich die Kugel noch in ihrem Körper. " Das wird schon wieder. Ich bin bei dir." sagte Chris und versuchte sie zu beruhigen, aber er selbst wirkte panisch. Er faste ihr mit seinem rechten

Arm unter die Knie und mit dem linken Arm an ihrem Rücken. Er hob sie hoch und beeilte sich um zu einem Rettungswagen zu kommen. Jamie hielt sich so fest sie nur konnte an ihm fest, aber ihre Kräfte schwanden. " Halt durch" sagte er und lief weiter. Rettungskräfte kamen ihnen entgegen und er legte sie auf die Trage. Die Sanitäter begannen auf dem Weg zum Rettungswagen mit der Behandlung. Sie versuchten die Blutung zu stoppen. Sie schoben Jamie samt der Trage in den Rettungswagen und Chris bat mit ihnen fahren zu dürfen. Er stieg ein und sie fuhren ins nächst gelegene Krankenhaus. Andy und Jake hatte unterdessen alle Geiseln in Sicherheit gebracht und liefen zu Quentin. " Wir müssen ins Krankenhaus." sagte Jake panisch zu Quentin. " Nein ihr bleibt zusammen mit Nicki hier. Ihr werdet den anderen Einsatzkräften weiterhelfen, falls doch noch eine Bombe gefunden wird. Chris ist bei ihr und ich werde jetzt auch zu ihr fahren. Ihr könnt da sowieso nichts machen, also bleibt ihr hier und macht euch nützlich. Ich melde mich, wenn ich etwas weiß." sagte Quentin mit ernster Stimme und stieg dann in seinen Wagen und fuhr ins Krankenhaus. Andy und Jake gingen zurück in den Flughafen und halfen soweit sie konnte.

Quentin traf kurze Zeit später am Krankenhaus ein und begab sich umgehend zu Chris, der im Wartebereich saß. Chris stand auf und kam ihm entgegen. " Sie wird operiert." sagte er und sah angespannt und sehr besorgt aus. Quentin sah ihn nur an. " Die Kugel hat wohl keine Organe getroffen. Sie hatte nochmal Glück." sagte Chris und setzte sich wieder hin. Er rieb sich mit seinen Händen über das Gesicht und atmete tief durch. Quentin setzte sich zu ihm. " Du hättest das nicht verhindern können." sagte er und klopfte Chris sanft auf den Rücken. " Ich hätte schneller reagieren müssen." sagte er und fühlte sich schuldig. " Keiner hätte so schnell reagieren können. Nicht einmal du. Und außerdem hat sie es doch selber nicht einmal gemerkt. Gib dir nicht die Schuld." sagte er und versuchte ihn zu beruhigen. Sie standen beide plötzlich ruckartig auf als der Arzt auf sie zukam. " Sie ist außer Gefahr. Die Kugel hat keinen großen Schaden angerichtet. Wir konnten die Blutungen stoppen und sie liegt jetzt im Aufwachraum. Sie können zu ihr gehen." sagte er und Chris begab sich umgehen zu ihr. Quentin blieb noch beim Arzt." Geht es ihr soweit gut, dass wir sie verlegen können?" fragte er den Arzt. " Sie muss sich noch etwas ausruhen, aber wenn der Weg nicht zu weit ist und sie währenddessen unter medizinischer Aufsicht ist, denke ich, dass sie sie mitnehmen können." sagte der Arzt und verabschiedete sich. Quentin führte noch ein Telefonat und ging dann zu Jamie. Chris saß bereits neben ihr. Sie war noch immer am Schlafen. Quentin trat an ihr Bett und legte eine Hand auf Chris´ Schulter. Dieser hielt ihre Hand und wartete darauf, dass sie aufwachte. " Unser Doc wird gleich hier eintreffen. Wir werden sie auf den Stützpunkt verlegen." sagte Quentin. Aber Chris schien ihn nicht wirklich wahrzunehmen. Er sah Jamie einfach nur an. Sie warteten zwei Stunden. Der Doc, der Arzt der am Stützpunk für alles zuständig war, war eingetroffen und es ging Jamie jetzt soweit gut um verlegt zu werden. Quentin hatte einen seiner Hubschrauber zum Krankenhaus geordert und sie transportierten

Jamie langsam dort hin. Chris wich während des gesamten Weges nicht von ihrer Seite. Am Hubschrauber angekommen, halfen Angestellte des Krankenhauses Jamie samt Trage in den Hubschrauber zu legen. Chris stieg ein und hielt weiterhin ihre Hand. Sie flogen los und der Doc beobachtete weiter die Monitore, an denen Jamie angeschlossen war. Und dann wachte Jamie plötzlich auf. " Wie ist das möglich? Sie sollte eigentlich noch schlafen." sagte der Doc. Chris beugte sich zu ihr vor. " Hey. Alles ist gut. Wir fliegen gerade zum Stützpunkt." sagte Chris leise und mit beruhigender Stimme. Jamie öffnete langsam ihre Augen und sah ihn an. " Was ist passiert?" frage sie, aber bevor Chris ihr antworten konnte, legte der Doc ihr eine Atemmaske auf ihr Gesicht und sie schlief wieder ein. Chris sah verwirrt zu ihm. " Was soll das? Sie war doch wach." fragte er ihn. " Ich muss sie erst untersuchen. Nach so einer Operation hätte sie noch nicht aufwachen dürfen." sagte er und sah die Besorgnis in Chris´ Augen. " Ich will nur sichergehen, dass es ihr gut geht." versicherte er ihm und Chris sah wieder zu Jamie. Der Flug dauerte nicht lange und an einem der Hubschrauberlandeplätze warteten schon einige Leute vom medizinischen Personal. Sie holten die Trage, samt Jamie vorsichtig aus dem Hubschrauber und brachten sie auf die Krankenstation des Stützpunktes. Und auch jetzt wich Chris keine Sekunde von ihrer Seite.

Währenddessen hatten Jake, Andy und Nicki am Flughafen alles geregelt. Es war keine Bombe zu finden und alle Terroristen konnten festgenommen werden, sodass die drei jetzt zurück zum Stützpunkt kommen konnten. Sie liefen alle direkt auf die Krankenstation, wo Quentin vor der Tür, die zu Jamie führte, auf sie wartete. " Wie geht es ihr?" fragte Jake während er auf ihn zulief. " Sie hat alles gut überstanden. Sie musste operiert werden, aber es hat alles ohne Komplikationen funktioniert." antwortete Quentin und wies die drei an leise zu sein, wenn sie das Zimmer betraten. Jake öffnete daraufhin die Tür und er trat zusammen mit Andy und Nicki ein. Sie stellten sich um Jamies Bett herum und sahen sie besorgt an. Andy stellte sich hinter Chris und legte ihre Hände auf seine Schultern. " Wie geht es ihr?" fragte sie ihn und klang dabei traurig und hatte eine etwas zittrige Stimme. " Sie war eben mal kurz wach, aber der Doc hat sie wieder narkotisiert." antwortete er ihr und hielt immer noch Jamies Hand. " Sie hat den Schuss gar nicht bemerkt." sagte Nicki und auch sie hatte ein Zittern in ihrer Stimme. " Das war das Adrenalin" sagte Jake. Chris spürte wie Jamie ihre Finger leicht bewegte und beugte sich zu ihr. " Was ist passiert?" fragte Andy etwas panisch. " Sie hat ihre Finger bewegt." sagte Chris und strich ihr mit seiner freien Hand sanft über ihre Wange. Er begann zu lächeln. " Hey" war alles was er sagte, als Jamie ihre Augen langsam öffnete. " Hey" sagte sie leise und sah ihm in die Augen und begann zu lächeln. Die anderen näherten sich zaghaft. " Wie geht´s dir?" fragte Chris leise. " Wie von einem Bus überrollt." antwortete sie und schmunzelte leicht. Nicki beugte sich etwas zu ihr runter. " Du hast uns einen riesen Schrecken eingejagt." sagte sie und Jamie drehte langsam ihren Kopf zu Nicki. " Tut mir wirklich leid" sagte Jamie zu Nicki. Plötzlich öffnete sich die Tür. Nicki und Chris schnellten hoch, aber Chris ließ Jamies

Hand noch immer nicht los. Der Doc betrat das Zimmer. " Wie ich sehe ist sie jetzt wach." sagte er und trat an ihr Bett." Ich würde mich mal gerne mit ihr unterhalten." sagte er und wollte das die anderen den Raum verließen. " Nein. Ich will das sie bleiben." sagte Jamie und hielt Chris´ Hand weiter fest. Chris rückte den Stuhl etwas näher an ihr Bett und setzte sich wieder. " Also gut. Ich würde gerne über die Operation sprechen. Da ist etwas vorgefallen was sie erfahren sollten." sagte er und wartete ihre Reaktion ab. " Ist etwas passiert?" fragte sie und versuchte sich ein Stück aufzurichten, wurde aber von Chris zurückgehalten. " Bleib liegen" sagte er mit einer sanften Stimme. Jamie sah ihn an und lächelte leicht. Sie sah wieder zum Doc und er fuhr fort. " Die Ärzte standen vor einem Mysterium. Sie behandelten zwar deine Verletzung so gut sie konnten, aber während der Operation hat dein Körper schon mit der Selbstheilung begonnen. Und deshalb konnten wir dich auch jetzt schon nach hier verlegen. Du heilst schneller als andere Leute. Das habe ich bisher nur bei einer Person gesehen." sagte er und sah daraufhin zu Chris. Jamie sah auch zu Chris und dann wieder zum Doc. " Also ist sie auch ein schnell Heiler?" fragte Andy. Der Doc sah zu Andy und dann wieder zu Jamie. " Sieht ganz danach aus. Ihre Verletzung heilt schon. Ich weiß nicht wie lange es dauern wird, aber es wird relativ schneller sein als wenn einer von euch diese Verletzung hätte." sagte er abschließend. Bevor er den Raum verließ sah er sich noch einmal ihre Wunde an und sagte ihr, dass alles gut verheile. Dann verließ er den Raum. Jamie sah zu Jake. Er sah besorgt aus und schien sich einfach nur Sorgen zu machen. " Es geht mir gut." sagte sie und sah dabei immer noch zu Jake. Andy, Nicki und Jake standen noch alle um sie herum und Chris saß neben ihr und hielt weiterhin ihre Hand. " Ihr müsst euch auch mal ausruhen. Geht schlafen, ich lauf auch nicht weg. Versprochen." sagte sie und lächelte alle an. " Ok, aber sag Bescheid, wenn etwas ist. Wir haben alle unsere Handys laut." sagte Nicki und gab ihr einen Kuss auf ihre Stirn. Andy gab ihr auch noch einen Kuss und die beiden verließen dann den Raum. " Ihr beide auch. Geht schlafen. Mir geht es gut." sagte sie und versicherte Jake und Chris das sie beruhigt schlafen gehen konnten. Chris stand auf und die beiden gingen zur Tür. " Ach Chris, kannst du mir einen Gefallen tun?" fragte sie ihn und er drehte sich schnell zu ihr. Und auch Jake sah wieder zu ihr und fragte sich wieso sie Chris um etwas bat und nicht ihn. " Klar, alles was du willst." antwortete er ihr. " Kannst du vielleicht heute Charly abholen und ihn mit zu dir nehmen? Er vertraut dir." sagte sie und er bejahte ihre Frage. Die beiden verließen den Raum und Jamie ruhte sich weiter aus. Chris ging umgehend zur Hundeschule um Charly abzuholen und ohne irgendwelche Schwierigkeiten ging Charly mit ihm. Er nahm ihn mit auf sein Zimmer und legte sich in sein Bett. Er hatte jedoch Schwierigkeiten einzuschlafen. Er machte sich weiterhin Sorgen um Jamie.

Jake war inzwischen auch auf seinem Zimmer. Er ging in seinem Zimmer auf und ab und dabei dachte er an die vergangenen Ereignisse. " *Er hätte es verhindern können. Wieso prahlt er denn immer so mit seinen Kräften und setzt sie dann noch nicht ein. Hätte er etwas getan, dann wäre Jamie nichts passiert.*" dachte er und bezog sich dabei auf Chris. Jake war wütend, aber gleichzeitig auch besorgt. Er dachte auch daran, dass Jamie heute hätte sterben können und sie hätte dann niemals erfahren was er für sie empfand. Auch wenn er es selber noch nicht genau wusste, wollte er, dass sie wusste, dass sie ihm besonders am Herzen lag. Er nahm sich vor ihr am nächsten Morgen alles zu sagen. Er legte sich auf sein Bett und wollte etwas Ruhe finden, aber das fiel ihm nicht besonders leicht. Seine Gedanken kreisten nur um Jamie und um Chris. Er konnte seine Sorge und seine Wut nicht richtig kontrollieren und es fiel ihm schwer das Geschehene zu verarbeiten, aber über seine Wut und die Sorge um Jamie schlief er schließlich dennoch ein.

Da der Einsatz mitten in der Nacht gewesen war, war die Nacht kurz für alle. Sie konnten alle nur vier Stunden schlafen und mussten dann aufstehen. Quentin hatte eine morgendliche Besprechung einberufen, die unter den Umständen, dass Jamie nicht aufstehen sollte, in ihrem Krankenzimmer stattfand. Um sieben Uhr fanden sich alle in dem Zimmer ein. Jamie war schon wach und hatte sich etwas aufgesetzt. Ihre Verletzung heilte schnell, sodass sie kaum noch Schmerzen hatte. Chris kam als erste in ihr Zimmer. Er setzte sich wieder auf den Stuhl, der neben ihrem Bett stand. " Und wie geht es dir?" fragte er sie und sah dabei noch immer sehr besorgt aus. Jamie sah ihn an und lächelte. " Mir geht es wirklich besser. Und wie hat alles mit Charly funktioniert?" fragte sie ihn. " Alles ohne Probleme. Er war ruhig." antwortete er ihr und nahm wieder ihre Hand. " Du hast mir echt einen Schrecken eingejagt."

sagte er. Sie wollte gerade antworten als die Tür aufging. Andy kam zusammen mit Nicki und Jake herein. " Na Süße, wie geht es dir?" fragte Andy und stellte sich, zusammen mit den anderen, um ihr Bett herum. " Alles gut" war alles was sie sagen konnte bevor Quentin ins Zimmer kam. " Guten Morgen. Alles okay?" fragte er und Jamie nickte bloß. " Okay gut, dann fangen wir mal an." sagte Quentin und alle sahen ihn an. " Also wir konnten gestern alle Terroristen festnehmen und es gab auch keine Bombe. Der gesamte Flughafen wurde mehrmals durchsucht und er wird gleich wiedereröffnet. Den Geiseln geht es auch allen soweit gut. Ihr habt alle wirklich gute Arbeit geleistet." sagte er. Daraufhin sah Jake zu Chris und seine Wut keimte wieder auf.

Quentin fuhr fort. " Ich habe deswegen beschlossen euch allen heute frei zu geben. Ruht euch aus und schlaft alle noch etwas. Ach und Jamie lass es bitte ruhig angehen. Nur weil du schnell heilst musst du nicht wie gewisse andere Leute, zu schnell wieder aufstehen ok." sagte er und sah dabei zu Chris. Der wiederum lächelte nur und sah dann zu Jamie. " Ok ich werde es versuchen" sagte Jamie und Quentin verließ daraufhin auch schon wieder den Raum. " Einen Tag frei." sagte Andy und streckte sich. " Ich würde sagen ihr geht alle noch etwas schlafen." sagte Jamie. Alle sahen sie verdutzt an. " Na los. Ihr habt doch alle kaum geschlafen. Ruht euch etwas aus. Wir können uns ja nachher nochmal sehen." sagte sie und die anderen sahen, dass sie es ernst meinte. Andy und Nicki verließen als erste den Raum. Chris und Jake blieben noch kurz. Beide schienen darauf zu warten, dass der andere ging um dann mit Jamie alleine zu sein. Jake und Chris sahen sich gegenseitig an und es schien wieder in einem Anstarrwettbewerb zu enden. " Ihr wart auch gemeint. Geht noch etwas schlafen, wir sehen uns später." sagte Jamie und die beiden verließen dann doch noch den Raum. Chris schloss die Tür und sah wie Jake sich zu ihm drehte und ihn finster ansah. " Das ist deine Schuld." sagte er und ging einen Schritt auf Chris zu. " Wie bitte?" fragte er ihn. " Du weißt genau was ich meine. Du hättest das verhindern können. Nur wegen dir liegt sie da drin." Jake ließ seine Wut an Chris aus. " Jetzt krieg dich mal wieder ein." sagte Chris und wurde auch langsam wütend. Sie diskutierten lauthals und Jake beharrte weiter darauf, dass Chris es verhindern hätte können und Jamie nur seinetwegen angeschossen wurde. Sie gingen immer näher aufeinander zu, so wie es schon im Fitnessbereich der Fall gewesen war und sie sich dann geprügelt hatten. Jakes Wut wurde immer größer je näher er auf Chris zuging. Kurz bevor die Situation eskalieren konnte, öffnete sich die Tür zu Jamies Krankenzimmer. " Habt ihr beide eigentlich einen Schaden?" fragte Jamie die beiden und war richtig sauer. Chris und Jake standen sprachlos da und sahen Jamie an. " Du sollst doch nicht aufstehen." sagte Jake und wollte einen Schritt auf sie zugehen. " Wehe du kommst mir jetzt zu nahe. Du spinnst doch. Chris hätte gestern nichts ändern können, er stand doch viel zu weit weg. Gib ihm nicht die Schuld für etwas für das er Garnichts kann. Ich glaub das jetzt einfach nicht. Könnt ihr euch nicht einmal vertragen? " sagte Jamie wütend und schmiss dann die Tür vor ihnen zu. Sie ging langsam zurück zu ihrem Bett und legte sich wieder hin. Jake und Chris gingen beide wortlos und ließen Jamie alleine. " *Ich glaub es einfach nicht. Was sollte das jetzt schon wieder?"* fragte sich Jamie, aber sie war von der Operation noch immer geschwächt und schlief wieder ein.

Jake und Chris stiegen in den Fahrstuhl und beide waren noch immer stink sauer. Jake gab Chris weiterhin die Schuld an allem und Chris hatte sich vorher schon schuldig gefühlt und war sauer auf Jake, weil dieser ihm nun auch das Gefühl gab schuld zu sein. " Sie ist nur deinetwegen aufgestanden." sagte Chris. " Nur deinetwegen liegt sie überhaupt dort." erwiderte Jake. " Wenn ihr noch irgendetwas passiert, dann" Chris beendete seinen Satz nicht. " Was dann? Droh mir nicht. Du magst zwar stärker sein, aber ich geb nicht so schnell auf." sagte er und drehte sich zu Chris. Chris sah ihn ebenfalls an und die beiden gingen wieder einen Schritt aufeinander zu. Aber bevor sie handgreiflich werden konnten, öffneten sich die Fahrstuhltüren und Quentin stand vor ihnen. Er sah sie ernst an. " Ihr kommt jetzt mit." sagte er und ging vor. Er ging in den Konferenzraum und Chris und Jake folgten ihm. Er wies die beiden an sich zu setzten. Er stand einen Moment einfach nur vor ihnen und sah sie an. Dann sprach er. " Ihr wisst bestimmt, dass wir auch auf den Fluren von der Krankenstation Kameras haben oder?" fragte er sie und wartete ihre Reaktionen ab. Jake sah zu Chris und der sah nur zu Quentin. "Ich habe euch beiden doch gesagt, wenn ihr euch wieder zu nahekommt, versetze ich euch beide." Keine von ihnen zeigte eine Reaktion. " Ihr bekommt noch eine letzte Chance von mir. Und glaubt mir, dass es die letzte sein wird. Chris du wirst dich solange um Charly kümmern bis Jamie wieder auf den Beinen ist. Jake du übernimmst den Putzdienst der Sportgeräte. Ich sage dir noch wie lange du das tun wirst. Und jetzt geht beide, ich will euch heute nicht mehr sehen." sagte Quentin und schickte sie mit einer Handbewegung weg. Aber bevor sie den Raum verlassen hatten rief Quentin noch etwas. " Ach und Chris. Jamie will das du später mal zu ihr kommst." sagte er und die beiden verließen dann den Raum. Chris machte sich sofort auf den Weg zu Jamie. Jake wusste nicht was er davon halten sollte, aber er musste Chris aus dem Weggehen, damit Quentin seine Meinung nicht doch noch änderte. Jake ging in den Aufenthaltsraum wo er auf Andy und Nicki traf. " Kannst du auch nicht schlafen?" fragte Andy ihn als er sich zu ihnen in die Sitzecke setzte. " Sowas in der Art" antwortete er ihr. " Was ist passiert" fragte Nicki ihn. Jake sah sie an und sie wusste direkt das es was mit Jamie zu tun hatte. " Ich bin mal wieder mit Chris aneinandergeraten." sagte er und Andy und Nicki sahen ihn neugierig an. " Ich habe ihm die Schuld an Jamies Zustand gegeben." sagte er und schien sich der Aussage noch immer sicher zu sein. " Sag mal spinnst du eigentlich?" sagte Andy empört. " Du kannst ihm doch nicht die Schuld geben. Er kann doch Garnichts dafür." sagte Andy völlig verständnislos. Jake sah sie an und sagte dann " Er prahlt doch immer mit seinen tollen Kräften, also hätte er sie doch auch einsetzen können. Er hätte schnell reagieren und sie vor dem Schuss schützen können." Andy und Nicki sahen ihn einfach verständnislos an. " Chris hätte überhaupt nichts machen können. Er war doch überhaupt nicht in ihrer

Nähe." sagte Nicki. Andy stand auf und verließ sprachlos den Raum. Nicki stand auch auf, aber bevor sie ging sagte sie noch " Egal was mit dir los ist und es ist auch unwichtig ob du jetzt weißt was du für sie empfindest oder nicht, du hättest niemals so etwas sagen dürfen. Das geht echt zu weit." Nicki verließ den Raum und Jake war nun allein. Allein mit seinen Gedanken. Er dachte über sein Verhalten nach und wieso jetzt jeder sauer auf ihn war. Er dachte daran, dass er vielleicht nur Chris die Schuld gab, weil er selbst seine Freundin nicht beschützen konnte.

Chris hatte sich nach der Besprechung mit Quentin schon auf den Weg zu Jamie gemacht. Er klopfte an die Tür ihres Krankenzimmers und betrat ihr Zimmer. " Quentin sagte du wolltest mich sprechen?" fragte er sie und setzte sich auf den Stuhl neben ihrem Bett. Jamie setzte sich auf und sah ihn an. " Ja ich wollte mit dir über eben sprechen. Ich will nur dass du weißt, dass ich nicht denke, dass du etwas hättest verhindern können. Du hättest wirklich nichts verhindern können. Das weißt du oder?" fragte sie ihn. Er atmete kurz durch. " Aber vielleicht hätte ich..." Jamie unterbrach ihn sofort. " Vergiss es. Denk nicht einmal daran. Du konntest nichts machen. Ich will nicht das du so etwas denkst." sagte sie und nahm seine Hand. Er sah auf ihre Hand und dann wieder zu ihr. " Jake scheint sich da aber nicht so sicher zu sein wie du." Chris fühlte sich noch immer schuldig. " Lass Jake denken was er will, aber jeder von uns weiß wie es wirklich war. Keiner konnte etwas machen und mir ist ja auch nichts Schlimmes passiert. Im Gegenteil sogar. Jetzt weiß ich, dass ich schneller heilen kann als andere." sagte sie und lächelte ihn an. " Pass bloß auf ich habe dich schon eingeholt mit meinen Fähigkeiten." sagte sie und beide begannen zu lachen. Die Tür öffnete sich und Andy und Nicki traten herein. " Von euch will ja wohl wirklich niemand noch etwas schlafen oder?" fragte Jamie als Andy und Nicki den Raum betraten und hatte weiterhin ein Lachen in ihrer Stimme. " Du schläfst doch auch nicht?" erwiderte Nicki. " Wir haben gerade mit Jake gesprochen." sagte Andy. Chris und Jamie tauschten kurz einen Blick aus und Jamie signalisierte ihm, dass alles okay war. " Ich glaub einfach nicht was er zu dir gesagt hat." sagte Andy und sah Chris an. " Wir haben das gerade schon geklärt. Ich kann Jake einfach nicht verstehen, aber lassen wir das Thema jetzt einfach ok." sagte Jamie und Andy und Nicki nickten ihr zu. " Du hast Chris fast eingeholt, weißt du das?" fragte Nicki. " Stimmt. Chris fühlst du dich schon eingeschüchtert?" fragte Andy und schmunzelte. " Sie hat mich noch nicht überholt." sagte er und lachte. " Man bringt mich nicht zu lachen." sagte Jamie und hielt sich an den Bauch und musste dennoch lachen. " Tut es denn noch sehr weh?" fragte Chris sie. " Nein eigentlich nicht. Ich darf nur nicht lachen." antwortete sie und lächelte ihm zu. " Aber ich kann schon ohne Probleme aufstehen." sagte sie und setzte sich auf und wollte aufstehen. " Nein. Lass es lieber. Du weißt was Quentin gesagt hat." sagte Nicki. " Ach kommt schon, mir geht es wirklich besser. Ich will nicht nur im Bett liegen." sagte sie und sah alle mir flehenden Augen an. Chris, Andy und Nicki sahen sich an und dann wieder zu Jamie. " Vergiss es!" sagte Andy schließlich. " Los leg dich wieder hin." sagte Chris und stütze sie, als sie sich hinlegte. " Ihr seid gemein." sagte Jamie und

schmunzelte leicht. " Du hast keine Chance. Wir passen auf dich auf. Du wirst dich schonen, ob du nun willst oder nicht." sagte Nicki. " Aber ihr könnt auch nicht den ganzen Tag hierbleiben. Geht und macht irgendwas. Ich verspreche auch, dass ich nicht abhauen werde." sagte sie und wartete auf irgendeine Reaktion. " Wir haben doch heute frei bekommen, also machen wir es uns jetzt hier gemütlich und wir schauen uns heute ein paar Filme an." sagte Andy und verließ dann den Raum um alles Nötige für einen gemütlichen Tag zu besorgen. Nicki schob das Sofa, das an der Wand neben der Tür stand, zusammen mit Chris an Jamies Bett. Andy kam zurück in das Zimmer und hatte eine große Tasche dabei. Sie stellte sie auf den kleinen Tisch neben dem Bett und packte die Tasche aus. Sie holte einen DVD-Player heraus und gab ihn Chris, der in direkt an den Fernseher anschloss. Außerdem holte sie noch ein paar Chips, Gummibärchen und ein paar Softdrinks aus der Tasche und reichte sie Nicki, die die Sachen auf den kleinen Tisch vor dem Sofa abstellte. Zuletzt holte Andy noch ein paar DVDs aus der Tasche und ging zu den anderen rüber. "
Welchen Film wollen wir uns als ersten ansehen?" fragte sie und reichte Jamie die DVDs." Zuerst den." sagte Jamie und reichte Andy einen Actionfilm. " Wieso wundert mich das jetzt nicht?" fragte Andy und ging lachend zum DVD-Player. Sie legte die DVD ein und sie setzten sich zusammen auf das Sofa. Chris setzte sich an das rechte Ende des Sofas und saß so auch neben Jamie. Sie sahen sich einen Film nach dem anderen an und so verging der gesamte Tag wie im Flug. Als letztes sahen sie sich einen Liebesfilm an.

Während Andy und Nicki weinte, sahen sich Jamie und Chris immer wieder mal an. Sie konnten ihre Blicke nicht vollständig voneinander abwenden. Es war mittlerweile neun Uhr abends und der Film war noch nicht ganz zu Ende als der Doc hereinkam und das Licht einschaltete. " Ich will ja nicht stören, aber ich muss mir deine Wunde noch einmal ansehen." sagte er und stellte sich an ihr Bett und sie zog ihr Oberteil hoch damit er sich ihre Wunde ansehen konnte. " Wow. Das heilt ja wirklich schnell. Chris du bekommst Konkurrenz" sagte er und sah schmunzelnd erst zu Chris und dann zu Jamie. Jamie lächelte und auch Chris konnte sich ein Lächeln nicht verkneifen. " Zieh dich warm an. Ich hol dich noch ein." sagte sie und musste kurz lachen. " Heute Nacht bleibst du noch hier und morgen früh kannst du dann die Krankenstation verlassen." sagte er und verabschiedete sich dann wieder. " Seht ihr, also hätte ich eben schon aufstehen können." sagte sie und sah höhnisch zu den anderen. " Naja du darfst erst morgen hier weg, also musst du heute noch gehorchen." entgegnete ihr Andy und hob dabei besserwisserisch ihre Augenbrauen. Chris stand auf und ging zur Tür. Er drehte sich noch einmal zu Jamie und sagte " Ich geh jetzt Charly holen. Wir sehen uns dann morgen wieder." Er verließ den Raum und Andy schaltete daraufhin den Fernseher aus. Jamie sah etwas verwirrt zu ihr. " Willst du den Film nicht zu Ende sehen?" fragte sie sie. Andy und Nicki setzten sich jeweils auf eine Seite des Bettes und sahen Jamie neugierig an. " Was ist denn jetzt los?" frage Jamie und sah abwechselnd zu Andy und Nicki. " Was läuft da jetzt wirklich zwischen dir und Chris?" fragte Andy. " Was meinst du?" fragte Jamie und wirkte etwas verlegen. " Tu jetzt nicht so. Du weißt genau was wir meinen." sagte Nicki. " Chris ist dir seit gestern nicht von der Seite gewichen und ihr habt die ganze Zeit, wenn er an deinem Bett saß, Händchen gehalten. Also was läuft da?" Andy und Nicki durchdrangen Jamie förmlich mit ihren Blicken. " Er hat sich einfach Sorgen um mich gemacht." sagte sie und hielt kurz inne. Als sie schließlich weiter sprach verriet ihr Blick eigentlich schon alles. "Aber mir hat es irgendwie gefallen. Er war die ganze Zeit bei mir. Er hat mich gehalten als ich zusammengebrochen bin und er blieb bei mir als sie mich erst mit dem Krankenwagen ins Krankenhaus und dann mit dem Hubschrauber nach hier geflogen haben. Und die gesamte Zeit hielt er meine Hand. Das fand ich schon ganz süß von ihm." Andy und Nicki lächelten von einem Ohr bis zum anderen. " Das ist so süß" sagte Andy. " Ich hoffe wirklich, dass das mit euch was wird." sagte Andy und strahlte einfach. Nicki dachte in diesem Moment an Jake. Sie wusste, dass er Jamie mochte, aber sie sah auch das Jamie sich anscheinend gerade in Chris verliebte. Sie konnte ihr nichts von Jakes Gefühlen sagen. Er musste es selber machen. Andy und Nicki ließen Jamie schließlich alleine, nachdem sie noch eine Weile über Chris gesprochen hatten. Sie verließen den Raum und Jamie dachte nach. Sie dachte an ihr Training mit Chris als sie ihr Kraftfeld trainierten und an das an das sie gedacht hatte um das Kraftfeld zu aktivieren. Sie hatte sich Sorgen um Chris gemacht und wollte nicht, dass ihm etwas passierte und dadurch entstand das Kraftfeld. Und nach der Schussverletzung wich er ihr nicht von der Seite. Sie fragte sich ob sie wirklich in ihn verliebt war und über diesen Gedanken schlief sie ein und sie schlief seit langen wieder richtig gut.

Es war zehn Uhr morgens als Jamie aufwachte. Sie stand auf, verließ das Krankenzimmer, ging in ihr Zimmer und erst einmal unter die Dusche. Ihre Wunde war mit speziellem Material verbunden, sodass sie ohne weiteres duschen konnte. Sie ließ sich Zeit und während das warme Wasser über ihr Gesicht lief, verschaffte sie sich einen klaren Kopf. Sie nahm sich vor später mit Jake zu sprechen und ihn erst in Ruhe zu lassen, wenn sie wusste was mit ihm eigentlich los war. Nachdem sie das Wasser abgestellt und sich abgetrocknet hatte zog sie sich ein paar bequeme Sachen an. Sie wusste, dass sie heute noch nicht trainieren durfte, aber sie wollte ihren Freunden bei ihrem Training wenigstens Gesellschaft leisten. Sie verließ ihr Zimmer und machte sich als allererstes auf den Weg zur Hundeschule um nach Charly zu sehen, aber als sie dort ankam war er nicht da. Einer der Hundepfleger informierte sie, dass Chris Charly mit nach draußen genommen hatte. Also ging Jamie nach draußen und sah Chris wie er mit Charly spielte. Sie ging langsam auf ihn zu, denn sie wollte die beiden nicht stören, aber Charly hatte sie schon bemerkt und lief auf sie zu. Jamie kniete sich langsam hin und Charly sprang sie direkt an. " Hey mein Junge" sagte sie und streichelte ihn. " Gerade erst entlassen worden und schon wieder durch die Gegend am Laufen." sagte Chris und kam auf sie zu. Jamie stand auf und sagte " Ich muss doch sehen ob du ihn auch gut behandelst." Sie begannen beide zu lachen. " Einer muss ja auf ihn aufpassen." sagte er mit leichtem Sarkasmus. Aber dann wurde er plötzlich ernst. " Wie geht es dir?" fragte er und sah besorgt aus. Auch Jamies Lachen verschwand und sie wurde ernster. " Mir geht es wirklich besser. Du brauchst dir keine Sorgen mehr zu machen." antwortete sie ihm und sah ihn dabei zuversichtlich an. Sie standen beide einen Moment lang so da und sagten nichts. Dann klingelte plötzlich Jamies Handy. Sie sah auf ihr Handy und sah eine Nachricht von Quentin. Sie sollte sofort zu ihm kommen. Sie sah wieder zu Chris und sagte " Ich muss kurz weg, wir sehen uns später." Sie lächelte ihn an und er nickte bloß. Doch bevor sie ging fragte sie ihn noch " Soll ich Charly mitnehmen, dann kannst du trainieren gehen oder so?" Er sah kurz zu Charly und dann wieder zu ihr. " Lass ihn lieber bei mir. Quentin soll dir erklären wieso." sagte er und sie sah ihn etwas verwirrt an, ging aber dennoch und ließ Charly bei Chris. Sie ging in den Konferenzraum wo Quentin schon auf sie wartete. " Komm setzt dich bitte." sagte er und bot ihr den Drehstuhl neben seinem an. Jamie setzte sich und sah zu Quentin. " Was ist denn los?" fragte sie ihn. " Ich will mit dir über die nächsten Tage sprechen." sagte er, sah sie ernst an und fuhr dann fort. " Auch wenn deine Wunde schnell heilt wirst du in nächster Zeit dein übliches Training nicht durchführen können. Deswegen wirst du in den nächsten Tagen mit mir zusammenarbeiten. Wir werden zusammen an einer wichtigen Mission arbeiten, die jetzt Priorität hat. Und wir fangen sofort damit an." Quentin stand auf und ging zu einem der Männer, die an den Computern saßen und nahm einen Aktenordner von einem der Tische. Er kam wieder zurück und legte den Ordner vor Jamie auf den Tisch.

Er setzte sich wieder und erklärte ihr das weitere Vorgehen. " Es geht um euren nächsten Einsatz und dabei geht es wieder um Rodger Marlow. Wir konnten die Daten von dem Stick vollständig entschlüsseln und durchsehen, aber wir verstanden zunächst den Zusammenhang nicht. Wir sind bisher davon ausgegangen, dass Marlow nur ein Wirtschaftskrimineller und Drogenhändler ist, aber da haben wir uns wohl geirrt. Die Daten von dem Stick weisen auf einen Anschlag hin und damit meine ich nicht so einen Anschlag wie zuletzt an diesem Flughafen. Marlow und seine Komplizen haben etwas Größeres geplant und du musst mir jetzt dabei helfen herauszufinden wie er vorgehen will." sagte er und sein Blick war äußerst ernst. " Und was genau soll ich jetzt machen?" fragte sie ihn. " Du arbeitest ab jetzt mit unseren Computerspezialisten und unseren Profilern zusammen um herauszufinden wann, wo und wie der Anschlag stattfinden soll. Du fängst damit an diesen Ordner durchzuarbeiten und danach besprichst du alles mit den Profilern und den Computerspezialisten. Sie werden dir dann schon erklären wie es weitergeht." sagte er und stand auf. " Eine Frage noch. Chris hat gesagt ich soll dich fragen wieso Charly bei ihm bleiben soll." Quentin ging wieder einen Schritt auf sie zu und antwortete ihr. " Das ist seine Aufgabe für die nächste Zeit. Solange du an diesem Projekt arbeitest wird er auf Charly aufpassen. Du kannst jetzt keinerlei Ablenkung gebrauchen." Quentin verließ den Raum und Jamie begann den Ordner durchzuarbeiten. In dem Ordner befanden sich Informationen über Marlows bisherige Machenschaften und Profile über seine bis jetzt bekannten Komplizen. Darunter waren seine zwei Bodyguards, der Geist und der Feuerteufel und noch weitere Wirtschaftskriminelle und Drogenhändler. Zu keinem von ihnen passte ein geplanter Anschlag. Jamie arbeitete den gesamten Tag an ihrer neuen Aufgabe und zusammen mit den Computerspezialisten fand sie auf den Videoaufnahmen und Fotos von Marlow, die seit der Gala in Madrid von ihm aufgenommen wurden, neue Hinweise und auch neue potenzielle Komplizen. Quentin hatte dafür gesorgt das einer seiner Teams von normalen Agents, Marlow beobachteten und ihn nicht aus den Augen ließen. Durch diese ständige Überwachung, war es Jamie und ihren Helfern nun möglich Marlows Verhalten zu analysieren.

Es hatte den ganzen Tag gedauert, aber als Quentin zurück in den Konferenzraum kam, hatte Jamie zusammen mit den Computerspezialisten und den Profilern etwas herausgefunden. " Und gibt es etwas Neues?" fragte er und stellte sich neben Jamie, die vor dem großen Monitor stand und sich Aufnahmen von Marlow ansah. " Ja es gibt tatsächlich etwas." antwortete sie ihm und sah, dass er ihr aufmerksam zuhörte. " Wir haben uns sie letzten Aufnahmen von Marlow angesehen, die uns das Team geschickt hat, die ihn gerade beobachten. Und wir haben etwas gefunden." Jamie gab Felix, dem Mann, der neben ihr an einem Computer saß ein Zeichen und er öffnete eine Datei mit mehreren Fotos auf dem großen Monitor. Quentin sah sich die Fotos an, aber sah nichts Auffälliges. " Auf den Fotos sieht man Marlow immer wieder mit einer Frau. Wir haben ihr Bild durch die Suchmaschine gegeben und einen Treffer gefunden.

Die Frau heißt Alexa Stepanow. Sie ist Geschäftsführerin bei einer großen Waffenexportfirma, die Waffen in die verschiedensten Länder verkaufen nur um Profit zu machen. Sie hat sich mit Marlow, seit der Gala in Madrid, zweimal die Woche getroffen. Die Treffen dauerten nie besonders lange, meist tranken sie nur einen Kaffee zusammen und trennten sich dann wieder. Aber wir haben die Konten und alles was uns irgendwelche Informationen liefern konnte, von ihr überprüft und mit den Informationen, die wir bereits von Marlow hatten verglichen. Marlow hat Wöchentlich eine immens große Summe an sie überwiesen. Wir gehen davon aus, dass Alexa ihm die Waffen für seinen geplanten Anschlag zur Verfügung stellt. Ich habe bereits ein Team informiert, die damit beginnen Alexa Stepanow zu observieren." sagte Jamie und wartete bis Quentin diese ersten Informationen verarbeitet hatte. " Gute Arbeit " sagte er und schien mit ihr zufrieden zu sein.“ Das war aber noch nicht alles." sagte sie und wartete kurz bis sie wieder seine ganze Aufmerksamkeit hatte. Sie sah wieder zu Felix und er öffnete eine andere Datei mit Videoaufnahmen und spielte sie ab. Quentin sah auf den Monitor und fragte " Was genau sehe ich mir da an?" und Jamie begann es ihm zu erklären. " Das sind Videoaufnahmen von Evan Taylor und Steven Fuller, den Bodyguards von Marlow. Durch die Beobachtungen unseres Observationsteams haben wir erfahren, dass die beiden sofort nach der Gala in Madrid nach London geflogen sind. Sie sind dort in einer kleinen unbekannten Pension abgestiegen und von dort aus jeden Tag zum Gebäude des Parlaments gefahren. Sie

haben das Parlament von jeder möglichen Seite fotografiert und haben sich dort auch mit jemandem getroffen. Durch diese Person sind sie in das Gebäude gelangt und konnten sich ohne Probleme dort frei bewegen. Aber sie waren bislang nur im Keller und auf dem Dach des Gebäudes. Es ist aber noch unklar was genau sie dort gemacht haben. Das Team vor Ort beobachtet sie weiter und berichten uns sofort, wenn sie etwas Neues erfahren." sagte sie und war somit am Ende ihres Berichtes. Quentin sagte zuerst nichts. Er sah noch auf den Monitor und verarbeitete die Informationen. Dann sah er zu Jamie. " Also wissen wir jetzt wo es voraussichtlich stattfinden wird, aber wir wissen noch nicht wann und was genau passieren wird." sagte er und sah etwas besorgt aus. " Wir bekommen gerade einen Videoanruf von einem unserer Observationsteams." sagte Felix. "
Schalten sie ihn auf den großen Monitor." sagte Quentin und dann erschien schon der Videoanruf auf dem Monitor. Es handelte sich um den Teamleiter des Teams die Marlow observierten. " Mitchell" sagte Quentin und sah zu dem Mann auf dem Monitor. " Wir haben neue Erkenntnisse." sagte er und berichtete ihnen dann die neusten Informationen. " Marlow hat gerade einen Flug gebucht. Er fliegt am Donnerstag von Madrid nach London. Und das Team, dass die Bodyguards observiert hat uns berichtet, dass die beiden für Marlow ein Zimmer in einem Hotel reserviert haben, das nicht weit vom Parlament entfernt liegt. " sagte er und Quentin gab ihm den Auftrag weiter an Marlow dranzubleiben. Sie beendeten den Anruf und Quentin sah zu Jamie. " Dann wissen wir jetzt auch wann das ganze ungefähr

stattfinden wird. Ich plane unsere Abreise. Wir werden am Donnerstag vor Marlow in London sein. Und auch wenn du dich eigentlich noch nicht anstrengen solltest, kann ich dabei nicht auf dich verzichten." sagte er und entließ sie dann für den restlichen Abend. Bevor sie ging, bat er sie aber noch den anderen heute Abend noch nichts zu sagen. Er wollte es am nächsten Morgen selber machen. Jamie verließ anschließend den Konferenzraum und begab sich in die Küche.

In der Küche traf Jamie auf Nicki und Jake. " Na was hast du heute den ganzen Tag gemacht? Keiner von uns hat dich heute gesehen." fragte Nicki. Jamie stellte sich zu den beiden an die Kücheninsel und goss sich ein Glas Wasser ein. " Quentin hat mich zu Papierkram verdonnert. Ich habe den ganzen Tag nur gelesen und geatmet. Also nichts was auch nur im Geringsten anstrengend für mich war." sagte Jamie und nahm einen großen Schluck Wasser. Jamie sah zu Jake, aber er brachte kein Wort heraus. " Nicki würdest du uns bitte einen Augenblick alleine lassen?" fragte Jamie sah aber weiterhin zu Jake. " Natürlich. Kein Problem." sagte Nicki und verließ zügig die Küche. Jamie wartete kurz bis die Tür sich hinter Nicki schloss und sprach mit ernster Stimme. " Erklär es mir jetzt bitte endlich. Was ist nur los mit dir? Ich erkenn dich ja gar nicht wieder." Sie fixierte Jake mit ihrem Blick und wartete auf eine Antwort. " Ich weiß nicht was du von mir hören willst." war alles was er sagen konnte. Er sah auf sein Glas und schien sich nicht mehr zu trauen sie anzusehen. " Jake bitte. Ich will mich nicht streiten. Ich will meinen Freund wiederhaben." sagte Jamie und klang dabei etwas traurig. Jake schien wieder etwas

Mut zu haben und sah sie wieder an. Er schwieg für einen Moment und erwiderte nun ihren Blick. Er trat um die Ecke der Kücheninsel und stellte sich vor sie. Er sah ihr in die Augen und sie hoffte nur auf eine Antwort. Aber anstatt ihr eine Antwort zu geben, küsste er sie plötzlich. Er legte seine linke Hand an ihre Hüfte und zog sie näher an sie heran. Mit seiner rechten Hand hielt er sie an ihrem Nacken fest. Jamie wusste nicht wie ihr geschieht. Er löste den Kuss und verließ dann ohne ein weiteres Wort die Küche. Jamie stand nun alleine und sehr verwirrt in der Küche. Sie sah hinunter auf ihr Wasserglas. *" Was war das denn jetzt bitte?"* fragte sie sich und konnte einfach nicht fassen was gerade passiert war. Sie stand wie erstarrt in der Küche bis sich die Tür wieder öffnete und sie jemand ansprach. " Hey alles klar? " fragte Chris sie als er auf sie zu ging. Jamie zuckte zusammen und sah dann zu Chris. Der Kuss hatte sie total verwirrt. " Ähm ja alles okay. Ich... ich muss gehen." stotterte sie und verließ so schnell sie konnte die Küche. Sie ging auf ihr Zimmer und schloss die Tür. Sie lehnte sich mit ihrem Rücken gegen die Tür und ließ sich zu Boden sinken. Sie berührte ihre Lippen mit ihrer rechten Hand und schien den Kuss gerade erst richtig wahrzunehmen. Sie stand wieder auf und legte sich ins Bett, aber sie konnte die ganze Nacht nicht richtig einschlafen. Ihre Gedanken kreisten um den Kuss mit Jake und den Gefühlen, die sich zwischen ihr und Chris entwickelten. Sie war einfach total verwirrt.

**Kapitel acht**

Am nächsten Morgen wachte Jamie mit einem komischen Gefühl auf, aber sie konnte es nicht richtig einordnen. Sie stieg unter die Duschen und ließ sich das Wasser über ihr Gesicht laufen. Sie hatte den Kuss noch immer nicht ganz verarbeitet und fragte sich noch immer wieso Jake das gemacht hatte. Aber sie hatte nun keine Zeit mehr über alles nachzudenken. Quentin erwartete sie und die anderen um sieben Uhr im Konferenzraum. Also trocknete sie sich schnell ab und machte sich fertig. Sie ging in den Konferenzraum wo sie auf Chris und Jake traf. " Guten Morgen" sagten beide gleichzeitig und sahen sich dann finster an. " Morgen" antwortete sie und sah abwechselnd zu Chris und Jake. " Alles okay?" fragte Chris sie, aber Jamie antwortete nicht. Sie konnte einfach keinen klaren Gedanken fassen. Andy, Nicki und Quentin kamen in den Konferenzraum und Jamie schien erleichtert nun nicht mehr mit Chris und Jake allein sein zu müssen. Sie setzte sich alle an den großen schwarzen Tisch und Quentin eröffnete die Besprechung. " Okay verlieren wir keine Zeit. Jamie du weißt ja schon worum es geht. " sagte er und sah zu Jamie, aber diese schien mit ihren Gedanken ganz woanders zu sein. Andy schubste sie leicht und Jamie zuckte zusammen. " Was ist?" fragte sie und sah die anderen verwirrt an und dann zu Quentin. " Alles okay bei dir?" fragte er sie und sie nickte ihm zu. Er fuhr fort. " Ok da Jamie ja im Moment nicht trainieren kann, hat sie mir gestern geholfen etwas herauszufinden. Unser nächster Einsatz beginnt diese Woche. Wir konnte die Daten von dem Stick entschlüsseln und durch die Hilfe von Jamie und den anderen Mitarbeitern wissen wir nun, dass Rodger Marlow einen Anschlag geplant hat. Er wird am Donnerstag in London ankommen und wir werden vor ihm dort sein. Er hat irgendetwas großes geplant, dass mit dem Parlament zu tun hat." sagte er und wartete bis alle diese Informationen verarbeitet hatten. " Also fliegen wir nach London?" fragte Nicki. " Ja und wir werden Marlow und seine Bodyguards nicht aus den Augen lassen. " sagte er und sah kurz zu Jamie und sprach dann weiter. " Jamie wird sich gleich die neusten Informationen ansehen und verarbeiten. Ihr werdet alle trainieren und euch vorbereiten gehen. Auch wenn wir noch nicht alles genau wissen, darf uns bei dieser Sache kein Fehler unterlaufen." sagte er und schickte sie dann zum Training. Jamie blieb im Konferenzraum und machte sich an die Arbeit. Quentin ging auf sie zu. " Ist wirklich alles in Ordnung bei dir? Du scheinst nicht richtig bei der Sache zu sein." sagte er und sah sie besorgt an. " Nein alles in Ordnung. Ich habe nur nicht so gut geschlafen." versicherte sie ihm und er informierte sie über die neusten Erkenntnisse. " Ok. Unsere Observationsteams haben uns neuste Informationen übermittelt. Marlow hat sich erneut mit dieser Frau getroffen, aber dieses Mal nicht in einem Café. Sie haben sich in einer verlassenen Fabrik getroffen und Alexa Stepanow kam nicht alleine zu diesem Treffen. Bei ihr waren zwei Männer, die Marlow eine Kiste in der Größe eines Kleinwagens übergaben. Seine Bodyguards landeten die Kiste vorsichtig in einen Lastwagen. Diesen Lastwagen fuhren sie in eine Seitenstraße nahe dem Parlament. Unsere Männer konnten leider nicht in den Wagen schauen, aber sie konnten einen ungewöhnlich hohen Strahlenwert wahrnehmen." erklärte Quentin ihr und ließ sie diese Informationen verarbeiten. " Eine Bombe?" fragte sie ihn" Er sah sie ernst an. " Ja wir gehen davon aus." antwortete er ihr. " Also will er im Parlament eine Bombe zünden. Und das wird entweder auf dem Dach oder im Keller passieren." sagte sie. Quentin sagte nichts, sondern sah sie einfach an. Er sah auf den großen Monitor und dachte nach. " Wie geht es deiner Wunde jetzt eigentlich?" fragte er sie und sah sie wieder an. " Ich muss gleich noch einmal zum Doc, aber es verheilt alles ganz gut." sagte sie und er schickte sie direkt zum Doc, bevor sie wieder an die Arbeit gehen durfte.

Jamie wartete nun auf der Krankenstation auf den Doc. Es dauerte zehn Minuten bis er zu ihr kam. " Guten Morgen" sagte er als er zur Tür hereinkam. " Guten Morgen" entgegnete sie ihm. " Wie geht es dir denn heute?" fragte er sie während sie sich auf die Liege legte. " Alles ist gut. Ich habe eigentlich kaum noch Schmerzen." sagte sie und er sah sich ihre Wunde an. " Ja deine Wunde heilt wirklich super. Wenn ich nicht wüsste, dass du die Wunde gerade erst bekommen hast, würde ich sagen, dass du schon vor Wochen angeschossen wurdest." sagte er und sie richtete sich wieder auf. " Aber du musst dich trotzdem weiter schonen. Übertreib es nicht, es ist immerhin eine Schusswunde." sagte er ihr und nachdem sie ihm versichert hatte, dass sie auf sich aufpassen wird, entließ er sie wieder. Sie ging wieder in den Konferenzraum, wo die Computerspezialisten schon auf sie warteten. " Gibt es neue

Informationen?" fragte sie und einer der Männer nahm daraufhin einen Videoanruf entgegen und schaltete ihn auf den großen Monitor. Es war der Mann vom gestrigen Videoanruf. " Ist Quentin nicht da?" fragte er sie und sie stellte sich vor den Monitor. " Nein, aber ich arbeite an diesem Fall. Also können sie es mir auch sagen." sagte sie und er sah sie kurz an. " Ok. Also dann. Das Parlament wird am Donnerstag vollständig in diesem Gebäude sein. Da findet irgendeine wichtige Konferenz um fünfzehn Uhr statt. Das Hotelzimmer von Marlow ist aber nur bis vierzehn Uhr gebucht. Wir gehen davon aus, dass er vor dem Anschlag noch die Stadt verlassen will." sagte er und beendete dann den Anruf. " Okay dann wissen wir jetzt wann das ganze stattfinden soll und wo es stattfinden soll. Das einzige was wir jetzt noch nicht wissen ist ob die Bombe auf dem Dach oder im Keller gezündet werden soll." sagte Jamie und machte sich dann auf die Suche nach Quentin. Aber sie wusste nicht wo sie mit der Suche anfangen sollte. Sie wollte gerade zum Fahrstuhl gehen als sie aus dem Fenster und auf einen der Hubschrauberlandeplätze sah.

Quentin stand draußen und sah einfach auf den See. Jamie trat auf den Landeplatz und ging auf Quentin zu. Er bemerkte sie schnell und kam ihr ein paar Schritte entgegen. " Gibt es etwas Neues?" fragte er und sie wirkte etwas nervös. " Ja wir haben gerade einen Anruf bekommen von einem der Observationsteams. Das Hotelzimmer von Marlow ist am Donnerstag nur bis vierzehn Uhr gebucht. Und das Parlament tagt am Donnerstag um fünfzehn Uhr. Also will Marlow noch vor dem eigentlichen Anschlag verschwinden." sagte sie und ließ ihn die Informationen kurz verarbeiten. Er schien aber nicht im Geringsten erleichtert zu sein. "Ich verstehe nur nicht was, dass alles soll. Wieso das Hotelzimmer für die paar Stunden und wieso buchte er es auf seinem Namen?" fragte er sich, aber auch Jamie hatte keine Antwort auf seine Frage. "Dann ruf ich jetzt bei Marlows Observationsteam an und sage ihnen, dass sie Marlow unter allen Umständen daran hindern müssen am Donnerstag die Stadt zu verlassen." Quentin ging auf die Tür zu, die vom Landeplatz wieder in das Gebäude führte und rief Jamie noch zu. " Gute Arbeit und informierte bitte auch die anderen." Jamie ging auch wieder rein und zum Fahrstuhl. Sie fuhr auf die dritte Etage, denn im Gegensatz zu ihr durften die anderen trainieren. Die Fahrstuhltüren öffneten sich und Jamie ging in den Fitnessbereich. Andy und Nicki befanden sich bei den Boxsäcken, Chris stemmte gerade Gewichte und Jake machte gerade Klimmzüge. " Hey Leute." sagte Jamie und wartete bis alle zu ihr sahen. " Du willst doch nicht trainieren?" fragte Chris sie und klang ungläubig. " Nein ich muss euch nur etwas sagen." Sie hörten ihr alle aufmerksam zu. " Also wir wissen jetzt, dass der Anschlag wohl am Donnerstag um fünfzehn Uhr stattfinden soll und das eine Bombe dabei die entscheidende Rolle spielen wird." sagte sie und ihre Gedanken spielten wieder verrückt als sie Jake sah. " Sag mal ist wirklich alles ok bei dir? Du scheinst mit deinen Gedanken woanders zu sein." fragte Andy sie. " Ich habe nur nicht so gut geschlafen" sagte sie und ging wieder zum Fahrstuhl. Doch bevor sich die Fahrstuhltüren schließen konnten, lief Jake in den Fahrstuhl und stellte sich vor ihr. " Also wegen gestern" begann er, aber Jamie unterbrach ihn. " Lass es einfach okay. Ich will jetzt nicht darüber sprechen. Ich muss wegen unserer Abreise noch einiges klären." sagte sie und als sich die Fahrstuhltüren öffneten ließ sie ihn schnell wieder alleine. Die Fahrstuhltüren schlossen sich wieder und Jake stand noch immer darin. Er dachte an den Kuss. Aber er musste auch an Alex denken. Er drückte auf einen Knopf und der Fahrstuhl schaltete sich ab, sodass der Fahrstuhl von keinem mehr benutzt werden konnte. Jake setzte sich auf den Boden und schloss seine Augen. *" Wieso habe ich das nur gemacht? Kein Wunder das Jamie so reagiert hat. Ich bin doch mit Alex zusammen."* dachte er. Aber er riss sich wieder zusammen. Er wollte erst wieder daran denken, wenn sie die Sache in London erledigt hatten. Er schaltete den Fahrstuhl wieder ein und fuhr zurück auf die dritte Etage. Er stürzte sich in sein Training und verdrängte seine Gefühle.

Jamie arbeitete den restlichen Tag an einem Plan, wie sie vorgehen werden, wenn sie am Donnerstag in London ankamen. Sie dachte zusammen mit Quentin darüber nach, wie sie am besten vorgehen sollten und um neunzehn Uhr ging sie in den Aufenthaltsraum. Sie traf dort auf Andy und Nicki, die in der Sitzecke saßen. " Anstrengender Tag?" fragte Andy sie als sich Jamie zu ihnen setzte. Jamie atmete einmal tief durch und sah die beiden an. " Du bist heute nicht ganz bei dir oder?" fragte Nicki und schien besorgt. " Hat der Arzt irgendwas gesagt? Ist was mit deiner Wunde?" fragte Andy. Jamie sah, dass ihre Freundinnen besorgt waren, aber sie wusste nicht was sie ihnen erzählen sollte. " Ich weiß auch nicht was los ist. Ich bin gestern Abend noch in der Küche gewesen und hab dort Jake getroffen. Ich habe ihn zur Rede gestellt, weil ich wissen wollte warum er in letzter Zeit so komisch war. Aber er lässt einfach nicht mit sich reden. " sagte sie und wirkte betrübt. Nicki sah etwas angespannt aus. " Das wird schon wieder. Ihr seid beste Freunde. Er wird dir schon irgendwann erzählen was mit ihm los ist." sagte Andy und versuchte sich in Jamie hineinzuversetzen. Jamie und Andy sahen beide zu Nicki, die sich merkwürdig ruhig verhielt. " Was weist du?" fragte Andy und war sich sicher, dass Nicki mehr wusste als sie zugab. " Mir steht es nicht zu euch das zu sagen. Das muss Jake schon selber machen." sagte sie und verließ fluchtartig den Raum. Andy und Jamie blieben ahnungslos zurück. " Was war das jetzt?" fragte sich Jamie und auch Andy wusste keine Antwort darauf. " Eins ist sicher. Nicki weiß irgendetwas." sagte Andy. Die beiden grübelten noch eine Weile darüber nach, was Nicki ihnen wohl verheimlichte. Um zehn Uhr gingen beide dann auf ihre Zimmer. Jamie ging auf den Balkon und wollte noch etwas nachdenken. Sie sah wieder auf den See und der bloße Anblick des Sees beruhigte sie ein wenig. Die Ruhe wurde aber schnell unterbrochen. Jamie drehte sich um und kniete sich hin. Charly sprang sie leicht an und leckte ihr das Gesicht ab. " Da hat dich jemand vermisst" sagte Chris, der aus seinem Zimmer auf den Balkon trat. Jamie lächelte ihn an und sah dann wieder zu Charly. Chris lehnte sich an die Wand und sah Jamie und Charly an. Jamie stand auf und lehnte sich gegen die Mauer und somit gegenüber von Chris. " Was hat der Arzt heute Morgen eigentlich gesagt?" fragte er sie. " Ich soll mich weiter schonen, aber es verheilt alles sehr gut." antwortete sie ihm und lächelte ihn an. " Und was ist mit dem Einsatz am Donnerstag? Du kannst doch nicht einfach normal weitermachen." Chris sah sie besorgt an. " Werden wir dann schon sehen. Ich werd´s nicht übertreiben. Versprochen." versicherte sie ihm. Die beiden unterhielten sich noch eine Weile und Jamie schien die Gedanken an Jake und den Kuss vollkommen vergessen zu haben. Sie gingen schließlich beide in ihre Zimmer, wobei Charly mit zu Chris ging. Jamie dachte bevor sie einschlief, an Chris und die Gedanken, die sie sich über ihn machte, nahmen ihr die Sorgen, die sie an diesem Tag hatte.

Am nächsten Morgen machten sich alle bereit um nach London zu fliegen, denn am nächsten Tag sollte der Anschlag stattfinden. Sie trainierten alle noch einmal und sprachen den morgigen Ablauf durch. Jamie sorgte dafür, dass es Charly gut ging, wenn sie und Chris beide nicht bei ihm sein konnten. Um sechszehn Uhr packten dann alle ein paar Sachen zusammen, sorgten dafür, dass Charly in der Hundeschule war und stiegen alle ins Flugzeug. Während des gesamten Fluges bereitete Quentin alle auf ihre bevorstehenden Aufgaben vor. Es durfte niemandem ein Fehler unterlaufen und Jamie wurde mit jedem Wort von Quentin sicherer, dass das alles für ihn nicht nur ein einfacher Einsatz war, sondern etwas Persönliches. Jamie nahm sich vor herauszufinden warum Quentin das alles so wichtig war. Der Flug dauerte nicht sehr lang. Sie landeten an einem Militärflughafen und fuhren zu einem kleinen Haus, etwas außerhalb der Innenstadt. Die Organisation hatte überall auf der Welt ´Savewohnungen` und in diesem Fall ein kleines

'Savehouse'. Sie richteten sich dort eine kleine Komadozentrale ein und schafften sich einen Überblick über die Grundstrukturen des Parlamentsgebäudes und über alle Straßen und Wege um das Gebäude herum. Nachdem sie alles mehrfach durchgesprochen hatten, machten Chris, Jake und Andy einen Testlauf. Sie fuhren zum Parlament und sahen sich unbemerkt im Keller, auf dem Dach und im restlichen Gebäude um. Es gab keinerlei Hinweise auf einen geplanten Anschlag am nächsten Tag. Sie platzierten an den Eingängen, Fenstern, Treppenhäusern und sonst noch überall wo sich jemand Zugang zu dem Gebäude verschaffen konnte, Kameras. So konnten sie von einem Bildschirm aus beobachten wann Marlow oder einer seiner Komplizen oder Bodyguards das Gebäude betraten und ob sie die Bombe bei sich hatten. Nachdem sie alles erledigt hatten, kamen Chris, Jake und Andy zurück zum 'Savehouse'. Sie gingen alle früh schlafen um am nächsten Tag gut ausgeruht zu sein. Jamie ging als erste schlafen, denn sie wollte einem weiteren unangenehmen Gespräch mit Jake aus dem Weg gehen.

Der Tag des geplanten Anschlages war gekommen und alle waren schon früh auf den Beinen. Quentin kontrollierte die Videoaufnahmen, der Kameras die überall im Parlamentsgebäude angebracht waren. Andy, Nicki und Jake waren schon am Parlament eingetroffen, aber ohne ihre Einsatzkleidung. Sie sahen sich unauffällig nach dem Lastwagen mit der Bombe um und hielten Ausschau nach Marlow und seinen Bodyguards. Chris und Jamie mussten sich versteckt halten, denn während der Gala in Madrid hatte einer der Bodyguards von Marlow sie schon gesehen und deswegen konnten sie nicht riskieren, dass es sie noch einmal sah. Außerdem hatte Quentin Chris die Aufgabe gegeben Jamie nicht aus den Augen zu lassen und auf sie zu achten. Während die anderen Ausschau hielten, machten sich Jamie und Chris auf den Weg in das Hotel indem sich Marlow befand. Er hatte den ganzen Tag sein Zimmer noch nicht verlassen, aber seine Bodyguards waren gekommen und auch wieder gegangen. Das Observationsteam blieb weiter an den beiden dran und auch Marlow blieb unter Beobachtung durch ein Oberservationsteam. Chris und Jamie fuhren zurück zum 'Savehouse', nachdem sie sich mit Marlows Observationsteam ausgetauscht hatten und zogen sich ihre Tarnkleidung an. Sie warteten noch auf Andy, Nicki und Jake, die sich ebenfalls umzogen und dann fuhren sie gemeinsam zum Ort des Geschehens. Chris, Jake, Jamie und Andy blieben im Van während Nicki sich unbemerkt Zugang zum Gebäude verschaffte. Sie schaffte es Jake und Andy unbemerkt über einen Hintereingang ins Gebäude zu schleusen. Chris und Jamie blieben im Van und suchten die Monitore nach Marlows Bodyguards und anderen Komplizen ab. Über die kleinen Funkgeräte informierte Jamie die anderen, dass die beiden Bodyguards sich nun im Gebäude befanden und mit sechs weiteren Personen eine große Kiste in Richtung des Kellers brachten. " Die Bombe wird im Keller gezündet." sagte Chris und sah daraufhin zu Jamie. Quentin, der in einem anderen Van saß und ebenfalls die Videoaufnahmen sehen konnte, wies Chris und Jamie an sich jetzt auch in das

Gebäude zu begeben und jeden außergefechtzusetzen, der etwas mit dem Anschlag zu tun hatte. Daraufhin verließen Chris und Jamie den Van und betraten das Gebäude. Sie wollten direkt in den Keller laufen, bis Jake etwas über Funk sagte. " Die Bodyguards sind jetzt auf dem Weg zu den Abgeordneten und sie haben Waffen dabei." Jamie und Chris änderten ihre Richtung und liefen zu dem Raum, indem sich die Abgeordneten befanden. Jake stoß ebenfalls dazu. Andy und Nicki machten sich auf den Weg zu der Bombe. Sie schalteten die Männer aus, die die Bombe platziert hatten und weitere Agents, die Quentin ihnen zur Hilfe geschickt hatte, schafften die bewusstlosen Komplizen von Marlow aus dem Gebäude. Andy und Nicki standen nun vor der Bombe und hatten ein Problem. Die Bombe war anders als alle anderen, die Andy jemals entschärft hatte. " Das ist jetzt eine echte Herausforderung." sagte Andy und sah etwas überfordert zu Nicki. " Du schaffst das." sagte Jamie über Funk. Chris, Jake und Jamie warteten noch kurz ab. Die Bodyguards trafen an dem Konferenzraum ein und es fiel ein Schuss. " Keine Bewegung" reif einer der Bodyguards und außer den beiden waren noch vier weitere Männer mit Waffen dazu gestoßen. Chris, Jamie und Jake tauschten kurze Blicke aus und stürmten dann den Konferenzraum. Es fielen Schüsse, aber niemand wurde verletzt. Jamie entwaffnete die sechs Männer und brachte die Waffen außer Reichweite. Durch die Betäubungspfeile setzten sie die vier Männer außer Gefecht und nun waren nur noch Jake, Chris, Jamie und die zwei Bodyguards von Marlow da. Der Feuerteufel beschoss die drei mit Feuerbällen, die Jamie allerdings durch ihre Telekinese abwehren konnte. ´Der Geist` war ausgebildet in mehreren Kampfsportarten und griff die drei ohne Gnade an. Chris konnte ihn aber nach einigen Angriffen von ihm, überwältigen und Jake betäubte ihn daraufhin mit Betäubungspfeilen. Jamie war noch immer mit dem Feuerteufel beschäftigt, der einfach nicht unterzukriegen schien. Chris riss ihn schließlich zu Boden und prügelte auf ihn ein. Jamie schoss ebenfalls einen Betäubungspfeil auf ihn und so war nun auch der letzte von ihnen außer Gefecht gesetzt. Jamie informierte Quentin darüber, dass er Agents schicken konnte um alle hier heraus zu holen und um nach den Geiseln zu sehen. Die drei fesselten die sechs Männer für den Fall, dass doch einer von ihnen aufwachen sollte, bis sie eine Nachricht von Andy hörten. " Leute ihr müsst alle hier raus schaffen. Ich kann diese Bombe nicht entschärfen. Und sie wird gleich hochgehen. Wir müssen so schnell wie möglich hier raus." sagte Andy fast panisch. Jamie sah zu Chris und lief dann in den Keller. Chris wusste was sie vor hatte und lief ihr nach. " Das kannst du nicht machen. Du bringst sich damit selber um." rief er ihr zu, während er ihr nachlief und auch Jake lief ihr hinterer, aber er wusste nicht was sie vorhatte.

Mittlerweile im Keller angekommen stand Jamie nun vor Andy, Nicki und der Bombe. " Ich kann sie einfach nicht entschärfen. Sie ist einfach zu kompliziert. Immer wenn ich versuche sie zu stoppen läuft der Countdown nur schneller ab." sagte sie verängstigt. Der Countdown zeigte, dass sie nur noch eine Minute hatten bevor sie explodierte. Quentin hatte schon damit begonnen, zusammen mit anderen Agents, die

Geiseln und alle anderen aus dem Gebäude zu holen. Chris stand neben Jamie, die immer noch die Bombe ansah. " Das ist doch nicht dein ernst? Los wir müssen raus hier. " sagte er und wollte sie aus dem Raum ziehen. Sie entriss sich seinem Griff und sah ihn an. Dann sah sie zur Bombe und auf den Countdown, der immer kürzer wurde. " Ihr verschwindet jetzt. Sofort." rief Jamie den anderen zu. " Was? Spinnst du. Los komm." sagte Chris, der immer noch neben ihr stand. Die anderen standen verwirrt und panisch da. Jamie sah zu ihnen und warf sie alle plötzlich, unter Verwendung ihrer Telekinese, aus dem Raum. Sie schloss die Tür ab und stellte sich vor die Bombe. Sie dachte daran, dass sie verhindern wollte, dass auch nur irgendwer den sie liebte, verletzt wurde. Und sie konnte spüren wie ihr Kraftfeld entstand. Sie errichtete das Kraftfeld um die Bombe herum und wartete darauf, dass der Countdown ablief.

Chris prügelte wie verrückt auf die Tür ein, die Jamie jedoch von innen mit ihrer Telekinese blockierte. Die anderen suchten irgendeine Möglichkeit Jamie aus diesem Raum zu bekommen, aber sie fragten sich auch was Jamie vorhatte. " Jamie komm da raus. Du bringst dich noch um." schrie Chris. " Was hat sie vor?" fragte Jake und war voller Panik. „Das kann doch jetzt nicht ihr Ernst sein." sagte Andy und sie wusste nicht recht was sie jetzt machen sollte. " Was hat sie nur vor? Sie kann doch überhaupt keine Bomben entschärfen." sagte Nicki und klang dabei äußerst besorgt, aber auch verwirrt." Was ist bei euch los? Wo seid ihr?" fragte Quentin über Funk und er klang ebenfalls etwas panisch. Andy, Nicki und Jake sahen sich ratlos an und und wussten nicht was genau sie Quentin jetzt sagen sollten.

Jamie stand nun da. Alleine vor einer riesigen Bombe und sie wusste nicht ob ihr Kraftfeld auch wirklich funktionierte. In den letzten Sekunden, bevor der Countdown ablief, dachte Jamie nur noch daran, dass sie ihre Freunde und vor allem Chris und Jake schützen wollte. In diesem Moment war ihr vollkommen egal was nun mit ihr selbst passierte. Sie wollte nur alle anderen vor dieser Bombe schützen. Sie fixierte die Bombe mit ihrem Blick und sie hörte Chris, wie er auf die Tür einprügelte und nach ihr rief, aber sie konnte jetzt keine Rücksicht auf seine Sorgen nehmen. Sie wollte ihn unter allen Umständen schützen. Sie spürte das Kribbeln in ihrer Brust, das immer stärker zu werden schien. Jamie konzentrierte sich nun voll und ganz auf ihr Kraftfeld und ihre Gefühle. Jamie atmete noch einmal tief durch und ihr Blick wich dabei keinen Moment von dem Countdown. Die letzten Sekunden liefen ab. Die Blockade vor der Tür, die sie durch ihre Telekinese errichtet hatte, verschwand. Die Tür war nun nur noch verschlossen und es war nun ein leichtes für Chris die Tür auf zu bekommen, aber die Zeit reichte nicht mehr aus. Noch bevor Chris zu einem weiteren Schlag gegen die Tür ausholen konnte, lief der Countdown ab. Die Bombe ging hoch. Jamies Kraftfeld vergrößerte sich durch die enorme Druckwelle der Bombe. Sie flog gegen die Wand und wurde von ihrem eigenen Kraftfeld fast erdrückt. Sie wand all ihre vorhandene Kraft auf um zu verhindern das die Bombe Schaden anrichten konnte.

"Jamie" schrien Chris und Jake gleichzeitig und voller Sorge als sie einen enormen Knall hörten, aber sie erhielten keine Antwort. " Ich brauch hier Hilfe!" sagte Quentin über Funk. Andy und Nicki versuchten einen klaren Kopf zu bekommen und wollten zu Quentin. " Los wir müssen ihm helfen." sagte Nicki. " Wir können hier jetzt nichts machen." sagte Andy nervös. Jake sah sie an und dann wieder zur Tür des Kellers. Er sah wieder zu Nicki und Andy und ging schließlich mit ihnen, auch wenn er nicht das beste Gefühl dabeihatte. " Chris?" sagte Nicki, aber er blieb stehen und versuchte einfach nur in diesen Raum zu kommen. Er setzte seine Stärke ein und prügelte und trat gegen die Tür, aber wegen Jamies Kraftfeld wurde die Tür von innen blockiert, sodass Chris sie nicht eintreten konnte. Andy, Nicki und Jake gingen nach draußen zu Quentin. Der Feuerteufel und der Geist waren wach. Die Betäubung war zu schwach gewesen. Sie standen jetzt alle auf offener Straße und jeder konnte sie sehen. Aber Jake, Andy und Nicki waren sich bewusst, dass sie ihre Kräfte nun nicht mehr verbergen konnten, wenn sie nicht wollten, dass jemand verletzt wurde. Die drei setzten all ihre Kraft ein und ließen ihre Angst um Jamie, in Wut auf die beiden umschlagen. Jake wehrte die Feuerbälle, die der ´Feuerteufel´ auf sie warf, mit einem Wasserschutzschild ab. Das Wasser holte er aus einem nahe gelegenen Brunnen. Nicki schlich sich unsichtbar an den ´Geist´ heran und betäubte ihn dann mit mehreren Betäubungspfeilen und er ging zu Boden. Nicki machte sich wieder sichtbar und sie sah sich in ihrer Umgebung um und sah dabei auch auf den Feuerteufel, mit dem Jake und Andy beschäftigt waren. Jake schloss den ´Feuerteufel´

zwischen Wänden aus Wasser ein und Andy elektrisierte das Wasser. Andy schoss dann auch mehrere Betäubungspfeile auf den ́Feuerteufel ̀. Durch ihre Zusammenarbeit gelang es ihnen die beiden endgültig außer Gefecht zu setzen. Jake ließ das Wasser zurück in den Brunnen fließen und weitere Agents fesselten die beiden Bewusstlosen und verfrachteten sie schließlich in einen großen Transporter. Aber ihnen war nicht nur gelungen die beiden Bodyguards von Marlow außergefechtzusetzten, sondern auch noch die Aufmerksamkeit der Medien auf sich zu ziehen.

Währenddessen schwanden Jamies Kräfte immer mehr. Die Druckwelle der Bombe ließ nach, aber Jamies Wunde war wieder aufgerissen und sie fiel schließlich bewusstlos zu Boden. Chris schaffte es endlich die Tür einzutreten, nachdem Jamies Kraftfeld sie nicht mehr blockierte. Der durch die Explosion entstandene Rauch kam Chris entgegen und er konnte kaum etwas erkennen. Er rief mehrmals nach Jamie, bekam jedoch keine Antwort. Er tastete sich schnell an der Wand entlang und konnte schließlich Jamies Umrisse erkennen. Sie lag an der Wand gegenüber von der Bombe. Er dachte daran, dass die Druckwelle Jamie wohl quer durch den Raum befördert hat. Er trug sie aus dem Raum und als er aus dem dichten Rauch heraus trat sah er ihre blutende Wunde. " Sie braucht dringend Hilfe!" rief er über Funk. Er lief so schnell er konnte brachte Jamie nach draußen und legte sie in einen der Vans. Quentin fuhr mit ihnen umgehend ins Krankenhaus wo der Doc sie schon erwartete, denn Quentin hatte den Doc bereits angerufen. Als sie im Krankenhaus eintrafen brachte der Doc Jamie, zusammen mit seinem Team sofort in einen OP. Chris und Quentin blieben zurück. " Was ist da passiert?" fragte Quentin, aber Chris antwortete ihm nicht. Er stand einfach nur da, mit geballten Fäusten.

Es verging knapp eine Stunde bis Jamie wieder aus dem OP kam. Chris und Quentin warteten schon auf sie. Chris stand am Fenster und sah Jamie, die in einem Krankenzimmer lag, nur an. Quentin redete mit dem Doc über ihre Verlegung auf den Stützpunkt. Der Doc stimmte einer sofortigen Verlegung zu, unter der Bedingung, dass er sie ständig überwachen konnte. Er war der Meinung, dass Jamie so schnell wie möglich zurück zum Stützpunkt musste, denn jeder der etwas von dem Anschlag mitbekommen hatte, wusste nun, dass sie sich in diesem Krankenhaus befand und dadurch war sie in einer zu großen Gefahr. Quentin veranlasste eine sofortige Verlegung zum Stützpunkt, auch wenn der Flug gefährlich war hatten sie keine andere Möglichkeit. Chris wich auch dieses Mal nicht von ihrer Seite, aber diesmal war es anders. Er hielt nicht ihre Hand. Er sah sie nur an und schien dabei wütend auf sie zu sein. Sie brachten Jamie in einen Hubschrauber, der sie zu einem militärischen Flughafen brachte und von dort aus flogen sie mit einem Militärjet zurück zum Stützpunkt. Der Flug verlief ohne Komplikationen. Der Doc und sein Team brachten Jamie sofort auf die Krankenstation und schlossen sie an alle nur vorhandenen Monitore an um sie zu überwachen. Chris war noch immer bei ihr und auch Jake, Andy und Nicki trafen endlich ein, nachdem sie die Überführung der sechs Handlanger von Marlow überwacht hatten. Das Observationsteam, das auf Marlow angesetzt war, hatte ihn an einem Bahnhof festgenommen und in ein Gefängnis gebracht. " Sie hat sich überanstrengt und zu viel ihrer Kraft auf einmal angewandt. Ihr Körper konnte das einfach nicht verkraften und hat letztlich nachgegeben. Ihre Wunde ist wieder aufgerissen. Wir konnten aber alle Blutungen stoppen. Sie muss sich jetzt erholen. Ich weiß nicht wie lange es dauern wird, aber es dauert seine Zeit bis sie wieder aufwachen wird, wenn sich ihr Körper überhaupt wieder erholen kann. Sie hat sich einfach einer zu großen Gefahr ausgesetzt." sagte der Doc. Alle sahen sie besorgt an. Nur Chris schien noch immer wütend zu sein, aber der Gedanke, dass sie vielleicht nicht mehr aufwachen würde, nahm ihm ein kleinwenig seiner Wut. Aber er verließ dann schließlich dennoch ihr Zimmer. Er fuhr auf die dritte Etage und versuchte seine Wut an einem der Boxsäcke herauszulassen. Andy, Nicki und Jake wechselten sich ab, damit immer jemand bei Jamie sein und die anderen sich etwas ausruhen konnten.

Quentin fuhr noch am selben Tag in das Gefängnis, indem sich Rodger Marlow nun befand. Marlow saß in einem separaten Raum. Quentin betrat den Raum und setzte sich vor Marlow an einen Tisch, der mitten im Raum stand. Quentin sagte zunächst nichts und sah ihn einfach nur an. Marlow hatte einen selbstgefälligen Gesichtsausdruck und saß mit verschränkten Armen vor Quentin. " Bist du jetzt glücklich?" fragte Marlow ihn mit einem abschätzigen Ton in seiner Stimme. " Glücklich?" entgegnete

Quentin ihm. Marlow richtete seinen Oberkörper vor ihm auf und faltete seine Hände auf dem Tisch zusammen. " Ja glücklich. Du hast es endlich geschafft. Ich sitze jetzt hier vor dir und kann nichts tun außer dir in dein selbstverliebtes Gesicht zu gucken. Das ist doch das was du immer wolltest oder?" sagte Marlow und sein Blick wurde finster. Nun richtete sich auch Quentin etwas auf und sah ihm tief in die Augen. " Ich würde nicht sagen, dass ich glücklich bin. Nein ich bin eher erleichtert, dass so ein Schwein wie du endlich hinter Gittern sitzt. Und glaub mir, ich werde persönlich dafür sorgen, dass du hier nicht mehr rauskommst." sagte Quentin und verdeutlichte ihm seinen Standpunkt mit einem ernsten Blick. Marlow lehnte sich auf seinem Stuhl zurück und verschränkte seine Arme wieder vor der Brust. " Sag mir, wie hast du die Bombe entschärfen können? Das überschreitet doch all deine Kompetenzen. Keiner hätte sie entschärfen können." sagte Marlow und wartete auf eine Antwort. Vergeblich. Quentin sah ihn nur an und schmunzelte leicht. "Ich hoffe hier ist niemand den du verärgert hast, sonst könnte deine Zeit hier etwas ungemütlich werden." sagte Quentin und stand im selben Moment auf. Er ging langsam zur Tür und sobald er Marlow den Rücken zugekehrt hatte verschwand das Schmunzeln aus seinem Gesicht, denn die Bombe hat nur unter schmerzhaften Bedingungen niemanden verletzt. Einer seiner Agents würde sich vielleicht nicht mehr vollständig erholen. Doch bevor Quentin den Raum verlassen konnte, sagte Marlow noch etwas. " Unsere Mutter würde sich im Grabe herumdrehen, wenn sie wüsste, dass du deinen eigenen Bruder ins Gefängnis gebracht hast." Quentin drehte sich nicht um. Er öffnete die Tür und beim Verlassen des Raumes sagte er noch " Sei lieber froh das sie nicht mehr hier sein kann. Sie würde sich für dich schämen." Marlow stand ruckartig auf und musste von zwei Aufsehern zurückgehalten werden. Quentin schloss die Tür hinter sich und verließ das Gefängnis.

Auf dem Stützpunkt befand sich Jake mittlerweile bei Jamie auf der Krankenstation. Er saß neben ihrem Bett auf einem Stuhl und hielt ihre Hand." Was hast du nur gemacht?" fragte er und sah sie einfach besorgt an. Bis jetzt wusste noch niemand wie Jamie es eigentlich geschafft hatte, dass die Bombe nur in dem Keller explodierte und sonst keinen Schaden anrichten konnte. Niemand wusste etwas. Niemand außer Chris. Da Jake sich bei Jamie befand, gingen Andy und Nicki zu Chris. Sie mussten ihn eine Weile suchen, fanden ihn aber schließlich im Aufenthaltsraum an der Bar. Er hatte ein Glas mit Whiskey in der Hand und starrte auf die Whiskyflasche vor sich. Andy und Nicki betraten den Aufenthaltsraum. Nicki setzte sich neben ihm auf einen Barhocker an die Bar und Andy stellte sich vor ihm, hinter die Bar. " Alles ok bei dir?" fragte Andy ihn, aber er antwortete ihr nicht. Er sah sie kurz an und nahm dann einen großen Schluck aus seinem Whiskeyglas. Er nahm die Whiskeyflasche in die Hand und goss sich noch etwas ein. Andy und Nicki sahen sich gegenseitig fragend an und dann wieder zu Chris. " Was ist da heute passiert? Was hat Jamie gemacht?" fragte Nicki ihn. Chris stellte sein Glas auf dem Tresen ab und sah dann zu Nicki. " Was sie gemacht hat?

Etwas Beschissenes hat sie gemacht. Sie hat nicht nachgedacht und deswegen liegt sie jetzt da." sagte er und Andy und Nicki sahen seine Wut. " Aber wie hat sie es gemacht?" fragte Andy. Chris nahm noch einen Schluck Whiskey und sah dann zu Andy. " Das war ihre super tolle neue Fähigkeit. Aber sie hat sie noch gar nicht richtig trainieren können. Sie wusste überhaupt nicht ob es überhaupt funktioniert. Sie hat nicht an die Konsequenzen gedacht und wen sie mit ihrem Handeln verletzt." sagte er und schien mit jedem Wort wütender zu werden. Er nahm die Flasche Whiskey und stand auf. Sein Glas ließ er auf dem Tresen stehen. Er verließ den Raum und schmiss die Tür hinter sich zu. Andy und Nicki blieben verwirrt zurück. " Was war das jetzt?" fragte Andy. Nicki sah sie an und zuckte mit den Schultern. " Was für eine neue Fähigkeit denn?" fragte Nicki und auch diese Frage blieb unbeantwortet. Nicki und Andy gingen auf die Krankenstation, auch wenn sie sich eigentlich alle abwechseln wollten, wollten Andy und Nicki jetzt bei Jamie sein. Sie öffneten die Tür zu ihrem Krankenzimmer und betraten das Zimmer. " Was macht ihr hier?" fragte Jake sie und stand im selben Moment auf. " Wir wollten lieber hier sein. Nur für den Fall, dass sie doch noch aufwacht." sagte Nicki und sah dann besorgt zu Jamie. Jake sah zu Jamie und dachte wieder an den Kuss. Dann sah er zu Nicki und Andy. "
Wenn Quentin fragt, ich nehme mir ein paar Tage frei." sagte Jake und verließ umgehend den
Raum. Und wieder blieben Andy und Nicki verwirrt zurück. " Was hat der denn jetzt?" fragte Andy und sah zu Nicki. Nicki sah zu Jamie und wusste, dass Jake eine Pause brauchte. " Ist doch egal. Komm wir schauen uns

ein paar Filme an, vielleicht wird sie ja wach, wenn wir ihre Lieblingsfilme anschalten." sagte Nicki und sie legten einen Actionfilm in den DVD-Player und setzten sich auf das Sofa. Sie guckten den restlichen Abend Filme, die Jamie mochte und schliefen letztlich dort auch ein.

**Kapitel neun**

Am nächsten Morgen wachten Andy und Nicki auf der Krankenstation auf. Sie sahen direkt nach Jamie, aber sie war noch immer nicht wach. Der Doc betrat das Zimmer und lächelte Andy und Nicki an. Er ging zu Jamie an ihr Bett und sah auf die Monitore. Sein Lächeln verschwand. " Was ist Doc?" fragte Andy und sah besorgt zu ihm. Der Doc wendete seinen Blick von den Monitoren ab und sah zu Andy und Nicki. " Keine Veränderung." war alles was er sagte. Er sah zu Jamie und auch Nicki und Andy richteten ihre Blicke auf sie. " Sie nimmt sich die Zeit, die sie braucht." sagte er und verließ dann wieder den Raum. " Jamie du musst aufwachen." sagte Andy und setzte sich auf ihr Bett. Nicki stand weiterhin neben ihr und legte ihre linke Hand auf Andys Schulter. " Sie schafft das schon." sagte sie und versuchte ihrer Freundin etwas von ihrer Sorge zu nehmen.

Jake hatte den Stützpunkt am vorigen Abend verlassen. Er dachte, wenn er etwas Zeit mit Alex verbrachte würde er sich schon über seine Gefühle klarwerden. Alex nahm sich den Tag ebenfalls frei und die beiden fuhren zusammen an einen See. Es war ein sonniger Tag und sie machten ein Picknick. Sie breiteten eine große rote Decke auf der Wiese aus, mit

Blick auf den See. Sie setzten sich und Jake sah auf den See hinaus. " Ist alles okay bei dir? In letzter Zeit bist du irgendwie abwesend." fragte Alex und wartete auf eine Reaktion von Jake. Er senkte den Kopf und atmete einmal tief durch. Dann sah er zu Alex. Er sah in seine Augen und wusste es plötzlich. " Nein es ist nicht alles okay." sagte er und sah wieder auf den See. Er hielt einen Moment lang inne und sprach dann weiter, aber er sah weiterhin auf den See. Er fand nicht den Mut es Alex in sein Gesicht zu sagen. " Es geht um Jamie. Nein eigentlich geht es um mich." sagte er und atmete noch einmal tief durch. " Was ist denn mit euch?" fragte Alex. Jake nahm seinen Mut zusammen und sah Alex an, aber er musste nichts mehr sagen. " Ich verstehe" war alles was Alex sagte. " Ich weiß auch nicht was das bedeutet, aber..." Alex unterbrach ihn. " Ist schon gut. Ich hatte schon immer das Gefühl, dass da mehr ist zwischen euch. Ich wollte es nur nicht wahrhaben." sagte er und stand auf. " Ich geh lieber. Ich pack meine Sachen und ziehe aus." sagte Alex und wollte gehen. Jake stand auf und rief ihn zurück. " Warte. Es ist besser, wenn ich ausziehe. Es ist ja auch meine Schuld und ich habe schon etwas wo ich hinkann. " sagte er und Alex nickte ihm bloß zu, aber er ging trotzdem und ließ Jake alleine auf der Wiese zurück. Jake setzte sich wieder auf die Decke und sah auf den See. *" Ich hoffe wirklich, dass es das richtige war."* dachte er und packte dann das Picknick wieder zusammen. Er ging zu seinem Jeep, legte die Decke und den Picknickkorb in den Kofferraum und setzte sich in den Wagen. Er fuhr nicht los. Er saß einfach nur da und dachte an Alex und Jamie. Er verarbeitete das Gespräch mit Alex. Aber er fuhr an diesem Tag nicht mehr zurück zum Stützpunkt.

Er fuhr zu einem Hotel und nahm sich ein Zimmer. Er brauchte etwas Zeit für sich alleine.

Am Stützpunkt hatte Quentin indes eine Besprechung einberufen. Andy, Nicki und Chris betraten den Konferenzraum und setzten sich an den großen schwarzen Tisch. Quentin setzte sich ebenfalls und sah in die Runde. " Wie geht es Jamie?" fragte er und sah dabei zu Chris, aber der antwortete ihm nicht. Quentin sah daraufhin zu Andy. " Keine Veränderung" sagte sie und wirkte betrübt. " Und wo ist Jake?" fragte er. " Er wollte sich ein paar Tage frei nehmen. Er hat nicht gesagt wo er hin wollte." sagte Nicki. " Na gut, dann sind wir ja vollständig für heute. Also Marlow und seine Komplizen wurden alle festgenommen und in verschiedene Gefängnisse gebracht. Der Feuerteufel und der Geist wurden in spezielle Einrichtungen gesperrt, wo Feuer keine Wirkung hat und die Wände aus einem speziellen Material sind, sodass keiner durch Wände gehen kann." sagte er und wartete bis sie diese Informationen verarbeitet hatten. " Alexa Stepanow ist untergetaucht, aber wir werden sie finden und festnehmen." Sie besprachen noch die Schlagzeilen in den Medien. Denn die fünf hatten mit ihren Kräften Aufsehen erregt und irgendwer hatte den Medien Insidermaterial zugespielt, sodass diese nun Videos besaß von den Geschehnissen im Gebäude. Und Jake, Andy und Nicki mussten ihre Kräfte in der Öffentlichkeit einsetzen als der ´Feuerteufel´ und der ´Geist´ aufgewacht waren. Und so sah die ganze Welt nun auf die fünf mit ihren Fähigkeiten und die Medien hatten sich nicht die Möglichkeit nehmen lassen ihnen Name zu gegeben.

Sie nannten Andy Electris, wegen der Elektrizität die sie eingesetzt hatte. Nicki Inviseble, weil sie einfach so irgendwo auftauchte und sich wieder unsichtbar machte. Sie nannten Jake Soldier, wegen seiner Militärkleidung und Chris Black Pool, wegen seiner schwarzen Kleidung und den Tiefschlägen, die er ausgeteilt hatte. Jamie nannten sie Spectres, weil sie andere Sachen schweben lassen und sich unbemerkt durch ein Gebäude bewegen konnte. " Wow. Etwas Besseres fällt denen auch nicht ein oder." sagte Andy und musste schmunzeln. " Die Namen sind echt einfallslos." sagte Nicki und lachte. Quentin beendete die Besprechung letztendlich, aber wollte noch einmal alleine mit Chris sprechen. Andy und Nicki verließen den Raum und Chris blieb indes sitzen. Er sah Quentin nur an und sagte nichts. " Erklär es mir bitte." sagte Quentin und setzte sich neben Chris an den Konferenztisch. Chris dachte kurz nach was er ihm sagen sollte. Er drehte sich zu ihm um und sah ihn an. " Das war ihre neue Fähigkeit. Die Bombe ist unter einem Kraftfeld explodiert, deswegen kam niemand zu Schaden. Naja kaum jemand." sagte er und wendete seinen Blick wieder ab. " Du kannst gehen." sagte Quentin und stand auf. Er sah wie Chris unter all dem litt und wollte ihm etwas Zeit für sich geben. Chris stand auch auf und verließ den Raum. Seine Wut war noch immer nicht verschwunden. Er machte sich aber auch noch Sorgen um Jamie. Er wollte nach ihr sehen, wurde aber von etwas abgehalten. Irgendetwas in ihm wollte sie einfach nicht sehen.

Andy und Nicki waren nach der Besprechung wieder auf die Krankenstation gegangen und machten sich auf den Weg zu Jamie. Sie saßen beide an ihrem Bett und hofften einfach, dass sie endlich aufwachte. Der Tag verging wieder und Chris war nicht einmal bei Jamie und auch Jake hat sich nicht mehr auf dem Stützpunkt blicken lassen. Andy und Nicki blieben beide bei Jamie. " Willst du mir jetzt eigentlich mal verraten was du über Jake weißt?" fragte Andy Nicki. Nicki sah sie angespannt an. " Das steht mir nicht zu. Jake muss es ihr selber sagen." sagte Nicki und sah dann zu Jamie. " Aber sie kann es doch gar nicht hören. Also sagst du es ihr ja nicht und Jake kann es ihr selber sagen. " sagte Andy und blieb hartnäckig. Nicki sah sie unsicher an. Sie dachte einen Moment nach und schließlich knickte sie doch ein. Sie setzte sich auf das Sofa und Andy folgte ihr. "Ok du weißt ja das Jake mit Alex zusammen ist, einem Mann." begann sie und sah, dass Andy neugierig war. Sie fuhr fort. "Aber seit Jamie hier ist hat er etwas bemerkt. Er hat wohl Gefühle für sie, die er nicht ganz zuordnen kann und deswegen reagiert er auch immer so auf Chris. Weil Chris und Jamie ja immer so viel Zeit zusammen verbringen." Nicki wartete eine Reaktion ab. " Dann ist er gar nicht schwul?" fragte Andy und wurde dabei etwas lauter. "Sprich leise. Du weißt nicht ob sie wirklich nichts mitbekommt." mahnte Nicki sie an. Andy beruhigte sich wieder etwas und machte Nicki dann auf etwas aufmerksam. " Aber Jamie hat sich doch in Chris verknallt. Da ist ja ein Drama vorprogrammiert" sagte Andy und sie und Nicki unterhielten sich noch eine Weile darüber, wer wohl am besten zu Jamie passte. Andy war der Meinung, dass Chris und Jamie ab besten zueinander passten, aber Nicki war da anderer Meinung. Sie machte Andy darauf aufmerksam, dass

Jamie und Jake schon lange beste Freunde waren und das durch die enge Bindung der beiden am ehesten etwas Festes werden könnte. Die beiden Diskutierten noch eine Weile weiter und keiner wollte nachgeben. Um zehn Uhr abends kam der Doc noch einmal um nach Jamie zusehen. Er sah auf die Monitore und runzelte die Stirn. " Immer noch keine Veränderung." sagte er und sah zu Andy und Nicki, die eigentlich gehofft hatten, dass sich Jamies Zustand bessern würde. " Tut sich da denn überhaupt nichts?" fragte Andy. Bevor der Doc antworten konnte betrat Chris das Zimmer. Auch wenn er noch immer wütend war, wollte er nach Jamie sehen. Er stellte sich an ihr Bett und nahm ihre Hand. Und gerade als der Doc etwas sagen wollte, schrie Andy plötzlich auf. " Seht mal" sagte sie und sah zu Jamie. Alle im Raum traten näher an Jamies Bett und konnten nicht glauben was gerade passierte. Der Doc sah auf die Monitore und verstand nicht was da vor sich ging. Die Monitore zeigten keine größeren Veränderungen an. Er sah wieder auf Jamie und kontrollierte die Anschlüsse an ihrem Körper, an denen die Monitore angeschlossen waren, aber alle Anschlüsse waren intakt. Er sah wieder verständnislos auf Jamie. Alle standen wie erstarrt an ihrem Bett und Chris sah etwas ungläubig auf seine Hand, die die von Jamie hielt. Sie bewegte ihre Finger und öffnete langsam ihre Augen.

Keiner von ihnen brachte ein Wort heraus. Andy und Nicki lächelten nur und sahen Jamie an.
Chris wollte einen Schritt zurück treten um dem Doc etwas Platz zu machen, aber Jamie hielt seine Hand fest. Der Doc beugte sich etwas herunter zu Jamie. "

Jamie? Kannst du mich hören?" fragte er sie, sprach dabei aber dennoch leise. Jamie drehte ihren Kopf zum Doc und sah ihn an. Sie räusperte sich kurz und versuchte etwas zu sagen. Aber der Doc unterbrach ihren Versuch zu sprechen. " Nein sag nichts. Schon dich einfach. Du kannst einfach nicken." sagte er mit einer sanften Stimme. Jamie nickte ihm zu und er richtete sich, mit einem breiten Lächeln, wieder auf. Jamie sah vom Doc zu Chris. Er sah noch immer wütend aus und daraufhin ließ sie seine Hand los. Und da er jetzt mit eigenen Augen sah, dass Jamie wach war, verließ er ohne irgendein Wort den Raum. Jamie folgte ihm mit ihrem Blick bis er verschwand. Dann sah sie zu Andy und Nicki, die ebenfalls nicht zu verstehen schienen was da gerade los war. Andy beugte sich etwas zu Jamie. " Keine Sorge, der hat nur einen schlechten Tag." sagte sie und lächelte sie weiter an. " Du hast uns echt Angst gemacht. Schon wieder." sagte Nicki und setzte sich vorsichtig auf Jamies Bett. Jamie wagte einen erneuten Versuch zu sprechen. " Tut mir leid" sagte sie und musste kurz husten. " Erst der Schuss und jetzt das. Wenn du die Krankenstation so sehr magst, kannst du Quentin auch einfach fragen ob du hier ein Zimmer bekommen kannst." sagte Nicki und lachte kurz. Der Doc verabschiedete sich und betonte noch einmal, dass sie sich jetzt unbedingt schonen musste, bevor er ging. Jamie sah wieder zu Andy und Nicki. " Ist denn alles gut gegangen?" fragte Jamie und Andy antwortete " Naja wir mussten jetzt erst einmal verkraften, dass die Medien uns echt schräge Namen gegeben haben, aber sonst ist alles gut." Jamie lächelte. Nickis Blick wurde ernster und sie setzte sich auf. " Ok jetzt verrat uns mal bitte wie du das gemacht hast." sagte Nicki und sah dabei Jamie neugierig an. " Chris hat uns gesagt du hättest das mit einer neuen Fähigkeit gemacht, aber er wollte uns nicht verraten was für eine neue Fähigkeit das war." sagte Andy. Jamie räusperte sich wieder und musste wieder husten. " Nein schon gut. Schlaf noch etwas. Du kannst es uns auch morgen noch erzählen." sagte Andy und stand auf. Sie verabschiedeten sich beide und ließen Jamie alleine. Und sie schlief auch direkt wieder ein.

Am nächsten Morgen ging es Jamie schon viel besser. Sie durfte noch nicht aufstehen, aber sie konnte sich wenigstens schon wieder aufsetzen und etwas essen. Eine Krankenschwester brachte ihr ihr Frühstück und gleichzeitig betrat auch Jake ihr Zimmer. " Na wieder wach?" fragte er sie und setzte sich zu ihr auf das Bett. Er lächelte sie an und nahm sich eine Traube von ihrem Teller. " Ich kann ja nicht die ganze Zeit schlafen oder?" sagte sie und musste schmunzeln. " Wie geht es dir denn jetzt?" Jamie nahm einen Schluck Orangensaft und antwortete ihm dann. " Mit geht's gut. Ich fühl mich noch etwas schlapp, aber das wird schon." Sie versicherte ihm mit einem Blick, dass er sich keine Sorgen mehr um sie machen musste. Noch bevor Jamie zu Ende gefrühstückt hatte, kamen Andy und Nicki in ihr Zimmer. " Und auch wieder da?" fragte Nicki Jake. Jamie sah ihn verwirrt an. " Wieder da? Wo warst du denn?" fragte sie ihn. Jake sah erst zu Nicki und dann wieder zu Jamie. " Ich habe mir nur einen Tag frei genommen. Ich brauchte etwas Zeit." sagte er und sah wie Jamie nachdachte. Sie dachte wieder an den Kuss. Aber Andy und Nicki unterbrachen ihre

Gedanken. " Na los, jetzt kannst du es uns doch erzählen." sagte Andy und stellte sich an ihr Bett. Jamie stellte das Glas Orangensaft auf Seite und musste wieder schmunzeln. " Ok. Ihr wisst doch noch das bei meinem ersten Einsatz, an diesem Bahnhof ein Schuss gefallen ist." sagte sie und die drei nickten gleichzeitig. " Ich habe diese Kugel aber nicht mit meiner Telekinese gestoppt. Zu diesem Zeitpunkt wusste ich noch nicht wie ich das gemacht habe, aber die Kugel ist an einem Kraftfeld abgeprallt, dass ich irgendwie errichtet hatte." fuhr sie fort und wartete eine Reaktion ab. " Ein Kraftfeld?" fragte Jake. " Ich wusste nicht wie ich das gemacht hatte, aber Chris hat mir geholfen es herauszufinden." sagte sie und sah zu Jake, der sie verständnislos ansah. " Du hast Chris davon erzählt, aber keinem von uns?" fragte er sie und klang etwas sauer. " Er war dabei als es passiert war. Er stand vor mir und konnte das Kraftfeld sehen." sagte sie in einem ernsten Tonfall. " Stimmt er wollte dich vor dem Schuss schützen." sagte Andy und warf einen selbstsicheren Blick zu Nicki. Die beiden hatten am vergangenen Abend noch diskutiert wer besser zu Jamie passte. Chris oder Jake. Nicki sah zu Andy und versicherte ihr mit einem bloßen Blick, dass sie noch nicht gewonnen hatte. Jake saß wortlos vor Jamie und sie konnte sehen, dass es ihm nicht gefiel, dass sie wieder etwas mit Chris gemacht und er nichts davon gewusst hatte. " Und dann hast du die Bombe mit dem Kraftfeld von allem abgeschirmt?" fragte Nicki. " Das war eine echt bescheuerte Idee" sagte Chris als er plötzlich den Raum betrat. Jamie sah zu ihm und er näherte sich ihrem Bett. " Du hast nicht eine Sekunde darüber nachgedacht, ob das vielleicht doch nicht funktionieren wird oder?" fragte er sie und sah wütend aus. Andy zog Jake von Jamies Bett und aus dem Raum heraus. Nicki ging ihnen nach und schloss die Tür. Jake löste ihren Griff. " Was soll das jetzt?" fragte er sie. Andy sah ihn ernst an. " Die beiden brauchen jetzt einen Moment. Da haben wir nichts zu suchen." sagte sie mit erster Stimme. Aber Jake ging nicht weiter. Er wartete vor der Tür. Andy und Nicki blieben bei ihm um sicherzugehen, dass er nicht wieder ins Zimmer ging.

Chris stand weiterhin vor Jamie und sie konnte seine Wut spüren. " Ich musste doch irgendetwas machen. Hätte ich die Bombe einfach explodieren lassen und dabei zusehen sollen wie andere sterben?" fragte sie und wurde auch langsam wütend. " Du hättest sterben können. Und das wärst du auch fast." sagte er und wurde immer lauter. " Wir hätten etwas anderes versuchen können, aber du musstest ja deinen verdammten Dickschädel durchsetzen und du hast mir nicht einmal die Möglichkeit gegeben dir zu helfen" Jamie sah ihn verständnislos an. " Was hättest du denn machen können. Ich wollte nicht riskieren, dass dir etwas passiert. Und ja ich habe meinen verdammten Dickschädel durchgesetzt und das war auch gut so. Es gab keine andere Möglichkeit und wenn du jetzt endlich mal deinen scheiß Stolz vergessen würdest, könntest du das auch verstehen." sagte sie und wurde auch immer lauter. " Ich versteh dich einfach nicht. Das hättest du einfach nicht machen dürfen. Denkst du auch mal an die Menschen denen du etwas bedeutest und wie die sich fühlen, wenn du wegen dieser dämlichen Aktion gestorben wärst." Chris stürmte aus dem Zimmer und ließ Jamie dort zurück. Er schmiss die Tür hinter sich zu und ignorierte die anderen, die vor der Tür standen. Er verließ die Krankenstation und versuchte seine Wut wieder an einem der Boxsäcke heraus zu lassen. Jake klopfte und öffnete indes vorsichtig die Tür. " Alles ok?" fragte er. " Raus hier" rief sie ihm zu und er sah wie wütend sie war. Jamie wollte niemanden mehr sehen. Sie war wütend und ließ das an jedem aus, der an diesem Tag noch in ihr Zimmer kam.

Andy, Nicki und Jake standen nun vor der geschlossenen Krankenzimmertür. " Spinnt der eigentlich? Der kann sie doch jetzt nicht so aufregen. Sie braucht Ruhe." fragte sich Jake und sah in die erschrockenen Gesichter von Andy und Nicki. " Jake lass es gut sein. Wir wissen nicht was wirklich zwischen den beiden war." sagte Andy und versuchte ihn zu beruhigen. " Kommt wir gehen nach unten und du kannst uns sagen wo du gewesen bist." sagte Nicki und schob ihn ein wenig an. Sie gingen in den Aufenthaltsraum und setzten sich an die Bar. Jake reichte jedem eine Flasche Wasser und stellte sich vor ihnen an die Bar. Andy und Nicki saßen auf den Barhockern und sahen Jake neugierig an. " Ich habe den Tag mit Alex verbracht und mehr war da nicht." sagte er und hoffte das die beiden es bei seiner Antwort beließen. " Das ist doch noch nicht alles. Komm schon sag es uns." drängte Andy ihn. Jake sah sie etwas unsicher an. Dann sah er zu Nicki und sie nickte ihm zu, sodass er wusste, dass er es ihnen erzählen konnte. " Ich habe den Tag mit Alex verbracht, aber mir wurde klar, dass ich so nicht mehr weitermachen konnte und hab...“ er hielt kurz inne.“ Ich habe mit ihm Schluss gemacht." sagte er schließlich und sah in das entsetzte Gesicht von Andy, aber als er zu Nicki sah lächelte sie ihm nur zu. Er wusste, dass sie ihn verstehen konnte. " Schluss gemacht? Aber wieso?" fragte sich Andy. " Ich kann das nicht erklären. Es ist jetzt einfach so." sagte er und verließ dann den Raum. Andy sah verwirrt zu Nicki, aber diese ging ihm nach und ließ Andy alleine zurück.

" Jake warte mal bitte " rief Nicki ihm zu und rannte ihm nach. Er blieb kurz stehen und wartete auf sie. Sie hakte sich bei ihm ein und sie gingen nach draußen. Sie spazierten über das Gelände. " Du hast wegen ihr Schluss gemacht oder?" fragte sie ihn. Sie blieben vor dem See stehen und Jake sah erst zu Nicki und dann auf den See. " Ich konnte ihm und mir selbst nichts mehr vormachen. Ich habe ihn wirklich geliebt, aber ich muss mir jetzt einfach über meine Gefühle für Jamie klarwerden und das geht nicht, wenn ich weiterhin mit ihm zusammenbleibe." sagte er und sah weiter auf den See. Nicki legte ihren Kopf gegen seinen Oberarm und so blieben sie einen Moment lang stehen. " Willst du es ihr denn sagen?" fragte sie ihn. " Ich weiß noch nicht. Im Moment will sie ja sowieso niemanden sehen, aber ich denke ich muss es ihr sagen." sagte er und schien sich sicher in seiner Entscheidung.

Chris prügelte immer noch auf den Boxsack ein. Andy kam in den Fitnessbereich und ging auf ihn zu. " Hey " sagte sie, aber er beachtete sie nicht.“ Das ist doch keine Lösung. Willst du mir verraten wieso du wirklich so wütend auf sie bist?" Chris stoppte plötzlich und sah Andy an. " Was willst du jetzt von mir hören? Muss sich denn hier jeder in alles einmischen? Es gibt manchmal auch Dinge über die man nicht sprechen will ok." sagte er und war immer noch total wütend. Er ließ Andy dort stehen und verließ den Fitnessbereich. " Wieso lässt mich heute jeder alleine?" fragte sich Andy und sie sah sich fragend in dem Raum um.

Chris ging zur Hundeschule und holte dort Charly ab. Er ging mit ihm nach draußen und ließ ihn von der Leine. Charly lief auf direktem Weg zu Jake und Nicki, die immer noch an dem See standen. Charly rannte auf sie zu und fletschte die Zähne. Doch bevor er ihnen zu nahe kam rief Chris " Charly " und Charly blieb daraufhin ruckartig stehen. Er sah zu Chris und der winkte ihn nur zu sich. Charly lief daraufhin wieder zurück zu Chris. Jake und Nicki standen, etwas erschrocken da. " Wir sollten reingehen." sagte Nicki zu Jake, aber dieser ging schon auf Chris zu. " Was sollte das eben. Jamie muss sich erholen und da kann sie es nicht gebrauchen, dass du sie anschreist." sagte er und seine Wut der letzten Tage kam wieder hoch. " Jetzt beruhig dich mal wieder. Es geht dich wirklich einen scheiß an, was ich mit Jamie bespreche und was nicht. Also halt dich gefälligst da raus." sagte Chris und versuchte sich zu beherrschen. " Jungs beruhigt euch." mischte sich Nicki ein, aber keiner von den beiden beachtete sie. " Es geht mich sehr wohl etwas an, wenn du meine Freundin anschreist. Und mir gefällt nicht wie du sie behandelst." sagte er und richtete sich vor Chris auf. " Ach dir gefällt das nicht. Weißt du eigentlich wie egal mir das ist, was die gefällt und was nicht. Du kannst mich mal. Kümmre dich um deinen Kram und lass mich in Ruhe." Jake wollte noch einen Schritt auf Chris zugehen und auch Chris verlor langsam seine Beherrschung. Doch plötzlich wurden beide geschupst und beide landeten auf dem Boden. Chris musste Charly an seinem Halsband festhalten damit er nicht ausflippte. Nicki machte sich wieder sichtbar und sah zu den beiden, die noch immer auf dem Boden saßen. " Was sollte das?" fragte Chris als er wieder aufstand. Jake stand ebenfalls wieder auf und sah Nicki etwas verwirrt an. " Ihr seid beide echte Vollidioten. Könnt ihr euch echt keine Sekunde vertragen. Jamie liegt auf der Krankenstation und ihr beide habt nichts Besseres zu tun als euch wegen ihr zu streiten. Man ihr seid erwachsen, verhaltet euch gefälligst auch so." Nicki sah beide finster an und ging dann in Richtung des Gebäudes. Jake und Chris sahen sich noch kurz an und dann folgte Jake Nicki ins Gebäude. Chris blieb mit Charly draußen und warf ihm ein paar Bälle zu. Er dachte an das was Nicki gerade gesagt hatte. Jamie lag in ihrem Krankenzimmer und er musste sich schon wieder mit Jake streiten. Aber er wollte nicht mehr über Jamie nachdenken, denn er war noch immer zu wütend auf sie.

" Nicki warte" rief Jake ihr zu und lief ihr hinterher. Sie blieb stehen und sah ihn sauer an. " Du hast ja recht, aber wenn ich den Typen nur sehe, könnte ich ausrasten." sagte er und sie beruhigte sich wieder ein wenig. " Du musst dich echt beherrschen. Du kannst nicht immer auf ihn losgehen, wenn dir mal wieder nicht gefällt das er etwas mit Jamie macht oder nicht. Sag ihr was du fühlst und dann wirst du schon sehen ob sie dich genau so mag. Aber lass deinen Frust nicht an ihm aus." sagte sie und ging weiter. Jake ging ihr nach. " Ich weiß. Ich muss an mir arbeiten. Ich bekomm das schon irgendwie hin" sagte er und sie beschlossen für den restlichen Tag, dass Thema nicht mehr anzusprechen. Sie traten in den Aufenthaltsraum und setzten sich in die Sitzecke. Sie schalteten den Fernseher an und sahen sich verschiedene Serien an um auf andere Gedanken zu kommen.

Jamie hatte sich mittlerweile wieder etwas abgeregt. Der Doc kam in ihr Zimmer und untersuchte noch einmal ihre Wunde. " Sieht alles gut aus, aber geh es jetzt bitte langsamer an. Wenn du dich jetzt nochmal überanstrengst weiß ich nicht ob du das nochmal verkraftest." sagte er und sah sie mahnend an. " Ich werde nichts Anstrengendes machen versprochen. Wann kann ich denn wieder hier raus?" fragte sie ihn. Er sah sie ernst an. " Jetzt noch nicht. Du musst dich noch erholen. Du hast deinem Körper etwas zu viel zugemutet. Ich denke in drei Tagen kannst du wieder auf dein eigenes Zimmer, aber ich verspreche noch nichts." Jamie sah etwas frustriert aus, akzeptierte es aber. Der Doc verließ das Zimmer wieder und dann klopfte es auch schon wieder an ihre Tür. Andy öffnete zaghaft die Tür und nachdem Jamie sie rein ließ setzte sie sich zu ihr auf das Bett. " Bist du immer noch sauer?" fragte sie sie. " Ja schon, aber nicht auf dich. Aber kannst du mir einen Gefallen tun?" fragte sie Andy. " Ja klar, alles was du willst." entgegnete sie ihr. " Kannst du dafür sorgen, dass weder Chris noch Jake in den nächsten Tagen hier auftauchen. Ich will mich nicht mehr aufregen müssen." sagte sie und Andy versicherte ihr, dass sie keinen von den beiden zu ihr lassen würde. " Komm leg dich zu mir. Wir sehen etwas fern ok." schlug Jamie ihr vor. Andy legte sich daraufhin neben sie und sie sahen zusammen fern bis beide letztlich einschliefen.

Chris war unterdessen mit Charly auf seinem Zimmer. Er lag auf seinem Bett und starrte gegen die Zimmerdecke. Er hatte die ganze Sache noch nicht richtig verarbeiten können und konnte einfach nicht verstehen wieso Jamie das nur getan hatte. Er fand das Jamie rücksichtslos war und sich einfach nicht dafür interessierte wie ihr Handel sich auf andere Menschen auswirkte. Es fiel ihm schwer einzuschlafen, seine Gedanken kreisten um Jamie und ihr Verhalten ihm gegenüber. Da er nicht schlafen konnte, ging er mit Charly zusammen nach draußen und sie liefen über das gesamte Gelände. Chris wollte sich auspowern, sodass er aus purer Erschöpfung endlich schlafen konnte. Er lief mit Charly zusammen mehrere Meilen und um ungefähr drei Uhr morgens gingen sie wieder auf sein Zimmer und er konnte endlich einschlafen.

Am nächsten Morgen wachte Andy neben Jamie auf. Jamie jedoch schlief weiter und Andy versuchte so leise wie möglich das Zimmer zu verlassen um sie nicht aufzuwecken. Andy öffnete die Tür, vor der Jake stand, der gerade anklopfen wollte. Andy schob ihn zurück in den Flur und schloss leise die Tür. " Vergiss es. Du kannst da jetzt nicht rein." sagte sie ihm und versperrte ihm den Weg. " Ich weiß es ist früh, aber ich muss dringend mit ihr reden." erklärte er ihr und wollte sie etwas beiseiteschieben, aber Andy blockte ihn ab. " Es hat nichts mit der Uhrzeit zu tun, dass ich dich da nicht rein lasse. Jamie hat mich gebeten keinen von euch beiden zu ihr zu lassen. Sie muss sich ausruhen und das kann sie nicht, wenn du oder Chris sie dauernd stört." sagte sie und sah ihn ernst an. " Sie will mich nicht sehen?" fragte er und klang betrübt. " Tut mir leid, aber ich tu nur das, worum sie mich gebeten hat." sagte sie und sah ihn mitfühlend an. Jake sah noch einmal zu der Tür und ging dann wieder. Andy stand noch einen Moment vor der Tür und bevor sie gehen konnte, bemerkte sie, dass sie ihr Handy in Jamies Zimmer vergessen hatte. Sie öffnete leise die Tür und betrat das Zimmer. " Du musst nicht leise sein." sagte Jamie, die nun wach war. " Ich wollte dich nicht wecken. Ich habe mein Handy hier liegen lassen." Andy ging zum Sofa, wo sie ihr Handy liegen gelassen hatte und steckte es sich in ihre Hosentasche. " Du hast mich nicht geweckt. Ich war schon wach." sagte sie und sah so aus als würde sie etwas bedrücken. " Alles ok?" fragte Andy sie und setzte sich auf ihre Bettkante. " Ich habe das gerade gehört. Jake war vor der Tür oder?" fragte Jamie. " Ja er wollte mit dir sprechen, aber ich habe ihn weggeschickt." antwortete Andy ihr und lächelte sie beruhigend an. " Danke. Aber du solltest jetzt auch gehen, sonst bekomm ich noch Ärger mit Quentin, weil ich dich von deinem Training abhalte." sagte Jamie und schmunzelte. Daraufhin sah Andy auf die Uhr und verabschiedete sich. Es war mittlerweile acht Uhr und sie musste zum Training. Andy beeilte sich und zog sich auf ihrem Zimmer schnell ihre Sportkleidung an. Sie fuhr mit dem Fahrstuhl auf die dritte Etage und begann ihr Training.

Nicki und Chris hatten mit ihrem Training schon vor ihr begonnen, nur Jake war noch nicht da. " Wo warst du? Sonst fangen wir doch zusammen an." fragte Nicki als Andy den Raum betrat und zu einem der Boxsäcke ging. " Ich war gestern Abend noch bei Jamie und bin dann dort eingeschlafen." sagte sie und begann auf einen der Boxsäcke einzuprügeln. Andy bemerkte aber noch das Chris zu ihr sah, als sie von Jamie gesprochen hatte. Sie konzentrierte sich auf ihr Training, aber als Jake dann den Raum betrat wurde ihre Konzentration unterbrochen. Jake sah sie an und schien immer noch betrübt zu sein. Er ging direkt zu den Gewichten und versuchte seinen Frust durch Gewichte stemmen zu kompensieren. Nicki gesellte sich zu Andy, aber sah dennoch zu Jake. " Habt ihr euch gestritten?" fragte Nicki Andy. " Kann man so nicht sagen." antwortete sie ihr. Nicki sah sie neugierig an. Währenddessen kam Chris auch etwas näher an Andy und Nicki heran und ging zu einem der Boxsäcke neben ihnen. Andy bemerkte ihn und sprach weiter mit Nicki, nur dieses Mal sprach sie etwas lauter, denn sie wollte, dass Chris es mitbekam. " Jamie hat mich gebeten, weder Jake noch Chris zu ihr zu lassen. Sie sagte sie wolle sich nicht mehr aufregen müssen. Und heute Morgen stand Jake vor ihrer Tür und wollte mit ihr sprechen. Ich habe ihm erklärt, dass sie das nicht möchte und seitdem hat er schlechte Laune." sagte Andy und sah, dass Chris es gehört hatte und wieder sauer zu werden schien, denn er schlug noch etwas stärker auf den Boxsack ein. " Ich kann ihn irgendwie verstehen, aber auch Jamies Standpunkt kann ich nachvollziehen. Die beiden sind im Moment wirklich etwas anstrengend und sie braucht Ruhe." sagte Nicki und sah wieder zu Jake.

Dann fuhren beide mit ihrem Training fort. Die beiden Jungs reagierten sich indes an Boxsäcken und Gewichten ab.

Jamie lag gelangweilt in ihrem Bett und starrte gegen die Zimmerdecke. *" Ich werd hier noch wahnsinnig"* dachte sie. Sie wartete darauf, dass irgendetwas passierte. Und dann öffnete sich ihre Tür. Quentin und der Doc betraten ihr Zimmer. " Guten Morgen" begrüßten Quentin und der Doc sie. " Wie geht es dir denn heute?" fragte Quentin sie, während sich der Doc ihre Wunde noch einmal ansah. " Mir geht es wirklich besser. Mir ist nur echt langweilig." antwortete sie ihm. Der Doc und Quentin tauschen einen kurzen Blick aus und sahen dann beide wieder zu Jamie. " Wir haben eben über dich gesprochen." sagte Quentin und sah sie ernst an. " Was? Muss ich noch länger hier liegen?" fragte sie. " Ich habe dir gestern gesagt, dass ich noch nicht sicher bin, wann du hier raus kannst." sagte der Doc. " Ja sie sagten noch drei Tage und dann sehen wir weiter." sagte Jamie und sah etwas besorgt aus. Der Doc begann zu lächeln. " Ja das habe ich gesagt, aber ich habe mit Quentin eben über deine Wunde gesprochen und wir sind uns einig." sagte der Doc und sah dann zu Quentin, der das Wort übernahm. " Deine Wunde ist bei der Überanstrengung nicht vollkommen aufgerissen, sondern nur oberflächlich. Dein Körper hat sich nach dem enormen Krafteinsatz schnell wieder regeneriert. Und wir beide haben beschlossen, wenn du dich weiter schonst, kannst du morgen die Krankenstation verlassen." Jamie richtete sich auf und freute sich sichtlich über diese Neuigkeit. " Aber, wenn wir nur das kleinste Anzeichen sehen, dass es dir wieder schlechter geht oder wenn du selber merkst das es dir schlechter geht, kommst du wieder umgehend auf die Krankenstation." mahnte Quentin. Jamie nickte ihm zu und dann verließ Quentin ihr Zimmer auch schon wieder. " Du hast gehört was er gesagt hat. Du musst dich wirklich schonen. Das heißt auch keine Streitereien mehr mit den anderen." sagte der Doc und Jamie sah ihn verwirrt an. " Die Wände sind dünn." sagte er und schmunzelte. Jamie sah etwas verlegen zum Doc und er versicherte ihr mit seinem Blick, dass er es verstand. " Schon dich jetzt noch etwas und ich sehe heute Abend nochmal nach dir" sagte er und bevor er den Raum verließ bedankte sich Jamie bei ihm. Er nickte ihr zu und verschwand dann. Jamie war wieder alleine und sah an die Decke. *" Na endlich. Ich kann hier raus"* dachte sie und musste einfach lächeln.

**Kapitel zehn**

Bis zum Nachmittag waren Andy, Nicki, Chris und Jake mit ihrem Training beschäftigt. Jake beendete sein Training als erstes und stieg in den Fahrstuhl. Nicki folgte ihm in den Fahrstuhl und wollte mit ihm sprechen. " Du wolltest es ihr eben sagen oder?" fragte sie ihn. Sein Blick verriet ihr schon seine Antwort. " Sie will mich aber nicht sehen. Also hat sich das wohl erledigt." sagte er mit trauriger Stimme. Die Fahrstuhltüren öffneten sich und sie stiegen aus. Er ging auf sein Zimmer zu und Nicki folgte ihm. " Du kannst doch jetzt nicht aufgeben. Jamie verlässt die Station auch irgendwann wieder und dann kannst du es ihr immer noch sagen." sagte Nicki und versuchte

Jakes Kampfgeist zu wecken. Er schloss seine Zimmertür auf und ging hinein. Nicki schloss die Tür hinter sich und stellte sich vor seine Badezimmertür. Er stand vor ihr und sah sie bloß an. " Du wirst nicht aufgeben. Du hast es ja nicht einmal richtig versucht." sagte Nicki und sah Jake tief in die Augen. " Aber, wenn sie mich jetzt nicht einmal sehen will dann..." sprach er aber Nicki unterbrach ihn." Sie will doch jetzt nur keinen von euch beiden sehen, weil sie sich mit Chris gestritten hat und dadurch musste sie auch an den Streit mit dir denken. Da ist doch klar, dass sie jetzt eine Pause braucht, aber das wird nicht lange so sein." Jake begann leicht zu lächeln. " Du hast ja Recht. Bei ihr darf ich nicht so schnell aufgeben." sagte er und sah Erleichterung in Nickis Gesicht. " Aber darf ich jetzt endlich unter die Dusche gehen?" fragte er sie und beide lachten. Nicki verließ sein Zimmer und ging auf ihr eigenes um sich nach ihrem Training etwas frisch zu machen.

Währenddessen beendeten auch Andy und Chris ihr Training. Sie reinigten zusammen die Gewichte und Andy beobachtete Chris. " Was ist los?" fragte er sie und wirkte leicht genervt. " Du hast das eben mitbekommen oder?" fragte sie ihn. " Was meinst du?" entgegnete er ihr. " Na du weißt schon. Als ich mit Nicki über Jamie gesprochen habe." Andy wartete eine Reaktion ab. " Du meinst, dass sie mich nicht mehr sehen will? Damit komm ich schon klar." sagte er mit Gleichgültigkeit in seiner Stimme. Er legte die Gewichte weg und ging Richtung Fahrstuhl. Andy folgte ihm. " Ist dir das wirklich so egal? Man jeder von uns weiß doch wieso du sie angeschrien hast und jetzt soll sie dir auf einmal egal sein. Das kauf ich dir nicht ab." sagte Andy und wirkte völlig verständnislos. Chris stieg in den Fahrstuhl und sah zu Andy. " Es ist mir egal was ihr glaubt zu wissen. Wenn sie der Meinung ist, dass ich sie in Ruhe lassen soll, dann werden ich das tun. Es ist mir egal." sagte er und sah Andy ernst an. Die Fahrstuhltüren schlossen sich und Andy stand nun verständnislos vor den geschlossenen Fahrstuhltüren.

Einige Zeit später ging Andy auf ihr Zimmer und dachte die ganze Zeit über Jamie und Chris nach. Sie dachte daran, dass sie sich vielleicht doch in Chris getäuscht hatte und er Jamie doch nicht so mochte. Sie stiegt unter die Dusche und auch dort konnte sie an nichts anderes denken. Nachdem sie sich wieder abgetrocknet und angezogen hatte, betrat Andy den Balkon. Sie sah auf das weite Gelände des Stützpunktes und erblickte Chris zusammen mit Charly und wie er mit ihm spielte. " Ich habe mich nicht ihn ihm getäuscht!" dachte sie und hatte ein selbstsicheres Grinsen in ihrem Gesicht. Sie blieb noch eine Weile auf dem Balkon stehen und sah den beiden zu. Chris warf Charly den Ball in alle möglichen Richtungen zu, sodass Charly quer über das Gelände laufen musste. Chris drehte sich dauernd in die Richtung in der sich Charly gerade befand und in einem Moment, als er in Richtung des Stützpunktes sah, entdeckte er Andy auf dem Balkon. Er wusste, dass sie sich jetzt sicher war, dass er gelogen hatte und sich nur so gleichgültig gab. Er kannte Andy und wusste, dass sie erkennen konnte, wenn jemand sich anders gab als er in Wirklichkeit war und das sie wusste, dass es ihm nicht egal war was Jamie über ihn dachte. Er wendete seinen Blick schnell wieder ab und spielte mit Charly weiter. Er warf den Ball in entgegengesetzte Richtung vom Stützpunkt, sodass er sich von Andy wegdrehen konnte.

Später am Nachmittag gingen Nicki und Andy zusammen auf die Krankenstation zu Jamie. " Na du " sagte Andy als sie den Raum betraten." Na" entgegnete Jamie ihnen. Nicki und Andy setzten sich jeweils auf eine Seite des Bettes. Jamie lächelte beide an. " Was ist los? Wieso so fröhlich?" fragte Nicki Jamie. " Ich darf morgen hier raus" sagte sie und sah ihn zwei überraschte Gesichter. " Wie jetzt? Ich dachte du musst dich noch schonen?" fragte sich Andy. " Ja schon und wenn ich das Gefühl hab das es mir wieder schlechter geht muss ich auch wieder zurück auf die Station, aber ich darf es ab morgen versuchen." sagte Jamie. " Na dann werden wir dich ab morgen nicht mehr aus den Augen lassen." sagte Andy und musste lachen. Nicki wirkte etwas ernster. " Was ist los?" fragte Jamie Nicki. " Ich habe eben mit Jake gesprochen. Es ging ihm nicht besonders gut. Willst du ihn wirklich nicht sehen?" fragte Nicki sie. Jetzt wurde auch Jamie etwas ernster. " Ich brauchte einfach etwas Zeit um nachzudenken und da wollte ich nicht an die vergangenen Tage denken müssen." antwortete Jamie ihr. " An den Streit zwischen dir und Jake?" fragte Andy sie. Jamie sah sie an und da wussten Andy und Nicki, dass Jamie etwas vor ihnen verheimlicht hatte. " Da ist noch etwas anderes passiert." sagte sie zaghaft. Nicki und Andy sahen sich gegenseitig kurz an und dann wieder zu Jamie. Sie sagten beide nichts, sondern sahen sie nur neugierig an. " Es war an dem Abend als ich angefangen hatte für Quentin an dem Marlow-Fall zu arbeiten. Ich bin am Abend in die Küche gegangen und traf dann auf dich und Jake." begann Jamie und sah zu Nicki. " Ja daran erinnere ich mich." sagte Nicki und Jamie fuhr fort. " Du bist dann gegangen und ich war mit Jake alleine. Viel gesprochen hatten wir nicht. Er kam auf einmal auf mich zu und..." Jamie hielt kurz inne. " Und da hat er mich geküsst." sagte sie schließlich und blickte in entsetzte Gesichter. Andy und Nicki brauchte einen Moment um das, was Jamie ihnen gerade erzählt hatte, zu verarbeiten. " Er hat dich wirklich geküsst?" fragte Andy und wollte damit sichergehen, dass sie sich nicht verhört hatte. Jamie nickte ihr bloß zu. " Da kann ich verstehen, weshalb ihr beide so drauf seid." sagte Nicki.

Jamie und Andy sahen sie misstrauisch an. " Du weißt doch noch etwas." sagte Jamie und sah Nicki mit einem durchdringenden Blick an. " Ich weiß nichts. Ehrlich." sagte Nicki, aber war dabei nicht wirklich überzeugend. " Nicki" sagte Jamie und sah sie mit erhobenen Augenbrauen an. " Ich soll nichts sagen. Jake muss selber mit dir sprechen. Und das wollte er auch heute Morgen, aber du wolltest ihn ja nicht sehen." sagte Nicki etwas panisch und verließ dann wieder fluchtartig den Raum. Andy und Jamie sahen sich verwirrt an. " Was war das jetzt schon wieder? Wieso flüchtet sie immer bei diesem Thema?" fragte Jamie, aber Andy hatte keine Antwort für sie. Andy wusste schon das Nicki von Jake erfahren hatte, dass er etwas für Jamie empfand, denn Nicki hatte es ihr gesagt. Aber Andy tat so als wüsste sie nichts. Sie war auch der Meinung das Jake selber mit Jamie sprechen musste und außerdem fand Andy ja, dass Chris besser zu Jamie passte und sie hoffte, dass Chris das bald auch verstehen würde. Andy und Jamie sahen den restlichen Tag wieder zusammen fern. Seit Jamie auf dem Stützpunkt arbeitete, waren die beide echte Freunde geworden und verbrachten gerne ihre Zeit miteinander. Und jetzt wo Jamie auf der Krankenstation lag, besuchte Andy sie so oft sie nur konnte. Gegen zehn Uhr abends schlief Jamie ein und Andy ließ sie alleine. Sie verließ leise das Zimmer und machte sich auf den Weg in ihr eigenes Zimmer. Bevor sie ihr Zimmer erreichte, bemerkte sie Chris, der gerade von seinem abendlichen Dauerlauf, zusammen mit Charly, zu seinem Zimmer ging. Er sah sie bloß an und ging dann ohne ein Wort auf sein Zimmer. Andy musste schmunzeln. Sie ging dann ebenfalls auf ihr Zimmer und zog sich zum Schlafen um. Bevor sie schließlich einschlief, dachte sie wieder an Chris und Jamie. Sie überlegte sich wie sie es nur schaffen konnte, dass die beiden sich wieder annäherten und darüber schlief sie letztlich auch ein.

Der nächste Tag brach an und der Doc sah am Morgen nach Jamie, die allerdings noch tief und fest schlief. Er vergewisserte sich, dass ihre Wunde gut verheilte und das tat sie auch. Er bat eine der Krankenschwestern ihn sofort zu informieren, wenn Jamie aufwachte. Er wusste, dass sie es kaum erwarten konnte endlich von der Station runter zu kommen, aber er wollte vorher noch einmal mit ihr sprechen. Währenddessen gingen Andy und Nicki ihrem üblichen Training nach, aber von Jake und Chris fehlte jegliche Spur. " Wo sind die beiden?" fragte Nicki. " Keine Ahnung. Die haben bestimmt keine Lust oder so. Aber kommen wir zu einem wichtigeren Thema. Wieso bist du gestern so plötzlich abgehauen?" fragte Andy sie und sah sie neugierig an. Nicki sah etwas nervös durch den Raum. " Los komm. Du kannst es mir sagen." drängte Andy sie. Nicki sah sie an uns schien zu überlegen. " Ich habe dir schon alles gesagt was ich konnte. Mehr kann ich nicht verraten, dass weißt du." sagte Nicki mit sicherer Stimme. Andy sah in ihrem Blick, dass sie es ernst meinte und ließ sie in Ruhe. Sie trainierten weiter bis ihnen auffiel, dass immer noch keiner von den Jungs zum Training gekommen war. " Wo sind die beiden?" fragte sich Andy und sah fragend zu Nicki, die aber nur mit ihren Schultern zuckte und es auch nicht zu wissen schien. " Nicht das die jetzt wieder bei Jamie sind." sagte Nicki. " Wenn dann kann nur Jake bei ihr sein, aber wo Chris ist weiß ich wirklich nicht" sagte Andy und Nicki sah sie verwundert an. " Wieso kann Chris nicht bei ihr sein?" fragte sie Andy und diese sah sie höhnisch an. " Das ist jetzt eine Sache die ich dir nicht erzählen kann." sagte sie und musste schmunzelte. " Wir sollten aber mal nachsehen. Vielleicht sind sie ja wirklich bei ihr und sie will das doch nicht." schlug Nicki vor und beide gingen daraufhin zum Fahrstuhl und fuhren auf die Krankenstation. Sie gingen auf ihr Zimmer zu und die Tür stand bereits offen. Der Doc stand zusammen mit einer Krankenschwester vor Jamies Bett. " Was ist los?" fragte Andy und war besorgt. Der Doc drehte sich zu ihnen um und sein Gesichtsausdruck wirkte ernster. " Nichts Auffälliges. Ich dachte nur, da sie heute hier raus darf, wäre sie früh wach, aber sie schläft noch immer." sagte er ihnen und sah wieder zu Jamie. Er kontrollierte ihre Wunde erneut, weil er dachte, dass doch vielleicht etwas nicht stimmte. Andy und Nicki gingen näher an ihr Bett heran. " Vielleicht konnte sie gestern einfach nicht einschlafen." sagte Nicki, aber Andy wiederlegte es sofort wieder. " Nein sie ist gestern eingeschlafen als ich noch hier war" sagte sie und sah zum Doc. " Lassen wir sie einfach noch etwas schlafen. Ich sehe gleich nochmal nach ihr." sagte er und alle verließen den Raum. Andy und Nicki fuhren wieder auf die dritte Etage und wollten noch etwas trainieren. Als sie den Fitnessbereich betraten, sahen sie Chris und Jake, die beide Gewichte stemmten. " Wo wart ihr? Sonst seid ihr doch die ersten hier." sagte Andy. Jake legte seine Hanteln auf den Boden und sah Andy an. " Ich war etwas schwimmen." war alles was er sagte und nahm die Hanteln wieder hoch und konzentrierte sich wieder. Nicki sah ihn skeptisch an, aber sie fragte nicht weiter nach. " Und du? Wo warst du?" fragte Andy Chris, der sein Training aber nicht unterbrach. " Ich war bei Charly." Andy kehrte ihm den Rücken zu und fuhr mit ihrem eigenen Training fort. Und auch Nicki machte da weiter, wo sie aufgehört hatte als sie mit Andy zu Jamie gegangen war. Alle trainierten bis um fünfzehn Uhr, danach machten Andy und Nicki sich schnell frisch und gingen dann wieder zu Jamie. Aber bevor sie Jamies Zimmer betreten konnten trafen sie vor ihrer Tür auf den Doc und eine der Krankenschwestern. " Ist sie endlich wach?" fragte Andy ihn. " Ich wollte gerade nach ihr sehen." antwortete er ihr und sie betraten alle ihr Zimmer. Sie sahen verwundert auf ihr Bett. Jamie lag nicht drin. Sie sahen sich alle in dem Zimmer um, aber Jamie war nicht zu sehen. " Wo ist sie?" fragte der Doc entsetzt und sah die Krankenschwester fragend an. Diese sah sich ratlos um. Dann öffnete sich plötzlich die Badezimmertür und Jamie trat heraus. " Wie seht ihr denn aus? Habt ihr einen Geist gesehen?" fragte Jamie sie und sah sie lachend an. " Wir haben gedacht du wärst abgehauen oder so?" sagte Andy und alle waren wieder erleichtert. " Wieso denn abhauen? Hab ihr ein Vertrauen." sagte sie ironisch und ging auf sie zu. " Kann ich dann jetzt gehen?" fragte sie den Doc. Der bat sie sich noch einmal hinzulegen, damit er sie untersuchen konnte. " Du hast ja wirklich lange geschlafen. Wir haben schon fünfzehn Uhr." sagte der Doc als er sie untersuchte. " Achja?" fragte sie und schien etwas verwirrt. Der Doc signalisiert ihr, dass sie wieder aufstehen konnte. Sie stand auf und sah zum Doc und wartete auf die Erlaubnis endlich gehen zu können.

Der Doc musterte sie noch kurz und baute etwas Spannung auf. " Ok du kannst gehen, aber pass auf dich auf. Wenn du ein schlechtes Gefühl hast dann..." Jamie unterbrach ihn. " Dann komm ich wieder und leg mich brav ins Bett. Ich weiß schon." sagte sie und lachte kurz. " Das ist mein ernst. Pass auf!" sagte er und ließ sie schließlich gehen. Jamie verließ zusammen mit Andy und Nicki die Krankenstation. Sie fuhren mit dem Fahrstuhl nach unten und wollten in den Aufenthaltsraum, aber vor der Tür stoppte Jamie plötzlich. " Alles ok? Geht es dir doch nicht gut?" fragte Andy fast panisch. Jamie lächelte. " Nein alles gut. Geht ihr schon mal vor ich will noch nach Charly sehen." sagte sie und sah Andy und Nicki zuversichtlich an und verschwand dann. Andy und Nicki gingen in den Aufenthaltsraum und setzten sich in die Sitzecke. Kurze Zeit später öffnete sich die Tür und Jake trat hinein. " Na alles klar?" fragte er sie und setzte sich zu ihnen. " Wir haben gerade Jamie angeholt." sagte Nicki und wartete eine Reaktion ab. " Sie durfte gehen? Jetzt schon?" fragte er sich und sah besorgt aus. " Ja der Doc hatte ein gutes Gefühl. Sie soll aufpassen, aber der Doc sah keinen Grund sie länger auf der Station zu behalten." sagte Nicki und wollte ihn etwas besänftigen. " Und wo ist sie jetzt?" fragte er und wirkte noch immer sehr besorgt. " Sie wollte nach Charly sehen." sagte Andy und Jake machte sich sofort auf den Weg. Er lief zur Hundeschule und nahm sich vor jetzt endlich mit Jamie zu sprechen.

Unterdessen war Jamie in der Hundeschule angekommen und traf dort auf Chris, der bei Charly saß. Er stand auf, als sie auf ihn zukam und schien noch immer sauer auf sie zu sein. Charly lief sofort auf Jamie zu und sie kniete sich langsam vor ihm hin. " Na mein Junge" sagte sie und streichelte ihn. Er sprang sie an und schien froh zu sein, dass sie wieder da war. Chris stand noch immer vor ihr, aber sagte nichts. Jamie stand wieder auf und sah zu Chris. Sie standen beide wortlos da und sahen sich an. Charly unterbrach die Stille mit seinem Bellen. Jamie und Chris sahen zu ihm herunter. Charly sprang auf und ab um auf sich aufmerksam zu machen. Er lief hinter Jamie und stoß mit seinem Kopf gegen ihre Beine, sodass sie nach vorne fiel und Chris sie auffing. Jamie löste seinen Griff schnell wieder und trat einen Schritt zurück. Sie sah Chris kurz an, kniete sich dann aber wieder zu Charly, der sich wieder zwischen Jamie und Chris befand. "

Was machst du denn für Sachen?" fragte sie ihn. " Du musst Quentin fragen ob du wieder auf Charly aufpassen sollst oder nicht." sagte Chris und es schien ihn nicht zu gefallen mit Jamie sprechen zu müssen. Jamie stand wieder auf und sah ihn an. " War´s das dann?" fragte sie und klang genervt. Chris sah sie nur genervt an und sagte nichts. Während sich die beiden nur ansahen und nichts sagten, kam Jake herein. Charly lief direkt auf ihn zu und fletschte seine Zähne. " Charly" riefen Jamie und Chris gleichzeitig und sahen ihn mahnend an. Charly lief daraufhin wieder zu ihnen und Jamie sah wieder zu Chris. Die anfänglich genervten Blicke lösten sich ein wenig und es war ein leichtes Schmunzeln bei beiden zu erkennen. Sie spürten eine leichte Anziehungskraft, aber keiner wollte dem nachgeben und dann kam Jake ein Stück näher auf sie zu. Das Schmunzeln verschwand aus Chris´ Gesicht und er sagte emotionslos " Du klärst das dann mit Quentin." und verließ dann den Raum. Jamie schloss kurz die Augen und atmete durch. Sie öffnete sie wieder und drehte sich dann zu Jake. Sie leinte Charly schnell an, denn er versuchte dauernd Jake anzugreifen. Jamie hielt die Leine stramm, sodass Charly nicht weglaufen konnte. " Geht´s dir besser?" fragte er sie und lächelte sie an. " Ja alles ok" war alles was sie sagte. Sie sah ihn mit einem etwas zögerlichen Lächeln an. " Können wir reden?" fragte er sie und sein Lächeln verschwand und er wurde ernster. " Klar, aber nicht hier." sagte sie und sie verließen zusammen mit Charly die Hundeschule. Sie gingen nach draußen und Jamie ließ Charly von der Leine und warf ihm einen Ball zu, damit er nicht dauernd Jake angriff. " Was willst du denn besprechen?" fragte sie ihn, sah jedoch zu

Charly. Jake stellte sich nah neben sie und sah ebenfalls zu Charly. " Das weißt du." sagte er und wartete auf eine Reaktion. " Lass uns das doch einfach vergessen. Das war eine Impulsiv Handlung. Kein Grund für Schuldgefühle." sagte sie und drehte sich zu ihm und begann etwas zu lächeln. " Schuldgefühle? Weswegen?" fragte er sie und drehte sich ebenfalls zu ihr um. Jamies Lächeln verschwand und sie sah ihn verwirrt an. " Na wegen Alex. " sagte sie und sah ihn fragend an. Jake senkte kurz seinen Kopf und atmete tief durch. Als er seinen Kopf wieder hob und sie ansah, sagte er " Ich und Alex haben Schluss gemacht" Jamie sah ihn entsetzt an. " Was!? Wieso das? Wegen dem Kuss?" fragte sie ihn und schien etwas überfordert mit der Situation. "Ich konnte ihm und auch mir selbst nichts mehr vormachen" sagte er und klang etwas aufgeregt. " Jake was willst du mir jetzt sagen?" fragte sie ihn etwas nervös. Jake sah sie ernst an. " Kannst du dir das nicht denken?" sagte er und sein ernster Blick lockerte sich etwas. Jamie trat einen Schritt zurück und drehte sich einmal um ihre eigene Achse und legte dabei ihre Hände in den Nacken. Sie sah ihn schließlich wieder an. " Jake du bist mein bester Freund." sagte sie und war total verwirrt. " Aber hast du noch nie darüber nachgedacht?" fragte er sie und ging einen Schritt auf sie zu. Sie sah ihm tief in die Augen und dachte einen Moment lang nach. Dann ließ sie ihren Blick über den See bis hin zum Gebäude schweifen und erblickte Chris auf dem Balkon, vor seinem Zimmer. Sie sah wieder zu Jake. Sie griff nach Charlys Leine und rief Charly zu sich. Charly lief umgehend zu ihr und sie nahm ihn an die Leine, aber bevor sie verschwand sagte sie noch, " Ich muss nachdenken". Sie ließ Jake allein zurück und er stand wie erstarrt vor dem See und wusste nicht recht was er von ihrer Reaktion halten sollte.

Jamie lief zusammen mit Charly auf ihr Zimmer. Sie schloss die Tür und ging langsam durch den Raum. " Das ist jetzt nicht wahr. Das kann nicht wahr sein. Vielleicht schlaf ich ja noch. Nein Schwachsinn. Ich glaub das jetzt einfach nicht, wie kann er nur so etwas sagen. Der ist doch schwul. Oder doch nicht? Man ich weiß nicht was ich glauben soll." dachte Jamie und konnte keinen klaren Gedanken mehr fassen. Sie sah zu Charly, der auf ihrem Sofa lag und musste an Chris denken. Sie drehte sich zu ihrem Fenster und hatte ihn wieder vor Augen, wie er auf dem Balkon stand und sie ansah als sie unten mit Jake stand. " Der ist auch nicht besser. Chris ist auch total verwirrend. Erst ist er nett und dann wieder nicht. Dann schreit er mich an und jetzt sagt er Garnichts mehr." Jamie musste an Chris und Jake denken und das brachte ihren Kopf fast zum Platzen. Sie sah wieder zu Charly. " Sei wenigstens du unkompliziert ok" sagte sie und er richteten sich auf und sah sie an. Sie setzte sich zu ihm und er legte seinen Kopf auf ihre Beine. " Wir kriegen das alles schon irgendwie hin oder?" Sie versteckte sich den restlichen Tag in ihrem Zimmer. Sie wollte weder Jake noch Chris begegnen, aber die Ruhe blieb nicht lange. Es klopfte wenig später an ihre Tür. Jamie stand auf und bevor sie die Tür öffnete, hoffte sie, dass es keiner von den Jungs war. Sie öffnete zaghaft die Tür und atmete erleichtert aus. Es waren Andy und Nicki. " Wo warst du? Du wolltest doch nur zu Charly." sagte Andy entsetzt. " Tut mir leid, aber ich musste alleine sein."

sagte Jamie und bat beide in ihr Zimmer. Charly bellte und sprang Nicki und Andy an. Jamie zog ihn weg von ihnen, sodass sie das Zimmer betreten konnten. Jamie schickte Charly auf ihr Bett und da blieb er auch, aber er behielt seinen Blick auf Jamie. Andy schloss die Tür und sie setzte sich zusammen mit Nicki auf das Sofa. " Du siehst etwas komisch aus. Ist auch wirklich alles ok bei dir?" fragte Andy besorgt. Jamie setzte sich vor ihnen auf den Wohnzimmertisch und ihr Gesichtsausdruck zeigte, dass nicht alles ok war. " Körperlich geht es mir gut." sagte sie und Andy und Nicki sahen sie fragend an. " Was ist denn?" fragte Nicki sie. Jamie atmete tief ein und erzählte es ihnen. Sie dachte, wenn sie es jetzt niemandem erzählte, platzt ihr Kopf noch. " Ich bin zu Charly gegangen und traf dort auf Chris." Andy und Nicki sahen sich kurz an und dann wieder zu Jamie. " Hat er sich entschuldigt?" fragte Andy sie. " Nein. Er hat eigentlich kaum etwas gesagt. Nur etwas über Quentin und Charly, aber das ist nicht das worüber ich mir den Kopf zerbreche." sagte sie und sah in zwei verwirrte Gesichter. " Jake kam plötzlich dazu und wollte mit mir reden." Nicki richtete sich etwas auf und schien neugierig zu sein. " Ich dachte er wollte mit mir darüber reden, dass der Kuss ein Fehler war, aber es kam dann doch etwas anders." sagte Jamie und hielt kurz inne. " Na was. Jetzt komm schon, mach es nicht so spannend." sagte Andy und schien es nicht mehr abwarten zu können. " Für ihn war es wohl kein Fehler. Er wollte wissen was ich darüber denke und ob ich schon einmal darüber nachgedacht hätte, ob das zwischen uns nicht doch etwas anderes als Freundschaft wäre." sagte sie etwas zögerlich. " Na endlich" sagte Nicki und war sichtlich erleichtert. " Wie jetzt? Wusstest du davon?" fragte Jamie und war etwas entsetzt. Nicki sah, dass Jamie etwas sauer war und beruhigte sich wieder. " Ich durfte dir nichts sagen. Jake wollte es selber machen. Es stand mir einfach nicht zu." sagte Nicki und war erleichtert jetzt endlich darüber sprechen zu können. Jamie wusste wieder nicht was sie denken sollte. " Jetzt sei nicht sauer auf sie. Du hättest an ihrer Stelle auch nichts gesagt oder?" fragte sie Andy. Jamie sah zu Andy und beruhigte sich wieder etwas. " Ja stimmt. Du hast ja Recht. Tut mir leid." sagte sie und sah wieder zu Nicki und lächelte sie leicht an. " Aber das was Jake dir gesagt hat, ist nicht das was dich so verwirrt oder?" fragte Andy neugierig. " Was meinst du?" fragte Jamie sie und schien ihr nicht ganz folgen zu können. " Ach komm schon. Dein bester Freund, wo du dachtest, dass er schwul wäre, will jetzt mehr von dir. Aber da gibt es noch jemand anderes an den du denken musst." Andy sah sie mit einem durchdringenden Blick an. Jamie drehte sich zu ihrem Fenster und sah auf den Balkon. Sie wendete sich wieder ab und sah wieder zu Andy. " Jetzt verstehst du mich oder?" fragte Andy. Jamie sah etwas verlegen aber auch verwirrt zu ihr. " Das scheint sich ja sowieso erledigt zu haben." sagte Jamie betrübt. " Aber du magst ihn." sagte Nicki. Jamie sah zu Nicki und dachte nach. " Und niemand sagt, dass es sich erledigt hat." sagte Andy und zog damit die Blicke von Jamie und Nicki auf sich. " Was meinst du denn jetzt damit?" fragten Jamie und Nicki gleichzeitig. " Ich will damit nur sagen, dass auch wenn er wütend auf dich ist, er dich ja doch vielleicht mag." Die drei sahen zum Fenster. Charly sprang plötzlich vom Bett und stellte sich vor das Fenster." Er mag ihn wohl auch." sagte Andy und damit wendeten sie sich wieder von dem Fenster ab. " Mag ja sein, aber das ändert trotzdem nichts daran, dass er nicht mal mehr mit mir spricht." sagte Jamie etwas verunsichert. " Du musst jetzt eine echt wichtige Entscheidung treffen. Wählst du deinen plötzlich nicht mehr schwulen besten Freund oder den Typen der sauer auf dich ist." sagte Nicki. Jamies Gesichtsausdruck veränderte sich. Sie sah plötzlich nicht mehr überfordert aus, sondern als ob sie genau wusste was sie tun musste. " Weder noch. Ich will keinen von beiden." sagte sie und stand auf. Sie ging zu ihrem Fenster und schloss die Gardinen. " Bist du dir sicher? Du willst keinen von ihnen?" fragte Nicki sichtlich verwirrt. Jamie drehte sich wieder zu ihnen um. " Der eine spricht nicht mehr mit mir und ist wütend aus Gründen, die ich nicht nachvollzeihen kann und den anderen will ich als besten Freund einfach nicht verlieren. Also will ich keinen." sagte sie selbstsicher. Andy und Nicki sahen sich kurz an und sie wussten beide, dass das letzte Wort da noch nicht gesprochen wurde. " Und was willst du jetzt machen? Jake sagen, dass du ihn nicht auf diese Weise magst und Chris ignorieren?" fragte Nicki sie. " Ich muss auf jeden Fall mit Jake darüber sprechen, aber was ich jetzt mit Chris machen soll, muss ich mir noch überlegen, aber was er kann kann ich schon lange." sagte sie und stand noch immer vor dem Fenster. Sie nahm Charlys Leine und ging Richtung Zimmertür. Andy und Nicki standen auf. " Ich muss sofort mit Jake sprechen. " sagte sie und öffnete die Tür. Andy und Nicki folgten ihr und Jamie schloss die Tür hinter sich. Jamie trat an Jakes Zimmertür und klopfte, aber er schien nicht da zu sein. " Vielleicht ist er unten." sagte

Andy und sie gingen zusammen zur Treppe, die eine Etage nach unten führte. Sie gingen die Treppen nach unten und auf die Tür des Aufenthaltsraumes zu. Andy öffnete die Tür, aber Jake war auch nicht hier. " Ich denke ich weiß wo er ist." sagte Jamie und ließ die beiden alleine. Sie ging durch eine Tür und betrat den Hubschrauberlandeplatz, der dem See am nächsten war. Sie ließ ihren Blick über den Landplatz schweifen und erblickte Jake. Er stand am Rande des Landeplatzes und sah auf den See hinaus. Sie hielt Charlys Leine wieder stramm, sodass Charly Jake nicht von hinten anfallen konnte, aber Charlys Gebell machte Jake auf sie aufmerksam. Er drehte sich zu ihnen um und sah Jamie an. Er sah Jamies Blick und schien schon zu wissen was sie ihm sagen wollte und drehte sich wieder zum See. Jamie ging noch ein paar Schritte auf ihn zu und stellte sich neben ihn. " Es tut mir leid." sagte sie und hielt kurz inne. " Ich versteh schon." sagte er betrübt. Sie drehte sich zu ihm und sah ihn an. " Mir tut es wirklich leid, aber ich habe nicht solche Gefühle für dich. Ich habe bis eben noch gedacht du wärst mit Alex glücklich und ich will meinen besten Freund einfach nicht verlieren." sagte sie und ihr lief eine Träne über die Wange. Er drehte sich nun auch zu ihr und sah ihr in die feuchten Augen. Er strich ihr sanft die Träne weg und zwang sich ein leichtes Lächeln auf. " Es ist ok, wirklich. Ich will dich auch nicht verlieren. Wir bekommen das schon wieder hin ok. Mach dir keine Sorgen. Ich bin dir nicht böse." sagte er und nahm sie in den Arm. Jetzt da sie sein Gesicht nicht mehr sehen konnte, verschwand sein Lächeln wieder und er zeigte seine Enttäuschung, aber er wollte nicht, dass sie es merkte. " Versprich mir das wir Freunde bleiben, egal was passiert." sagte sie während sie noch immer in seinen Armen lag. " Versprochen" sagte er und nahm sie noch etwas fester in den Arm. Sie lösten die Umarmung wieder und Jake zwang sich erneut ein Lächeln auf. " Du bist mir wirklich wichtig und ich will dich niemals verlieren. Ich kann mir ein Leben ohne dich einfach nicht mehr vorstellen." sagte sie und lächelte ihn dabei sanft an. Sie sahen sich noch kurz in die Augen und dann verschwand Jamie wieder mit Charly und ließ Jake alleine zurück auf dem Landeplatz. Jake drehte sich wieder zum See und sein Lächeln verging.

Jamie ging mit Charly wieder auf ihr Zimmer und wollte den restlichen Abend nur noch alleine sein. Sie dachte an Jake und daran, dass sie ihn einfach nicht verlieren wollte. Sie schloss ihre Zimmertür und ließ Charly von der Leine. Sie sah auf ihre geschlossenen Gardinen und ging auf sie zu. " *Er mag sich ja wie ein kleines Kind verhalten, aber ich werde es nicht machen. Ich versteck mich nicht vor ihm.* " dachte sie und riss ihre Gardinen wieder auf. Sie öffnete sie Schiebetür und trat auf den Balkon hinaus. Sie sah nicht nach rechts um nachzusehen ob Chris dastand. Sie ging vor bis zur Mauer und sah auf das Gelände vor sich. Während sie dort stand bemerkte sie nicht, dass Chris an seinem Fenster stand und zu ihr sah. Er wollte eigentlich einfach zu ihr gehen und sie fragen wie es ihr geht, aber seine Wut auf sie war noch immer nicht verflogen. Um nicht mehr an sie denken zu müssen, verließ er sein Zimmer.

Nachdem er sein Zimmer verlassen hatte, ging Chris in die Küche und traf dort auf Andy, die gerade dabei war sich ein Glas Limonade einzuschütten. " Willst du auch etwas?" fragte sie ihn und zeigte auf die Limo Flasche in ihrer rechten Hand. Er schüttelte seinen Kopf und ging zum Kühlschrank. Er nahm eine Flasche Wasser heraus und lehnte sich dann gegen die geschlossene Kühlschranktür. Andy sah ihn nicht an, sie dachte, wenn er mit ihr sprechen wollte, dann würde er das auch machen. " Ok, aber denk jetzt nicht, dass das immer so laufen wird." sagte er und stellte sich zu ihr an die Kücheninsel. Sie sah ihn bloß an und sagte nichts. Er wartete noch kurz und fragte sie dann, " Wie geht es ihr? Wieso durfte sie jetzt schon von der Station?" Andy freute sich innerlich, denn sie wusste, dass Chris es nicht lange aushielt, nicht zu wissen wie es Jamie ging. " Ihr geht es gut. Der Doc hat sie probeweise entlassen, wenn es ihr wieder schlechter geht muss sie zurück." sagte sie und sah ihn weiter an. Chris sah auf seine Wasserflasche und dann wieder zu Andy. " Danke" sagte er noch und verließ dann die Küche. " Ich wusste es" sagte sie und ließ ihre Freude nun heraus und vollführte einen kleinen Tanz. Nicki betrat die Küche und begann zu lachen. " Das machst du aber schön." sagte sie lachend. Andy sah sie zuerst erschrocken an, musste dann aber selber lachen. " Gibt es einen Grund wieso du so fröhlich bist?" fragte Nicki sie. " Nein, eigentlich nicht. Ich tanz nur so." sagte sie und lächelte Nicki weiter an. " Du weißt doch was. Spuck es aus. Was weißt du?" drängte Nicki sie. " Ich habe gerade kurz mit Chris gesprochen." sagte sie und versuchte es etwas herunterzuspielen. Nickis Neugierde war geweckt. " Was hat er dir gesagt?"

245

fragte sie sie. Andy sah sie mit einem Lachen in ihren Augen an. " Er hat nur gefragt wie es Jamie geht. Mehr nicht." sagte sie und versuchte ernst zu klingen. " Das bedeutet noch Garnichts. Er ist noch immer wütend auf sie und sie hat ihn doch schon abgeschrieben." sagte Nicki und schien sich selber damit überzeugen zu wollen. " Ach als ob sie ihn abschreiben könnte. Er ist in ihren Gedanken und sie auch in seinen. Daran kann keiner etwas ändern." Andy war sich sicher, dass sie Recht hatte und zeigte es Nicki auch durch ihren Blick. " Jake hat noch nicht verloren. Sie wird noch verstehen, dass zwischen den beiden mehr als nur Freundschaft ist." sagte Nicki in einem selbstbewussten Tonfall. " Das werden wir noch sehen" sagte Andy und die beide lächelten sich herausfordernd an. Jake betrat daraufhin die Küche und sah traurig aus. Andy warf Nicki nur noch einen kurzen Blick zu und ließ die beiden dann alleine. Jake trat an die Kücheninsel und sah Nicki weiter an. " Ich habe schon gehört, dass du es ihr gesagt hast." sagte Nicki und strich ihm mit ihrer linken Hand sanft über den Rücken. " Sie hat danach noch mit mir gesprochen. Sie will das wir Freunde bleiben." sagte er und sank seinen Kopf. " Man das tut mir wirklich leid, aber vielleicht braucht sie nur etwas Zeit um alles zu verarbeiten." Jake sah wieder auf und zu Nicki. " Glaubst du?" fragte er sie skeptisch. " Du bist ihr bester Freund und bis eben dachte sie noch, dass du mit Alex zusammen bist. Da ist doch klar, dass sie durcheinander ist. Lass ihr etwas Zeit." sagte sie und wirkte zuversichtlich. Sie ging zu einem der Küchenschränke und nahm eine Tafel Schokolade heraus. Sie reichte ihm die Schokolade und er musste leicht lachen. " Glaubst du das hilft mir jetzt?" fragte er sie und musste schmunzeln. " Das ist Schokolade. Schokolade hilft immer." sagte sie und beide begannen zu lachen. Nicki versuchte Jake während des restlichen abends etwas aufzumuntern.

Jamie und Chris konnten beide einfach nicht in den Schlaf finden. Beide lagen in ihren Betten und dachten nach. Chris dachte an Jamie und wie er sie am besten vergessen konnte. Ihm war klar, dass er sie mochte, aber er fand sie einfach zu rücksichtslos und er wollte mit niemandem zusammen sein, der nur an sich dachte und an niemanden in seiner Umgebung. Er wollte nicht mehr an sie denken müssen und verdrängte die Gedanken an sie bis er einschlief. Jamie dachte währenddessen noch immer an Jake. Sie wusste, dass sie ihn verletzt hatte, aber sie konnte sich keine Beziehung mit ihm vorstellen. Ihre Gefühle reichten einfach nicht aus, aber sie wollte ihn auch nicht verlieren. Ihr musste irgendetwas einfallen, damit er wieder nur ihr bester Freund war und nicht mehr wollte. Schließlich schlief auch sie ein in der Hoffnung, dass der nächste Tag besser werden würde.

Jamie begann den Tag mit einem Arztbesuch, aber vorher brachte sie Charly noch in die Hundeschule. Der Doc wollte jeden Morgen Jamies Wunde kontrollieren. Jamie wartete in einem der Untersuchungsräume auf ihn. Er betrat den Raum und Jamie saß bereits auf der Liege, die auf der linken Seite stand. " Guten Morgen, gut geschlafen?" sagte er als er die Tür hinter sich schloss. " Hab eigentlich ganz gut geschlafen" antwortete sie ihm. Er musste ja nicht wissen, was sie die ganze Nacht beschäftigt hatte und körperlich hatte sie ja nichts am Schlafen gehindert. Der Doc sah sich ihre Wunde an und begann zu lächeln. Er richtete sich wieder auf und sah Jamie an. " Deine Wunde verheilt wirklich gut. Und auch schnell, du machst Chris Konkurrenz." Jamie zwang sich ein leichtes Lächeln auf und stand schließlich wieder auf. " Was heißt sie verheilt gut? Wie sieht es mit meinem Training aus?" fragte sie ihn und hatte einen flehenden Ausdruck in ihren Augen. Er sah sie etwas skeptisch an. " Heute machst du lieber noch nichts. Auch wenn alles wirklich gut und schnell verheilt, musst du dennoch aufpassen." sagte er und sah sie mahnend an. Jamie sank betrübt ihren Kopf. Sie brauchte ein Ventil um nicht dauernd über alles nachdenken zu müssen. Sie hob ihren Kopf wieder und wollte gehen, doch bevor sie die Tür öffnete sagte der Doc noch " Aber ich denke ab morgen kannst du mit leichten Telekinese Übungen anfangen. Keine Gewichte oder sonstige sportliche Anstrengungen. Du darfst nur leicht an deiner Telekinese arbeiten. Ok?" sagte er und sie hatte plötzlich ein breites Grinsen in ihrem Gesicht. " Wirklich?" fragte sie noch einmal. Der Doc lächelte sie an und nickte ihr zu. " Aber pass auf und es ist mein ernst. Keinen Sport bis ich es dir erlaube ok?" sagte er und sah sie nochmals mahnend an. Sie nickte und verließ dann den Untersuchungsraum. Sie ging zum Fahrstuhl und fuhr auf die dritte Etage. Sie wusste, dass sie heute noch nichts machen durfte, aber sie wollte ihren Freundinnen von den guten Nachrichten erzählen. Die Fahrstuhltüren öffneten sich und Jamie ging auf den Fitnessbereich und auf Andy und Nicki zu. De beiden sahen sie besorgt an. " Was machst du denn hier?" fragte Andy etwas entsetzt. " Du willst doch nicht ernsthaft jetzt trainieren?" fragte Nicki mit weit aufgerissenen Augen. Jamie lächelte beide an. " Nein. So irre bin selbst ich nicht." sagte sie und sah die Erleichterung in ihren Gesichtern und sie sah auch in ihrem Augenwinkel wie Chris sich wieder entspannte. Er schien sich noch immer Sorgen um sie zu machen und das wusste Jamie jetzt auch. " Ich war gerade beim Doc. Heute soll ich noch nichts machen, aber ab morgen darf ich mit leichten Telekinese Übungen anfangen." sagte sie und freute sich sichtlich darüber. " Aber du pass noch auf. Ich will nicht das du dich wieder überanstrengst." sagte Andy besorgt, aber sie schien sich für Jamie dennoch zu freuen. " Ja klar. Ich habe es dem Doc versprochen und ich verspreche es auch dir." sagte Jamie und sah sie beruhigend an. " Ich wollte nur mal sehen wie es bei euch so läuft." sagte sie und sah durch den Raum. Ihr Blick traf auf Chris und danach auf Jake. Ihr Lächeln verschwand und sie wendete ihren Blick schnell wieder von den beiden ab und sah zurück zu Andy und Nicki. Andy und Nicki sahen Jamies Stimmungswechsel und wollten sie etwas ablenken. " Wir fangen gerade an und ich habe nachher eine Art Fortbildung. Quentin will, dass ich den Aufbau von verschiedenen Bomben lerne, damit ich das nächste Mal besser vorbereitet bin." sagte sie und hoffe so Jamie auf andere Gedanken bringen zu können. " Wirklich? Ist das nicht alles etwas viel. Du kannst dir doch nicht jede Bauweise aller Bomben auf der Welt einprägen." sagte Jamie besorgt. " Nicht jeder. Ich soll mir nur einen Überblick verschaffen." sagte Andy und sah zu Jamie und versicherte ihr, dass sie das schon hinbekommen würde. " Naja ich will euch nicht weiter vom Training abhalten. Ich werde zu Charly gehen, dann kann ich wenigstens die Pfleger etwas entlasten." sagte sie und lachte kurz. Andy und Nicki fuhren mit ihrem Training fort und Jamie ging zurück zum Fahrstuhl. Bevor sie den Raum verließ sah sie noch einmal zu Chris und Jake. Die ganzen Gedanken von der vergangenen Nacht waren wieder da. Nur dieses Mal dachte sie nicht nur über Jake nach. Sie ging zum Fahrstuhl und stieg ein. Sie schloss ihre Augen und atmete tief ein und wieder aus. Als sich die Fahrstuhltüren wieder öffneten versuchte sie sich auf etwas anderes zu konzentrieren. Sie ging in den Konferenzraum und auf Quentin zu. " Quentin" sagte sie und er drehte sich zu ihr um. " Guten Morgen" entgegnete er ihr. " Ich will nicht lange stören, aber Chris meinte ich soll wegen Charly mit dir sprechen, dass ich jetzt wieder auf ihn aufpasse." sagte sie und wartete kurz. Quentin dachte nach und antwortete dann. " Das war seine Strafaufgabe, weil er sich wieder mit Jake gestritten hatte, er soll solange auf Charly aufpassen bis es dir wieder bessergeht." sagte er. " Aber mir geht es wieder besser. Also kann ich wieder auf ihn aufpassen." Quentin sah sie skeptisch an und dachte einen Moment lang nach. " Ok du kannst wieder auf ihn aufpassen, aber wenn der Alarm los geht wird Chris sich darum kümmern. Wenn Charly zu weit weg ist ist das noch zu anstrengen und du sollst noch nicht laufen." Jamie nickte ihm zu. " Ich werde Chris informieren" sagte er noch und daraufhin verließ sie den Raum. Sie ging zur Hundeschule und holte Charly wieder ab.

Charly lief sofort auf Jamie zu als sie den Raum betrat. Er sprang sie leichte an und sie nahm ihn an die Leine. Ein Pfleger kam auf sie zu. " Gut, dass du da bist. Wir könnten deine Hilfe gebrauchen." sagte er und Jamie sah ihn nur fragend an. " Wir müssen Charly heute impfen, aber wenn wir ihm zu nahe kommen flippt er aus." sagte er und sah sie besorgt an. " Ok ich komm mit und beruhige ihn." sagte sie und ging zusammen mit Charly, dem Pfleger in einen Behandlungsraum hinterher. Sie wies Charly an auf den Behandlungstisch zu springen und sich hinzulegen. Charly kam ihrer Anweisung ohne zu zögern nach. Jamie stellte sich vor hin und er sah sie an. Sie hielt seine Leine stramm und sah dann zum Pfleger. Sie signalisierte ihm, dass er anfangen konnte. Sie streichelte Charly über den Kopf und hinter sein rechtes Ohr, sodass er sich entspannte. Der Pfleger setzte die Spritze und Charly bellte auf und versuchte aufzuspringen, aber Jamie hielt seine Leine noch immer stamm und versuchte ihn wieder zu beruhigen. " Ganz ruhig, alle ist gut. Du hast es geschafft." sagte sie mit beruhigender Stimme und der Pfleger bedankte sich bei ihr. Er ließ die beiden alleine, sodass Jamie die Leine lockerlassen konnte. Charly stand auf und sah sich aufgeregt im Raum um. Jamie versuchte ihn weiter zu beruhigen. " Ganz ruhig. Alles gut" sagte sie und streichelte ihn weiter. Es dauerte eine Weile, aber schließlich beruhigte er sich wieder. Sie verließ mit ihm zusammen den Behandlungsraum und ging mit ihm nach draußen. Sie ließ ihn wieder von der Leine und er lief los. Sie warf ihm den Ball zu und wollte, dass er sich jetzt einmal richtig auspowern konnte. Sie verbrachte mit Charly zwei Stunden draußen, aber er schien noch immer zu viel Energie zu

251

haben. Sie wollte noch etwas mit ihm draußen bleiben, aber dann klingelte ihr Handy. Sie nahm es aus ihrer Hosentasche und sah eine Nachricht von Quentin. " Charly " rief sie und er lief sofort auf sie zu. Sie leinte ihn wieder an und ging mit ihm zusammen in den Konferenzraum. Charly bellte laut los und wollte sich von der Leine reißen als er Quentin und die Männer an den Computern sah. Jamie beruhigte ihn und band ihn an den Konferenztisch. Dann ging sie auf Quentin zu. " Was gibt es so wichtiges?" fragte sie ihn und Quentin sah sie ernst an. " Rodger Marlow" sagte er und sah auf den großen Monitor. " Ich weiß nicht wie er es gemacht hat, aber es ist ihm gelungen aus dem Gefängnis auszubrechen. Wir versuchen ihn zu finden und da brauche ich deine Hilfe." sagte er und Jamie sah ungläubig auf den Monitor. Auf dem Monitor waren Videoaufnahmen von Marlows Gefängniszelle zu sehen und von dem Gang vor seiner Zelle. " Ich will wissen wie er da rausgekommen ist und wer ihm geholfen hat." sagte er und gab Jamie die Aufgabe es herauszufinden. Sie hatte die Erlaubnis alles zu tun was möglich war um ihn zu finden. Keinerlei Einschränkungen. Quentin verließ den Raum ohne ihr zusagen wo er hinging. Jamie machte sich umgehend an ihre Aufgabe und sah sich die Videoaufnahmen von vorne an. Sie sah Marlow wie er auf seinem Bett in seiner Zelle saß und die Wand anstarrte. " Halte mal kurz an" sagte Jamie zu Felix. Sie ging auf ihn zu. " Was ist mit dem ´Geist´? Sitzt der noch in seiner Zelle?" fragte er ihn und er rief sofort die Videoaufnahmen von der Zelle in der sich der `Geist´ befand auf, die jetzt gerade aufgenommen wurde. Jamie sah auf seinen Computerbildschirm. " Der sitzt noch brav in seiner

Zelle." sagte er und Jamie ging mit einem fragenden Gesichtsausdruck zurück und stellte sich wieder vor den großen Monitor. Felix startete die Aufnahmen wieder und Jamie sah konzentriert auf den Monitor. Auf der Aufnahme sah Jamie immer noch wie Marlow seine Wand anstarrte, aber dann zuckte die Aufnahme plötzlich und danach war Marlow verschwunden. " Was war das für ein Zucken?" fragte sie Felix. " Das haben wir zusammen mit Quentin schon überprüft. Das ist ja das merkwürdige. Der Zeitstempel ist unverändert. Also wurde die Aufnahme nicht unterbrochen. Irgendwie hat sich Marlow aufgelöst." sagte Felix und klang sehr verwirrt. Jamie dachte einen Moment nach und bat Felix die Stelle, wo Marlow verschwand noch einmal abzuspielen. Jamie fixierte sich auf Marlow als das Zucken begann und er plötzlich verschwand. Ihr schien etwas aufgefallen zu sein. Sie drehte sich zu Felix und ging wieder auf ihn zu und sah ihn fragend an. " Kannst du mal in irgendeiner Datenbank nachsehen ob es jemanden gibt, der die Fähigkeit zur Teleportation besitzt." sagte sie und Felix sah sie überrascht an. Er machte sich sofort auf die Suche und sah gespannt auf seinen Bildschirm. Es dauerte nicht lange und er sah wieder zu Jamie. Jamie sah auf seinen Bildschirm und begann zu lächeln. " Ok jetzt brauchen wir nur noch eine Verbindung zwischen den beiden." sagte sie Während sie noch immer auf den Bildschirm guckte. Sie sah auf ein Bild eines Mannes und las sich sein Profil durch. Es handelte sich um Raley Parker. Er war zwanzig Jahre alt, hatte kurzes braunes Haar und die Fähigkeit zur Teleportation. " Ich kann keine Verbindung feststellen." sagte Felix. Jamie sah ihn überlegend an. Einen kurzen Moment später hatte sie wieder eine Idee. Überprüf mal bitte ob er irgendwie in Verbindung mit unserem Feuerteufel oder dem Geist steht." sagte sie und er tippte wie wild drauf los, aber er konnte auch hier keine Verbindung finden" Wir müssen den Aufsehern in den anderen Gefängnissen Bescheid sagen. Denn wenn er Marlow rausgeholt hat, dann wird er es auch mit den andern beiden machen." sagte sie erschrocken und beide riefen jeweils in einem der Gefängnisse an. Als beide wieder auflegten, hatte nur einer von beiden einigermaßen gute Nachrichten. " Der ´Geist´ sitzt noch in seiner Zelle, aber wer weiß wie lange noch" sagte Felix. " Der ´Feuerteufel´ ist weg. Gerade eben hat er ihn herausgeholt" sagte Jamie und wählte auf ihrem Handy Quentins Nummer. " Ja" sagte er als er den Anruf annahm. " Wir haben ein Problem. Wir wissen jetzt zwar wie Marlow es raus geschafft hat, aber der ` Feuerteufel´ ist jetzt auf die gleiche Weise rausgekommen und es wird nicht mehr lange dauern bis der `Geist´ auch draußen ist." sagte sie und wartete eine Reaktion ab. " Wie ist er rausgekommen?" fragte er sie. " Sie haben einen Teleporter." Quentin legte auf. Jamie steckte ihr Handy wieder in ihre Hosentasche und sah zu Felix. " Ich habe jetzt wirklich keine Ahnung was wir machen sollen. Wie hält man einen Teleporter auf?" fragte sie ihn, aber auch er hatte keine Antwort für sie. Da keinem etwas einfiel konzentrierten sie sich darauf Marlow zu finden. Sie konnten Marlow schließlich ausfindig machen und informierten das Observationsteam. Marlow befand sich zusammen mit seinen Bodyguards und dem Teleporter in Rom. " Was will der denn jetzt bitte in Rom? Erst Madrid, dann London und jetzt Rom." sagte

Jamie und sah fragend auf den großen Monitor wo sie sich Momentaufnahmen von Marlow ansah. Er befand sich in einer kleinen unscheinbaren Pension, die er und seine Bodyguards nicht verließen. Die Türen des Konferenzraumes öffneten sich und Quentin trat herein. Er kam direkt auf den großen Monitor zu und stellte sich neben Jamie. Er sah nervös aus. " Wo ist er?" fragte er sie, sah sie aber nicht an. " In Rom. Er ist mit seinen Bodyguards in einer kleinen Pension und seitdem ist nichts mehr passiert." informierte sie ihn. Quentin atmete tief durch und sah weiter auf den Monitor. " Rom. Wieso Rom?" fragte er, aber schien dabei keinen anzusprechen. Er dachte angestrengt nach und es schien ihm etwas einzufallen. " Erst Madrid dann London und jetzt Rom." Er wendete sich zu Felix und fragte ihn " Findet in den nächsten Tagen irgendetwas bedeutendes in Rom statt?" Felix sah zu Jamie und sie wendete sich zu Quentin. " Das haben wir schon überprüft. In einer Woche findet dort eine Filmpremiere statt. Da werden eine Menge Menschen sein und es wird alles weltweit im Fernsehen übertragen." sagte sie besorgt. Quentin sah wieder auf den Monitor. " Wir fliegen nach Rom" sagte er und bat Jamie die anderen umgehend zu informieren. " Wann denn?" fragte sie. Er sah sie an und wirkte vollkommen erst. " sag auch dem Doc Bescheid, dass er mitkommen muss. Wir fliegen heute Abend." sagte er und wendete sich wieder von ihr ab. Sie ging zum Konferenztisch und band Charly los. Zusammen mit Charly verließ sie dann den Konferenzraum.

## Kapitel elf

Die Fahrstuhltüren öffneten sich und Jamie ging mit Charly auf den Fitnessbereich zu. " Leute kommt mal bitte her." sagte sie und alle unterbrachen ihr Training und gingen auf sie zu. " Was ist passiert? Du siehst so erst aus." fragte Andy. Jamie sah alle ernst an und begann es ihnen zu erklären. " Wir fliegen heute Abend nach Rom. Marlow und seine Bodyguards wurden von einem Teleporter befreit und befinden sich jetzt in Rom. Wir glauben, dass er es auf eine große Filmpremiere abgesehen hat, die in einer Woche stattfinden soll." Sie hielt Charlys Leine stamm, denn er wollte die anderen wieder angreifen. " Charly" rief Chris und er beruhigte sich wieder. Chris sah zu Jamie und sie auch zu ihm. " Ihr solltet jetzt packen." sagte sie und nahm Charly und ging mit ihm auf die Krankenstation um dem Doc Bescheid zu sagen. Danach ging auch sie auf ihr Zimmer um ihr Sachen zu packen. Sie nahm Charly und brachte ihn anschließend in die Hundeschule. Sie sagte den Pflegern Bescheid, dass weder sie noch Chris ihn in den nächsten Tagen holen werden und dass sie sich darauf einstellen mussten. Dann holte sie ihre Tasche und ging in den Aufenthaltsraum wo sie auf die anderen traf. Alle saßen an der Bar und Jamie gesellte sich auch dazu. " Ein Teleporter. Wirklich?" fragte Nicki Jamie. " Raley Parker. Wir konnten aber noch keine Verbindung zwischen ihm und Marlow herstellen." sagte sie und sah dabei in fragende Gesichter. " Ein Teleporter. Ist ja praktisch." sagte Jake. Jamie sah ihn an und verdrängte daraufhin die Gedanken der letzten Nacht wieder. " Irgendetwas an ihm kam mir bekannt vor, aber ich weiß einfach nicht was." sagte Jamie leicht verunsichert. " Und was haben die jetzt vor? Eine Bombe auf der Filmpremiere zünden?" fragte Andy aufgeregt. " Was auch passieren wird, wir bekommen das hin!" sagte Jamie und versuchte sie zu beruhigen. " Wir. Ist klar" sagte Chris leise, aber in einem arroganten Tonfall. Jamie sah ihn einfach verständnislos an. " Was ist dein Problem?" fragte sie ihn. Er sah sie an und war noch immer sauer auf sie und das zeigte er ihr auch. " Du sprichst hier von einem ´Wir`, aber wir wissen beide genau das du am Ende wieder nur alleine handelst." sagte er und war sichtlich wütend. " Ich glaub das jetzt nicht. Hörst du dich eigentlich selber reden? Du weißt genau wieso ich das gemacht habe, aber nein dein Ego lässt einfach nichts zu, wenn es dich nicht direkt betrifft" sagte sie und ließ ihre Wut jetzt einfach heraus. " Leute lasst es gut sein." mischte sich Nicki ein, aber die beiden schienen sie nicht wahrzunehmen. " Mein Ego? Du meinst wohl dein Ego. Du denkst doch du schaffst alles und dir passiert dabei nichts. Aber wenn dann doch etwas passiert, denkst du nicht eine Sekunde an andere." Chris wurde immer lauter. " Ich denk nicht an andere? Ich habe das doch nur wegen den anderen gemacht. Ich wollte nicht zulassen, dass jemandem etwas passiert, aber du siehst das ja nicht. Wenn es um andere geht bist du doch blind." sagte sie und wurde auch immer lauter. " Hört jetzt auf. Wir haben wichtigeres zu tun." rief Quentin, der plötzlich im Raum stand. Chris und Jamie verstummten, aber sahen sich gegenseitig dennoch wütend an. " Ich will davon jetzt nichts mehr hören. Wenn ihr euch streiten wollt ist das eure Sache, aber macht das, wenn wir alles erledigt haben. Und jetzt kommt, der Flieger wartet." sagte er mahnend und verließ dann den Raum. Alle nahmen ihre Taschen und folgten ihm nach draußen, wo das Militärflugzeug schon auf die wartete. Sie stiegen ein und Quentin wies Jamie und Chris in verschiedene Ecken. Während des gesamten Fluges sagten weder Chris noch Jamie ein Wort. Die beiden sahen sich immer mal wieder an, aber sie waren beide noch immer total wütend aufeinander. Jake beobachtete die beiden und schien sich etwas zu freuen. " Hör auf zu lächeln." sagte Nicki, die neben ihm saß. Jake sah zu ihr und sagte mit fragenden Augen " Ich lächle doch gar nicht." Nicki richtete sich etwas auf und sah ihn höhnisch an. " Ach komm, dir gefällt das doch, wenn die beiden streiten." sagte sie. Jake sah wieder auf Jamie und Chris und dann wieder zu Nicki. " Ich weiß nicht was du meinst." sagte er sarkastisch und grinste sie an. " Du bist böse" sagte sie und musste lachten.

Das Militärflugzeug landete wenig später in Rom. Sie fuhren zu einer ´Savewohnung` in der Stadt mit Blick auf den Trevi Brunnen. Jamie und Chris schwiegen weiterhin. Sie richteten ihre Komandozentrale in dem Wohnzimmer der ´Savewohnung` ein und sahen sich die Videoaufnahmen von den Kameras in der Pension an, in die sie sich gehakt hatten. Sie beobachteten Marlow und seine Bodyguards. Keine von ihnen hatte bisher die Pension verlassen, nur der Teleporter, Raley Parker verließ immer mal wieder das Zimmer und kam wenige Minuten später zurück, aber sie wussten noch nicht wohin er sich teleportierte. Jamie stellte sich an ein

Fenster und sah hinunter auf den Trevi Brunnen. "
Geht es dir gut?" fragte Jake sie leise während er auf
sie zuging und sich zu ihr an das Fenster stellte. Jamie
sah ihn nicht an und behielt ihren Blick weiter auf dem
Brunnen. " Kannst du mich jetzt bitte einfach in Ruhe
lassen?" fragte sie ihn mit Gleichgültigkeit in ihrer
Stimme. Jake sah sie noch kurz an und ließ sie wieder
alleine, auch wenn es ihm schwer zu fallen schien. "
Jake und Nicki ihr geht jetzt zusammen zu der Pension
und schaut euch da mal etwas um." sagte Quentin und
Jake und Nicki verließen sofort die Wohnung und
machten sich auf den Weg. " Andy du fährst jetzt mit
mir zu der örtlichen Polizei, die bei der Filmpremiere
für die Sicherheit verantwortlich ist. Wir müssen noch
etwas mit ihnen besprechen." Andy nickte Quentin zu
und stand schon bereit. Quentin sah zu Jamie, die noch
am Fenster stand und dann zu Chris, der auf dem Sofa
saß. " Auch wenn ihr zwei euch im Moment nicht
leiden könnt, werdet ihr jetzt zu dem
Veranstaltungsort der Premiere fahren und an den
wichtigsten Stellen Kameras anbringen und euch in der
näheren Umgebung etwas umsehen. Und ich will
später nicht hören, dass ihr euch wieder gestritten
habt." sagte er und sah beide ernst an. Jamie und Chris
tauschten einen kurzen Blick aus und nickten Quentin
dann zu. Daraufhin verließen Quentin und Andy die
Wohnung und Chris und Jamie packten indes eine
Tasche mit Kameras. Schließlich verließen auch sie die
Wohnung und stiegen in einen schwarzen Jeep.

Auf der Fahrt zu dem Veranstaltungsort sagten beide
immer noch kein einziges Wort. Chris parkte den
schwarzen Jeep zwei Straßen entfernt und sie gingen

den restlichen Weg zu fuß. Auf dem Weg sahen sich beide nach Marlows Bodyguards oder anderen möglichen Gefahren um. Sie kamen schließlich an dem Gebäude an und schlichen sich durch einen der Hintereingänge. Sie bewegten sich unbemerkt bis hin zu einem großen Saal, indem die Filmpremiere stattfinden sollte. Sie betraten den Raum und Jamie schloss die Türen ab und so konnten sie, ohne Angst haben zu müssen, dass sie jemand sah, die Kameras anbringen. " Am besten bringen wir die Kameras in den oberen Ecken des Saals an." schlug Chris vor und es schien ihm nicht zu gefallen mit Jamie reden zu müssen. " Aber nicht alle. Wir sollten noch welche direkt auf die Türen und sonstige Einstiegsmöglichkeiten richten." sagte sie und sah ihn dabei genervt an. Daraufhin legte er die Tasche mit den Kameras auf den Boden und öffnete sie. Jamie holte, mit ihren Telekinese Fähigkeiten, vier der Kameras aus der Tasche und platzierte sie in den wichtigsten Ecken des Saals. Chris befestigte indes weitere Kameras an allen Eingangstüren und Fenstern und sogar an einem der Lüftungsschächte, der groß genug war, dass ein Mensch problemlos hindurch passte. Sie überprüften auf einem tragbaren Bildschirm die Ausrichtung der Kameras und ob sie auch wirklich jeden Blickwinkel erfassten. Danach ging Jamie zum Haupteingang und öffnete diesen zaghaft. Sie sah nach, ob jemand in dem Gang vor dem Saal war. Aber da niemand zu sehen war, befestigte Jamie noch zwei Kameras in dem Gang, jeweils in verschiedene Richtungen. Dann ging sie wieder zurück in den Saal und sah, dass Chris genau das gleiche wie sie an dem Nebeneingang und dem Notausgang getan hatte. " Bist du fertig?" fragte sie ihn. Er ging auf sie zu und entgegnete ihr " Ist die Frage erst gemeint?" Jamie verdrehte die Augen und beide verließen wieder unbemerkt das Gebäude. Sie gingen zurück zu dem Jeep und Chris packte die Tasche in den Kofferraum. Dann sah er zu Jamie. " Wir sollten die anderen anrufen und nachfragen ob Marlow oder seine Bodyguards, die Pension mittlerweile verlassen haben." sagte er und Jamie hatte bereits ihr Handy in ihrer Hand. Sie wählte die Nummer von Nicki und nachdem diese den Anruf entgegennahm, informierte sich Jamie über den neusten Stand. Während des Telefonates hörte Chris aufmerksam zu. Er dachte, wenn er jetzt alles mitbekommen würde, müsste er nach dem Telefonat nicht weiter mit Jamie sprechen. Nicki informierte Jamie indes, dass weder Marlow noch seine Bodyguards bisher die Pension verlassen hatten, aber das Raley Parker, der Teleporter, vor geraumer Zeit die Pension verlassen hatte und noch nicht wiederaufgetaucht war. Jamie beendete das Telefonat und sah zu Chris. " Dann sehen wir uns mal nach ihm um." sagte er und machte sich schon auf den Weg. Jamie schloss noch den Jeep ab und folgte ihm dann. Beide verdrängten ihre Wut aufeinander und machten sich auf die Suche nach ungewöhnlichen Vorkommnissen und dem Teleporter. Sie gingen die Straßen und Wege um den Veranstaltungsort der Premiere mehrmals auf und ab, aber keiner von ihnen konnte etwas Ungewöhnliches bemerken und auch von dem Teleporter fehlte jegliche Spur. Chris und Jamie beschlossen zurück zur ´Savewohung` zu fahren und beide schienen erleichtert nicht mehr lange zusammen sein zu müssen. Sie gingen auf den Jeep zu und plötzlich zog Jamie Chris hinter einen geparkten blauen Kleinbus. " Was soll das jetzt?" fragte er sie und sah sie verständnislos an. " Wenn du nicht so damit beschäftigt wärst so schnell wie möglich von mir weg zu kommen, wäre dir der Typ dahinten aufgefallen." sagte sie und zeigte vorsichtig auf Raley Parker, der sich mit einem unbekannten Mann unterhielt und ihm einen braunen DIN A4 Umschlag gab. Chris sah vorsichtig hinter dem Kleinbus hervor und beobachtete die beiden. Jamie machte ein Foto von den beiden und schickte es umgehend an Quentin. Der unbekannte Mann verschwand wieder und Raley Parker sah sich um. Er konnte wohl niemanden sehen und teleportierte sich weg. Jamie und Chris verstanden sich blind und beide kamen zeitgleich hinter dem Kleinbus hervor und folgten dem unbekannten Mann. Jamie stieg in den Jeep und wartete noch kurz. Chris folgte dem Mann zu Fuß und gab Jamie über Funk den Weg durch. Jamie fuhr schließlich los und musste sich beeilen, denn der unbekannte Man stieg in ein Taxi. Sie sammelte Chris schnell ein und sie fuhren dann dem Mann nach. Sie fuhren eine halbe Stunde bis das Taxi anhielt und der Mann ausstieg. Jamie parkte den Jeep einige Meter entfernt und nun folgten sie dem Mann durch eine Fußgängerzone bis hin zu einem Hotel. Der unbekannte Mann ging in das Restaurant des Hotels und zu einem der Tische an dem bereits eine Frau auf ihn wartete. Chris und Jamie setzten sich an einen Tisch in einer Ecke und beobachteten die beiden. Als die Frau aufstand um den Mann zu begrüßen, konnte Jamie es nicht richtig glauben. Sie nahm sofort ihr Handy und schrieb eine Nachricht an Quentin. Chris sah sie fragend an. " Das ist Alexa Stephanow. Sie hat mit Marlow bei dem Anschlag in London zusammengearbeitet." flüsterte sie ihm zu. " Darf ich unserem bezaubernden jungen Pärchen etwas bringen?" fragte ein Kellner, der ihnen ein paar Speisekarten reichte. Jamie und Chris sahen sich etwas verlegen an. " Wir sehen uns erst einmal die Karte an." antwortete Chris dem Kellner und dieser ließ sie daraufhin wieder alleine. Sie legten die Karten beiseite und richteten ihre Aufmerksamkeit wieder auf Alexa Stephanow und dem unbekannten Mann. Indes bekam Jamie eine Nachricht und sie sah, dass sie von Quentin war. Der unbekannte Mann war nun identifiziert. Es handelte sich um Carter Black, einem der Investoren der Waffenexportfirma in der Alexa Stephanow die Geschäftsführerin war. Carter Black überreichter ihr den braunen Umschlag, den er von Raley Parker bekommen hatte.

" Wir müssen wissen was da in dem Umschlag ist." flüsterte Jamie. Chris sah sich in dem Restaurant um und schien eine Idee zu haben. " Warte hier" sagte er und stand auf. Er nahm sich ein weißes Tuch und legte es sich über seinen linken Unterarm, dann nahm er sich noch zwei Speisekarten und ging zu dem Tisch an dem Carter Black und Alexa Stephanow saßen. Alexa hatte indes den Umschlag geöffnet und sah sich den Inhalt genau an. Es waren nur zwei Blatt Papier, aber sie las sie sich aufmerksam durch. Chris ging um den Tisch und auch um Alexa herum. Er sah sich die Blätter unbemerkt an. " Die Speisekarten für die Herrschaften" sagte er und reichte sie ihnen. Dann kam er wieder auf Jamie zu und signalisierte ihr, dass sie das Restaurant verlassen sollte. Jamie ging nach draußen und wenige Sekunden später kam Chris zu ihr. Er zog sie zu sich an eine Wand. " Auf den Papieren stehen Kontonummern und Geldbeträge. Ich konnte nicht alles sehen, aber es wurden an demselben Tag auf mehreren Konten Transaktionen vorgenommen. Sie haben hohe Summen von mehreren Konten auf ein und das selbe Konto überwiesen und rate mal auf welchem Namen das Konto zugelassen ist." sagte er und sah sie erst an.

Sie gingen zurück zum Jeep und fuhren zur ´Savewohnung`. Sie betraten die Wohnung und trafen dort auf Quentin und Andy, die sie schon gespannt erwarteten. " Carter Black hat sich mit Alexa Stephanow getroffen." sagte Jamie und ging auf Quentin zu. " Und er hat ihr einen Umschlag übergeben und der Inhalt zeigt, dass sie hohe Summen von mehreren Konten auf ein anderes Konto überwiesen haben. Und dieses Konto ist auf Rodger Marlow zugelassen." sagte Chris und stellte sich neben Jamie. Quentin sah sie besorgt, aber irgendwie auch sauer an. Er wand seinen Blick von ihnen ab und ging zu einem der Fenster. Er sah hinaus und dachte nach. " Das in London war nur der Probelauf. Die haben noch etwas Größeres geplant und er hat es dabei auf mich abgesehen. Aber ich verstehe nicht wieso er alles so auffällig macht. Das Konto ist auf seinem Namen zugelassen und auch das Zimmer in der Pension und alles andere war ohne besondere Schutzvorkehrungen." sagte Quentin und sah zaghaft von dem Fenster weg und zu Andy, Chris und Jamie, die mitten im Raum standen. " Auf dich?" fragte Jamie. Quentin ging einen Schritt auf sie zu und sein Blick wurde ernster. " Ihr wisst noch nicht alles über Rodger Marlow. Ich hatte gehoffte, dass es nicht nötig wäre es euch zu sagen, aber die Situation hat sich geändert." sagte er und hielt kurz inne. " Rodger Marlow ist nicht gerade mein größter Fan. Er und ich haben eine schwierige Vergangenheit, denn wir hatten verschiedene Vorstellungen von unserer Zukunft und ihm gefällt nicht wie ich meine gestaltet habe." Quentin sah ihn verwirrte Gesichter. " Rodger Marlow ist..." Er machte eine kurze Pause und fuhr dann fort. " Er ist mein Bruder." Keiner von den dreien sagte ein Wort. Chris und Andy waren vollkommen überrascht, aber Jamie sah ihn erleichtert an. Denn als sie angefangen hatte den Fall zu bearbeiten hatte sie einiges über Marlow herausgefunden und als sie sah wie Quentin immer reagierte, wenn Rodger Marlow zur Sprache kam, forschte sie weiter nach. Sie hatte bereits herausgefunden, dass er der Bruder von Quentin war, aber sie behielt es für sich. Sie dachte, wenn Quentin wollte, dass jemand von seinem Bruder erfuhr, würde er es ihnen selber machen und das hatte er jetzt ja auch getan. " Ich habe mit unseren Wissenschaftlern gesprochen und sie haben eine Vorrichtung entwickelt, die es dem Teleporter unmöglich macht sich zu teleportieren." sagte Quentin und versuchte das peinliche Schweigen zu überbrücken. Jamie setzte sich auf das Sofa und sah sich die Überwachungsvideos an. " Wissen wir denn jetzt wo sich der Teleporter immer hin teleportier hat?" fragte sie und sah von den Bildschirmen auf und zu Quentin. Andy setzte sich zu ihr und sah ebenfalls auf die Bildschirme. " Nein, aber wir arbeiten dran. Jake und Nicki bleiben die Tage bis zur Premiere in der

Pension. Sie haben sich ein Zimmer gemietet und beschatteten weiter Marlow und seine Bodyguards." sagte er und bat Chris kurz mit ihm zu kommen. Sie gingen zusammen in die Küche und Quentin schloss die Tür. Chris sah ihn fragend an. " Ich hoffe du und Jamie habt euch wieder vertragen." sagte Quentin und sah zu Chris. Chris sagte nichts er sank für einen kurzen Moment seinen Kopf und als er ihm wieder ansah atmete er tief durch. " Soll mir auch egal sein, aber ich will das du, wenn es soweit ist, wieder auf sie achtest. Lass sie, wenn möglich nicht aus den Augen." sagte Quentin und sah ihn dabei äußerst ernst an. Chris nickte ihm zu, aber er schien nicht sonderlich erpicht auf seine Aufgabe. Sie verließen die Küche wieder und gesellten sich zu Andy und Jamie, die noch immer auf die Bildschirme sahen. Es waren die Aufnahmen von der Pension zusehen und auch die von den Kameras die Chris und Jamie in und vor dem Saal angebrachte hatten. Quentin stellte die Geräte an den Bildschirmen so ein, dass wenn jemand sich bewegte ein kleiner Ton abgegeben wurde. So mussten sie nicht alle rund um die Uhr vor den Bildschirmen sitzen und konnten sich anderen Aufgaben widmen. " Was ist, wenn er gefunden werden will?" fragte Jamie und das brachte alle zum Nachdenken. " Was meinst du damit?" fragte Andy sie. " Naja Marlow macht alles zu offensichtlich und er versteckt sich auch nicht. Also was ist, wenn er gefunden werden will?" Quentin wendete sich von ihr ab und ging im Raum auf und ab. " Egal was er auch vorhat. Wir werden es verhindern." sagte Quentin entschlossen.

Jamie konzentrierte sich in den nächsten Tagen auf ihr Training. Sie musste wieder fit werden, wenn sie bei ihrem nächsten Einsatz eine gute Leistung bringen wollte. Quentin und der Doc ließen sie dabei nicht aus den Augen. Chris und Andy sahen sich abwechselnd an dem Veranstaltungsort um und sahen Marlows Bodyguards mehrfach vor und auch in dem Gebäude. Marlows Bodyguards machten Fotos und trafen sich mit weiteren Männern und sahen sich mit ihnen zusammen in dem Saal und in der Umgebung des Gebäudes um, aber es wurde nicht ersichtlich was sie genau vorhatten. Und auch Jake und Nicki nahmen ihre Aufgabe ernst. Sie informierten die anderen über jeden verdächtigen Schritt von Marlow und seinen Bodyguards. So vergingen die Tage bis zur Filmpremiere.

**Kapitel zwölf**

Der Tag der Filmpremiere in Rom war gekommen und alle waren auf einen bevorstehenden Anschlag, so gut wie möglich vorbereitet. Nicki und Jake blieben in der Pension bei Marlow und seinen Bodyguards. Sobald sie die Pension verließen, folgten Nicki und Jake ihnen sofort. Chris, Andy und Jamie fuhren, in ihrer Einsatzkleidung, zu der Premiere. Jamie und Chris gingen auf das Dach des Gebäudes und sahen sich in der Vogelperspektive nach möglichen Gefahren um. Andy versuchte sich möglichst unbemerkt durch das Gebäude zu bewegen und sah sich vom Keller bis zum Dach nach einer Bombe um, aber sie konnte nichts finden. Jamie und Chris standen schweigend auf dem Dach und fragten sich beide was nun auf sie zukommen würde. "Marlow und seine Bodyguards haben die Pension soeben verlassen und sie haben sich getrennt. Marlow ist in einen grünen Pkw gestiegen und wir fahren ihm nach. Seine Bodyguards sind auf dem Weg zu euch." sagte Nicki über funkt und Jamie und Chris machten sich bereit. Andy kam zu ihnen auf das Dach und sie suchten alle möglichen Wege nach Marlows Bodyguards ab. Inzwischen waren die Presse und einige Prominente auf dem roten Teppich eingetroffen und die ersten betraten das Gebäude. " Jetzt wird es ernst" sagte Andy und sah Chris und Jamie mit gemischten Gefühlen an. Jamies Aufmerksamkeit wurde auf das gegenüberliegende Gebäude gezogen. Sie sah Raley Parker, wie er sich in das Gebäude teleportierte. Sie machte Andy und Chris auf ihn aufmerksam und gab Quentin über Funk Bescheid. " Es geht los" sagte Jamie und sah hinunter auf den roten Teppich. Es waren enorm viele Menschen zusehen und der Saal, indem die eigentliche Premiere stattfand, füllte sich immer mehr. " Ich geh nach unten und seh mir den Saal an. Ich sag Bescheid, wenn etwas passiert." sagte Andy und verließ umgehend das Dach. Jamie und Chris machten sich bereit und Jamie beobachtete weiter Raley Parker, der von dem gegenüberliegenden Gebäude auf den roten Teppich sah. " Scheiße" sagte Jamie und sah zu Chris, der sie fragend ansah. " Er hat uns gesehen" sagte sie und sah wieder zu Raley Parker. Und dann passierte alles ganz schnell. Der ´Feuerteufel` und der ´Geist` betraten das Dach des Gebäudes und liefen auf Jamie und Chris zu. Raley Parker teleportierte sich zu ihnen und die drei griffen Jamie und Chris unerbittlich an. " Sie sind hier. Bei uns." sagte Chris über Funk. Andy lief umgehend zu ihnen zurück um sie zu unterstützen. Es begann ein richtiger Kampf zwischen ihnen und jeder von ihnen schien sich seiner Sache sicher zu sein. " Sie haben es auf euch abgesehen und nicht auf die Premiere." sagte Quentin über Funk und schickte Jake und Nicki sofort zur Unterstützung zu ihnen. Der Teleporter hatte es auf Jamie abgesehen. Der Feuerteufel zog ihre Aufmerksamkeit auf sich, sodass sie Raley Parker zu spät bemerkte. Er teleportierte sich mit ihr zusammen auf das Dach, des gegenüberliegenden Gebäudes. Er warf Jamie auf den Boden und sah auf sie herab. Sie stand schnell wieder auf und stand ihm gegenüber. " Wieso hilfst du ihm? Was hast du davon?" fragte sie ihn und versuchte etwas Zeit zu gewinnen um sich einen neuen Plan zu überlegen. Raley lächelte sie höhnisch an. " Was willst du erreichen? Willst du mich ablenken bis jemand kommt um dir zu helfen. Das funktioniert nur nicht." sagte er und ging einen Schritt auf sie zu. " Von Hilfe habe ich nie gesprochen" sagte sie und errichtet ihr Kraftfeld. " Keine Angst dir wird schon nichts passieren. Also kämpf nicht dagegen an. Es geht mir hierbei nur um dich." sagte er und ging einen weiteren Schritt auf sie zu. " Mich? Was willst du denn von mir?" fragte sie ihn und ging ebenfalls einen Schritt auf ihn zu.

Unterdessen kämpften Chris und Andy gegen den ´Feuerteufel` und den ´Geist`. Chris musste einige Schläge einbüßen und er musste auf die Feuerbälle aufpassen, die der ´Feuerteufel` auf ihn warf. Jake und Nicki betraten nun endlich auch das Dach und halfen den beiden. " Ihr schafft das hier. Ich muss Jamie helfen" sagte Chris und beeilte sich um auf das andere Dach zu kommen. Er lief bis zum Rand des Dachs, auf dem er sich noch befand und sah zu Jamie. Jamie sah ihn ebenfalls und holte ihn, mit ihrer Telekinese, zu ihr auf das Dach. Chris reagierte blitzschnell und griff Raley Parker von hinten an und Jamie schütze Chris mit ihrem Kraftfeld. Sie versuchten beide Raley Parker außergefechtzusetzen und seine Konzentration zu stören, damit er sich nicht weg teleportieren konnte. " Das ist doch alles nicht so wie ihr jetzt denkt." sagte Raley Parker, während er versuchte sich gegen Jamie und Chris zu verteidigen, aber weder Chris noch Jamie reagierten darauf.

Andy hatte indes die Möglichkeit den 'Geist` und den 'Feuerteufel` zu überwältigen. Jake lenkte den 'Feuerteufel` ab und Andy schoss mehrere Betäubungspfeile auf ihn. Dadurch war der 'Geist` auch kurz abgelenkt, sodass Nicki ihn mit Betäubungspfeilen beschießen konnte, aber bevor er bewusstlos wurde sagte er noch etwas. " Bombenstimmung heute" sagte er und brach dann zusammen. Nicki sah entsetzt zu den anderen " Eine Bombe!" sagte sie. Quentin hatte unterdessen weitere Agents zu ihnen auf das Dach geschickt um die bewusstlosen Bodyguards von Marlow festzunehmen. Andy, Nicki und Jake mussten sich beeilen und um das gesamte Gebäude noch einmal abzusuchen. " Ich habe hier eben schon alles abgesucht. Hier ist keine Bombe." rief Andy während sie durch das Gebäude liefen. Jake blieb plötzlich stehen. " Jamie und Chris sind auf dem Dach des anderen Gebäudes, was wenn die Bombe in dem Gebäude ist und nicht hier?" fragte

Jake sie und er lief zusammen mit Andy in das andere Gebäude. Nicki suchte indes weiter in dem Gebäude, nur um sicherzugehen, dass die Bombe nicht doch noch irgendwo war. Andy und Jake liefen über die Straße und in das Gebäude. Sie teilten sich auf. Andy begann im Keller zu suchen, während Jake in den oberen Etagen suchte. " Bombenstimmung auf der fünften Etage." sagte Jake über Funk und Andy machte sich umgehend auf den Weg zu ihm und der Bombe.

Währenddessen waren Jamie und Chris immer noch mit Raley Parker auf dem Dach beschäftigt. Sie konnten seine Konzentration zwar weitestgehend stören, dass er sich nicht weit teleportieren konnte, aber er konnte sich noch immer aus ihren Griffen teleportieren und machte es ihnen wirklich schwer in außergefechtzusetzten. Er teleportierte sich einige Meter von ihnen weg und richtete eine Waffe auf Jamie. Aber sie hatte immer noch ihr Kraftfeld aktiviert und erweiterte es bis zu Chris, damit auch ihm nichts passieren konnte. Raley sah sie angestrengt an und schloss plötzlich seine Augen. Aber er teleportierte nicht sich selber weg. Er wollte Jamie wegteleportieren, aber da sie durch das Kraftfeld mit Chris verbunden war, wurde auch Chris mit teleportiert. Nur wusste Raley nichts davon, da er nun nicht nur Jamie teleportierte, wurde seine Kraft geschwächt und seine Konzentration gestört. Jamie und Chris standen nun zwar nicht mehr auf dem Dach, aber selbst Raley wusste nicht wo er sie hingebracht hatte.

Andy erreichte die Bombe endlich und da sie in der letzten Zeit mehrere Bauweisen von verschiedenen Bomben studiert hatte, konnte sie die Bombe entschärfen. " Gut gemacht" sagte Jake und beide liefen zusammen auf das Dach. Nicki war mittlerweile auch zu ihnen gestoßen, nachdem die den anderen Agents geholfen hatte, den ´Geist` und den ´Feuerteufel` in verschiedene Vans zu bringen, die sie wieder in ihre Gefängniszellen fuhren. Sie wollten Jamie und Chris helfen, aber als sie dort ankamen war das Dach leer. " Wo sind sie?" fragte Jake mit leichter Panik in seiner Stimme. Sie sahen alle ungläubig über das Dach, aber keiner von ihnen hatte eine Idee. Der Funkkontakt zu ihnen war abgebrochen. Keiner wusste wo sie waren und ob sie Hilfe brauchten.

Andy, Nicki und Jake trafen sich mit Quentin in der ´Savewohnung` und besprachen das weitere Vorgehen. Sie standen alle mitten im Wohnzimmer und alle waren besorgt und wussten nicht wie sie Jamie und Chris finden sollten. " Ok als erstes haben wir die beiden zurück in ihre Zellen gebracht und die Zellen wurden neu ausgerüstet. Ein spezielles Gerät ruft elektromagnetische Störungen hervor, sodass niemand mehr heraus teleportiert werden kann. Das selbe wird jetzt auch in der Gefängniszelle von Marlow gemacht, der von unserem Observationsteam an einem Flughafen festgenommen wurde." erklärte Quentin ihnen und er versuchte seine Stimme so beruhigend wie nur möglich klingen zu lassen. " Was ist mit Jamie und Chris?" drängte Jake Quentin. Quentin sah ihn erst an. " Wir wissen nicht wo sie sind. Wir können keinen Funkkontakt zu ihnen aufbauen, aber sie wissen beide wie sie uns bescheid geben können wo sie sind. Unsere Funkgeräte haben in letzter Zeit nicht richtig funktioniert und die Fernortung ist ausgefallen. Wir konnten dieses Problem bislang nicht vollständig lösen, aber Jamie und Chris wissen darüber Bescheid, dass in ihren Funkgeräten Ortungssensoren sind und wenn sie diese aktivieren, wissen wir wo sie sind." sagte er. " Aber wir können jetzt nichts machen. Außer warten." sagte Andy und setzte sich zusammen mit Nicki auf das Sofa. Alle warteten auf ein Lebenszeichen von Jamie und Chris, aber es passiert nichts.

Jamie und Chris landeten unsanft in einem Wald. Jamie lag auf einer Wiese neben einer großen Kiefer. Sie stand langsam auf und sah sich um. Sie war nur von Bäumen umgeben und sie konnte nur Bruchteile vom Himmel erkennen, aber sie erkannte dunkle Wolken. Sie sah sich noch einmal um und suchte Chris. Sie suchte mit ihrem Blick ihre gesamte Umgebung ab, aber alles um sie herum war etwas dunkel und Chris trug schwarze Kleidung, was es ihr erschwerte ihn zu finden " Chris" rief sie und sie begann sich Sorgen um ihn zu machen. Sie lauschte und versuchte etwas zu hören. Sie nahm ein leises Stöhnen war und dem ging sie nach. Sie sah Chris am Fuße eines kleinen Hügels und er lag, mit seinem Gesicht zum Boden, auf einem kaputten Ast. Jamie lief zu ihm und kniete sich neben ihm auf den Boden. " Hey, geht es dir gut?" fragte sie und drehte ihn auf den Rücken. Er richtete sich langsam auf und sah auf seinen rechten Oberarm. Jamie folgte seinem Blick und sah eine blutende Wunde. " Du bist auf den Ast gefallen und der hat dir den Arm aufgerissen." sagte sie und sah ihn besorgt an und in diesem Moment schien ihre Wut auf ihn, verschwunden zu sein. Chris stand auf und sah sich um. Jamie stand ebenfalls auf und sah noch immer auf seine Wunde. " Wir müssen die Wunde verbinden." sagte sie und daraufhin sah er sie an. " Wir müssen zuerst hier weg. Wir wissen nicht wo wir sind und ob hier noch jemand ist." sagte er und sah sie ernst an. Sie tauschten jeweils einen ersten Blick aus und begannen dann die Suche nach einer Schutzmöglichkeit. Sie gingen den kleinen Hügel, den Jamie runter gelaufen war um zu Chris zu gelangen, hoch und bahnten sich einen Weg durch die Bäume. Sie stiegen einige kleine Berge hoch und sahen eine kleine Holzhütte. Sie näherten sich ihr langsam und vergewisserten sich ob jemand in der Hütte war. Es gab keine Anzeichen, dass jemand da war und Jamie öffnete schließlich Tür. Sie kam in einen einzelnen Raum mit einem großen Tisch und einem alten Sofa. " Die Hütte ist verlassen." sagte sie und Chris folgte ihr hinein und aktivierte den Ortungssensor in seinem Funkgerät. Quentin antwortete ihm auch sofort und teilte ihm mit, dass sie in einer Stunde bei ihnen sein werden." Eine Stunde" sagte er. Jamie schloss die Tür und sah noch einmal durch das einzigste Fenster, aber sie konnte niemanden sehen. Chris lehnte sich gegen den großen Holztisch und sah sich seine Wunde an. Jamie drehte sich zu ihm um und ging auf ihn zu. Sie legte ihre Sonnenbrille und ihre Perücke auf den Tisch und betrachtete seine Wunde. " Zieh deine Jacke mal aus" sagte sie und sah ihn ernst an. " Lass gut sein. So schlimm ist das nicht" sagte er und richtete sich wieder auf. Jamie schubste ihn sanft zurück, sodass er sich wieder gegen den Tisch lehnte und ihre Wut schien wieder zurück zu kehren. " Jetzt hör mir mal zu. Es ist mit wirklich scheiß egal ob du sauer auf mich bist oder nicht, aber ich werde mir jetzt nicht ansehen wie du hier blutest. Also zieh jetzt gefälligst deine Jacke aus." sagte sie und sah in sauer an. Chris zog daraufhin wiederwillig seine Jacke aus. " Das wäre nicht passiert, wenn du das Kraftfeld bei dir gelassen hättest." sagte er und schien nicht im Geringsten dankbar. Jamie sah ihn verständnislos an. Sie riss ihm einen Teil von seinem T-Shirt ab und drückte es auf seine Wunde. " Willst du mich verarschen. Ich wollte nicht, dass er auf dich schießt. Ich kann nichts dafür, dass er dich mit mir teleportiert hat. Gib mir nicht die Schuld und ich habe dich nie darum gebeten, dass du zu mir auf das Dach kommst." sagte sie und wurde etwas lauter. Sie drückte weiter auf seine Wunder, aber sie blutete noch weiter. " Einer musste dir doch helfen. Und glaub mir, wenn mich Quentin nicht gebeten hätte, dass ich auf dich achten soll, wäre ich nicht so schnell da gewesen." sagte er und auch er wurde lauter. Beide ließen ihre Wut, die sie in den letzten Tagen unterdrücken mussten, jetzt einfach raus. " Es ist mit egal was Quentin gesagt hat oder nicht. Ich würde jetzt hier nicht mit dir festsitzen, wenn du dich nicht eingemischt hättest." Sie sah sich seine Wunde wieder an und übte dann weiteren Druck auf sie aus. " Eingemischt? Ohne mich wärst du sonst wo gelandet und wer weiß was die dann mit dir gemacht hätten." sagte er und verlor langsam seine Beherrschung. " Nimm dich mal nicht so wichtig. So toll bist du auch wieder nicht, dein Ego überschreitet deine Fähigkeiten. Ich hätte das auch ohne dich hinbekommen." sagte sie und auch sie verlor langsam ihre Beherrschung. Sie sah, dass seine Wunde langsam aufhörte zu bluten, aber sie musste irgendetwas finden um die zu verbinden. " Halt mal" sagte sie, zwischen ihren gegenseitigen Beschuldigungen. " Ach als ob du das alleine geschafft hättest. Du sprichst von meinem Ego, dann seh dir doch mal dein eigenes an. Du denkst doch du schaffst alles und brauchst keine Hilf. Das hat man doch auch bei der Bombe gesehen. Da hast du auch einen Alleingang gemacht ohne Rücksicht auf andere zu nehmen." sagte er und sah sie wütend an. Indes zog Jamie ihre Jacke aus und legte sie auf den Tisch. Dann zog sie auch noch ihr Top aus und zerriss es in der Mitte. Chris sah sie, zwar noch voller Wut, aber auch sprachlos an. " Jetzt fang nicht wieder von der Bombe an. Entschuldige wenn ich dabei dein riesen Ego verletzt habe, aber komm endlich klar damit. Es ist passiert also stell dich nicht so an." sagte sie und verband mit ihrem Top seine Wunde. Und auch jetzt hatte sich keiner von ihnen beruhigen können, sie schrien sich gegenseitig an. Chris richtete sich vor ihr auf, aber sie wich nicht zurück. " Ich stell mich nicht an. Das war einfach rücksichtslos. Du kannst nicht einfach einen Alleingang machen. Du hast nicht einmal an die anderen gedacht." schrie er und fixierte ihren Blick. " Komm wieder runter verdammt. Es ist passiert und jetzt tu nicht so als wärst du rücksichtsvoll. Du gibst doch einen Scheiß auf andere. Es geht dir doch immer nur um dich" schrie sie. Sie fixierten immer noch gegenseitig ihre Blicke und bevor er ihr etwas entgegnete, küsste er sie.

Der Kuss war lang und intensiv und sie erwiderte ihn. Er zog sie näher an sich heran und sie umschlang seinen Oberkörper mit ihren Armen. Ihre Oberkörper pressten sich aneinander und sie küssten sich weiter leidenschaftlich. Er ließ seine Hände an ihrem Körper nach unten wandern und in einer fließenden Bewegung hob er sie hoch und drehte sich zu dem Tisch. Er setzte sie auf den Tisch und sie umschlang ihn mit ihren Beinen. Ihre Hände wanderten zu seiner Hose, sie öffnete sie und zog ihn dadurch noch näher an sich heran. Er öffnete ihre Hose und zog ihr die Schuhe und die Hose aus. Er küsste ihren Bauch und seine Lippen wanderten über ihren Körper zu ihrem Hals. Sie hielt sich an seinem Oberkörper fest und atmete die heiße Luft ein, die von seinem Körper ausging. " Hast du was dabei?" flüsterte sie ihm leise ins Ohr und er sah sie an. Er zog seine Hose aus und griff in seine Hosentasche. Sie zog ihn wieder an sich heran und sie küssten sich wieder leidenschaftlich. Seine Hände wanderten zu ihrem BH und dieser flog in derselben Sekunde durch die Hütte. Sie hielten sich beide fest und keiner wollte den anderen loslassen. Er hob sie vom Tisch und ging zu dem gegenüberliegenden Sofa. Auf dem Weg atmeten sie sich gegenseitig ein. Er legte sie sanft auf das Sofa, aber bewegte sich dabei kein Stück von ihr weg. Es bildete sich ein Schweißfilm zwischen ihren Oberkörpern. Er lag auf ihr und küsste ihren Körper. Es gab keinen Weg mehr zurück. Sie ließen ihrer Leidenschaft freien Lauf und sie genossen es. Mit einer Bewegung fielen beide von Sofa und landeten auf dem Boden. Sie lag nun auf ihm und küsste seinen ganzen Oberkörper. Sie setzte sich auf und er richtete seinen

Oberkörper auf und sie umschlangen sich wieder. Sie küssten sich leidenschaftlich und in einer schnellen Bewegung, drehte er sie herum, sodass er wieder auf ihr lag. Keiner von beiden wich zurück. In diesem Moment gab es nur die beiden und sie gaben sich ihrer Leidenschaft vollkommen hin.

Sie lagen beide etwas verschwitzt auf dem Boden und hatten sich mit einer leicht eingestaubten Decke zugedeckt. Sie lag in seinen Armen und sie schienen sich noch immer nicht loslassen zu wollen. Auf einmal hörten sie etwas, das wie ein Hubschrauber klang und beide dachten sofort an Quentin und daran das die Stunde jetzt wohl vorbei war. Jamie und Chris beeilten sich. Sie zogen ihre Klamotten schnell wieder an, denn sie wollten von den anderen nicht erwischt werden. Aber Jamie hatte ihr Top um Chris` Wunde gebunden und hatte nun kein Oberteil mehr. Chris reichte ihr sein T-Shirt, das aber auch nur noch zu einem Teil vorhanden war. Sie zog es trotzdem an und so war wenigstens ihre Brust bedeckt. Jamie und Chris sahen sich noch an und wollten noch etwas sagen, aber dann ging die Tür der Holzhütte ruckartig auf. " Geht es dir gut?" fragte Jake und stürmte in die Hütte und umarmte Jamie. " Ja, alles gut" sagte sie und löste auch schon wieder aus seiner Umarmung. Quentin kam auch in die Hütte und sah erleichtert aus. " Los kommt. Der Hubschrauber wartet." sagte Quentin und alle verließen umgehend die Hütte und stiegen in den Hubschrauber. " Wo sind wir denn jetzt eigentlich?" fragte Jamie während der Hubschrauber auch schon wieder losflog. " In einem Wald in Dänemark" antwortete Jake ihr. " Dänemark? Das ist mal was anderes." sagte sie und sah aus dem Fenster und auf den Wald hinunter. " Ist noch etwas passiert nachdem wir weg waren?" fragte Chris und Jamie wendete ihren Blick von dem Wald zu Quentin. " Bis auf Raley Parker konnten wir alle festnehmen und die Bombe wurde erfolgreich entschärft." sagte Quentin und sah beide an. " Bombe? Wo war die denn? Andy hat doch keine gefunden." sagte Jamie und sah ihn fragend an. " Die Bombe war in dem Gebäude, auf dessen Dach ihr standet." sagte Jake und sah Jamie besorgt an. Jamie dachte kurz nach und sah zu Quentin. " Raley hat da etwas gesagt womit ich zunächst nichts anfangen konnte, und das ergibt jetzt erst recht keinen Sinn." sagte sie und alle sahen sie fragend an. " Raley hat davon gesprochen, dass er nur meinetwegen hier ist und dass mir nichts passieren würde. Und jetzt sagt ihr das die Bombe in dem Gebäude war, auf das mich der Typ teleportiert hat." sagte sie und sah das Quentin nachdachte. Über den restlichen Flug hinweg sagte Quentin nichts mehr, aber er dachte weiter nach und schien über seine eigenen Gedanken sauer zu werden. Jamie und Chris saßen gegenüber voneinander und sahen sich immer mal wieder an, aber keiner wollte etwas sagen. Jake unterbrach ihren Blickkontakt aber immer wieder und obwohl Jamie ihm schon versichert hatte, dass es ihr gut ging, fragte er immer mal wieder nach. Der Hubschrauber landete schließlich auf einen der Hubschrauberlandeplätze des Stützpunktes und Quentin lief umgehend in den Konferenzraum, aber vorher bat er Chris und Jamie noch auf die Krankenstation zu gehen und sich untersuchen zu lassen. Jamie dachte, dass sie jetzt mit Chris über das Geschehene in der Hütte sprechen konnte, aber Jake ließ die beiden nicht alleine und begleitete sie auf die Krankenstation.

Der Doc bat Chris und Jamie in einen der Untersuchungsräume. " Du brauchst nicht mit reingehen. Wir sehen uns gleich ok." sagte Jamie zu Jake bevor sie in den Untersuchungsraum ging. Sie schloss die Tür und ließ einen betrübten Jake vor ihr stehen. " Ich fang mal mit dir an. Setz dich bitte." sagte der Doc zu Chris und dieser setzte sich sofort auf die Liege. " Da musstet ihr ja improvisieren" sagte der Doc und schmunzelte als er die Stofffetzen von Chris` Arm ab machte. " Wir hatten nichts zum verbinden da" sagte Jamie und schmunzelte leicht. " Nein. Das habt ihr schon ganz gut gelöst. Unter diesen Umständen." sagte der Doc und sah beide zuversichtlich an. Der Doc verarztete Chris` Wunde und vergewisserte sich noch wie es Jamie nach diesem Tag ging. Sie versicherte ihm, dass es ihr gut ging und dann durften beide auch schon wieder gehen. Sie verließen den Untersuchungsraum und stiegen in den Fahrstuhl. Die Fahrstuhltüren schlossen sich und die beiden waren jetzt das erste Mal, seit dem Geschehenen in der Hütte, alleine. Sie sahen beide etwas verlegen auf die Fahrstuhltüren, aber keiner schien sich zu trauen etwas zu sagen. Sie wendeten beide ihren Blick von der Fahrstuhltür ab und sahen sich gegenseitig an. " Wir sollten..." sagte Jamie, aber dann öffneten sich die Fahrstuhltüren und Andy und Nicki standen vor ihnen. Chris und Jamie stiegen aus dem Fahrstuhl und sahen in die besorgten Gesichter von Andy und Nicki. " Wo seid ihr beiden gelandet?" fragte Andy. Jamie und Chris sahen sich kurz an und dann wieder zu Andy und

Nicki. " In Dänemark." antwortete Jamie ihr. " Wie jetzt? Ihr müsst uns alles erzählen" sagte Andy und zog die beiden zum Aufenthaltsraum. Jake saß an der Bar und schreckte sofort auf als er Jamie sah. " Alles okay bei dir?" fragte er sie und sie nickte ihm nur zu. Sie war genervt von seiner ständigen Führsorge. Andy zog die beiden in die Sitzecke und auch Jake und Nicki setzten sich zu ihnen. " Also wie war´s?" fragte Andy und sah die beiden neugierig an. Chris und Jamie tauschten noch einen kurzen Blick aus und sahen dann wieder zu Andy. " Da gibt es nicht viel zu erzählen. Wir sind in einem Wald gelandet." sagte Chris. " Wir haben dann in einer Hütte Schutz gesucht und auf Quentin gewartet." sagte Jamie und hoffte, dass Andy nicht weiter nachfragte. Aber es wäre nicht Andy, wenn sie nicht weiter fragen würde. " Ist das alles? Was habt ihr denn die ganze Zeit gemacht?" fragte Andy und bedrängte sie förmlich mit ihrem Blick. " Na was wohl. Gestritten, was sonst." sagte Nicki und begann zu lachen. Chris und Jamie sahen sich noch einmal an und beide schienen erleichtert. " Und wie ist es bei euch noch gelaufen?" fragte Jamie und hoffte so das Thema wechseln zu können. " Ohne Probleme. Nur der Teleporter ist uns entwischt." sagte Nicki und wirkte etwas enttäuscht.

"Ich werde dann mal nach Charly sehen" sagte Jamie wenig später, stand schnell auf und verließ den Raum, aber Andy folgte ihr. " Ist noch etwas?" fragte Jamie sie als sie auf die Hundeschule zugingen. " Was ist noch passiert?" fragte Andy sie und schien etwas zu vermuten. Jamie sah sie verwirrt und auch etwas verlegen an. " Ich weiß nicht was du meinst." sagte sie und beeilte sich noch etwas mehr. " Naja mir ist jedenfalls nicht entgangen, dass du das T-Shirt von Chris trägst. Oder zumindest einen Teil davon." sagte Andy und sah sie dabei mit erhobenen Augenbrauen und einem Lächeln an. Jamie sah sie kurz an, aber bevor sie etwas sagte betrat sie die Hundeschule. Charly sah sie und rannte direkt auf sie zu. Jamie kniete sich vor ihm hin und er sprang ihr in die Arme. Er freute sich sichtlich sie wiederzusehen und auch die Pfleger schienen erleichtert. " Na mein Junge. Geht´s dir gut?" sagte Jamie und war auch froh wieder bei ihm zu sein, denn auch wenn er ganz schön anstrengend war, hatte sie ihn mittlerweile in ihr Herz geschlossen. Sie stand wieder auf und sah einen der Pfleger an. " Ist alles gut gegangen?" fragte sie ihn und sah etwas nervös aus. Einer der Pfleger kam auf sie zu, aber Charly begann sofort zu bellen und der Pfleger blieb wieder stehen. " Wir haben es hinbekommen. Es war nicht immer ganz einfach, aber es hat funktioniert." sagte er und sah sie erleichtert an. Jamie lächelte ihn noch an und nahm Charly an die Leine und verließ mit ihm schließlich die Hundeschule. Andy wich noch immer nicht von ihrer Seite auch wenn sie jetzt etwas Abstand halten musste, denn Charly ließ niemanden zu nah an Jamie heran. " Du hast mir noch nicht geantwortet." sagte Andy und sah Jamie weiter neugierig an. " Du hast mich auch nichts gefragt." sagte Jamie und musste schmunzeln. " Du weißt was ich wissen will. Ist da etwas gelaufen?" fragte sie und hatte ein leichtes Lachen in ihrer Stimme. Jamie sah sie an und dann zu Charly. " Ich trage sein T-Shirt nur, weil er es mir gegeben hat. Ich habe mein Top benutzt um seine Wunde zu verbinden und da hat er mir sein T-Shirt

gegeben damit ich nicht im BH dastand. Das ist alles."
sagte sie und versuchte überzeugend zu klingen. Und
es war ja auch irgendwie wahr. Chris hat ihr sein T-
Shirt gegeben damit sie sich bedecken konnte, aber
was davor passiert war sollte keiner wissen. Jamie
hatte ja noch nicht einmal mit Chris darüber
gesprochen und das wollte sie als erstes machen bevor
es jemand anderes erfuhr. " Ich geh mit Charly etwas
nach draußen. Wir sehen uns später ok" sagte Jamie
und ließ Andy alleine. Sie ging mit Charly nach draußen
und ließ ihn von der Leine und er lief sofort los. Jamie
beobachtete ihn und dachte dabei an Chris und daran
wie sie jetzt mit ihm umgehen sollte. Sie wusste nicht
was jetzt zwischen ihnen war. Die ganze Situation war
nicht einfach für sie.

Jamie stand noch eine Weile nachdenklich da und
beobachtete Charly, aber ihre Gedanken kreisten
weiterhin um Chris. Ihre Gedanken wurden allerdings
schnell wieder unterbrochen. Charly rannte bellend an
ihr vorbei und als Jamie sich zu ihm umdrehte
entdeckte sie Jake. " Charly" rief sie und Charly stoppte
im selben Moment vor Jake und lief zu ihr zurück. Sie
leinte ihn wieder an und dann kam Jake auf sie zu. "
Was gibt es?" fragte sie ihn und schien leicht genervt.
" Ich weiß ich nerve dich, aber ich habe mir Sorgen um
dich gemacht." sagte er und sah sie unruhig an. Jamie
sah, dass es ihm nicht besonders gut ging und schenkte
ihm ein leichtes Lächeln. " Du nervst doch nicht. Alles
ist gut. Mach dir doch einfach nicht immer solche
Sorgen." sagte sie und versuchte sich dabei nichts
anmerken zu lassen. Jake schien erst jetzt
wahrzunehmen, dass Jamie das T-Shirt von Chris trug.

Er sah sie entsetzt an. " Wieso trägst du das?" fragte er sie und sie sah an sich herunter und auf das T-Shirt. " *Mist*" dachte sie und wusste, dass er nicht so leicht abzuschütteln war wie Andy. " Er hat es mir gegeben, weil ich mit meinem Top seine Wunde verbunden habe." sagte sie und sah das er wusste, dass da mehr war. Er sah sie enttäuscht an und sagte nichts mehr. Er wendete sich von ihr ab und ging zurück in das Gebäude." Jake" rief sie noch, aber er zeigte keinerlei Reaktion. " Scheiße" sagte sie und lief Jake hinterher. Charly bellte und lief zusammen mit Jamie Jake nach. " Jake jetzt warte doch. Da war nichts." sagte sie und Jake blieb daraufhin in der Eingangshalle stehen. Er drehte sich zu ihr um und sah sie schweigend an. Jamie sah Nicki und Andy und wie sie vor dem Konferenzraum standen. " Da ist nichts passiert." sagte sie leise und sah ihn fast panisch an. " Das hätte ich echt nicht von dir gedacht." sagte er und wendete sich wieder von ihr ab und ging weiter bis er plötzlich wieder stehen blieb. Chris betrat die Eingangshalle und wollte in den Konferenzraum gehen, aber er blieb ebenfalls stehen und sah Jake an. " Was ist?" fragte er ihn und Jakes Enttäuschung wandelte sich in Eifersucht um. Jamie ging auf Jake zu und stellte sich vor ihn. " Wir hatten das Thema schon. Es ist nichts passiert. Jetzt lass es auch gut sein." sagte sie ernst. Jake wollte gerade auf Chris zu gehen, aber dann kam Quentin zu ihnen. " Wir müssen etwas besprechen." sagte er und Jake wendete seinen Blick wieder von Chris und Jamie ab und ging in den Konferenzraum. Andy und Nicki folgten ihm, aber Chris und Jamie blieben noch kurz vor der Tür stehen. " Was war das jetzt?" fragte er sie, aber sie zuckte nur mit den Schultern und ging dann auch in den Konferenzraum und setzte sich an den großen schwarzen Konferenztisch. Chris setzte sich ebenfalls und sah zu Jake und wusste, dass er etwas wusste. " Ok das war ein anstrengender Tag also mache ich es kurz." sagte er und sah zu allen an dem Tisch und er sah ernst aus. " Wir haben Raley Parker noch nicht gefunden, aber wir werden es sofort erfahren, wenn er versuch sich in eine der Gefängniszellen zu teleportieren. Ich werde morgen in das Gefängnis fahren und mit Marlow sprechen und ich will, dass du mit mir kommst." sagte er und sah zu Jamie. " Wieso ich?" fragte sie ihn und sah etwas verwirrt aus. " Du hast gesagt, dass Raley gesagt hat, dass er nur deinetwegen da war. Und ich will Marlows Reaktion sehen, wenn er dich sieht." sagte er und sah sie zuversichtlich an. Jamie nickte ihm zu und dann beendete Quentin die Besprechung auch schon wieder. Jamie verließ als erste den Konferenzraum und ging sofort auf ihr Zimmer. Sie schloss die Tür und ließ Charly von der Leine. Sie legte sich auf ihr Sofa und starrte an die Zimmerdecke. " *Man was sollte das jetzt schon wieder? Ich hatte doch alles mit ihm geklärt, also wieso regt er sich jetzt so auf?*" fragte sie sich und zerbrach sich dabei den Kopf. Jake war ihr bester Freund und sie wollte, dass es auch so blieb, aber er war da anscheinend anderer Meinung. Jamies Gedanken wurden von Charly unterbrochen. Er lief zu ihrem Fenster und begann zu bellen. " *Chris*" dachte sie und stand auf. Sie ging zu ihrem Fenster und hielt einen Moment inne. " *Soll ich jetzt mit ihm darüber sprechen? Was wenn er nicht reden will?*" fragte sie sich, aber bevor sie eine Antwort fand, öffnete sie auch schon die Schiebetür und trat auf den Balkon hinaus.

Charly lief direkt zu Chris, der ebenfalls auf dem Balkon stand. Chris kniete sich zu Charly herunter und begrüßte ihn als erstes. Dann nahm er auch Jamie war und stand wieder auf. Chris ging ein paar Schritte auf sie zu, aber behielt dennoch etwas Abstand zu ihr. Beide sahen sich bloß an und schienen darauf zu warten, dass einer begann zu sprechen. " Wir sollten…" sagten beide gleichzeitig und lachten kurz. Charly beobachtete die beiden und stellte sich dann hinter Chris. Die beiden standen immer noch wortlos da und sahen sich nur an. Charly gab Chris einen kleinen Schupser und er stolperte nach vorne und Jamie fing ihn auf. Sie hielten sich wieder in den Armen und sahen sich an. Jamie trat noch ein Stück näher an ihn heran und er sank langsam seinen Kopf. Sie fixierten einander und ihre Lippen näherten sich. Chris legte seine linke Hand an ihre Wange und sie berührte mit ihrer rechten Hand seine Brust und fühlte seinen immer schneller werdenden Herzschlag. Sie näherten sich immer mehr, aber dann begann Charly zu bellen. Chris und Jamie wichen voneinander zurück und verfolgten Charly mit ihren Blicken. Er lief auf Jake zu, der ebenfalls auf dem Balkon stand. " Charly " riefen Jamie und Chris gleichzeitig und er stoppte vor Jake, blieb aber vor ihm stehen. Jamie ging auf ihn Jake zu, der wie erstarrt dastand. " Ich wusste es." sagte er und löste sich aus seiner Starre. Er ging ein paar Schritte zurück und wollte wieder in sein Zimmer gehen. " Jake jetzt warte doch" sagte Jamie, aber dann schloss Jake auch schon sein Fenster und zog die Gardinen zu. Jamie stand vor dem geschlossenen Fenster und atmete tief durch. Charly begann wieder zu bellen und zog damit Jamies Aufmerksamkeit auf sich. Sie sah zu

Charly und dann zu Chris, der immer noch dastand. Sie ging ein Stück auf ihn zu und sah ihn wieder an. " Wir sollten reden." sagte er und sah sie ernst an. Jamie nickte ihm bloß zu und näherte sich ihm noch ein kleines Stück. " Aber nicht hier. Ich will nicht das er etwas mitbekommt." sagte sie und er stimmte ihr zu. Sie gingen in sein Zimmer. Er schloss das Fenster und sie stand mitten im Raum. Charly legte sich auf das Sofa und Chris stellte sich zu ihr. Jamie sah zu Chris und beide dachten kurz nach, aber sie wussten beide nicht genau wo sie anfangen sollten. " Was war das? Das in der Hütte." sagte sie und sah ihn fragend an. " Ich würde lügen, wenn ich sagen würde, dass es nur der Moment war." sagte er. Beide schwiegen für einen kurzen Moment und fixierten einander.

Jake saß indes in seinem Zimmer, auf seinem Sofa und dachte nach. Aber er konnte keinen klaren Gedanken fassen, er hatte das Bild von Jamie und Chris im Kopf wie sie sich küssen. Er sprang auf und verließ sein Zimmer. Er stieg in den Fahrstuhl und fuhr auf die dritte Etage. Er lief in den Fitnessbereich und zog sich ein paar Boxhandschuhe an und ließ seinen ganzen Frust an einem der Boxsäcke aus. " Ich glaub das nicht. Da sag ich ihr was ich fühle und sie will stattdessen diesen aufgeblasenen Vollidioten. Wie kann sie mir das nur antun?" fragte er sich und schlug wie wild auf den Boxsack ein. " Ist alles okay bei dir?" fragte ihn Nicki als sie auf ihn zukam. " Bei mir ist nichts okay." sagte er und schlug weiter auf den Boxsack ein. Nicki ging noch etwas auf ihn zu. " Was ist denn passiert?" fragte sie ihn und sah ihn besorgt an. Er stoppte plötzlich und sah sie enttäuscht an. " Ich will nicht darüber sprechen!" sagte er und schlug daraufhin weiter auf den Boxsack ein. Sie sah ihn weiterhin besorgt an. Er wendete sich wieder von dem Boxsack ab und sah zu Nicki. " Ich habe Jamie und Chris eben auf dem Balkon gesehen, wie sie sich fast geküsst haben. Sie wollte noch abstreiten, dass zwischen ihnen etwas ist, aber ich konnte es sehen. Und da ist auch etwas in der Hütte gelaufen. Darauf könnte ich wetten." Er zog seine Handschuhe aus und warf sie durch den Raum. Er trat voller Wut gegen den Boxsack, aber er fühlte sich immer mieser. Nicki sah in mitfühlend an, aber sie wusste nicht was sie sagen sollte. Sie wusste, dass er in Jamie verliebt war, aber sie wusste auch das Jamie sich wohl in Chris verliebt hatte. Das musste jetzt auch Nicki einsehen. " Der verarscht sie doch nur." sagte er und sank an einer Wand zusammen. Nicki setzte sich neben ihn und nahm seine Hand. " Jamie ist erwachsen. Sie weiß was sie tut und wenn sie mit ihm zusammen sein will kannst du nichts dagegen machen." sagte sie mit ruhiger Stimme. " Nein ich kann nicht dabei zusehen wie sie in ihr Verderben läuft." sagte er und sprang im selben Moment auf und lief zum Fahrstuhl. Nicki stand auf und rief ihm noch nach " Du kannst nichts dagegen machen. Lass es gut sein.", aber er war fest entschlossen und nahm Nickis Worte gar nicht mehr wahr." Scheiße" sagte Nicki und lief zum Treppenhaus. Sie lief die Treppen hinunter und auf Jamies Zimmer zu, aber es öffnete niemand. Nicki dachte kurz nach und lief dann zu Chris` Zimmer und klopfte wie wild an die Tür. Chris und Jamie wollten gerade über das Geschehene in der Hütte sprechen, aber das Klopfen unterbrach sie. Chris öffnete die Tür und Nicki stürmte in sein Zimmer und sah Jamie, die im Raum stand. Jamie sah sie verwirrt an " Was ist?" fragte Jamie sie und Nicki schien sehr nervös zu sein. " Jake macht irgendetwas dummes." sagte sie und Jamie bemerkte wie aufgewühlt sie war. " Was ist denn passiert? Was meinst du?" fragte Jamie und schien besorgt. " Er hat mir erzählt, dass er euch auf dem Balkon gesehen hat und dass er weiß, dass zwischen euch etwas läuft. Und er will irgendetwas unternehmen. Ich weiß nicht was." sagte Nicki und wurde mit jedem Wort nur noch nervöser. "Jetzt beruhige dich erst einmal." sagte Chris und legte eine Hand auf ihre Schulter. Nicki sah ihn nervös an und dann zu Jamie. " Hat er recht?" fragte sie sie. Jamie und Chris tauschten einen kurzen Blick aus und sahen dann beide wieder zu Nicki. " Wo ist er hingegangen?" fragte Jamie sie. " Ich weiß nicht. Er ist zum Fahrstuhl gelaufen und ab da, keine Ahnung" sagte sie und machte sich ernste Sorgen, dass Jake etwas Dummes machte. Jamie sah besorgt zu Chris und sagte " Wir müssen ihn finden." " Wir müssen ihn suchen." sagte er und die drei verließen daraufhin sein Zimmer. Sie ließen Charly in Chris` Zimmer und suchten auf den Hubschrauberlandeplätzen und am See, aber sie konnten ihn nicht finden. Sie gingen in den Aufenthaltsraum, wo sie auf Andy trafen. " Hast du Jake gesehen?" fragte Jamie sie und Andy sah, dass etwas nicht stimmte. " Nein. Seit der Besprechung nicht. Was ist denn los?" fragte Andy und sah sie verwirrt an. Jamie sah zu Chris und Nicki. " Wir müssen mit Quentin sprechen." sagte Chris. Jamie und Nicki nickten ihm zu. Sie gingen zu Quentin und Andy folgte ihnen. Sie betraten alle den Konferenzraum und gingen auf Quentin zu. " Kann ich etwas für euch tun?"

fragte er sie und sah alle verwundert an. " Jake ist weg und wir haben Grund zu der Vermutung, dass er etwas Blödes anstellen wird." sagte Jamie und sah Quentin ernst an. " Was für einen Grund hätte er denn?" fragte Quentin sie. Jamie und Chris sahen sich an, aber Nicki übernahm die Erklärung. " Die Kurzfassung. Jake hat sich in Jamie verliebt, aber sie sich nicht in ihn. Jake vermutet, dass jetzt etwas zwischen Jamie und Chris läuft. Er will aber nicht das Jamie von Chris verletzt wird und will etwas unternehmen und seitdem ist er verschwunden." sagte Nicki und holte anschließend tief Luft. Quentin verarbeitete diese Informationen und sah dabei etwas überrascht aus. Jamie und Chris sahen Nicki erstaunt an und sahen dann zu Quentin und warteten auf eine Reaktion. " Ich wusste es." sagte Andy plötzlich und schien sich wirklich sicher zu sein, dass sie Recht hatte und das etwas zwischen Jamie und Chris passiert war. Jamie, Chris und Nicki sahen sie an und Jamie musste leicht schmunzeln. Dann sahen alle wieder zu Quentin. " Was soll ich denn jetzt für euch machen. Ich denke er braucht jetzt erst einmal etwas Zeit für sich. Man erfährt nicht jeden Tag, dass das Mädchen in das man verliebt ist, nicht das gleiche empfindet." sagte er und versuchte alle zu beruhigen. " Aber du kennst doch Jake. Er macht öfters etwas Unüberlegtes. Und er hat ja auch gesagt, dass er etwas unternehmen will." sagte Nicki und drängte Quentin etwas zu unternehmen. Quentin wendete sich an Felix, der an seinem Computer saß. " Würdest du bitte mal das Handy von Jake orten." sagte er und Felix folgte umgehend seiner Bitte. Alle sahen auf den großen Monitor, denn Felix projizierte seine Suche auf den großen Monitor, damit jeder von ihnen zuschauen konnte. " Was macht er denn da?" fragte Jamie und sah ungläubig auf den Monitor. " Er ist in einer Bäckerei." sagte Nicki und sah die anderen verwirrt an. " Nicht irgendeine Bäckerei, sondern die meiner Eltern." sagte Jamie und machte sich jetzt erst recht Sorgen.

Jamie, Chris, Nicki und Andy fuhren zu der Bäckerei von Jamies Eltern. Sie parkten den schwarzen Jeep vor der Bäckerei und stiegen aus. Jamie blieb vor dem Eingang jedoch kurz stehen. " Kommst du klar?" fragte Chris sie und legte seinen linken Arm um sie. Sie sah ihn an und fühlte sich direkt wohler. " Ich schaffe das schon." sagte sie und dann betraten sie die Bäckerei. Doch im Verkaufsbereich konnten sie Jake nicht sehen. " Er kann doch nicht weg sein." sagte Nicki und sah sich noch einmal um. Jamie atmete einmal tief durch und ging auf die Theke zu. " Wo sind meine Eltern?" fragte sie die Aushilfe, die sie daraufhin nach hinten schickte. Jamie ging vor und die anderen folgten ihr. Sie betraten die Backstube und trafen dort auf ihre Eltern und auch auf Jake. " Was machst du hier?" fragte Jamie und ging auf Jake zu. " Wir haben uns Sorgen gemacht." sagte Nicki und ging ebenfalls auf ihn zu. Chris und Andy hielten sich indes im Hintergrund. " Er wollte mit uns sprechen." sagte Jamies Mutter. Jamie sah Jake verständnislos an und sah dann zu ihren Eltern. " Mit euch habe ich nicht gesprochen." sagte sie und wendete sich wieder an Jake. " Rede nicht so mit uns wir sind..." Jamie unterbrach ihren Vater, " Wir sind immer noch deine Eltern. Ich weiß, dass müsst ihr nicht immer wiederholen." sagte sie und sah wieder zu Jake. " Was willst du hier?" fragte Nicki Jake. Jake sah sie ruhig, aber entschlossen an. " Ich wollte nur mit deinen Eltern reden und sie überzeugen, dass es dir ernst ist und dass der Streit zwischen euch sinnlos ist." Nicki verstand nicht, wieso er das getan hatte, aber Jamie wusste es. Jamie ging zurück und stellte sich zu Chris und Andy. Sie drehte sich wieder zu Jake und sah ihn wieder verständnislos, aber auch etwas sauer an. " Du glaubst nicht wirklich, dass ich mich von Chris fern halte nur weil du hier den Streitschlichter spielst oder?" fragte sie ihn und wartete auf eine Reaktion. Jake sah sie aber nur an und wusste nicht was er sagen sollte. " Wie bitte? Ich dachte du machst irgendetwas Blödes um sie für dich zu gewinnen, stattdessen gehst du zu ihren Eltern. Ich habe mir umsonst Sorgen um dich gemacht." sagte Nicki völlig verständnislos. Sie wendete sich von ihm ab und ging ebenfalls zu den anderen. " Verurteilt ihn nicht. Er wollte doch nur helfen." sagte Jamies Mutter. Jamie ging einen Schritt auf sie zu. " Hör auf. Tu nicht so als würde es dich interessieren. Ich weiß nicht was Jake euch erzählt hat und es ist mir auch egal, aber denkt nicht das ich mich für irgendetwas entschuldige. Dafür habe ich wirklich keinen Grund." sagte Jamie und verließ daraufhin die Backstube. Andy und Chris folgten ihr. Nicki blieb noch einen kurzen Moment stehen und sah weiterhin zu Jake. " Ich habe mir wirklich Sorgen um dich gemacht und du machst so etwas. Du kannst Jamie nicht von Chris fernhalten indem du mit ihren Eltern redest. Was hast du dir nur dabei gedacht?" sagte sie und ihr lief eine Träne über ihre Wange. Sie verließ die Backstube und folgte den anderen zu dem Jeep. Jake stand nun in der Backstube und dachte nach. Hat er jetzt seine Freundschaft zu Jamie und Nicki verspielt nur weil er nicht wollte, dass Jamie mit Chris zusammen sein könnte und nicht mit ihm. " Das wird schon wieder. Sie kriegt sich schon wieder ein." sagte Jamies Vater mit einem leichten Zweifeln in seiner Stimme. " Das glaub ich nicht und das solltest du auch nicht glauben. Du siehst doch selber das sie nicht so leicht verzeihen kann." sagte er und wusste, dass er einen Fehler gemacht hatte und verließ schließlich die Bäckerei. Michael und Susanne blieben alleine zurück und versuchten das geschehene zu verstehen. " Wir lagen falsch!" sagte Susanne und Michael sah sie unsicher an. " Sie gibt nicht auf und das macht sie nicht nur um uns etwas zu beweisen" sagte Susanne und wartete auf eine Reaktion ihres Mannes. Michael atmete einmal tief durch. " Was machen wir jetzt nur?" fragte er und die beiden standen ratlos in der Backstube.

Jamie, Chris, Andy und Nicki fuhren mit dem Jeep zurück zum Stützpunkt. Während der gesamten Fahrt sprachen weder Jamie noch Nicki ein Wort. Die beiden waren enttäuscht von Jake und ärgerten sich über seine Aktion. Jamie dachte außerdem an ihre Eltern und daran das sie ihren Fehler noch immer nicht eingesehen hatten. Chris fuhr den Jeep durch das große Tor und auf den Stützpunkt zu. Er parkte den Jeep in der Tiefgarage und alle stiegen aus. " Wie wäre es, wenn wir etwas trinken gehen?" fragte Andy während alle in den Fahrstuhl stiegen. " Ich geh erst einmal nach Charly sehen. Der ist schon die ganze Zeit alleine in meinem Zimmer" sagte Chris und machte sich sofort auf den Weg in sein Zimmer als die Fahrstuhltüren aufgingen. Jamie, Nicki und Andy gingen indes in den Aufenthaltsraum und Nicki und

Andy setzten sich an die Bar. Jamie ging hinter die Bar und stellte vier Gläser bereit und öffnete eine Flasche Tequila. Sie schenkte jedem ein Glas ein und schnitt ein paar Stücke aus einer Limette, die sie aus dem kleinen Kühlschrank geholt hatte. Die Tür des Aufenthaltsraumes öffnete sich und Chris kam zusammen mit Charly herein. Er ließ Charly von der Leine und schickte ihn in die Sitzecke. Charly kam seiner Bitte nach und lief in die Sitzecke, aber er wendete seinen Blick nicht von Jamie ab. Chris setzte sich zu den anderen an die Bar und Jamie schob ihm ein Glas Tequila zu und gab ihm ein Stück der Limette. Und wie in einer fließenden Bewegung leckten sie erst das Salz von ihren Handgelenken, schluckten den Tequila und bissen in die Limette. " Das hat auch nicht geholfen." sagte Jamie und starrte auf die Tequila Flasche. " Ich glaub das einfach nicht. Wieso hat er das nur gemacht? Ich dachte er bringt sich in irgendwelche Schwierigkeiten." begann Nicki und ließ ihre Enttäuschung heraus. Jamie goss jedem noch ein Glas Tequila ein und kippte ihres direkt herunter. " Ich versteh es auch nicht. Er hat doch nicht wirklich gedacht, dass er mir so näher kommt oder?" fragte sich Jamie und sah die anderen verwundert an. " Er ist in dich verknallt, da macht man eben verrückte Dinge." sagte Andy und versuchte so Jamie und Nicki etwas zu besänftigen. " Aber doch nicht sowas. Er hat sich da nicht einzumischen. Das ist eine Sache zwischen meinen Eltern und mir." sagte Jamie entsetzt. " Jetzt beruhigt euch wieder. Er hat etwas Blödes gemacht, aber er ist doch noch immer euer Freund." sagte Chris und sprach seitdem er den Aufenthaltsraum betreten hatte nun zum ersten

Mal. Jamie sah ihn verwirrt an, aber sagte nichts. " *Wieso interessiert er sich denn jetzt für Jake?"* fragte sie sich und sah ihn weiter an. " Du bist doch immer der erste der sich über ihn aufregt, also was ist jetzt bei dir los?" fragte Nicki ihn und sah ihn auch verwirrt an. Chris sah abwechselnd zu Nicki und Jamie. " Ich mein ja nur. Ihr braucht euch nicht so aufzuregen, der macht bestimmt irgendwann noch etwas Blöderes." sagte er und kippte sich anschließend sein noch volles Tequila Glas herunter. Jamie sah noch immer zu Chris, aber bevor sie etwas sagen konnte öffnete sich die Tür und Jake kam herein. Er kam langsam auf die Bar zu und sah etwas schuldbewusst aus. Weder Jamie noch Nicki sagten ein Wort und sie sahen ihn auch nicht an. " Es tut mir leid. Ich weiß nicht wieso ich das gemacht habe." sagte er und stellte sich zu Jamie, hinter die Bar. Sie drehte sich zu ihm und sah ihn an. " Hast du wirklich gedacht, dass wenn du mit ihnen sprichst dann wird alles wieder gut. Es ist meine Entscheidung ob ich mit ihnen sprechen will oder nicht. Ich will nicht das du dich da einmischst." sagte sie und sah ihn einfach verständnislos an. " Ja ich weiß, aber können wir das nicht einfach wieder vergessen?" fragte er sie und sah sie mit flehenden Augen an. Jamie sah ihm in die Augen und erkannte seine Reue, aber sie war noch nicht soweit. " Ich brauche Zeit" sagte sie und ging auf die Tür zu. Charly lief ihr nach und sie verließen zusammen den Aufenthaltsraum. Nachdem Jamie den Raum verlassen hatte, wendete Jake sich zu Nicki und sah sie reumütig an. Ihre Enttäuschung und Wut verschwand aus ihrem Gesicht und sie sah ihn mitfühlend an. " Wenn du noch einmal so etwas machst, dann bring ich dich um." sagte sie und begann etwas zu schmunzeln. Jake schien etwas erleichtert und lächelte Nicki an. " Der Tag ist wirklich nicht der beste." sagte Andy und stand auf. " Ich geh lieber schlafen bevor noch etwas passiert." sagte Andy und verließ daraufhin den Raum. Chris folgte ihr und ging ebenfalls auf sein Zimmer. Er schloss seine Tür hinter sich und atmete einige Male tief durch. Er ging auf sein Fenster zu und sah hinaus. *" Das war ja jetzt irgendwie nichts. Der kommt uns auch immer in die Quere."* dachte er und auch Jamie ging ihm nicht mehr aus dem Kopf. Er legte sich auf sein Bett und versuchte die Ereignisse von diesem Tag zu verarbeiten.

**Kapitel dreizehn**

Jamie lag auf ihrem Sofa und dachte an Jake und ihre Eltern. *" Hat er wirklich geglaubt, dass ich mich in ihn verliebe, wenn er mich wieder mit meinen Eltern versöhnt?"* fragte sie sich und setzt sich wieder auf. Sie ging in ihr Badezimmer und sah sich im Spiegel an und da stellte sie fest, dass sie noch immer das T-Shirt von Chris trug. Sie zog ihr Jacke aus und betrachtete das T-Shirt, also das was noch davon übrig war. Und währenddessen musste sie an Chris denken und das brachte sie zum Lächeln. Sie verließ das Badezimmer und stellte sich vor ihr Fenster. Sie sah hinaus konnte Chris aber nicht sehen und auch Charly schien ihn nicht wahrzunehmen, denn er lag wie erstarrt auf ihrem Bett. Jamie bewegte sich von dem Fenster nicht weg. Sie dachte einfach nach. *" Soll ich rübergehen? Wir hatten unser Gespräch noch nicht beendet. Naja eigentlich hatten wir es noch gar nicht richtig begonnen. Aber was, wenn er gar nicht reden will und*

*ihm das Problem mit Jake eben ganz gelegen kam?"*
fragte sie sich und wurde nervös. Sie wusste, dass sie
Chris mochte, sogar sehr, aber sie wusste nicht was er
fühlte. So stand sie nun einfach vor dem Fenster und
fragte sich was sie machen sollte. Aber ihre Gedanken
wurden unterbrochen. Ihr Magen knurrte und ihr
wurde bewusst, dass sie den ganzen Tag noch nichts
gegessen hatte. Sie ließ Charly auf ihrem Bett zurück
und verließ ihr Zimmer. Sie ging die Treppen hinunter
und auf die Küchentür zu. Als sie die Tür öffnete und in
die Küche trat, bemerkte sie, dass sie nicht alleine war.
Chris stand an der Südinsel und machte sich ein
Sandwich. Jamie atmete einmal tief durch und sah ihn
an. Chris sah sie ebenfalls an und schien auch nicht zu
wissen wie er sich nun verhalten sollte. " Willst du auch
etwas essen?" fragte er sie und dachte im selben
Moment daran, wieso ihm nichts Besseres eingefallen
war. Jamie ging auf ihn zu, aber sie konnte keinen
klaren Gedanken fassen. " Ähm...ja. Ich wollte mir
etwas holen." sagte sie und ging zum Kühlschrank
hinüber. Sie öffnete die Kühlschranktür und merkte
wie nervös sie auf einmal in seiner Gegenwart war.
Chris sah sie an und dachte daran sie jetzt einfach
anzusprechen, aber er wusste nicht was er sagen
sollte. *" Man was ist nur los mit mir? Ich hatte noch nie*
*Schwierigkeiten etwas zu sagen. Jetzt reiß dich mal*
*zusammen."* dachte er und sah weiter zu Jamie. Er
richtete sich auf und drehte sich zu ihr. Jamie atmete
indes noch einmal tief durch und nahm all ihren Mut
zusammen. Sie drehte sich um und sah zu Chris. " Wir
müssen reden!" sagten beide gleichzeitig und mussten
schmunzeln.

Ihre Blicke wichen nicht voneinander ab. Jamie schloss die Kühlschranktür und ging einen Schritt auf Chris zu und auch er kam ein Stück näher. Beide waren nervös und wussten nicht recht was sie sagen sollten. Chris betrachtete sie und bemerkte, dass sie noch immer sein T-Shirt trug und das brachte ihn zum Lächeln. Chris räusperte sich kurz und richtete sich etwas auf. Sie sahen sich tief in die Augen und beide gingen noch ein Stück aufeinander zu. Sie fixierten gegenseitig ihre Blicke. Chris wollte gerade etwas sagen und auch Jamie schien endlich den Mut gefunden zu haben zu sprechen, aber dennoch sagte keiner von ihnen etwas. Plötzlich ging alles ganz schnell. Sie verkleinerten den Abstand zwischen ihnen auf ein Minimum und zogen sich dann gegenseitig aneinander. Dann küssten sie sich leidenschaftlich und die Nervosität beider verschwand.

Sie lösten ihre Lippen wieder zaghaft voneinander, aber sie hielten sich noch immer fest und ließen nicht den kleinsten Abstand zwischen sich zu. Sie sahen sich in die Augen und atmeten die heiße Luft, die zwischen ihnen entstand, ein. " Das war nicht nur ein Moment in dieser Hütte. Ich krieg dich einfach nicht mehr aus dem Kopf." sprach er sanft und leise. Sie sah ihm tief in die Augen und begann zu lächeln. " Ich bekomm dich auch nicht mehr aus meinem Kopf. Ich wusste nur nicht was ich sagen sollte." sagte sie und hatte ein leichtes Lachen in ihrer Stimme. Er begann zu schmunzeln. " Ich war auch nur so sauer, weil ich mir Sorgen um dich gemacht habe. Der Gedanke, dass dir etwas passiert..." sagte er aber sie unterbrach ihn. " Ich versteh das. Ich habe ja auch nur so gehandelt, weil ich nicht wollte das dir etwas passiert." sagte sie und beide sahen sich einen Moment lang schweigend an. Er löste seine rechte Hand von ihrer Hüfte und strich ihr eine Haarsträhne aus ihrem Gesicht und ließ seine Hand auf ihrer Wange ruhen. " Ich will einfach nicht das dir irgendetwas passiert." sagte er leise und sah sie besorgt an. " Mir wird nichts passieren. Du passt doch auf mich auf." sagte sie und lächelte. Er lächelte zurück und sie küssten sich wieder sanft aber leidenschaftlich. Sie lösten sich allerdings plötzlich wieder voneinander, denn beide hörten, dass jemand auf sie zukam. Sie sahen sich noch einmal an und er griff nach ihrer Hand und sie verschwanden schnell aus der Küche. Sie stiegen die Treppen hoch und gingen auf ihr Zimmer zu. Sie öffnete die Tür und Charly kam den beiden direkt entgegen. Chris schloss die Tür und dann griff er wieder nach Jamies Hand und zog sie wieder zu sich. Sie legte ihre Arme um seinen Hals und er legte seine Hände auf ihre Hüfte. Sie sahen sich wieder tief in die Augen und küssten sich. Charly begann zu bellen und sprang wie wild um die beiden herum, aber sie ließen sich keine Sekunde ablenken und ruhten weiterhin in den Armen des anderen.

Einige Zeit später legten sie sich auf Jamies Bett, aber sie ließen einander nicht los. Sie legte sich in seine Arme und er hielt sie fest. " Mach so etwas aber bitte nicht noch einmal." sagte er und sie richtete sich daraufhin etwas auf und sah ihm in die Augen. " Ich habe einfach keine andere Möglichkeit gesehen. Ich wollte nicht, dass jemandem etwas passiert und es hat ja auch eigentlich nur wegen dir funktioniert." sagte sie und nun richtete sich auch Chris etwas auf und er sah Jamie fragend an. " Wie meinst du das denn jetzt? Wieso hat es nur wegen mir funktioniert?" fragte er und daraufhin setzte sich Jamie auf und Chris tat es dir nach. " Weißt du noch das erste Mal als mein Kraftfeld erschienen ist?" begann sie und Chris sah sie aufmerksam an. " Du hast mich vor dieser Kugel geschützt und als ich daran dachte, dass du nun verletzt werden würdest, ist das Kraftfeld entstanden. Und als wir zusammen trainiert haben, habe ich nur an das Gefühl gedacht, dass ich hatte als ich dachte, dass dir etwas passiert." sagte sie und betrachtete dann Chris. Sein fragender Gesichtsausdruck verschwand und er lächelte sie sanft an. Er strich ihr mit seiner rechten Hand über ihre Wange und nahm anschließend ihre Hand. Er beugte sich zu ihr und küsste sie sanft. Bevor er wieder vollständig zurückwich, flüsterte er ihr noch etwas zu. " Es tut mir leid." sagte er und lehnte sich wieder zurück. Nun hatte Jamie einen leicht fragenden Gesichtsausdruck. " Ich hätte nicht so reagieren dürfen. Nur den Gedanken dich zu verlieren, konnte ich einfach nicht ertragen. Ich will einfach nicht, dass dir irgendetwas passiert." sagte er und sie schenkte ihm ein sanftes Lächeln. Sie legten sich wieder hin und hielten sich gegenseitig fest. Die Wut, die sie aufeinander hatten war vollständig verschwunden. Sie waren beide einfach nur froh, dass sie sich hatte und den Streit wollten sie nur noch hinter sich lassen.

Am nächsten Morgen wachte Jamie in den Armen von Chris auf und auch Charly hatte sich zu ihnen auf das Bett gelegt. " Der war wohl neidisch." sagte Chris und Jamie drehte sich zu ihm. Er sah zu ihr und küsste sie.

Charly richtete sich auf und begann zu bellen. " Gefällt dir das jetzt doch nicht?" fragte Jamie und sah zu Charly. Jamie und Chris lachten kurz und sahen sich dann wieder an. " Ich will nicht aufstehen." jammerte Jamie und Chris lächelte sie an. " Ich würde auch am liebsten liegen bleiben, aber du weißt es bleibt nicht unbemerkt, wenn wir beide beim Training fehlen." sagte er und klang leicht frustriert. Sie kuschelten sich noch etwas zusammen und nahmen sich noch einen kleinen Moment für sich. " Es gibt da aber noch eine kleine Sache." sagte Jamie und sie sah ihn etwas bedrückt an. " Ich weiß was du meinst." sagte er und strich ihr die Haare aus dem Gesicht. " Ich würde es ja am liebsten allen sagen, aber ich denke wir sollte noch etwas warten bis sich die Lage mit Jake etwas beruhigt hat." sagte sie und hoffte ihn damit nicht verletzt zu haben. Aber er sah sie zustimmend an. " Ich versteh das. Es ist im Moment nicht ganz einfach mit ihm. Und so sind wir noch etwas ungestört, wenn die anderen das erfahren haben wir keine freie Minute mehr." sagte er und Jamie schmunzelte. " Aber was mir nicht gefällt ist das wir jetzt aufstehen müssen." sagte er und sah sie betrübt an. Sie beugte sich über ihn und küsste ihn. " Wir müssen jetzt los." sagte sie und stand wiederwillig auf. Er sprang aus dem Bett und stellte sich hinter sie. Er umarmte sie und sie drehte ihren Kopf zu ihm und er küsste sie. " Du machst es mir wirklich schwer." sagte sie und er küsste sie erneut. " Wir können doch auch einmal etwas zu spät zum Training kommen." sagte er und lächelte sie an. Sie drehte sich zu ihm um und legte ihre Arme um seinen Oberkörper. " Ich denke da hat niemand etwas gegen." sagte sie und sie küssten sich lang und leidenschaftlich.

Währenddessen machte sich Jake schon früh für sein Training fertig. Er konnte die vergangene Nacht nicht gut schlafen und musste die ganze Zeit an Jamie denken und wie er sie verletzt hatte. Es war ein schwieriges Thema, wenn es um ihre Eltern ging und er hatte nicht richtig nachgedacht. Er wollte Jamie für sich gewinnen, aber er hat es auf die falsche Art und Weise versucht. Er hatte die vergangene Nacht damit verbracht darüber nachzudenken wie er Jamie für sich gewinnen konnte. Er musste eine andere Möglichkeit finden, aber zuerst musste sie ihm verzeihen. Er fuhr mit dem Fahrstuhl auf die dritte Etage und begann sein tägliches Training. Andy und Nicki kamen einige Minuten später dazu und auch Chris begann sein Training, aber Jamie war nicht bei ihm. Jamie begann ihr Training an diesem Morgen mit Charly. Sie lief mit ihm einige Kilometer über das Gelände. Die vergangenen Tage war Charly alleine gewesen und konnte sich dadurch nicht richtig auspowern und das holte Jamie nun mit ihm nach, da auch ihre Wunde soweit verheilt war, dass sie mit ihrem Training wieder anfangen konnte. Eine Stunde lang lief Jamie zusammen mit Charly über das Gelände bis sie ihn schließlich in die Hundeschule brachte und sich ihrem weiteren Training widmete. Sie fuhr mit dem Fahrstuhl auf die dritte Etage und trat in den Fitnessbereich wo sie auf Andy, Nicki, Chris und Jake traf. Jake versuchte sie nicht anzusehen und ihr ihren Freiraum zulassen, aber das funktionierte nicht vollständig. Er sah immer mal wieder zu ihr. Jamie ging indes zu Andy, die gerade zu den Gewichten gehen wollte. " Na gut geschlafen? Du siehst ausgeruht aus." sagte Andy und hatte ein höhnisches Lächeln in ihrem Gesicht. " Ja ich habe wirklich sehr gut geschlafen." antwortete Jamie ihr und versuchte dabei nicht zu Chris zu sehen. Andy legte sich auf die Hantelbank und Jamie stand hinter ihr, um ihr Hilfestellung zu geben. Aber Andy lächelte sie weiterhin an. " Ich wüsste zu gerne was dir gerade durch den Kopf geht." sagte Jamie schmunzelnd. Aber Andy antwortete ihr nicht, sondern lächelte sie weiterhin einfach nur an. Während Jamie und Andy sich auf der Hantelbank abwechselten, musste Jamie immer mal wieder zu Chris sehen und das brachte sie zum Lächeln, aber sie musste aufpassen, dass sie keiner dabei erwischte. Besonders nicht Jake. Jamies Handy klingelte und so unterbrach sie das Training mit Andy. Sie sah auf ihr Handy und las die Nachricht von Quentin. " Showtime" sagte Jamie und sah noch einmal zu Chris bevor sie die Etage verließ. Er lächelte sie an, aber sah dennoch etwas besorgt aus. Aber letztlich verschwand sie und ging auf ihr Zimmer. Sie stieg unter die Dusche, aber sie hatte keine Zeit um über alles Mögliche nachzudenken. Sie musste sich beeilen und machte sich schnell fertig um dann zusammen mit Quentin in das Gefängnis zu fahren um mit Marlow zu sprechen.

Quentin wartete vor dem Konferenzraum auf Jamie und als sie endlich kam, verloren sie keine Zeit. Sie stiegen umgehend in seinen weißen Audi Q7 und fuhren zu dem Gefängnis. " Und was genau soll ich jetzt machen?" fragte Jamie und sah Quentin fragend an. Quentin behielt seinen Blick auf der Straße. " Ich werde zu Beginn mit ihm alleine sprechen. Du wartest währenddessen vor der Tür und ich werde dich dann später dazu holen. Ich will herausfinden was er mit dir

vor hat und wie er reagiert, wenn er dich dann sieht."
sagte Quentin und Jamie wendete ihren Blick
daraufhin wieder von ihm ab. Sie sah auf die Straße
und dachte dabei nach. Sie dachte an Marlow und
seine Bodyguards und was er wohl mit ihr vorhatte
und wieso sie ihm anscheinend so wichtig war. Sie
dachte aber außerdem noch an Quentin und das er,
seit er wusste, dass Marlow etwas mit ihr vorhatte,
irgendwie abweisender war und Abstand zu ihr hielt.
Die restliche Fahrt verbrachten sie schweigend.
Quentins Gesichtsausdruck wurde ernster je näher sie
dem Gefängnis kamen. Letztlich parkte er seinen
weißen Audi Q7 vor dem Besuchereingang des
Gefängnisses und sie stiegen aus. Sie betraten das
Gefängnis und wurden von einem uniformierten
Aufseher zu dem Raum, indem sich Marlow unter
Beobachtung befand, geleitet. Quentin stand vor der
Tür und vergewisserte sich das Jamie erst
hereinkommen wird, wenn er sie darum bat. Sie stellte
sich ein kleines Stück weit weg von der Tür, sodass
Marlow sie nicht sehen konnte, wenn Quentin die Tür
öffnete. Quentin sah noch einmal zu Jamie und beide
nickten sich zu. Dann öffnete Quentin die Tür und
betrat den Raum.

Marlow saß mit verschränkten Armen auf seinem Stuhl
und sah Quentin abschätzig an. Quentin gab dem
Aufseher in dem Raum ein Zeichen, sodass dieser den
Raum verließ. Quentin setzte sich auf den Stuhl
gegenüber von Marlow und sah ihn ernst an, aber
sagte erstmal nichts. Marlow richtete sich etwas auf
und faltete seine Hände auf dem Tisch zusammen, der
zwischen ihm und Quentin stand. " Willst du

kontrollieren ob ich wirklich noch hier bin oder freust du dich einfach mich zu sehen?" sagte Marlow und lächelte Quentin abschätzig an. Quentin bewegte sich nicht, sondern blieb wie erstarrt vor ihm sitzen. " Zuerst dachte ich du willst mit den Bomben ein Zeichen setzten und der Welt damit zeigen, dass du dich für etwas besseres hälst, aber seit deiner letzten Aktion bin ich mir da nicht mehr so sicher." sagte Quentin und wartete Marlows Reaktion ab. Marlows Lächeln verschwand. " Du hast es immer noch nicht herausgefunden oder? Hast du sie denn noch nicht gefunden? Denn auch wenn ich hier drinnen sitze, werden meine Befehle ausgeführt. Ich weiß, dass du nicht alle meiner Handlanger geschnappt hast und deswegen bist du doch hier. Du willst wissen wohin er sie gebracht hat oder?" fragte Marlow ihn und begann leicht zu schmunzeln. " Wen soll ich denn deiner Meinung nachsuchen?" entgegnete Quentin ihm und sah wie sich sein Gesichtsausdruck wieder verzog. " Ich weiß, dass du meinen Teleporter nicht geschnappt hast und er hatte einen klaren Auftrag. Also wieso fragst du jetzt so etwas. Du weißt genau wen ich meine." sagte er und versuchte so die Oberhand in diesem Gespräch zu erlangen, aber Quentin hatte noch einen Trumpf im Ärmel. Quentin sah Marlow bloß an und sagte nichts, aber er sah wie Marlow nachdachte und langsam nervös wurde. " Wieso war die Bombe in dem Gebäude und nicht bei der Filmpremiere?" fragte Quentin ihn und wartete auf eine Antwort. Marlow dachte aber immer noch nach und brauchte einen Moment um alles zu verarbeiten. Er sah Quentin wieder an und wurde ernster. " Du weißt wirklich nicht wieso ich mir ausgerechnet sie geholt habe oder? Aber dann frage ich mich wieso du sie so dringend finden willst und deswegen hier bei mir bist. Du kommst doch nur zu mir, weil du erfahren willst wo die Kleine ist, aber ich werde es dir nicht verraten. Du kommst schon selber darauf wieso sie so einen Wert für mich hat." sagte er und lehnte sich auf dem Stuhl zurück und lächelte ihn höhnisch an. Quentin dachte einen Moment lang nach. Er dachte an Jamie und was Marlow wohl über sie wusste, aber er unterbrach seine eigenen Gedanken damit Marlow nicht dachte, dass er ihn verunsichert hatte. Quentin sah Marlow ernst an und stand dann auf. Er ging langsam auf die Tür zu. " Habe ich einen wunden Nerv getroffen?" fragte Marlow und begann zu lachen. Quentin öffnete die Tür und plötzlich verstummte Marlows lachen wieder und er saß geschockt auf seinem Stuhl als er Jamie sah. " Das ist unmöglich" sagte er und fand keine weiteren Worte. Jamie betrat den Raum und Quentin schloss die Tür. Er ging auf die gegenüberliegende Wand zu und nahm sich den Stuhl, der in der Ecke stand. Jamie setzte sich indes auf den Stuhl auf dem Quentin zuvor gesessen hatte und sah zu Quentin, der mit dem Stuhl auf sie zukam. Er setzte sich neben sie und sah zu Marlow. Jamie richtete ihren Blick ebenfalls auf Marlow, der noch immer etwas geschockt auf seinem Stuhl saß. " Willst du mir jetzt verraten, was du mit ihr vorhattest?" fragte Quentin ihn und sein Blick strahlte Ernsthaftigkeit aus, aber Marlow sah weiterhin zu Jamie. Sie warteten einen Moment bis Marlow alles realisiert hatte. Sein Gesichtsausdruck wechselte von geschockt zu entsetzt. Er wendete seinen Blick von Jamie ab und sah wieder zu Quentin, der ihn noch immer ernst ansah. "

Wie habt ihr das gemacht?" fragte Marlow und schien die Welt nicht mehr zu verstehen. " Du denkst doch nicht wirklich, dass meine ausgebildeten Agents sich so einfach entführen lassen oder? Du könnest ihnen wirklich mehr zutrauen. Aber du hast meine Frage noch nicht beantwortet. Was hattest du mit ihr vor?" drängte Quentin ihn und wurde langsam ungeduldig. Marlow sah wieder zu Jamie und hielt kurz inne. " Hat er es dir eigentlich gesagt?" fragte er sie, aber sie antwortete ihm nicht. Marlow hatte auf einmal wieder ein höhnisches Grinsen in seinem Gesicht und er sah wieder zu Quentin. " Ach Bruderherz, hast du es ihr nicht erzählt?" fragte er ihn und durchdrang ihn mit seinem Blick. Marlow wendete sich wieder an Jamie. " Dass du mein Bruder bist wissen meine Agents. Ich habe keine Geheimnisse vor ihnen. So etwas nennt sich Vertrauen." sagte Quentin und versuchte so Marlows Aufmerksamkeit wieder auf sich zu lenken, aber dieser wendete seinen Blick nicht mehr von Jamie ab. Jamie sah indes zu Quentin und fragte sich was sie nun machen sollte. Sie sah Quentins Blick und richtete ihre Aufmerksamkeit wieder zu Marlow. " Verraten sie es mir. Wieso sollte ihr toller Teleporter ausgerechnet mich entführen?" fragte sie ihn und fixierte seinen Blick. " Das mit den Geheimnissen ist so eine Sache. Wenn man etwas verheimlicht von dem man selber noch gar nichts weiß." sagte Marlow und sah daraufhin wieder zu Quentin. " Familie ist auch ein echtes Mysterium nicht wahr? Manchmal weiß man gar nicht wer alles zu seiner Familie gehört." Marlow sah abwechselnd zu Quentin und Jamie und musterte beide dabei langsam. Jamie und Quentin behielten ihre Blicke auf Marlow, aber beide wussten nicht worauf er hinauswollte. Marlow richtete seinen Blick letztendlich wieder voll und ganz auf Jamie. " Es ist traurig, wenn man erst so spät erfährt wer zu seiner Familie gehört. Da verliert man so viel Zeit. Aber ich bin wirklich froh das du deinen Vater endlich kennengelernt hast." sagte Marlow und wartete ihre Reaktionen ab. Jamie saß wie in einer Schockstarre auf ihrem Stuhl und brachte kein Wort heraus. Quentin stand ruckartig auf. " Das Gespräch ist beendet." sagte er und gab Jamie einen kleinen Ruck. Sie stand auf und beide verließen den Raum. Quentin schickte den Aufseher wieder herein, aber bevor dieser die Tür schloss rief Marlow ihnen noch etwas zu. " Darf ich meine Nichte denn nicht kennenlernen?" sagte er und begann zu lachen. Der Aufseher schloss die Tür und Jamie stand sprachlos vor Quentin. " Komm wie fahren." war alles was er sagte und ein weiterer Aufseher begleitete sie nach draußen. Sie stiegen in den weißen Audi Q7 und keiner sprach auch nur ein Wort.

Quentin fuhr den weißen Audi Q7 in die Tiefgarage des Stützpunktes und parkte den Wagen. Sie stiegen aus und gingen auf den Fahrstuhl zu. Noch immer sprach keiner von ihnen ein Wort. Die Fahrstuhltüren öffneten sich und sie stiegen ein. " Was hat er bitte gemeint?" fragte Jamie und schien nun alles etwas verarbeitet zu haben. " Ich weiß es nicht. Vielleicht will er uns einfach in die Irre führen" sagte er, aber schien unsicher. Die Fahrstuhltüren öffneten sich und die beiden wurden in der Eingangshalle schon erwartet. Andy, Chris, Nicki und Jake warteten vor dem Konferenzraum. " Wie ist es gelaufen?" fragte Andy und sah beide neugierig an. Jamie und Quentin tauschten einen kurzen Blick aus. Beide waren verunsichert und wussten nicht was sie sagen sollten. " Wir werden später darüber sprechen. Ihr habt den restlichen Tag frei." sagte Quentin und betrat den Konferenzraum und schloss die Tür hinter sich. " Was ist denn mit dem los?" fragte Nicki und alle sahen fragend zu Jamie. Jamie konnte keinen klaren Gedanken fassen und lief schließlich ohne ein Wort weg. Sie lief auf ihr Zimmer und warf die Tür hinter sich zu. Sie legte sich auf ihr Bett und starrte gegen die Zimmerdecke. Die anderen standen unterdessen noch immer vor dem Konferenzraum und waren völlig verwirrt. " Was ist da bloß passiert?" fragte sich Andy und sah die anderen fragend an. " Das erfahren wir nachher schon noch" sagte Chris und ließ die anderen daraufhin alleine. Er ging auf sein Zimmer und auf direkten Wegen auf den Balkon. Er ging zu Jamies Fenster und klopfte sanft an. Jamie stand langsam auf und öffnete die Schiebetür. Chris stand vor ihr und sah sie besorgt an. " Was ist passiert?" fragte er sie, aber sie wusste es selber noch nicht genau. Sie setzte sich auf ihr Bett und er setzte sich zu ihr und legte seinen linken Arm um sie. " Marlow hat da etwas gesagt, aber das kann überhaupt nicht stimmen. Das ist unmöglich." sagte sie und war völlig verwirrt. " Was hat Marlow gesagt?" fragte er sie mit sanfter Stimme. Jamie sah ihn an und überlegte kurz. " Er hat gesagt, wie schön es ist, wenn man nach so langer Zeit endlich seinen Vater kennenlernt." sagte sie und wusste noch immer nicht was sie mit dieser Aussage anfangen sollte. " Wie jetzt? Marlow soll dein Vater sein." fragte er verwundert. " Das dachte ich auch zuerst, aber dann bevor wir gegangen sind fragte er noch wieso er seine Nichte nicht kennenlernen dürfe." Jamie legte ihren Kopf auf Chris´ Schulter und er strich ihr mit seiner anderen Hand die Haare aus dem Gesicht. Chris sagte nichts mehr. Er merkte wie Jamie diese Nachricht zusetzte und wollte nun einfach für sie da sein. Er hielt sie fest in seinen Armen und sie versuchte alles zu verarbeiten. Aber dann sprang sie plötzlich auf und Chris sah sie verwundert an. " Das kann doch gar nicht sein. Denn das müsste ja heißen, dass meine Eltern mich adoptiert haben. Und das ist doch verrückt oder?" Jamie wollte sich selber überzeugen, aber sie war einfach verunsichert. " Das wird sich schon alles aufklären." sagte Chris. Er stand auf und nahm sie in den Arm. Sie hielt ihn fest und war einfach froh ihn jetzt zu haben.

Quentin stand indes vor dem großen Monitor im Konferenzraum und dachte nach. Er dachte an Jamie und daran, dass sie vielleicht doch seine Tochter sein könnte. Er ging im Kopf die Zeit durch zu der Jamie geboren wurde und dachte daran was er zu dieser Zeit gemacht hatte. Jamie war mittlerweile zwanzig Jahre alt und Quentin war vor zwanzig Jahren noch nicht verheiratet gewesen. Er hatte eine feste Beziehung, aber zu der Zeit zu der Jamie geboren wurde, hatte er sich schon von ihr getrennt. Quentin war nervös und wusste nicht was er von Marlows Aussage halten sollte. Er wendete seinen Blick von dem großen Monitor ab und ging zu Felix, der wie immer an seinem Computer saß. " Ich möchte, dass du jemanden überprüfst. Ich will das du herausfindest ob diese Person vor zwanzig Jahren ein Kind bekommen hat und wo diese Person sich jetzt befindet." sagte er und Felix hörte ihm aufmerksam zu. " Ihr Name ist Zoe Barns. Sie war Forschungsassistentin in einer militärischen Einrichtung zu der Zeit." sagte er und Felix machte sich sofort auf die Suche. Quentin lief im Raum nervös auf und ab. Bis Felix etwas herausfand. " Ich habe etwas gefunden." sagte er und Quentin lief direkt zu ihm und sah auf den Bildschirm. Er erkannte sie auf dem Foto. Dunkelblonde lange Haare und blaue Augen. " Das ist sie" sagte er und bei ihrem Anblick wurde er nur noch nervöser. " Ich habe leider keine guten Nachrichten. Zoe Barns ist vor knapp zwanzig Jahren bei einem Verkehrsunfall gestorben." sagte Felix und wartete kurz bis Quentin diese Information verarbeitet hatte. " Und? Hatte sie ein Kind?" fragte er ihn und atmete tief durch. Felix sah wieder auf den Bildschirm. " Sie hinterließ eine sechs Monate alte Tochter, Jamie, die wenig später adoptiert wurde." sagte er und sah wieder zu Quentin, der geschockt vor ihm stand. Er wollte es verstehen, aber er konnte es einfach nicht richtig begreifen. Er richtete sich wieder zu Felix und wurde wieder ernster. " Von wem wurde sie adoptiert?" fragte er. Felix sah wieder auf seinen Monitor und dann wieder zu Quentin. " Von Michael und Susanne Weigl." Quentin stürmte aus dem Konferenzraum und lief auf die Krankenstation und ging auf direktem Wege zum Doc. " Was kann ich für dich tun?" fragte der Doc ihn als Quentin in sein Büro stürmte. " Ich brauche einen Vaterschaftstest, aber niemand darf etwas davon erfahren." sagte er und der Doc sah wie nervös Quentin war. Der Doc stand auf und ging auf Quentin zu. " Was ist passiert?" fragte er ihn. Quentin sah ihn ernst, aber auch beunruhigt an. "

Mach es einfach bitte, ohne Fragen zu stellen." Der Doc sah ihn verwundert an. " Um wen geht es denn?" fragte er. Quentin atmete kurz durch. Er hatte einen riesen Kloß im Hals." Du musst herausfinden ob ich der Vater von..." er hielt kurz inne. " Ob ich der Vater von Jamie bin." sagte er schließlich und sah in das erschrockene Gesicht vom Doc. Er sah wie nervös Quentin war und ging zu einem Wandschrank. Er holte ein Set mit einer Spritze heraus und ging wieder auf Quentin zu. " Von Jamie habe ich noch eine Blutprobe, die habe ich bei ihrer letzten OP entnommen. Jetzt brauche ich nur noch eine von dir." sagte er und Quentin zögerte kurz. Der Gedanke, dass Jamie seine Tochter war, machte ihm etwas Angst, aber dann machte er seinen rechten Arm frei. Der Doc entnahm ihm etwas Blut und versicherte Quentin, dass er ihm sofort Bescheid sagen würde, wenn er etwas herausfinde. Daraufhin verließ Quentin das Büro vom Doc und ging zurück in den Konferenzraum und versuchte sich durch die Arbeit etwas abzulenken. Denn sie hatten den Teleporter noch immer nicht gefunden.

Jamie und Chris hatten sich währenddessen auf ihr Bett gelegt und er hielt sie weiterhin fest.
Jamie konnte mittlerweile alles verarbeiten und hatte sich wieder beruhigt. Chris war nicht eine
Sekunde von ihrer Seite gewichen und das tat ihr gut.
Sie fühlte sich wohl in seiner Nähe. " Kann es denn sein, dass deine Eltern dich adoptiert haben?" fragte Chris sie und behielt eine beruhigende Stimme bei. "
Ich kann mir das irgendwie nicht vorstellen. Aber wenn sie es getan hätten, verstehe ich nicht wieso sie mir in

zwanzig Jahren nicht einmal davon erzählt haben."
sagte sie, aber sie blieb weiterhin ruhig. " Das wird sich
schon alles aufklären. Quentin wird dem nachgehen.
Marlow mag zwar sein Bruder sein, aber das bedeutet
nicht das er die Wahrheit sagt." Jamie stütze sich
etwas auf und sah Chris an. " Danke" sagte sie und sah
ihn weiter an. " Wofür?" fragte er und lächelte. " Das
du für mich da bist." Chris richtete sich auf und legte
seine rechte Hand an ihre Wange und sah ihr tief in die
Augen. " Wie du schon sagtest, ich pass immer auf dich
auf. Ich bin da, wenn etwas ist." sagte er und sie
lächelte ihn an. Sie küssten sich und sanken
gemeinsam auf das Bett zurück. Er beugte sich über sie
und sie zog ihn näher zu sich. Ihre Lippen trennten sich
nicht mehr voneinander. Ihre Küsse waren lang und
leidenschaftlich. Seine linke Hand wanderte an ihrem
Körper entlang und er schob langsam ihr Shirt hoch.
Sie griff sein T-Shirt und zog es ihm aus. Ihre Hände
wanderten über seine Muskeln und in einer fließenden
Bewegung drehten sie sich, sodass Jamie die obere
Position einnahm. Sie richtete sich auf und er folgte
ihr. Er zog ihr das Shirt aus und presste seinen
Oberkörper an ihren. In einer ruckartigen Bewegung
legte er sie wieder auf das Bett und legte sich auf sie.
Ihre Hände glitten, über seinen muskulösen
Oberkörper, zu seiner Hose. Seine Lippen lösten sich
von ihren und er begann ihren Hals zu küssen. Seine
Hand wandere über ihre Brust bis hin zu ihrer Hose. Er
richtete sich auf und zog ihr langsam ihre Hose aus. Er
berührte sie zärtlich und strich ihr mit der Hand über
ihr Bein, ihren Bauch und ihre Brust. Bis er wieder auf
ihr lag und sie leidenschaftlich küsste. Jamie umfasste
seinen Oberkörper und zog ihn zu sich und mit ihren

Telekinese Fähigkeiten zog sie ihm die Hose aus, was ihr ein kleines Schmunzeln von ihm einbrachte. Aber sie zog ihn wieder an sich und küsste ihn. Mit einem Ruck übernahm sie wieder die obere Position, aber sie löste ihren Körper nicht von seinem. Er öffnete ihren BH und im selben Moment flog dieser durch das Zimmer. Sie gaben sich ihrer Leidenschaft vollkommen hin. Alles um sie herum war vergessen. Sie spürten nur noch einander und die Hitze, die zwischen ihnen entstand.

Indes untersuchte der Doc die beiden Blutproben von Jamie und Quentin. Dieser Vaterschaftstest hatte nun für den Doc Priorität und er arbeitete solange daran bis er ein Ergebnis hatte. Die Zeit verging bis er in den Konferenzraum trat. Quentin sah ihn und seine Nervosität nahm mit jedem Schritt, den der Doc auf ihn zu machte, zu. " Sag es mir." sagte Quentin und der Kloß in seinem Hals wurde größer. " Ich habe mich beeilt, weil ich weiß, wie wichtig dir das Ganze ist. Und ich habe ein Ergebnis." sagte der Doc und hielt einen Moment lang inne. Aber er sah, dass Quentin es nicht mehr länger aushalten konnte. " Ich kann dir mit Sicherheit sagen, dass Jamie deine biologische Tochter ist." Quentin erstarrte und brachte kein Wort heraus. " Quentin? Geht es dir gut? Willst du dich setzen?" fragte der Doc ihn, aber seine Fragen blieben unbeantwortet. Quentin stand einfach nur da und sagte nichts. Doch der Doc ließ ihn nicht alleine. Er dachte, dass Quentins Reaktion ganz normal war, denn man erfährt nicht jeden Tag, dass man eine zwanzig Jahre alte Tochter hat. Quentin kam wieder etwas zu sich und er sah den Doc völlig verwirrt an. " Meine Tochter? Was mache ich jetzt bitte?" fragte er sich und setzte sich auf einen der Drehstühle am Konferenztisch. Der Doc setzte sich neben ihn und sah ihn zuversichtlich an. " Als erstes musst du es ihr sagen. Sie hat ein Recht es zu erfahren." sagte er und versuchte Quentin beizustehen. " Wie sag ich ihr bitte, dass ihre Eltern nicht ihre richtigen Eltern sind. Sie wusste doch auch nichts von einer Adoption." sagte Quentin und zerbrach sich dabei seinen Kopf. Er wusste nicht was er Jamie sagen sollte.

Jamie und Chris lagen währenddessen verschwitzt und eng umschlungen im Bett. " Geht´s dir jetzt besser?" fragte Chris sie lachend und auch sie begann zu lachen. " Ein wenig." sagte sie ironisch und lächelte ihn an. Er zog sie wieder so nah wie möglich zu sich und küsste sie lang und leidenschaftlich. " Dann müssen wir es noch einmal versuchen." sagte er und grinste von einem Ohr bis zum anderen, aber bevor sie sich erneut küssen konnten, klopfte es an ihrer Tür. " Wer ist das denn jetzt?" fragte Jamie sich und sah Chris fragend an. Sie zog sich schnell ihre Unterwäsche an und dann zog sie sich Chris´ T-Shirt über. Chris blieb unterdessen im Bett liegen. Jamie ging zur Tür und öffnete sie. Sie erschrak kurz und auch Quentin wendete seinen Blick von ihr ab. Er drehte ihr den Rücken zu und sagte " Wir müssen uns unterhalten. Könntest du gleich in den Konferenzraum kommen? Wenn es geht?" fragte er sie peinlich berührt. " Geb mir zwei Minuten." sagte sie und er ging schnell wieder. Jamie schloss die Tür und sah verlegen zu Chris, der zu lachen begann. " Das ist nicht witzig." sagte sie und musste schmunzeln. Sie zog sich ihre Klamotten an während Chris noch immer in ihrem Bett lag. " Soll ich mitkommen?" fragte er sie und sah sie etwas besorgt an. Sie stieg auf das Bett und setzte sich auf seinen Schoß. Sie legte ihre Hände auf seinen nackten Oberkörper und küsste ihn. " Du bleibst wo du bist. Ich bin gleich wieder da." sagte sie und sprang wieder vom Bett. Sie lief zur Tür und verließ das Zimmer.

Auf dem Weg zum Konferenzraum musste Jamie an ihre Eltern denken und dass das Marlow gesagt hatte. Sie stellte sich die verschiedensten Fragen. Ist Quentin vielleicht wirklich ihr Vater? Wurde sie adoptiert? Aber sie hatte auf keine dieser Fragen eine Antwort. Sie stand vor der Tür des Konferenzraumes und atmete einmal tief durch. Sie öffnete schließlich die Tür und betrat den Konferenzraum. Wo Quentin schon auf sie wartete. Sie setzten sich an den großen Tisch und Quentin sah sie ernst an. Auch wenn er noch nichts gesagt hatte, wusste sie was los war. " Ich habe eben mit dem Doc gesprochen. Und ich habe ihn gebeten einen Vaterschaftstest durchzuführen, denn das was Marlow gesagt hatte ließ mir keine Ruhe." sagte er und wartete einen kurzen Moment. " Er ist positiv oder?" fragte sie ihn zögerlich. Quentin hielt einen kurzen Moment lang inne und sah sie nervös an. " Ja, der Test ist positiv. Ich weiß nicht wie Marlow das herausgefunden hat, aber er hat recht." sagte er und sie sah wie nervös er war. Beide schwiegen einen Moment und er ließ ihr Zeit um alles zu verarbeiten. " Wie ist denn das alles möglich? Und wer ist dann bitte meine leibliche Mutter?" fragte sie ihn und sah ihn neugierig, aber auch beunruhigt an. Quentin sah sie ernst an und wusste nicht wie er es ihr sagen sollte. Aber ihr Blick wurde ernster und er wusste, dass er ihr nichts verheimlichen durfte. " Ich habe deine Mutter in einer militärischen Einrichtung kennengelernt. Dort war sie als Forschungsassistentin angestellt und ich hatte gerade meinen ersten Auslandseinsatz beendet. Deine Mutter hieß Zoe Barns." sagte er und sie konnte den Kloß in seinem Hals hören. Sie nahm sich eine Minute und dachte über alles nach. " Und was ist mit ihr passiert? Wieso hat sie mich weggegeben?" fragte sie und nun hatte auch sie einen riesen Kloß im Hals. Quentin sah sie nachdenklich an. " Sie ist bei einem Autounfall gestorben als du gerade sechs Monate alt warst. Wenn ich gewusst hätte, dass sie schwanger war als wir uns getrennte haben, wäre ich da gewesen und hätte mich um dich kümmern können, aber sie hatte mir nichts von ihrer Schwangerschaft erzählt." sagte er und hoffte, dass sie nicht enttäuscht von ihm war. " Ich glaub das nicht." sagte sie und versuchte alles zu verstehen. " Das war jetzt alles etwas viel für dich. Wenn du dir ein paar Tage frei nehmen willst ist das ok. Ich verstehe das." sagte er und fühlte sich selbst nicht ganz wohl. " Nein, ich brauch nur einen Moment." sagte sie und sah ihn nachdenklich an." Ist es ok, wenn ich..." sagte sie und deutete auf die Tür des Konferenzraumes, aber noch bevor sie ihren Satz beenden konnte, sprach Quentin. " Natürlich. Nimm dir die Zeit die du brauchst." sagte er und klang dabei noch äußerst nervös. Sie stand auf und er folgte ihr mit seinem Blick. Sie verließ den Konferenzraum und ließ einen aufgewühlten Quentin zurück. Auf dem Weg zu ihrem Zimmer traf sie auf Jake. " Hey, ist alles in Ordnung bei dir?" fragte er sie und war besorgt. Er sah, dass es ihr nicht gut ging. " Alles gut. Ich will nur alleine sein." sagte sie und verschwand auch schon wieder. Sie ging auf ihr Zimmer und nachdem sie ihre Tür geschlossen hatte, atmete sie einmal tief durch. Chris, der es mittlerweile geschafft hatte sich eine Hose anzuziehen, kam auf sie zu. Er sah Jamie an und wusste es. Er nahm sie in den Arm und sie hielt sich fest. " Ich glaub das einfach nicht." sagte sie und versuchte weiterhin alles zu verstehen. Chris sagte nichts. Er hielt sie einfach nur in seinen Armen und wollte für sie da sein. Chris blieb die gesamte Nacht bei ihr. Er wollte sie jetzt nicht alleine lassen. Jamie war völlig verwirrt, aber sie konnte schließlich in seinen Armen etwas Ruhe finden.

**Kapitel vierzehn**

Am nächsten Morgen wachte Chris in einem leeren Bett auf. Er stand auf und zog sich seine Klamotten an, dann verließ er Jamies Zimmer und ging in sein eigenes. Er wusste, dass Jamie jetzt einen Moment für sich alleine brauchte. Er zog sich seine Sportsachen an und ging dann zum Fahrstuhl und fuhr auf die dritte Etage. Die Fahrstuhltüren öffneten sich und er ging auf den Fitnessbereich zu, wo er Jamie sah, die auf einen der Boxsäcke einschlug. Er ging langsam auf sie zu und Jamie wendete sich von dem Boxsack ab und sah Chris an. " Ich konnte nicht richtig schlafen." sagte sie und klang etwas betrübt. Chris legte seine Hände an ihre Hüfte und zog sie etwas an sich heran. " Kann ich mir vorstellen. Du hast gestern auch einiges erfahren." sagte er und sie legte ihre Arme um seinen Oberkörper. Doch dann wichen beide plötzlich voneinander weg, denn sie hörten wie jemand auf sie zukam. " Na vielleicht erfahren wir jetzt etwas." sagte Andy zu Nicki und Jake als sie den Fitnessbereich betraten. Die drei gingen auf Jamie und Chris zu. " Guten Morgen" sagte Andy und musterte Jamie und Chris kurz. " Hey" sagte Jamie und fühlte sich sichtlich unwohl. " Was war gestern? Ist etwas passiert?" fragte Nicki neugierig. Jamie sah kurz zu Chris und dann wieder zu den anderen. " Das werdet ihr schon noch erfahren. Mir steht es nicht zu euch etwas zu erzählen." sagte Jamie und wendete sich wieder von ihnen ab und begann wieder auf den Boxsack einzuschlagen. Chris ging hinüber zu den Gewichten, aber er behielt Jamie und die anderen immer im Auge. Er wollte nicht, dass die anderen Jamie bedrängten. Sie musste erst noch alles verarbeiten bis sie darüber sprechen konnte. Andy, Nicki und Jake begannen nun auch ihr Training, aber ihre Neugierde wuchs mit jeder Minute in der Jamie ihnen nichts erzählte. Während ihres gesamten Trainings dachte Jamie an Quentin und ihre Eltern. Sie konnte es einfach noch nicht richtig glauben. Quentin war ihr leiblicher Vater und ihre Eltern hatten ihr nichts von einer Adoption erzählt. Sie brach ihr Training letztendlich ab und stieg in den Fahrstuhl. Andy und Nicki sahen sich verwirrt an und auch Jake verstand nicht was mit ihr los war. Früher hatten sich die beiden alles erzählt, aber jetzt verstand Jake seine beste Freundin nicht mehr. Chris wartete kurz ab und verschwand dann unmerklich. Jamie ging unterdessen in ihr Zimmer und stieg unter die Dusche. Sie schloss ihre Augen und versuchte einen klaren Kopf zu bekommen, aber es funktionierte nicht. Es war noch zu viel unklar. Sie öffnete ihre Augen und drehte das

Wasser wieder ab. Sie trocknete sich wieder ab und zog sich ihre Klamotten an. Sie nahm ihre Jacke und wollte gerade gehen bis es plötzlich an ihrer Tür klopfte. Sie ging zur Tür und hielt einen Moment inne. Sie hoffte das nicht Andy, Nicki oder Jake vor ihrer Tür standen. Sie wollte nicht schon wieder mit Fragen durchlöchert werden. Sie riss sich wieder zusammen und öffnete die Tür und sie schien erleichtert als sie Chris vor ihr stehen sah. " Wo willst du hin?" fragte er sie. " Ich muss da etwas klären. Aber das muss ich alleine machen ok?" fragte sie ihn und hoffte, dass er es verstehen würde. Chris sah sie an und begann leicht zu lächeln. " Wenn etwas ist meldest du dich ok?" fragte er sie und sah sie zuversichtlich an. Sie schloss ihre Zimmertür und gab ihm einen sanften Kuss auf die Wange. Sie ließ ihn alleine und fuhr mit dem Fahrstuhl in die Tiefgarage, wo sie in einen olivgrünen Jeep stieg. Sie fuhr los und verließ den Stützpunkt.

Indes machte sich Chris auf den Weg in die Hundeschule, wo Charly die vergangene Nacht verbrachte hatte. Chris wollte sichergehen, dass es ihm gut ging und auch das die Pfleger mit ihm zurechtkamen. Auf dem Weg zur Hundeschule ging Chris durch die Eingangshalle und dort traf er auf Quentin. Chris sah, dass es ihm nicht besonders gut ging. So wie Jamie, musste er jetzt erst einmal mit dieser neuen Situation klarkommen. " Ist alles in Ordnung bei dir?" fragte Chris als er auf Quentin zuging. Quentin sah ihn an und schien unsicher. " Mir geht es soweit gut. Wie geht es Jamie? Kommt sie mit allem klar?" fragte er ihn und schien besorgt um sie zu sein. " Sie verarbeitet noch alles, aber sie bekommt das alles schon hin. Und was ist mit dir? Das ist doch auch nicht so einfach für dich." sagte er. Quentin schien etwas überfordert. " Ehrlich gesagt weiß ich nicht was ich jetzt machen soll. Ich weiß nicht wie ich mit ihr umgehen soll und ich muss mir auch noch überlegen wie ich es meiner Frau erkläre." sagte er und wurde nervös. " Ich wüsste an deiner Stelle auch nicht was ich jetzt machen sollte, aber mach dir nicht so einen Druck. Du musst das alles erst einmal selber verstehen. Gönn dir eine Pause und denk in Ruhe über alles nach." sagte Chris in einem beruhigenden Tonfall. Quentin sah ihn an und schien sich leicht zu beruhigen. Er nickte ihm zu und verschwand dann. Chris stand wieder alleine in der Eingangshalle und machte sich wieder auf den Weg zu Charly.

Jamie parkte indes den olivgrünen Jeep und atmete noch einmal tief durch. Sie stieg aus und betrat den Gehweg, blieb jedoch kurz stehen und dachte nach. " *Ich geh da jetzt einfach rein. Ich bekomm das schon irgendwie hin.* " dachte sie und versuchte sich selbst etwas Mut zuzusprechen. Sie betrat die Bäckerei ihrer Eltern und bevor sie sich umsehen konnte lief Ben auf sie zu und umarmte sie. " Hey, was machst du denn hier. Hast du kein Fußballtraining?" fragte Jamie und Ben stellte sich mit einem breiten Grinsen vor sie. " Das Training wurde verschoben. Was machst du denn hier? Habt ihr euch vertragen?" fragte er sie neugierig. Jamie sah ihn an und zwang sich ein Lächeln ins Gesicht. " Ich muss kurz mit den beiden sprechen. Wie wäre es, wenn du dir einen Cupcake holst und wartest. Es dauert auch nicht lange." sagte sie und lächelte ihn weiter an. Er lief zur Theke und suchte sich einen

Cupcake aus. Jamie atmete einmal tief durch und ging auf die Backstube zu. Mit jedem Schritt wurde sie langsamer und auch nervöser, aber sie wusste, dass sie mit ihren Eltern sprechen musste. Sie betrat die Backstube und sah ihren Vater, wie er ein paar Cupcakes verzierte, aber als er Jamie sah ließ er alles stehen und kam auf sie zu. Er wollte sie umarmen, aber sie wich zurück. " Es tut mir leid. Ich will mich nicht mehr streiten." sagte er und sah sie traurig an. Jamie sah ihn an und wurde nur noch nervöser. " Ich bin nicht deswegen hier. Ich muss mit euch beiden sprechen." sagte sie und versuchte so ernst wie möglich zu klingen. " Deine Mutter ist oben." sagte er und klang etwas enttäuscht. Sie gingen wortlos nach oben und betraten das Büro. Jamies Mutter sprang auf und ging auf Jamie zu. " Schön dich zu sehen." sagte sie und hoffte auf eine Aussprache mit ihrer Tochter. " Ich muss mit euch sprechen." sagte Jamie und setzte sich auf einen der Stühle, die vor dem Schreibtisch standen. Ihre Mutter setzte sich hinter ihren Schreibtisch und sah sie nervös, aber aufmerksam an. Ihr Vater setzte sich neben sie und schien immer nervöser zu werden. Jamie sah beide ernst an und atmete noch einmal tief ein. Sie wendete ihren Blick von ihnen ab und sah auf ihre Hände. " Ich will jetzt eine ehrliche Antwort von euch." sagte sie und sah wieder zu ihren Eltern, die sie aufmerksam, aber fragend ansahen. " Wieso habt ihr mir nie erzählt, dass ich adoptiert bin?" fragte sie sie und wartete eine Reaktion ihrer Eltern ab. Ihre Eltern warfen sich einen verunsicherten Blick zu. Keiner von ihnen brachte ein Wort heraus. Ihre

Mutter sah sie zaghaft an. " Wie hast du es herausgefunden?" fragte sie. " Das spielt keine Rolle. Ich will wissen wieso ihr mir nichts davon gesagt habt." sagte Jamie und wurde etwas sauer. " Du bist und bleibst unsere Tochter. Wir hatten Angst dir etwas davon zu erzählen. Angst vor deiner Reaktion." sagte ihr Vater und sah sie nervös an. " Ihr hättet ehrlich sein müssen. In zwanzig Jahren habt ihr es nicht einmal geschafft mir zu sagen, dass ich adoptiert bin. Ich versteh euch nicht." sagte Jamie und stand auf. Sie ging im Raum auf und ab. " Ja wir hätten dir etwas sagen müssen, aber kannst du uns nicht auch etwas verstehen?" fragte ihr Vater und stand ebenfalls auf. Jamie richtete sich zu ihm und sah ihn verständnislos an. " Und du hattest es doch auch gut bei uns." sagte ihre Mutter. " Wisst ihr es ist schon schlimm genug, dass ihr mich in meinem Job nicht unterstützt, aber jetzt zu erfahren, dass ihr mich zwanzig Jahre lang belogen habt. Ich versteh euch einfach nicht mehr." sagte Jamie während ihr eine Träne über ihre Wange lief. Ihr Vater ging auf sie zu und legte seine linke Hand auf ihre Schulter. " Ja wir hätten ehrlich sein sollen, aber das lässt sich jetzt nicht mehr ändern. Kannst du uns verzeihen. Wir lieben dich doch und wollen dich nicht verlieren." sagte ihr Vater und sah sie mit flehenden Augen an. Ihre Mutter stand auf und kam hinter ihrem Schreibtisch hervor und ging auf Jamie zu. " Du bist unsere Tochter und nichts wird etwas daran ändern. Und wir wollen uns nicht mehr mit dir streiten. Wenn du mit deiner Arbeit glücklich bist, sind wir es auch. Es tut und wirklich leid, dass wir dir nichts von der Adoption erzählt haben." sagte ihre Mutter und sah sie betrübt an. Jamie sah abwechselnd zu ihrer

Mutter und ihrem Vater. " Ich kann das jetzt nicht." sagte sie und wich von ihnen zurück. Jamie ging auf die Tür zu, aber bevor sie das Büro verließ sah sie noch einmal zu ihren Eltern. " Ich brauche Zeit." sagte sie und verschwand dann. Sie lief aus der Bäckerei heraus, stieg in den Jeep und fuhr los. Ihre Eltern liefen ihr nach und sahen nur noch wie sie wegfuhr. " Was habt ihr gemacht? Wieso ist sie abgehauen?" fragte Ben, der aus der Bäckerei kam und auf seine Eltern zuging. " Wir haben Mist gebaut." sagte Jamies Vater und sie gingen wortlos in die Bäckerei zurück.

Jamie fuhr zurück zum Stützpunkt und war vollkommen durcheinander. Sie parkte den Jeep in der Tiefgarage und stieg in den Fahrstuhl. Sie fuhr nach oben und als sich die Fahrstuhltüren wieder öffneten trat sie in die Eingangshalle, wo sie auf Chris und Andy traf. Chris sah direkt, dass es ihr nicht gut ging und auch Andy schien etwas beunruhigt. Jamie sah Chris an und ging auf ihn zu. Er kam ihr entgegen und sie lief in seine Arme. Er hielt sie fest, sagte jedoch nichts. Jake und Nicki kamen auch in die Eingangshalle und sahen Jamie in Chris´ Armen. Andy signalisierte ihnen, dass sie nichts sagen sollten und die beiden sahen wie besorgt Andy aussah. Nicki und Jake gingen zu Andy und sahen sie fragend an. " Was ist passiert?" fragte Nicki flüsternd. " Ich weiß nicht. Sie hat nichts gesagt." sagte Andy leise und sah weiter zu Jamie und Chris. " Du warst bei deinen Eltern oder?" fragte Chris sie leise. Sie sagte jedoch nichts, sie nickte nur und hielt sich an ihm fest. Er streichelte ihr über den Rücke und küsste ihre Stirn. Und dieser Anblick versetzte Jake einen Stich ins Herz. Er wendete sich von Jamie und Chris ab und Nicki ging auf ihn zu. " Ich weiß das ist scheiße, aber da ist etwas passiert und sie braucht uns jetzt. Uns alle." sagte Nicki leise, aber ernst. Jake sah sie an und sie sah wie verletzt er war. " Sollen wir nach oben gehen?" fragte Chris und Jamie sah ihn an, aber bevor sie etwas sagen konnte öffneten sich die Türen des Konferenzraumes und Quentin trat heraus. " Was ist denn hier los?" fragte er und sah alle verwundert an. Jamie löste sich langsam aus Chris´ Umarmung, aber entfernte sich nicht vollständig von ihm. Quentin sah sie besorgt an. " Ich würde gerne noch einmal mit dir sprechen." sagte er und bat sie in den Konferenzraum. Jamie sah zu Chris und dann wieder zu Quentin. " Ich warte hier." sagte Chris und lächelte sie an. Jamie sah wieder zu Chris und nickte ihm zu. Sie ließ ihn los und betrat den Konferenzraum. Quentin schloss die Tür hinter ihr und sie setzten sich an den großen Tisch. " Ist alles in Ordnung?" fragte er. " Ich war gerade bei meinen Eltern. Ich wollte wissen wieso sie mir nie etwas von einer Adoption erzählt haben, aber sie konnten mir keine richtige Antwort geben." sagte sie etwas zögerlich. " Das fällt ihnen bestimmt auch nicht so leicht." sagte er und versuchte sie etwas zu beruhigen. " Das ist auch alles ganz schön verrückt oder?" fragte sie und musste schmunzeln. Quentin lächelte sie an und auch er hatte alles etwas verarbeiten können. Aber er wurde wieder etwas ernster. " Hätte ich gewusst, dass du..." sagte er, aber Jamie unterbrach ihn. Sie legte ihre Hand auf seine und sah ihn lächelnd an. " Ich weiß." war alles was sie sagte, aber es schien ihm zu helfen. " Wir sollten den anderen hier von erzählen. Geheimnisse sind nicht gut." sagte Jamie und Quentin nickte ihr zu. Er stand auf und ging zur Tür des Konferenzraumes. Sie standen noch alle in der Eingangshalle und Quentin bat sie herein. Chris setzte sich neben Jamie und nahm ihre Hand. " Ist alles ok bei euch?" fragte er und sie sah ihn zuversichtlich an. " Es ist noch immer ganz schön verwirrend, aber wir bekommen das schon hin." sagte sie und lächelte ihn an. Die anderen hatten sich nun auch an dem Tisch eingefunden und Quentin setzte sich neben Jamie und sah die anderen ernst, aber dennoch nervös an. Jake konnte seine Eifersucht nicht verbergen. Er versuchte sie zu ignorieren, aber es gelang ihm nicht vollständig, er sah immer wieder zu Jamie und Chris und das wühlte ihn nur noch mehr auf. " Ihr hab sicherlich gemerkt das etwas geschehen ist, nachdem wir bei Marlow im Gefängnis waren und wir wollen es euch nun nicht länger verheimlichen." sagte Quentin und sah zu Jamie. Sie nickte ihm zu und er fuhr fort. " Marlow hat etwas gesagt und dem mussten wir erst einmal nachgehen und daraufhin habe ich unseren Doc gebeten einen Test durchzuführen. Ich weiß nicht wie Marlow es herausgefunden hat, aber ich werde dem nachgehen." sagte er und sah in zwei neugierige Gesichter. Jake sah weiterhin zu Jamie und Chris und konnte sich dadurch nicht richtig auf Quentin konzentrieren. Quentin hielt einen Moment inne und sammelte seine Gedanken. " Es hat sich herausgestellte, dass Jamie ..." er zögerte kurz und sah wieder zu Jamie und sie sah, dass es ihm nicht leichtfiel. " Es hat sich herausgestellt, dass Quentin mein Vater ist." sagte Jamie kurz und knapp und Quentin schien erleichtert, dass sie es ausgesprochen hatte. " Was!?" sagte Andy und sah geschockt zu Jamie und Quentin. " Wie ist das denn möglich? Wissen deine Eltern davon?" fragte Jake und schien seine Eifersucht kurz vergessen zu haben. Jamie atmete kurz durch. " Die haben sie doch dann adoptiert. Dann müssen sie es doch wissen." sagte Andy und sah Jake verwirrt an. " Ich weiß, dass ihr jetzt einige Fragen habt, aber belasst es für heute dabei. Es war ein anstrengender Tag. Wir klären alles Weitere morgen." sagte Quentin. Er sah zu Jamie und wollte sich vergewissern, dass es ihr gut ging. Sie nickte ihm bloß zu und dann verließ sie zusammen mit Chris den Konferenzraum. Andy folgte ihnen.

" Ich wusste es." sagte Andy und lächelte die beiden mit erhobenen Augenbrauen an. Chris und Jamie sahen sich kurz an und richteten ihren Blick dann wieder auf Andy. " Ich wusste, dass es zwischen euch gefunkt hat." sagte Andy und ließ die beiden wieder alleine. Jamie und Chris holten Charly aus der Hundeschule und gingen mit ihm nach draußen. Jamie ließ Charly von der Leine und Chris warf ihm einen Ball zu. Jamie schloss ihre Augen für einen kurzen Moment und atmete tief durch. Chris legte seinen linken Arm um sie und sie öffnete ihre Augen wieder. Sie drehte sich zu ihm und legte ihre Arme um seinen Oberkörper. Er strich ihr mit seiner rechten Hand, eine Strähne aus dem Gesicht und ließ seine Hand dann auf ihrer Wange ruhen. Sie sahen sich tief in die Augen. " Jetzt sind wir aufgeflogen." sagte Chris und begann zu schmunzeln. " Andy hätte es so oder so irgendwie erfahren." sagte sie und begann auch zu schmunzeln. Chris sank seinen Kopf und küsste sie sanft. Er löste seine Lippen zaghaft von ihren und sah sie wieder an. " Danke" sagte sie und er lächelte sie bloß an. " Wenn man bedenkt unter welchen Umständen wir uns kennengelernt haben, ist es ein kleines Wunder das wir jetzt hier so stehen." sagte sie und lachte kurz und auch er konnte sich ein kurzes Lachen nicht verkneifen. " Wir sind halt nicht gewöhnlich, also wieso sollte uns etwas Gewöhnliches passieren?" sagte er und küsste sie erneut. Aber ihr Kuss wurde unterbrochen. Jamies Handy klingelte. Sie sah auf ihr Handy und sah, dass ihr Vater sie anrief. " Ich habe doch gesagt, dass ich etwas Zeit brauche." sagte sie, aber dennoch nahm sie den Anruf entgegen. Während des Telefonates sah Chris wie Jamies Gesichtsausdruck immer ernster wurde und er wusste, dass etwas nicht stimmte. Jamie beendete den Anruf und sah verunsichert zu Chris. " Ben ist abgehauen." sagte sie besorgt. " Charly" rief er und nahm ihn an die Leine, nachdem er zu ihnen gelaufen war. Sie liefen zurück in das Gebäude. " Was ist los?" fragte Nicki, die mit Jake in der Eingangshalle saß. " Ben ist weg." sagte sie und sah zu Jake, der auf die zukam. " Dann lass ihn uns suchen." sagte Jake und versuchte seine Eifersucht zu vergessen, denn er wusste, dass Ben jetzt wichtiger war. Sie fuhren mit dem Fahrstuhl in die Tiefgarage. Chris und Jamie gingen zu dem olivgrünen Jeep und Charly sprang auf die Rückbank. Jamie und Chris stiegen ein und fuhren sofort los. Nicki und Jake stiegen in einen schwarzen Jeep und folgten ihnen.

Chris saß am Steuer des Jeeps und Jamie wies ihn an, zuerst zu dem Fußballplatz zufahren, auf dem Ben immer trainierte. Die Fahrt dauerte eine viertel Stunde und Chris parkte den Jeep neben dem Fußballfeld. Noch bevor er den Motor ausgestellt hatte, stieg Jamie aus und lief auf das Fußballfeld zu. Sie sah sich um, aber Ben war nicht zusehen. Jake, Nicki, Chris und Charly liefen zu Jamie, die mitten auf dem Fußballfeld stand. " Wo können wir noch suchen?" fragte Nicki und Jamie überlegte. "Im Park. Da wo wir immer mit ihm waren." sagte Jake und Jamie sah ihn hoffnungsvoll an. Sie liefen alle zurück zu den Jeeps und fuhren zu dem nahe gelegenen Park. Zehn Minuten später parkten sie die Jeeps und gingen in den Park. Sie suchten Ben auf einem der Spielplätze, wo Jamie immer mit ihm war und dann suchten sie ihn an dem See. Jamie begann einen leichten Sprint. Sie lief auf eine Bank zu, die vor dem See stand und sah Ben. " Was machst du hier?" fragte sie ihn und nahm ihn in den Arm. Nachdem sie ihn wieder losgelassen hatte, sah sie ihn besorgt an. Jake, Nicki, und Chris kamen auch dazu und Ben dachte zum ersten Mal daran, was er da eigentlich getan hatte. " Ich will nicht mehr das ihr euch streitet." sagte er und begann beinahe zu weinen. Jamie nahm ihn noch einmal in den Arm und er hielt sich an ihr fest. " Unser Streit hat doch nichts mit dir zu tun. Du kannst doch nicht einfach weglaufen. Ich habe mir Sorgen gemacht." sagte Jamie und ließ ihn wieder los. Ben sah sie betrübt an. " Tut mir leid." sagte er und sie strich ihm durch seine Haare. " Versprich mir, dass du nie wieder wegläufst." sagte sie und sah ihn mahnend an. Er nickte ihr zu und umarmte sie. " Los komm mit. ich bring dich wieder zu ihnen, die machen sich auch große Sorgen um dich." sagte sie und er ließ sie wieder los. " Aber nicht mehr streiten ok?" fragte er sie und sie sah wie ihn das alles mitgenommen hatte. Jamie stand von der Bank auf und reichte ihm ihre Hand. Er nahm ihre Hand und sie gingen mit den anderen zu den Jeeps. Auf dem Weg zu den Jeeps sah Ben Jake fragend an. " Und was ist mit dir los?" fragte er ihn und Jake sah ihn verwundert an. " Was meinst du?" entgegnete er ihm. " Du siehst traurig aus. Ist was passiert?" fragte Ben weiter und bemerkte, dass Jake kurz zu Jamie sah. " Nein, alles ist okay." sagte er und sah wieder zu Jamie. Sie waren nun an den Jeeps angekommen und Jamie und Chris bemerkten, dass Charly noch im Wagen war. Jamie ging mit Ben ein Stück zurück und Chris öffnete die hintere Tür des Jeeps. Charly sprang heraus und Chris griff nach seiner Leine. Ben schreckte zurück. Eigentlich mochte er Hunde, aber Charly machte ihm etwas Angst. " Keine Sorge, der tut dir nichts." sagte Jamie und lächelte ihn beruhigend an. " Ich setzt mich nach hinten zu Charly und du nach vorne zu Chris ok?" fragte sie ihn und er nickte zaghaft. Chris reichte Jamie die Leine und er stieg zusammen mit Ben in den Jeep. Jamie wand sich zu Jake und Nicki. " Danke, dass ihr mit gesucht habt." sagte sie und Nicki lächelte sie an. " Das ist doch selbstverständlich." sagte Jake und Jamie sah ihn erleichtert an. " Wir sehen uns nachher auf dem Stützpunkt." sagte sie und wies Charly an zurück in den Jeep zu gehen. Er kam ihrer Bitte nach und bevor Jamie einstieg sah sie noch einmal zu Jake und lächelte ihn an. Sie schloss die Tür und Chris fuhr los. Während der Fahrt sprach Ben kaum ein Wort. Er sah immer mal wieder zaghaft auf die Rückbank, aber wenn er Charly sah schreckte er immer wieder zurück. " Du brauchst dir keine Sorgen machen, der sieht nur beängstigend aus, aber eigentlich ist er ganz lieb." sagte Chris und Ben sah ihn mit weit aufgerissenen Augen an, aber er begann leicht zu lächeln. Jamie sah im Rückspiegel wie

Chris lächelte und sie war froh ihn jetzt dabei zu haben. Zehn Minuten später parkte Chris den Jeep vor der Bäckerei von Jamies Eltern und Ben sah leicht verunsichert zu Jamie. " Keine Angst. Dir passiert nichts." sagte Jamie in einem beruhigenden Tonfall. Dann stiegen Ben und Chris aus. Chris hielt Jamie die Tür auf und sie hielt die Leine von Charly stramm, der bereits aus dem Jeep gesprungen war. Jamie folgte ihm und Chris schloss die Tür. " Soll ich mit ihm hier warten?" fragte Chris und deutete dabei auf Charly. Jamie dachte einen kurzen Moment lang nach und begann zu schmunzeln. " Wenn er dabei ist, werden die beiden wenigstens nicht laut." sagte sie und Chris musste kurz lachen. Jamie hielt die Leine weiterhin stramm und ging zusammen mit Charly, Ben und Chris in die Bäckerei. Sobald sie in der Bäckerei eintrafen, liefen ihre Eltern ihnen auch schon entgegen und Charly begann lauthals zu bellen. Chris kniete sich zu ihm herunter um ihn zu beruhigen. Susanne umarmte Ben, nachdem Charly sie nicht mehr anbellte und auch Michael war froh seinen Sohn zu sehen. " Was machst du denn für Sachen? Du kannst doch nicht einfach weglaufen." sagte Susanne und sah Ben besorgt an. " Ich wollte einfach das ihr euch nicht mehr streitet." sagte er und war den Tränen wieder nahe. Jamie legte ihm eine Hand auf seine Schulter und er beruhigte sich wieder etwas. " Aber das ist doch kein Grund um einfach wegzulaufen." sagte Michael. " Kommt wir gehen nach oben, da können wir dann alle Mal miteinander sprechen ok?" schlug Michael vor und sah dabei zu Jamie. Sie sah zu Chris und er sah sie zuversichtlich an. " Soll ich hier warten?" fragte er sie. " Würde es dir etwas ausmachen mitzukommen?"

fragte sie ihn und er sah, dass sie das nicht alleine machen wollte. Er nickte ihr leicht zu und dann begaben sie sich alle in die obere Etage, in das Büro der Bäckerei. Susanne und Michael nahmen, zusammen mit Ben auf dem Sofa platz, das gegenüber von der Eingangstür stand. Jamie und Chris blieben zusammen mit Charly stehen und ließen etwas Abstand zwischen ihnen und dem Sofa. " Also vertragt ihr euch jetzt alle wieder?" fragte Ben und schien noch immer traurig zu sein. Jamie gab Chris die Leine von Charly und ging auf Ben zu. Sie kniete sich vor ihm hin und sah ihn ernst an. " Wenn wir uns streiten hat das nichts mit dir zu tun. Menschen streiten nun mal ab und zu, aber das geht auch irgendwann wieder vorbei. Denk nicht zu viel darüber nach." sagte sie und versuchte ihn zu beruhigen. " Aber ich versteh nicht wieso ihr streitet. Was ist denn passiert?" fragte er und alle merkten, dass er nicht so schnell von einem Thema abzubringen war. Jamie sah zu ihren Eltern und stand dann auf. Sie sah zu Chris und er ging ein kleines Stück auf sie zu. Jamie sah wieder zu Ben. " Das kann doch nicht alles wegen deinem Job sein." sagte er und Jamie wusste, dass sie es ihm sagen mussten. Sie kniete sich wieder zu ihm herunter und sah ihn ernst an. " Ich habe da etwas herausgefunden und das musste ich erst verarbeiten." sagte sie und sah zu ihren Eltern. " Weißt du, bevor deine Schwester geboren wurde, haben wir uns sehnlichst ein Kind gewünscht, aber wir hatten damit einige Schwierigkeiten." begann Susanne und sah zu Jamie. " Wir haben Jamie adoptiert." sagte Michael und auch er sah zu Jamie. " Adoptiert? Ich versteh das nicht. Bin ich auch adoptiert?" fragte Ben und schien völlig verwirrt zu sein. " Nein, du bist nicht adoptiert. Wir haben damals geglaubt, dass wir keine eigenen Kinder bekommen können, aber da wir nicht einfach aufgeben wollten haben wir deine Schwester adoptiert. Aber dann, vor acht Jahren, hat es dann doch funktioniert und wir haben dich bekommen." sagte Susanne und versuchte Ben alles verständlich zu machen. " Aber sie ist und bleibt deine Schwester, egal wie sie zu uns gekommen ist. Wir lieben euch beide und das wird sich auch niemals ändern. Auch wenn wir uns mal streiten. " sagte Michael und nahm dabei Jamies Hand. Jamie und ihre Eltern standen auf und umarmten sich. " Es tut uns wirklich leid." flüsterte Michael und Jamie spürte Erleichterung. Sie lösten die Umarmung wieder und Ben stand auf. Er nahm Jamie fest in den Arm. " Ich habe dich lieb." sagte er und sie küsste ihn auf seine Stirn. Sie lösten die Umarmung wieder und Jamie sah Ben an. " Wenn wieder etwas ist, dann sagst du Bescheid und kein Weglaufen mehr." Ben nickte ihr zu und sie ging zurück zu Chris und er legte seinen rechten Arm um sie. " Wir müssen jetzt los, aber wir sehen uns bald wieder ok." sagte Jamie und dann ging sie zusammen mit Chris und Charly zurück zum Jeep. " Und wie geht es dir jetzt?" fragte Chris und lächelte sie an. Sie sah ihn an und drückte sich noch etwas mehr an ihn heran. " Wirklich gut." Sie standen vor dem Jeep und hielten sich gegenseitig fest. Sie küssten sich und standen noch einen Moment einfach nur da und hielten sich fest. Charly holte beide, mit seinem Bellen, wieder in die Realität zurück und sie stiegen in den Jeep. Sie fuhren zurück zum Stützpunkt und Jamie fühlte sich wieder wohler und auch der Gedanke, dass Quentin ihr leiblicher Vater war, bereitete ihr keine so großen Sorgen mehr.

Zurück auf dem Stützpunkt, wurden sie schon von Jake, Nicki und Andy erwartet. " Ist alles wieder gut?" fragte Jake als Chris und Jamie, zusammen mit Charly, die Eingangshalle betraten. " Wir haben mit ihm gesprochen und alles geklärt." antwortete Jamie und alle schienen erleichtert. " Kann ich dich mal sprechen?" fragte Jamie Jake. Er sah sie zunächst verwundert an. " Klar." sagte er schließlich und sah dann fragend zu Nicki. Jamie gab Chris die Leine von Charly und sagte, " Wir sehen uns gleich ok?". Chris nickte ihr zu, aber er schien doch etwas verwirrt. Er und Jake waren keine wirklichen Freunde, viel mehr lebten sie nur nebeneinander her, aber sie waren sich in einem Punkt einig. Sie wollten Jamie für sich haben. Chris fühlte sich dabei nicht wohl, Jamie und Jake alleine zulassen, aber er ließ sich nichts anmerken. Jamie ging zusammen mit Jake auf einen der Hubschrauberlandeplätze um ungestört reden zu können.

Sie nahm sich einen kurzen Moment und dachte darüber nach, wie sie jetzt genau anfangen sollte. " Was ist denn los?" fragte er sie. Sie starrte auf den See hinaus und dachte weiter nach. Dann wendete sie sich zu ihm und sah ihn ernst an. " Ich habe mich jetzt soweit mit meinen Eltern vertragen, aber es gibt da noch etwas, dass ich klären muss." sagte sie und wartete einen kurzen Moment. " Was musst du denn noch klären?" fragte er sie und schien dabei etwas nervös zu werden. " Mir gefällt nicht wie es sich zwischen uns entwickelt hat. Du bist doch mein bester Freund, aber in letzter Zeit kam es mir nicht so vor." sagte sie und sah ihn betrübt an. " Ich will das ja auch nicht, aber das ist alles auch nicht ganz einfach für mich. Du weißt wie ich fühle." sagte er und ging einen Schritt auf sie zu. " Ich will einfach nur meinen Freund wiederhaben." sagte sie und sah ihn weiter an, ging jedoch nicht auf ihn zu. "Wir bekommen das schon irgendwie hin. Ich will dich ja auch nicht verlieren, aber sei mir nicht böse, wenn ich mir nicht ansehen kann wie du mit Chris zusammen bist." sagte er und wurde ernster. " Bist du verliebt in ihn?" fragte er sie und wusste die Antwort bereits als er sie ansah. " Ich weiß nicht genau was da zwischen ihm und mir ist, aber er ist mir wirklich wichtig und ich will wissen was sich da noch entwickelt." sagte sie und konnte sich ein leichtes Lächeln nicht verkneifen. Jake wendete seinen Blick von ihr ab und sah auf den See hinaus. Sie ging auf ihn zu und legte ihre linke Hand auf seine Schulter. " Mach das nicht. Wende dich nicht von mir ab, nur weil ich deine Gefühle nicht erwidern kann." sagte sie und wartete auf eine Reaktion. Jake drehte sich wieder zu ihr. " Wir schaffen das schon irgendwie. Ich will dich nicht verlieren. " sagte er und sie umarmte ihn. Er hielt sie fest, aber er konnte seine Enttäuschung kaum verbergen. Sie löste sich wieder aus der Umarmung und lächelte ihn noch einmal an und sie hielten beide ihren Blicken noch einen Moment lang stand. Sie schienen in dem Blick des anderen etwas zu versinken. Keiner von ihnen sagte auch nur ein Wort, sie sahen sich bloß an. Jamie löste ihren Blick zaghaft von Jake und schenkte ihm noch ein sanftes Lächeln bis sie schließlich den Hubschrauberlandeplatz verließ. Jake blieb alleine zurück und sah wieder auf den See. *" Ich glaube einfach nicht, dass da nicht zwischen uns ist. Der Blick von ihr war gerade einfach zu intensiv. Ich geb noch nicht auf, wenn das zwischen ihr und Chris noch nicht so ernst ist, dann kann das ja noch etwas werden.*" dachte er und begann leicht höhnisch zu lächeln und schien sich seine Sache noch immer sicher zu sein.

Jamie ging in die Küche wo sie auf Andy und Nicki traf. " Hey Leute." sagte sie und ging langsam auf sie zu. Die beiden standen an der Kücheninsel und aßen etwas Obstsalat. " Na, wie geht es dir?" fragte Andy etwas besorgt. " Es war eine anstrengende Woche, aber mir geht es wirklich gut." antwortete Jamie und lächelte um ihre Antwort zu untermauern. " Du hast ja einiges erfahren. Wie kommst du mit all dem klar? Mit Quentin und deinen Eltern." fragte Nicki. " Es ist nicht ganz einfach, aber ich habe mit meinen Eltern alles soweit geklärt. Nur wie ich jetzt mit Quentin genau umgehen soll, weiß ich noch nicht." sagte sie und wirkte etwas verunsichert. " Du schaffst das schon und du hättest es ja auch schlimmer treffen können. Auch wenn die Art wie ihr zueinander gefunden habt nicht sie Beste ist." sagte Andy und sah Jamie zuversichtlich an. " Ich weiß nur nicht was ich jetzt genau machen soll. Er hat immerhin schon eine Familie. Wie werden seine Frau und sein Sohn darauf reagieren und wird er ihnen überhaupt etwas von all dem erzählen?" fragte sich Jamie und wurde nachdenklich. " Denk nicht so viel darüber nach. Das wird sich alles schon ergeben. Es braucht nur etwas Zeit." sagte Nicki und Jamie war froh solche Freundinnen zu haben. " Ganz ehrlich, ich bin froh, wenn die Woche vorbei ist." sagte Jamie und musste schmunzeln. Andy sah sie mit einem leichten höhnischen Lächeln an. " Naja, es kann ja nicht alles so schlimm gewesen sein. Du und Chris zum Beispiel. Was läuft da zwischen euch?" fragte Andy und durchdrang Jamie förmlich mit ihrem Blick und auch Nicki schien neugierig zu sein. Jamie musste lächeln. " Ich weiß gar nicht was ihr meint." sagte sie ironisch und verließ in rückwärts Schritten die Küche und ließ eine lachende Andy und eine schmunzelnde Nicki zurück. " Sieht so aus als hätte ich unsere Wette gewonnen." sagte Andy nachdem Jamie die Küche verlassen hatte und sie sah dabei mit erhobenen Augenbrauen zu Nicki. " Sie hat noch nichts bestätigt und ich glaube auch nicht, dass Jake schon vollständig abgeschrieben ist." sagte Nicki selbstsicher und wollte sich noch nicht geschlagen geben.

Jamie ging derweil auf ihr Zimmer und war froh einen kurzen Moment alleine zu sein. Sie dachte an ihre Eltern und ihren kleinen Bruder. Sie war froh darüber, dass sie sich mit ihnen wieder etwas vertragen hatte, natürlich blieben noch immer einige Spannungen zwischen ihnen, aber das würden sie schon noch klären können. Sie dachte außerdem noch an Jake und sie hoffte, dass sich auch zwischen ihnen alles normalisieren würde. Jamie ging auf ihre Balkontür zu und öffnete diese. Sie trat auf den Balkon hinaus und betrachtete den See. Sie genoss die Ruhe, aber diese Ruhe wurde schnell wieder unterbrochen. Charly lief zu ihr und sprang sie von der Seite an. Jamie drehte sich zu ihm und sah das auch Chris langsam auf sie zukam. Er stellte sich zu ihr und Charly ließ den beiden etwas Platz, als ob er wüsste, dass die beiden noch etwas zu klären hatten. Eine Weile standen beide einfach nur da und starrten auf den See hinaus bis

Chris sein Schweigen brach. " Worüber hast du eben eigentlich mit Jake gesprochen?" fragte er und versuchte es so beiläufig wie möglich klingen zu lassen. Jamie drehte ihren Kopf langsam zu ihm und musste schmunzeln. " Wieso fragst du?" entgegnete sie ihm und konnte sich das Schmunzeln einfach nicht verkneifen. Er sah sie nicht an. Er sah weiter auf den See hinaus, aber Jamie sah wie er nachdachte. " Ach, ich frag nur so und ich wusste ja auch nicht bei wem Charly heute bleiben soll und ob du lange bei ihm bleiben würdest." sagte er und schien sich selber nicht recht zu glauben. Jamie sah wieder auf den See hinaus, aber ihr Schmunzeln verging nicht. " Ich dachte nur, wenn ich mich mit meinen Eltern vertrage, dann kann ich es auch mit ihm tun. Also nicht das es dich interessiert." sagte sie und behielt dabei ein wenig Ironie in ihrer Stimme. Sie schwiegen wieder einen kurzen Moment und dann drehte Chris sich zu Jamie und sie tat es ihm nach. " Ich will nicht, dass du denkst, dass ich dich kontrollieren will, aber Jake..." Er dachte kurz nach und fuhr dann fort, " Ich habe irgendwie ein ungutes Gefühl." sagte er und er sah sie ernst an. Jamies Schmunzeln verschwand. " Ich habe nur mit ihm gesprochen. Wir waren mal die besten Freunde, aber jetzt ist es irgendwie komisch zwischen uns. Es hat aber nichts mit dir zu tun." sagte sie und ging einen kleinen Schritt auf ihn zu. Er sah ihr ernst in die Augen. " Was ist das hier? Was ist das mit uns?" fragte er sie und sie sah ihn nachdenklich an. " Ich weiß nicht. Was soll es denn sein?" fragte sie ihn und er machte einen kleinen Schritt auf sie zu. Sie behielten beide den Augenkontakt aufrecht und gingen weiter aufeinander zu bis kaum noch Platz zwischen ihnen war. Sie griffen zeitgleich nach ihren Händen und zogen sich gegenseitig aneinander. Er strich ihr mit seiner rechten Hand über ihre Wange. Sie richtete sich etwas auf und er begann sich leicht zu ihr vorzubeugen. Sie begannen sich sanft zu küssen und nachdem sich ihre Lippen wieder langsam voneinander lösten, sahen sie sich wieder in die Augen und beide lächelten zaghaft. " Ich will das hier." sagte sie leise und er küsste sie daraufhin erneut. Nur diesmal intensiver. Er legte seine linke Hand an ihre Hüfte und zog sie zu sich. Sie legte ihre Arme um seinen Hals und erwiderte seinen Kuss. Ihre Lippen lösten sich wieder voneinander. Sie hielten sich gegenseitig fest und keiner wollte den anderen wieder loslassen. " Ich will das hier auch. Ich will dich." flüsterte er ihr zu und sie küsst ihn erneut. Sie blieben noch eine Weile zusammen auf dem Balkon stehen und genossen die Zweisamkeit. Charly hingegen schien es zu seiner Aufgabe gemacht zu haben, niemanden an die beiden heranzulassen, denn er lief auf dem Balkon auf und ab und sah durch jedes Fenster um sicherzugehen, dass niemand störte.

Unterdessen traf Jake im Aufenthaltsraum auf Andy und Nicki, die in der Sitzecke saßen und sofort verstummten als Jake den Raum betrat. " Störe ich?" fragte er, aber hatte dabei ein breites Grinsen in seinem Gesicht. " Nein, du störst nicht. Wir hatten gerade über den Teleporter gesprochen." sagte Andy stotternd. Jake ging auf sie zu und setzte sich zu ihnen in die Sitzecke. " Wieso strahlst du denn so?" fragte Nicki und sah ihn leicht verwundert an. Er sah sie noch einen kurzen Moment lang an. Er wusste nicht ob er ihr es erzählen sollte, aber letztlich beschloss er es

doch zu tun. " Jamie hat eben mit mir gesprochen."
begann er und Nicki und Andy tauschten daraufhin
einen kurzen Blick aus und Nicki signalisierte Andy so,
dass sie die Wette noch nicht gewonnen hatte. Andy
und Nicki lösten ihre Blicke wieder voneinander und
sahen gespannt zu Jake. " Was hat sie denn gesagt,
dass du dich so freust?" fragte Andy neugierig. " Sie
wollte sich aussprechen. Sie fand die letzte Zeit nicht
besonders gut und will mich nicht verlieren." sagte er
und sah dabei zu Nicki. Sie wusste was er dachte, aber
sie war sich ihrer Sache doch nicht mehr so sicher,
denn sie merkte wie Jamie und Chris sich näherkamen
und sie wusste nicht ob Jake noch irgendetwas
dagegen ausrichten konnte. Aber sie ließ sich nichts
anmerken und sah aufmerksam zu Jake. " Und das
freut dich jetzt so? Sie will halt ihren besten Freund
nicht verlieren." sagte Andy und sah dabei Jake etwas
verwirrt an. Jakes breites Grinsen verschwand langsam
und er sah Andy etwas ernster an. " Ich weiß du
glaubst, dass Jamie und Chris am besten
zusammenpassen, aber sie hat mir selber gesagt, dass
sie nicht weiß was da zwischen ihnen ist." sagte er und
schien sich seiner Sache noch immer sicher. " Jake ich
habe dich gern das weißt du, aber ich denke nicht, dass
zwischen ihr und Chris noch lange alles unklar ist."
sagte Andy und sah wie Jakes Gedanken sich
überschlugen. " Jetzt warte mal. Du weißt nicht wie die
beiden zueinanderstehen. Du vermutest es nur, aber
die Wahrheit ist, keiner von uns weiß etwas. Die
beiden sind die einzigen die etwas dazu sagen können
und das werden sie auch tun, wenn sie so weit sind."
sagte Nicki und wollte so eine Diskussion zwischen
Andy und Jake vermeiden. " Du hast Recht. Wir

werden noch sehen wie sich das alles entwickeln wird." sagte Jake und hob seine Augenbrauen und sah dabei zu Andy. " Könnten wir jetzt endlich das Thema wechseln? Hat Quentin euch gegenüber eigentlich den Teleporter Mal erwähnt?" fragte Nicki und ihre Stimme klang äußerst ernst. Jake und Andy wendeten ihre Blicke wieder voneinander ab und sahen zu Nicki. " Ich weiß nur, dass er bisher noch nicht auffindbar ist." sagte Jake " Aber wir müssen ihn wirklich finden. Auch wenn Marlow im Gefängnis ist, kann sein Plan, an Jamie heranzukommen, immer noch funktionieren. Keine von uns weiß wieso der Teleporter Marlow wirklich hilft." sagte Andy. " Er ist alleine, jeder seiner Komplizen sitzt im Gefängnis." sagte Nicki und dachte nach. Sie dachte daran, dass es dem Teleporter schon einmal fast gelungen ist, Jamie zu entführen und wenn er es noch einmal versuchen sollte, hätte sie vielleicht nicht so viel Glück. Andy, Nicki und Jake versuchten den restlichen Abend eine Lösung zu finden oder wenigstens eine Möglichkeit um den Teleporter aufzuspüren.

**Kapitel fünfzehn**

Am nächsten Morgen beriefen Andy, Jake und Nicki eine Besprechung ein. Sie hatten einen Plan um den Teleporter ausfindig zu machen und wollten so herausfinden ob er weiterhin für Marlow arbeitete. Jamie und Chris kamen zusammen mit Charly in den Konferenzraum und setzten sich an den Konferenztisch. Quentin kam als letztes hinzu und war gespannt auf den Vorschlag. " Wir haben die letzte Nacht zusammen darüber nachgedacht wie wir den

Teleporter finden können und uns ist etwas eingefallen." begann Andy. Jake schien mit dieser Lösung jedoch nicht ganz einverstanden zu sein. " Es könnte funktionieren, aber ich denke trotzdem nicht, dass wir es machen sollten." sagte Jake und schien besorgt. " Was ist das denn für ein Plan?" fragte Jamie und sah dabei zu Andy. " Der Teleporter hatte die Aufgabe dich zu entführen und das wollen wir uns zunutze machen." sagte Nicki und zog damit die Aufmerksamkeit auf sich. " Der Teleporter muss irgendwie erfahren wo du bist und wenn er noch immer für Marlow arbeitet, wird er keine Zeit verschwenden und zu dir kommen." sagte Nicki und sah dann zu Quentin. " Wartet, habe ich das richtig verstanden? Ihr wollt sie als Lockvogel benutzen. Was ist, wenn ihr etwas passiert?" mischte sich Chris ein und sein Gesichtsausdruck war völlig verständnislos. Jamie hielt ihn etwas zurück und sah zu Quentin. " Ich mache das. Wenn es nur eine Möglichkeit gibt um den Teleporter herauszulocken, dann spiel ich den Lockvogel." sagte sie und schien sich vollkommen sicher zu sein. " Ist das dein ernst? Was wenn etwas schiefgeht?" fragte Chris. Er war sich dessen bewusst, dass es die beste Möglichkeit war, aber er wollte nicht, dass ihr etwas passierte. Jamie sah ihn zuversichtlich an. " Mir wird schon nichts passieren. Das Thema hatten wir doch. Mach dir keine Sorgen." sagte sie und schenkte ihm ein sanftes Lächeln. " Ich sehe das so wie Chris." sagte Jake und alle sahen ihn verwundert an. " Seht mich nicht so an. Es ist gefährlich und ich will nicht das ihr etwas passiert." sagte Jake und sein Blick schweifte kurz zu Chris und beide fanden doch eine kleine Gemeinsamkeit. Die Sorge um Jamie! " Ich denke auch, dass es die einzige Möglichkeit ist. Raley Parker ist wie vom Erdboden verschluckt und wenn er wirklich noch für Marlow arbeitet, wird er nicht zögern Jamie zu entführen, wenn er die Chance bekommt." sagte Quentin und zog damit die verständnislosen Blicke von Chris und Jake auf sich. " Und wie soll das ganze ablaufen? Wie soll er erfahren wo ich bin?" fragte Jamie. Andy und Nicki tauschten einen kurzen Blick aus und sahen dann zu Quentin. " Wir wissen, dass wir so etwas eigentlich nicht machen, aber in diesem Fall benötigen wir die Medien." sagte Andy und wartete Quentins Reaktion ab. Er sah sie etwas skeptisch an, aber signalisierte ihnen, dass sie fortfahren sollten. " Wir haben uns überlegt, dass wir eine Geiselnahme oder so etwas fingieren wo Jamie, also Spectres auftauchen wird und der Teleporter sie so entdecken kann, wenn die Medien das Geschehen übertragen." erklärte Nicki und Quentin dachte daraufhin über alles nach. " Wenn dir etwas passiert, ..." flüsterte Chris Jamie zu, aber sie unterbrach ihn. Sie griff nach seiner Hand und sah ihn verständnisvoll an. " Mir wird nichts passieren. Und ich bin mir da absolut sicher, weil ich weiß, dass du nicht weit weg sein wirst." flüsterte sie ihm zu und er schien sich ein klein wenig zu beruhigen. " Mach dir keine Sorgen." sagte sie noch und richtete ihre Aufmerksamkeit wieder auf Quentin, jedoch ließ sie seine Hand nicht los. " Wir müssen uns aber noch überlegen, wo wir das ganze machen sollen." sagte Quentin und sah etwas besorgt zu Jamie. " Das hatten wir uns auch schon überlegt." begann Jake und schien noch immer nicht mit allem einverstanden zu sein. " Es sollte in einer großen Stadt stattfinden, wo die ganze Welt etwas davon mitbekommen kann. Wir hatten an die Hauptstadt gedacht. Berlin." fuhr er fort und betrachtete Quentin. Quentin sah weiterhin zu Jamie und dachte nach. Einen Moment lang sprach niemand. Alle sahen zu Quentin, dieser ging zu Felix hinüber, der wie immer an seinem Computer saß. " Liste mir mal bitte alle Orte in Berlin auf, an denen man eine Geiselnahme fingieren kann und wo Medien schnellen Zugang haben." sagte er und Andy und Nicki sahen zu Jamie. " Das habt ihr wirklich gut gemacht." sagte Jamie zu Andy und Nicki, die allerdings etwas verunsichert aussahen. " Was ist, wenn es schiefgeht?" frage Andy leise und schien sich jetzt erst Gedanken darüber zu machen. Jamie sah sie lächelnd an. " Der Plan ist gut und ich bin mir sicher, dass er funktionieren wird, Wir werden herausfinden ob der Teleporter noch für Marlow arbeitet oder nicht. Wir müssen uns nur noch überlegen wie wir ihn festnehmen können ohne das er uns wieder entwischt." sagte Jamie und versuchte Andy und Nicki etwas von der Verunsicherung zu nehmen. Sie richteten ihre Aufmerksamkeit wieder zu Quentin und Felix, der etwas auf den großen Monitor projizierte.

Quentin kam wieder zu ihnen an den großen Tisch und sie sahen alle auf den großen Monitor. " Die geeignetsten Orte sind, der Deutsche Dom, der Reichstag, der Fernsehturm oder die öffentlichen Plätze wie der Alexanderplatz oder der Potsdamer Platz." sagte Felix und projizierte die jeweiligen Bilder von den Orten, auf den Monitor. Quentin dachte nach und betrachtete die Bilder. " Das sind zwar medienspezifische Orte, aber es nicht ganz einfach dort etwas zu fingieren und wir wollen ja auch nicht, dass jemand verletzt wird, wenn unser Plan nicht richtig funktioniert." sagte Quentin und dachte weiter nach. " Es muss ja nichts Großes sein. Es kann doch auch einfach eine Bank in der Nähe eines solchen Ortes sein." schlug Jamie vor und Quentin dachte über ihren Vorschlag nach. Er wendete sich wieder an Felix. " Suche mal bitte nach einer größeren Bank in der Nähe des Fernsehturms." bat Quentin ihn und er kam der Bitte sofort nach. Und er fand eine Bank in der Nähe des Fernsehturmes in einer guten Lage für eine fingierte Geiselnahme. " Ich werde mit den dort zuständigen Polizeibeamten in Kontakt treten, aber ich denke, dass wir es in den nächsten Tagen durchziehen können. Ihr könnt schon einmal eure Sachen packen. Wir fliegen nach Berlin." sagte Quentin und verließ daraufhin den Konferenzraum um sich ungestört um alles Weitere kümmern zu können.

Jamie verließ zusammen mit Andy, Nicki und Charly den Konferenzraum. Sie gingen nach draußen und Jamie ließ Charly von der Leine und er lief sofort drauf los. " Ihr habt euch echt Gedanken gemacht." sagte Jamie. " Wir haben nur deine Rolle bei dem ganzen nicht richtig durchdacht. Marlow wollte von Anfang an dich. Was ist, wenn es dem Teleporter gelingt dich mitzunehmen?" fragte Andy besorgt. " Leute, ihr habt euch einen wirklich guten Plan überlegt und auch wenn etwas passieren sollte, bekommen wir das schon wieder hin. Ich denke nicht, dass wenn es ihm gelingt mich mitzunehmen, dass er mir irgendetwas antut. Marlow hat etwas mit mir vor und er muss sich dann erst einmal überlegen wie er seinen Plan vom

Gefängnis aus durchführen will." sagte Jamie und bestärkte Andy und Nicki in ihrem Plan.

Währenddessen standen Chris und Jake zusammen im Konferenzraum. " Ich kann dich nicht leiden, aber das weißt du ja." begann Chris und sah Jake ernst an. " Aber keinem von uns gefällt dieser Plan und wir müssen dafür sorgen das ihr nicht passiert, egal wie wir zueinanderstehen." sagte Chris und wartete auf Jakes Reaktion. " Ich werde nicht zulassen, dass ihr etwas passiert. Und ich denke das wir uns da einig sind." sage Jake und stand Chris entschlossen gegenüber. " Wir schreiten ein sobald wir es für gefährlich halten, egal was die anderen sagen." sagte Chris und Jake stimmte ihm zu. Dann verließen auch sie den Konferenzraum.

Am frühen Abend flogen sie dann alle gemeinsam nach Berlin. Quentin war vor diesem Einsatz aufgeregter als vor jedem anderen Einsatz, denn nun wusste er das seine Tochter in Gefahr war und er merkte wie seine Sorge um sie wuchs. Bevor er wusste, dass Jamie seine Tochter war, hatte er sich etwas von ihr entfernt. Er hatte gedacht, dass Marlow sie nur wollte, weil sie für ihn arbeitet und er dachte, wenn er sich von ihr entfernte hätte Marlow nicht mehr ein so großes Interesse an ihr, aber da hatte er sich geirrt. Marlow hatte sich Jamie nicht ohne Grund ausgesucht, er wollte seinem Bruder Schaden zufügen und das wollte er über Jamie machen.

Während des Fluges bemerkte Jamie immer mal wieder wie Chris und Jake Blicke austauschten und sie wusste nicht was sie davon halten sollte, aber sie fragte nicht nach. Solange sie nicht wieder stritten war sie zufrieden, aber es ließ ihr trotzdem keine Ruhe. Das Militärflugzeug landete auf einem außerhalb liegenden Flughafen, sodass sie noch eine Stunde mit einem schwarzen Van fahren mussten um zu der ´Savewohnung´ in Berlin zu gelangen. In der ´Savewohnung´ angekommen errichteten sie zuerst eine Art Komandozentrale im Wohnzimmer. Sie hakten sich in die Überwachungskameras der Bank, in der die Geiselnahme stattfinden sollte, und Quentin erledigte einige Anrufe. Er hatte einige Agents beauftragt die Geiselnahme am nächsten Tag durchzuführen während andere Agents einen Van so umrüsteten, damit der Teleporter sich nicht heraus teleportieren konnte, wenn sie ihn geschnappt hatten. Andy, Nicki, Jake und Chris besprachen den Ablauf des nächsten Tages nur Jamie war mit ihren Gedanken woanders. Sie sah zu Quentin, der nervös zu sein schien. Sie ging zu ihm und nachdem er sein Telefonat beendet hatte, wendete er sich zu ihr. " Was ist mit dir los?" fragte sie ihn und er sah sie ratlos an. " Es ist alles ok. Es ist nur viel zu erledigen bis morgen." sagte er, aber er konnte seine Nervosität nicht verbergen. " Ja klar. Ich weiß, dass noch viel zu erledigen ist, aber ich frage dich. Was ist los?" drängte sie ihn und sah ihn weiter fragend an. " Wenn morgen etwas schiefgeht, weiß ich nicht was ich tun soll. Ich habe doch gerade erst von dir erfahren." sagte er und sie bemerkte erst jetzt seine Sorge. Sie ging auf ihn zu und umarmte ihn. Er legte seine Arme um sie und hielt sie fest. Zum ersten Mal, seit sie sich kannten, waren sie sich so nahegekommen. " Mir wird schon nichts passieren. Du hast mir doch alles beigebracht." flüsterte sie ihm zu und sie hielten sich noch immer fest. Andy, Nicki, Jake und Chris beobachteten die beiden und Chris war erleichtert, denn er wusste, dass auch Quentin alles tun würde was er konnte, wenn Jamie etwas passieren sollte. Indes lösten Quentin und Jamie sich wieder voneinander und Jamie sah ihn zuversichtlich an. Quentin sah ihr in die Augen und begann zu lächeln. " Du hast die Augen deiner Mutter, habe ich dir das eigentlich schon gesagt?" sagte er und nun begann auch sie zu lächeln. " Das wird schon alles gut gehen." sagte er und seine Nervosität schwand ein wenig durch den Anblick ihrer strahlenden blauen Augen, die ihm etwas Vertrautes gaben an dem er festhalten konnte.

Quentin verließ kurze Zeit später die ´Savewohnung´, denn er musste noch etwas mit den örtlichen Polizeibeamten besprechen, damit sie am nächsten Tag keine Schwierigkeiten mit ihnen bekamen. Währenddessen bat Jake Jamie kurz mit ihm in die Küche zu gehen, er wollte ungestört mit ihr reden. Sie ging im nach und er schloss die Küchentür hinter ihr. " Was gibt´s?" fragte sie ihn. " Willst du das morgen wirklich machen?" fragte er sie und sah sie etwas verunsichert an. " Jake. Was soll das jetzt? Wir hatten das doch eben besprochen. Ich werde das machen, egal was du für Bedenken hast." sagte sie sanft, dennoch bestimmend. " Ich will ja nur nicht, dass dir etwas passiert." sagte er, aber das schien sie nur noch mehr in ihrer Entscheidung zu bestärken. " Könnt ihr nicht einfach alle damit aufhören, euch ständig Sorgen um mich zu machen? Ich bin doch kein Baby mehr. Ich weiß was ich tue." sagte sie und war völlig genervt von der ständigen Führsorge. Sie verstand zwar, dass sich alle Sorgen machten, aber das wurde ihr jetzt alles langsam zu viel. Sie hatte sich aus freien Stücken für diesen Job entschieden und wollte nicht andauernd wie ein kleines Kind behandelt werden. Jake sah sie etwas betrübt an, aber er kannte Jamie und wusste, dass sie Recht hatte und auch dass er gegen ihren Dickschädel nicht ankam. " Okay, aber du musst verstehen, dass wir uns nur Sorgen machen, weil wir den Job schon etwas länger als du machen und wir wissen was alles passieren kann." sagte er und sie beruhigte sich wieder etwas. " Aber ihr müsst auch verstehen, dass ich ja nicht ohne Grund hier bin. Ich kann mich schon selbst um mich kümmern und brauche nicht dauernd irgendeine Aufsicht." sagte sie und er wurde sich bewusst, dass sie nicht mehr das Mädchen war das er damals im Krankenhaus kennengelernt hatte und sie sehr wohl in der Lage war selber auf sich aufzupassen. Jake öffnete die Küchentür wieder und sie gingen zu den anderen, ins Wohnzimmer. Jamie sah direkt Chris´ Gesichtsausdruck und musste schmunzeln. " Leute, jetzt habe ich mal eine ganz andere Frage. Was machen wir eigentlich, wenn wir den Teleporter morgen festnehmen können?" fragte Nicki und sah in nachdenkliche Gesichter. " Naja, wir bringen ihn in eine schöne kleine Zelle, aus der er sich nicht heraus teleportieren kann und dann quetsch ich ihn einmal richtig aus. Ich will wissen was Marlow mit mir vor hat." sagte Jamie entschlossen. " Dann wäre das ja geklärt." sagte Andy und musste lachen. Den restlichen Abend sprach niemand mehr den anstehenden Einsatz an. Sie saßen alle gemütlich zusammen und unterhielten sich angeregt über die verschiedensten Themen. Jamie saß zwischen Chris und Jake und bemerkt wieder wie Chris und Jake immer mal wieder Blicke austauschten, aber auch diesmal beließ sie es dabei und fragte nicht nach. Der nächste Tag würde schon anstrengend genug werden und da wollte sie jetzt nicht weiter darüber reden oder einen möglichen Streit zwischen den beiden riskieren. Es wurde immer später und sie gingen alle schlafen um für den kommenden Tag ausgeruht zu sein. Jamie und Chris beschlossen in getrennten Zimmern zu schlafen. Jamie wollte vor einem solchen Einsatz keinen weiteren Streit mit Jake provozieren.

Die Nacht war kurz und keiner konnte richtig in den Schlaf finden. Sie standen alle sehr früh auf und bereiteten sich so gut sie konnten vor. Chris stand bei Quentin im Wohnzimmer und sie unterhielten sich angeregt. Jamie konnte nicht hören was sie sagten, aber sie sah, dass es etwas Wichtiges war. Chris und Quentin sahen ernst aus und dann ging Quentin zu einem schwarzen Koffer und holte etwas Kleines heraus, aber Jamie konnte nicht erkennen was es war. " Jamie kommst du mal kurz." sagte Quentin und Jamie ging sofort zu ihm. " Was gibt´s?" fragte sie und sah ihn neugierig an. " Ich will, dass du das gleich an dich nimmst. Pack es in irgendeine Tasche oder steck es in einen Stiefel. Du musst es auf jeden Fall sicher bei dir haben und darfst es nicht verlieren." sagte er ernst und reichte ihr ein kleines silbernes rundes Stück Metall. Sie nahm es entgegen und sah Quentin fragend an. " Was ist das?" fragte sie und betrachtete es. " Das ist ein kleiner Peilsender, nur für den Fall. Damit wir dich wiederfinden können." sagte er und Jamie sah erst zu

Quentin und dann zu Chris. " Das war deine Idee oder?" fragte sie ihn mit erhobenen Augenbrauen. " Ja ich weiß was du gesagt hast, aber das ist ja nur für den äußersten Notfall. Wir müssen wissen wo du bist, wenn er es schafft dich zu entführen." sagte er und sie begann leicht zu schmunzeln. " Ja ich weiß. Ich wollte nur sehen wie du reagierst." sagte sie und lachte kurz und Chris musste nun ebenfalls etwas schmunzeln. Quentin ließ die beiden alleine und ging hinüber zu Andy. Chris ging indes einen Schritt auf Jamie zu, sodass kaum noch Platz zwischen ihnen war. Er sah ihr in die Augen und sie griff, fast unmerklich nach seiner linken Hand. " Ich würde dich jetzt wirklich gerne küssen." flüsterte sie. " Nach dem Einsatz." sagte er und begann wieder leicht zu lächeln. Sie wollte seine Hand wieder loslassen, aber er hielt sie fest. Er zog sie langsam in die Küche und schloss leise die Tür. Er ging auf sie zu und legte seine Hände auf ihre Hüfte und zog sie näher an sich heran. Sie legte ihre Hände auf seine Schultern und ging so nah an ihn heran, dass zwischen ihnen nicht mal mehr die Luft Platz hatte. Er sank seinen Kopf und sie richtete sich etwas auf. Sie küssten sich leidenschaftlich und als sie ihre Lippen wieder voneinander lösten, musste sie schmunzeln. " Ich dachte erst nach dem Einsatz." sagte sie und brachte ihn so auch zum Schmunzeln. " Ich brauchte einen kleinen Ansporn." sagte er und küsste sie erneut. Nur dieses Mal wurden sie unterbrochen. Die Küchentür ging auf und Andy stand vor ihnen. Chris und Jamie ließen sich gegenseitig langsam wieder los und Andy konnte nichts anderes als lächeln. " Ich wusste es. Ihr könnt mir nichts vormachen." sagte sie und Chris und Jamie sahen sie leicht verlegen an. Dann kam auch

Nicki in die Küche und sie wurden alle drei etwas ernster. " Was ist denn hier los?" fragte Nicki und sah sie neugierig an. Jamie und Chris sahen zu Andy. " Wir wollten nur nachsehen, ob für nachher noch Kekse da sind. Du weißt doch das wir nach einem Einsatz Schokoladenkekse brauchen." sagte Andy und Jamie und Chris sahen sie erleichtert an. Nicki sah sie jedoch etwas ungläubig an, verließ dann aber die Küche. " Ok, jetzt könnt ihr mir ja verraten, wieso das keiner wissen soll." sagte Andy und schloss die Küchentür. " Naja, wir haben gleich viel zu tun und ich will keinen Streit mit Jake." sagte Jamie leise und Chris stimmte ihr mit einem leichten Nicken zu. " Stimmt, da hätte ich auch keine Lust drauf, aber ihr müsst mir nachher alles erzählen. Ihr wisst, ich will immer alles wissen. " sagte Andy und verließ mit einem breiten Grinsen die Küche." Die lässt uns nachher nicht mehr in Ruhe." sagte Chris und sah wieder zu Jamie. Sie legte ihren Kopf auf seine Schulter und er legte seinen linken Arm um sie. " Wir wussten doch, dass dieser Tag anstrengend wird." sagte sie und beide lachten. Quentin rief alle zu sich und Chris und Jamie verließen daraufhin die Küche und gingen zu ihm ins Wohnzimmer.

Quentin wartete bis alle ihre Aufmerksamkeit vollständig auf ihn gerichtet hatten. " Also die Agents, die gleich die Geiselnahme fingieren werden, treffen um zehn Uhr in der Bank ein. Andy, du wirst hierbleiben und alles über die Bildschirme beobachten. Du musst uns sofort Bescheid geben, wenn du den Teleporter in der Umgebung der Bank entdeckst." sagte er und Andy nickte ihm zu. " Jake und

Chris. Ihr teilt euch in der Umgebung auf und greift nötigenfalls ein. Aber ihr werdet euch heraushalten, wenn Jamie eure Hilfe nicht benötigt." sagte er und sah Chris und Jake mahnend an." Quentin wendete sich zu Nicki. " Du wirst als Zivilist in der Bank sein. Du spielst eine der Geiseln und kannst sofort eingreifen, wenn der Teleporter erscheint und kannst ihn dann mit den Betäubungspfeilen außer Gefecht setzen." Nicki signalisierte ihm, dass sie einverstanden war und alles verstanden hatte und dann sah Quentin Jamie ernst, aber dennoch besorgt an. Sie hatten sich alle so gut wie möglich vorbereitet, aber das nahm ihm dennoch nichts von seiner Sorge. " Du wirst über das Dach in die Bank gehen, so wird die Möglichkeit größer. Die Medien bekommen so ein besseres Bild von dir und übertragen es direkt, so kann der Teleporter leichter von dir erfahren und zu dir kommen." sagte er und atmete einmal tief durch. Sie nickte ihm zu und sah ihn zuversichtlich an. Quentin wendete seinen Blick wieder von Jamie ab und sah abwechselnd zu Chris und Jake. " Es ist vielleicht doch am besten, wenn ihr später doch noch in der Bank eintrefft. Aber vorher sucht ihr noch die Umgebung ab. So seid ihr, falls nötig, direkt bei Jamie und könnt ihn direkt ausschalten." Jake und Chris nickten ihm zu und dann machten sich alle fertig. Nicki brauchte ihre Tarnkleidung nicht anzuziehen, da sie als Zivilist in die Bank musste, aber sie nahm sich eine kleine Handfeuerwaffe, die mit Betäubungspfeilen geladen war. Jamie, Chris und Jake zogen sich ihre Tarnkleidung an und nahmen sich ebenfalls Handfeuerwaffen mit Betäubungspfeilen. Andy setzte sich an die Bildschirme und beobachtete die

Umgebung und das innere der Bank. Quentin wartete auf Nicki, denn er fuhr zusammen mit ihr zu der Bank. Allerdings spielte er keine Geisel, sondern blieb vor der Bank und beobachtete die Umgebung und stand während der gesamte Zeit über mit Andy in Kontakt. Nicki war fertig und sie fuhr mit Quentin zur Bank. Jamie, Jake und Chris stiegen ebenfalls in einen der Vans, der getönte Scheiben hatte, und fuhren zur Bank. Sie parkten den Wagen allerdings einige Straßen weiter in einer kleinen Gasse und warteten ab bis die fingierte Geiselnahme begann.

Eine halbe Stunde später klingelte Jamies Handy. Quentin gab ihr dadurch ein Zeichen, dass sie sich auf den Weg machen konnte. Jamie sah noch einmal zu Chris und Jake und stieg dann aus. Chris stieg ebenfalls aus und ging auf Jamie zu. " Du musst ja irgendwie auf das Dach kommen." sagte er und bildete mit seinen Händen eine Räuberleiter. Jamie hielt sich an seinen Schultern fest und lächelte ihn an. Mit einer ruckartigen Bewegung warf er Jamie nach oben. Und durch seine außergewöhnliche Stärke gelang es ihm Jamie bis zu dem Dach des Gebäudes zu werfen. Chris stieg wieder in den Van und Jamie machte sich, über die Gebäude hinweg, auf den Weg zu der Bank. Sie sprang von einem Dach zum anderen und arbeitete sich so unmerklich voran. Jamie blieb auf dem Dach des Gebäudes stehen, dass sich gegenüber von der Bank befand. Sie sah sich um und sah viele Polizisten und es waren bereits schon einige Reporter aufgetaucht. Jamie atmete einmal tief durch und ging dann einige Schritte zurück. Sie nahm etwas Anlauf und sprang dann von dem Gebäude und durch die

Mithilfe ihrer Telekinese landete sie am Rande des Daches der Bank, in gebückter Haltung. Jamie richtete sich wieder auf und sah einige verwunderte Polizisten und sie bemerkte auch die Reporter, die keine Sekunde vergingen ließen um sie vor ihre Kameras zu bekommen und der ganzen Welt zu berichten, dass sie hier war um die Geiselnahme zu beenden. Jamie suchte eine Möglichkeit um in die Bank zu gelangen, aber sie ließ sich etwas Zeit, damit die Medien auch alle über dieses Ereignis berichteten. Schließlich betrat Jamie die Bank über einen Notausgang auf dem Dach. Sie lief durch ein Treppenhaus und trat dann durch eine Tür in den Hauptraum der Bank.

Ohne irgendein Wort riss sie den Geiselnehmern, durch ihre Telekinese, die Waffen aus den Händen und beförderte diese an das andere Ende des Raumes. Die Geiselnehmer, die von Agents gespielt wurden, ergaben sich. Denn diese Geiselnahme sollte nur zur Aufspürung des Teleporters dienen und die Medien hatten ihre Bilder von Jamie bereits. Jamie rief über Funk einige Agents zu sich, die die Geiselnehmer festnahmen. Chris und Jake trafen letztlich auch ein, aber sie hatten keine guten Nachrichten, der Teleporter war nirgendwo zu sehen. Chris und Jake gingen auf Jamie zu. Aber bevor sie bei ihr ankamen, verschwand Jamie. Raley Parker hatte sie aus der Bank heraus teleportiert. Alles passierte so schnell, dass weder Chris noch Jake eingreifen konnten. Chris und Jake sahen sich ungläubig an und liefen dann beide zurück zu dem Van und fuhren umgehend zurück zu der ´Savewohung`.

Sie stürmten in die Wohnung und auf Andy zu. " Du musst Jamie orten." sagten beide gleichzeitig und etwas panisch. " Ich bin schon dabei. Ich habe über die Kameras alles mit angesehen, aber er teleportiert sie von einem Ort zum anderen. Ich kann nicht sagen wo er mit ihr hin will." sagte Andy und versuchte weiterhin Jamie zu orten. " Von wo aus hat er sie denn heraus teleportiert?" fragte Jake Andy. Andy wendete ihren Blick nicht vom Bildschirm ab. " Er befand sich auf einem der Gebäude, das neben der Bank steht." sagte Andy. Quentin stürmte plötzlich in die ´Savewohnung` und sah Chris und Jake besorgt an. " Er hat sie. Andy sucht sie bereits." sagte Chris und sah wie beunruhigt Quentin war.

Indes teleportiere Raley Parker Jamie in eine kleine unscheinbare Wohnung. " Dein Peilsender." sagte er und sah sie ernst an. Jamie fixierte seinen Blick. " Was willst du von mir?" fragte sie ihn, aber er gab ihr keine Antwort. Und so standen sie einen Moment einfach nur da und sahen sich gegenseitig an, aber keiner von ihnen sprach ein Wort. Jamie wusste nicht was sie von dieser Situation halten sollte. Raley Parker machte auf sie keinen gefährlichen Eindruck, er schien eher etwas nervös zu sein. Sie zog schließlich den Peilsender aus ihrer Jackentasche und gab ihn ihm. Er schmiss ihn in eine der Ecken und ging dann wieder auf Jamie zu. Jamie dachte darüber nach ihn jetzt einfach zu überwältigen und dann abzuhauen, aber sie entschied sich letztlich dagegen. Sie wollte wissen was er mit ihr vorhatte. Sie fragte sich was er mit Marlow und was die Bombenanschläge mit ihr zu tun hatten. Und das alles konnte sie nur herausfinden, wenn sie bei ihm blieb, auch wenn sie nicht wusste worauf sie sich da einließ. Er hielt sie an ihrem rechten Arm fest und teleportierte sich mit ihr an einen anderen Ort, ohne Peilsender.

Währenddessen wuchs die Besorgnis in Quentin, Chris und Jake. Je länger Andy brauchte um Jamie zu finden umso länger war der Weg um Jamie zu befreien. " Ich habe sie." sagte Andy aufgeregt. Quentin, Chris, Jake und Nicki stellten sich um Andy herum und sahen auf den Bildschirm. " Sie ist in Paris?" fragte Jake ungläubig. " Was könnte Marlow mit Jamie vorhaben und das in Paris?" fragte Chris und sah ernst zu Quentin, der angestrengt nachdachte. " Ich habe nicht die geringste Ahnung." sagte er. Aber sie nahmen sich keine Zeit für Überlegungen. Sie packten ihre Sachen zusammen und fuhren umgehend zum Flughafen und stiegen in das Militärflugzeug. " Ich wäre gerne unter anderen Umständen nach Paris gefahren." sagte Andy. Nicki sah sie mitfühlend an, aber von den anderen reagierte keiner auf sie. Das Flugzeug startete und dann flogen sie auch schon nach Paris.

Raley Parker hatte sich unterdessen zusammen mit Jamie nach Griechenland, in ein abgelegenes Landhaus teleportiert. " Wo sind wir hier?" fragte sie ihn und wurde etwas nervös. Er setzte sich in einen roten Sessel und schrieb eine SMS. Jamie sah sich etwas um, aber auch mit einem Blick durch ein Fenster wurde sie nicht schlauer. Sie sah nur weite Felder und vereinzelte Bäume. Sie wendete sich wieder zu Raley Parker und ging ein paar Schritte auf ihn zu. " Was willst du von mir? Dein ach so toller Boss sitzt doch im

Gefängnis, also was soll das hier noch?" fragte sie und wurde langsam ungeduldig. Er richtete indes seine Aufmerksamkeit von seinem Handy, auf sie. " Marlow hat hiermit nichts mehr zu tun. Er hat für uns eigentlich nie eine große Rolle gespielt. Und für seine Taten habe ich keinerlei Verständnis." sagte er und sein Tonfall wurde etwas ernster. Aber das stillte Jamies Neugierde dennoch nicht im Geringsten. " Ok, für wen arbeitest du dann?" drängte sie ihn. Er blieb gelassen in dem Sessel sitzen und begann zu schmunzeln. " Das wirst du schon noch erfahren. Keine Panik. Ich habe sie schon informiert. Es wird nicht mehr lange dauern." sagte er und sie nahm eine gewisse Aufregung bei ihm wahr. Sie sah ihn verwirrt an. " Sie? Wer ist sie?" fragte sie ihn. Er stand auf und ging auf sie zu. " Ich habe doch gerade gesagt, dass du das schon noch erfahren wirst. Jetzt beruhig dich mal. Es wird dir nichts passieren. So gerne ich es dir auch verraten würde, ich kann nicht. Aber die Neugierde liegt wohl in der Familie." sagte er und seine Stimme wirkte etwas beruhigend auf sie. Er wendete sich wieder von ihr ab und verließ den Raum. Er schien sich keinerlei Sorgen zu machen, dass Jamie wohlmöglich abhauen könnte. Jamie stand nun alleine in dem Wohnzimmer. Sie sah sich noch einmal um, aber sie konnte kein Zeichen oder ähnliches finden, dass ihr weiterhelfen konnte. " *Wer ist sie? Und was will sie von mir?*" fragte sich Jamie und das Warten auf eine Antwort machte sie nur noch ungeduldiger. Raley Parker kam zurück in das Wohnzimmer und  er warf ihr eine Flasche Wasser zu. Sie fing sie auf und sah ihn fragend an. Er setzte sich wieder in den roten Sessel und lächelte sie an. " Tut mir wirklich leid, dass wir uns so kennenlernen mussten." sagte er und lächelte sie weiterhin an. Jamie setzte sich auf das rote Sofa, dass gegenüber von dem Sessel stand, indem Raley Parker saß. Sie sah auf die Flasche Wasser und dann wieder zu ihm. " Wer bist du?" fragte sie ihn und er richtete sich in dem Sessel auf und sah sie etwas nervös an. Jamie hatte in letzter Zeit schon einige Verbrecher kennengelernt, aber Raley Parker war nicht wie die anderen. Er verhielt sich nicht wie ein Krimineller und deswegen wusste Jamie nicht was sie von ihm halten sollte. " Ich habe das alles auch erst vor kurzem erfahren. Und ich kann deine Neugierde auch voll und ganz nachvollziehen, aber ich habe versprochen dir nichts zu erzählen bis sie hier ist. Und das Warten macht nicht nur dich ungeduldig." sagte er und wollte ihr so etwas von ihrer Nervosität nehmen, aber Jamie war nicht mehr nervös. Sie war neugierig. " Was hast du denn erfahren? Was ist hier los? Jetzt sag es mir schon." sagte sie und stand auf. Aber er sah sie nur an und sprach kein Wort. Jamie sah ihn noch kurz fragend an, aber sie wollte nicht länger warten. Sie ging auf die Eingangstür zu, aber bevor sie sie öffnen konnte, griff Raley Parker nach ihrem Arm und zog sie sanft zurück. Jamie sah ihn ernst an. " Jetzt warte. Ich kann dich nicht gehen lassen. Nicht bevor du nicht alles erfahren hast." sagte er. " Dann erzähl es mir doch endlich." drängte sie ihn. Er sah sie an und sie merkte, dass ihm die ganze Sache wohl sehr wichtig zu sein schien. Er dachte nach, aber fixierte dennoch ihren Blick. " Also gut. Ich erzähl es dir." sagte er und atmete einmal tief durch. Jamie war ein wenig erleichtert, aber nun kam auch ihre Nervosität zurück. Sie fragte sich, was jetzt wohl auf sie zukommen würde. Sie atmete einmal tief durch und richtete dann ihre ganze Aufmerksamkeit auf Raley Parker.

Das Militärflugzeug befand sich unterdessen im Landeanflug auf den Flughafen in Paris. Sie ließen keine Zeit verstreichen und stiegen umgehend in einen großen schwarzen Van und fuhren zu dem Ort, an dem sich Jamie befinden sollte. Die Fahrt dauerte nicht sehr lange und Chris und Jake stürmten voran in die kleine Wohnung. Sie sahen sich sorgsam um, aber keiner konnte Jamie sehen. Chris und Jake drehten sich zu Andy, die auf ein Tablet starrte. " Wo ist sie?" fragte Chris etwas verärgert. " Ich versteh das nicht." sagte Andy und sah verunsichert aus. " Sie müsste hier sein. Laut dem Peilsender müsste sie dort hinten sein." sagte sie und zeigte auf eine Ecke neben einem kleinen Fenster. Chris sah in die Ecke und sah dann auf den Fußboden. Er ging in die Ecke und kniete sich hin. Er nahm etwas in die Hand, stand wieder auf und drehte sich zu den anderen und zeigte ihnen den Peilsender. " Er wusste von dem Peilsender." sagte Nicki und sah ungläubig auf den Peilsender, den Chris noch immer in seiner rechten Hand hielt. " Wie sollen wir sie jetzt finden?" fragte Nicki Quentin, der angestrengt nachdachte. " Ich wusste, dass etwas schiefgehen würde." sagte Chris wütend und stürmte aus der Wohnung. Die anderen folgten ihm und sie stiegen alle wieder in den Van. Keiner sprach ein Wort. Alle überlegten und fuhren zurück zu dem Flughafen. " Was ist mit ihrem Handy?" fragte Nicki und sah zu Quentin. " Wenn er den Peilsender gefunden hat, dann hat er bestimmt auch das Handy kaputt gemacht." sagte er und klang etwas verzweifelt. " Was, wenn nicht?" fragte Jake und Quentin dachte weiter nach. Sie stiegen wenig später wieder alle in das Flugzeug und Quentin holte einen großen schwarzen Koffer aus einem kleinen Schrank. Er stellte ihn auf einen kleinen Tisch und bat Andy zu sich. Er öffnete den Koffer. Darin befand sich eine Menge an elektrischer Ausrüstung, darunter ein Computer. " Wenn sie das Handy noch hat, dann werde ich sie finden." sagte Andy und machte sich umgehend an die Arbeit. Chris und Jake waren sehr nervös. Sie warteten ungeduldig auf ein Ergebnis. " Wir können doch nicht untätig hier herumsitzen." sagte Jake und lief in dem Flugzeug nervös auf und ab. " Jetzt beruhige dich. Du kennst Jamie, sie bekommt das schon hin." sagte Chris und alle sahen ihn etwas verwundert an. Jake setzte sich wieder und versuchte sich zu beruhigen.

Währenddessen hatten sich Jamie und Raley zusammen auf das rote Sofa gesetzt und Jamie wartete ungeduldig auf eine Antwort. Raley sah sie etwas nachdenklich an, aber er wusste, dass sie ihn nicht in Ruhe lassen würde bis sie eine Antwort von ihm hatte. Sein Blick wurde ernster und er schien einen Kloß im Hals zu haben. " Du weißt ja jetzt, dass du nicht bei deinen leiblichen Eltern aufgewachsen bist und das ist etwas das wir gemeinsam haben." begann er und sie überkam ein unangenehmer Gedanke, den sie zu verdrängen versuchte. "Vor einigen Monaten hat mich jemand kontaktiert. Derjenige wollte mir Informationen über meine leiblichen Eltern liefern und ein Treffen mit ihnen arrangieren. Dieser Jemand war Rodger Marlow." sagte er und Jamies Befürchtungen wuchsen. " Er hat mir nur eine Bedingung gestellt. Ich sollte ihm bei einer Sache helfen. Er wusste, dass er ins Gefängnis kommen würde und ich sollte ihn und noch weitere Personen aus dem Gefängnis holen und dann versprach er mir ein Treffen mit meiner Mutter." Jamie sah ihn ungläubig an. Sie stand auf und lief nachdenklich durch das Wohnzimmer. Sie drehte sich wieder zu ihm und er stand ebenfalls auf. " Sag jetzt nicht das du..." sagte sie, aber konnte den Satz nicht beenden. Er ging einige Schritte auf sie zu, behielt jedoch einen angemessenen Abstand zu ihr. " Meine Mutter heißt Zoe Barns und das bedeutet das du..." sagte er, aber Jamie unterbrach ihn." Nein. Nein, das kann nicht sein. Zoe Barns ist vor ungefähr zwanzig Jahren bei einem Autounfall gestorben. Also kannst du sie nicht getroffen haben." sagte sie und versuchte alle Zweifel zu beseitigen, aber ein kleiner Teil der Zweifel blieb. Raley sah sie mitfühlend jedoch ernst an. " Ich weiß, aber das stimmt nicht. Damals ist etwas ganz anderes passiert. Aber das wichtigste ist, dass du jetzt endlich alles erfährst. Du hast die Wahrheit verdient und es tut mir wirklich leid, dass es auf diesem Weg geschieht." sagte er und Jamie hatte ein komisches Gefühl in ihrem Bauch. Sie wendete sich wieder von ihm ab und lief ihm Raum hin und her. " Das kann nicht sein. In ihrem Nachruf stand nur etwas von einem Kind." sagte sie und versuchte einen klaren Gedanken zu fassen, aber sie wusste einfach nicht was sie noch denken sollte. Er ging auf sie zu und legte seine linke Hand auf ihre Schulter und wollte sie etwas beruhigen. Sie drehte sich zu ihm und sah ihn an und sie sah, dass es auch nicht einfach für ihn war." Ich weiß, dass das jetzt alles etwas viel für dich ist. Man erfährt ja nicht jeden Tag, dass man einen Zwillingsbruder hat und zwanzig Jahre nichts von ihm wusste, aber das wird schon wieder." sagte er und sah sie beruhigend und mit einem leichten Lächeln an. Jamie atmete tief durch und sah Raley weiterhin an. *"Zwillinge?"* dachte Jamie und konnte den Gedanken nicht richtig einordnen. " Das kann nicht sein." sagte sie leise und sah ihn verunsichert an. Dann öffnete sich die Eingangstür und eine Frau trat herein.

Währenddessen saßen Chris, Jake, Quentin und Nicki noch ungeduldig in dem Flugzeug und warteten auf Andy, die versuchte Jamie ausfindig zu machen. " Oh Oh." sagte sie und alle sprangen von ihren Sitzen auf und fanden sich bei Andy ein und sahen auf den Bildschirm. " Korfu?!" sagte Quentin völlig fassungslos. " Was wollen die den in Griechenland?" fragte sich Jake, aber keiner konnte ihm eine Antwort liefern. Alle sahen verwundert auf den Bildschirm, bis auf Quentin, der zu dem Piloten ging und ihn anwies umgehend nach Korfu zu fliegen. Er kam anschließend wieder zu den anderen zurück und informierte sie, dass sie jetzt nach Korfu fliegen würden. Alle setzten sich wieder hin und schnallten sich an. Das Flugzeug startete und sie machten sie auf den Weg nach Griechenland. " Erst Paris und jetzt Griechenland. Was hat er nur mit ihr vor?" fragte sich Chris. " Was auch immer da für ein Spiel gespielt wird. Ich werde nicht zulassen, dass ihr irgendetwas passiert." sagte Quentin entschlossen. Die Stimmung während des gesamten Fluges war angespannt. Alle warteten ungeduldig auf den Landeanflug auf Korfu.

Unterdessen sah Jamie ungläubig auf die Frau, die durch die Tür trat und auf sie zukam. " Du hast es ihr schon erzählt oder?" fragte sie Raley mit einem sanften Lächeln. " Ich konnte nicht anderes. Sie hat nicht aufgegeben." sagte er und schien noch immer sehr nervös zu sein. " Schon gut. Ich kann das verstehen." sagte sie und drehte sich zu Jamie und sah sie mit einem breiten Lächeln an. Jamie sah eine schlanke blonde Frau und sie erkannte etwas wieder, wobei sie an Quentin denken musste. Sie sah die strahlenden blauen Augen von denen Quentin gesprochen und gesagt hatte, dass er sie in ihren Augen wiedererkannte. " Das ist jetzt nicht war." sagte Jamie und entfernte sich einen Schritt von ihr. Die Eingangstür öffnete sich erneut und eine weitere Frau trat herein. Aber dieses Mal erkannte Jamie die Frau. Es war Alexa Stepanow, die Jamie ebenfalls mit einem breiten Lächeln ansah. " Ich weiß das ist jetzt alles etwas viel für dich, aber ich würde gerne mit dir sprechen." sagte Zoe Barns. Jamie sah sie verwirrt an und brachte kein Wort heraus. " Wieso setzten wir uns nicht erst einmal." schlug Zoe Barns vor. Sie, Alexa und Raley setzten sich auf das Rote Sofa. Jamie jedoch blieb stehen. " Ich weiß, dass Quentin Nachforschungen angestellt hat um etwas über mich und die damalige Situation zu erfahren, aber er hat dabei nicht die Wahrheit herausgefunden." begann Zoe. " Ach wirklich? Das ist ja jetzt etwas ganz neues." sagte Jamie sarkastisch. Zoe hielt einen Moment lang inne und sah Jamie unruhig an. " Ich weiß, dass wir uns anders hätten kennenlernen müssen, aber ich wusste einfach nicht wie ich das alles erklären sollte." sagte Zoe, aber stoß damit nicht gerade auf Verständnis bei

Jamie. " Und mich dann entführen zu lassen war die einzige Möglichkeit?" fragte Jamie und wurde etwas lauter. Zoe stand auf und ging ein Stück auf Jamie zu. " Es ist alles etwas komplizierter als du denkst. Ich hatte keine andere Möglichkeit. Ich wollte erst alleine mit dir sprechen bevor Quentin etwas erfährt." sagte Zoe und versuchte ihr Handeln zu rechtfertigen. Jamie sah sie verständnislos an. " Es gibt immer eine Möglichkeit, aber Entführung? Und ich glaube das war auch nicht das einzige an dem du beteiligt warst. Was ist mit der Bombe in London und der in Rom? Lernt man so seine Tochter kennen?" sagte Jamie und verlor langsam die Beherrschung. " Es war alles nicht so einfach. Du weißt nicht was in den letzten zwanzig Jahren passiert ist." sagte Zoe und versuchte ihre Tränen zurückzuhalten. Raley stand nun auch vom Sofa auf und ging zu Jamie. Er stellte sich neben sie und sah zu Zoe. " Du warst an den Bomben beteiligt? Du hast mir gesagt, dass die Bomben nur von Rodger Marlow ausgingen und du nichts damit zu tun hast." sagte er und wusste nicht mehr was er von ihr halten sollte. " Ja ich war daran beteiligt, aber lasst es mich erklären. Es war alles ganz anders als ihr jetzt denkt. Ich habe es doch für euch getan." sagte Zoe mit einer zittrigen Stimme. " Du riskierst Menschenleben und sagst du hast es für uns getan. Hörst du eigentlich was du da sagst? Du spinnst doch." sagte Jamie und sah Zoe weiterhin einfach verständnislos und auch wütend an. Raley wendete sich an Jamie und sah sie voller Reue an. " Es tut mir leid. Hätte ich gewusst was sie wirklich gemacht hat, hätte ich da nie mitgemacht." sagte er und sie sah wie schuldig er sich fühlte. Sie griff nach seiner Hand und er sah sie betrübt an. " Wir sollten hier verschwinden."

sagte sie und er schien etwas erleichtert. " Nein, ihr könnt jetzt nicht gehen. Lasst es mich erklären." sagte Zoe flehend. Jamie und Raley sahen sich kurz an und dachten nach. Sie wendeten sich wieder voneinander ab und sahen zu Zoe. " Was macht sie hier?" fragte Jamie und bezog sich damit auf Alexa Stepanow, die nach Zoe Barns das Haus betreten hatte. Zoe räusperte sich einmal und sah Jamie ernst an. " Alexa ist meine Halbschwester." sagte Zoe und Jamie verarbeitete diese Information. " Ich will jetzt wissen was das ganze sollte. Du hast mich von Anfang an angelogen." sagte Raley wütend. " Wollen wir uns nicht wieder hinsetzten? Dann erkläre ich euch alles." schlug Zoe vor. " Jetzt zögere es nicht heraus. Wenn du es uns jetzt nicht erklärst sind wir weg." sagte Jamie und versuchte so emotionslos wie nur möglich zu klingen. " Schon gut, aber bitte geht nicht." sagte Zoe und atmete schwer. " Vor zwanzig Jahren hatte ich einen Unfall, das war nicht gelogen. Ihr zwei seid dann zur Adoption freigegeben wurden. Ich habe den Unfall genutzt und meinen Tod fingiert, weil ich zu dieser Zeit in Schwierigkeiten steckte und ich wollte nicht, dass euch etwas passiert." begann Zoe, während ihr eine Träne über ihre Wange lief. " Euer Onkel, Rodger Marlow, hat mir dann geholfen meine Angelegenheiten zu regeln, aber als Gegenleistung musste ich ihm versprechen ihm bei etwas zu helfen. Ich habe vorher aber alles so geregelt, dass jeder im Glauben war, dass ich nur ein Kind hatte. Ich wollte nicht, dass Marlow von euch beiden weiß. Ich wusste, dass seine Hilfe für mich nicht ohne Folgen blieb und ich wollte nicht euch beide in Gefahr bringen." sagte sie und Jamie musterte sie währenddessen. " Was für

Schwierigkeiten?" fragte Jamie und zeigte noch immer keinerlei Emotionen. " Durch meine Arbeit als Forschungsassistentin beim Militär habe ich einiges erfahren. Geheime Informationen und diese habe ich, naja sagen wir es so, ich habe sie nicht für mich behalten können." sagte sie und Jamie realisierte wer Zoe Barns wirklich war. " Du hast geheime Informationen verkauft und Marlow hat dir geholfen, dass du dafür keine Konsequenzen tragen musstest." sagte Jamie und ihre Emotionslosigkeit wandelte sich langsam in Wut um. " Was erwartest du jetzt von uns? Das wir dir alles verzeihen und eine glückliche Familie werden? Ich fass es einfach nicht, dass ich dir geholfen habe." sagte Raley und stand einfach nur fassungslos da. " Ich wollte das doch alles nicht. Denkt jetzt nicht schlecht von mir. Ich bin doch eure Mutter." sagte Zoe und das weckte endgültig Jamies Wut. " Nein. Du bist nicht unsere Mutter. Du hast kein Recht dich so zu nennen. Wir kamen zwanzig Jahre ohne dich zurecht und das werden wir unser restliches Leben auch schaffen. Denk nicht im mindesten, dass du in unseren Leben auch nur die minimalste Rolle spielst." sagte Jamie und Raley stimmte ihr mit einem entschlossenen Blick zu. " Das meint ihr nicht ernst. Mit der Zeit wird das schon alles werden. Es tut mir alles wirklich leid, verzeiht mir doch." sagte Zoe und ihr lief eine Träne über ihre Wange. " Ihr wisst doch gar nicht was sie in den letzten Jahren alles durchgemacht hat nur um euch wiedersehen zu können." mischte sich Alexa ein und versuchte das Handeln ihrer Schwester zu verteidigen. Alexa stand auf und stellte sich neben ihre Schwester und sah dabei Jamie und Raley ernst an. Jamie sah noch einmal zu Raley und sie sah, dass er mit seinen Nerven am Ende war. Sie wendete sich wieder von ihm ab und griff nach ihrer Waffe und feuerte zwei Betäubungspfeile ab. Einen auf Zoe Barns und einen auf Alexa Stephanow. Beide fielen bewusstlos zu Boden. " Was hast du gemacht?" fragte Raley bestürzt. " Keine Sorge, dass sind nur Betäubungspfeile. Denen passiert nichts." sagte Jamie und Raley beruhigte sich wieder. " Ich glaub das alles einfach nicht. Ich habe einer Kriminellen geholfen." sagte Raley und ließ sich auf das rote Sofa sinken. Jamie setzte sich zu ihm und versuchte ihn zu beruhigen. " Du wusstest doch nichts über sie. Wenn man seine leibliche Mutter kennenlernt geht man ja nicht automatisch davon aus, dass sie kriminell ist." sagte Jamie und Raley sah sie betrübt an. " Ich hätte von Anfang an nicht dabei mitmachen dürfen." sagte er und wendete seinen Blick von Jamie ab und sah auf Zoe und Alexa, die bewusstlos auf dem Boden lagen. " Als ich von der ersten Bombe erfahren habe, hätte ich verschwinden müssen, aber sie war so überzeugend und ich habe ihr wirklich geglaubt, dass sie damit nichts zu tun hatte und uns einfach nur kennenlernen wollte." sagte Raley und Jamie hörte wieder den Kloß in seinem Hals. Sie legte ihre rechte Hand auf seine Schulter und er sah sie schuldbewusst an " Das hätte jedem von uns passieren können. Mach dir jetzt bitte keine Vorwürfe." sagte Jamie und versuchte Raley weiterhin zu beruhigen. Raley sah immer noch zu Zoe und Alexa. " Was sollen wir jetzt mit ihnen machen?" fragte er und klang noch immer sehr betrübt. Jamie stand auf und sah sich um. Sie entdeckte ein Seil auf einem der Stühle, die an einem großen Esstisch standen und holte sich das Seil, durch ihre Telekinese und richtete Zoe und Alexa auf, sodass diese Rücken an Rücken saßen. Jamie fesselte die beiden mit dem Seil und sah anschließend wieder zu Raley. " Ich werde jetzt meinen Chef anrufen. Naja eigentlich ist er ja auch unser Vater." sagte sie und Raley stand ruckartig auf. " Unser Vater? Er lebt noch?" fragte er und Jamie sah ihn verwirrt an. " Was hat dir Zoe alles erzählt?" fragte sie ihn und er kam ein Stück auf sie zu. " Zuerst habe ich Rodger Marlow kennengelernt und er hat mir gesagt er sein mein Onkel und dass er mich zu meiner leiblichen Mutter bringen könnte. Ich habe zuerst gezweifelt, aber ich wollte dieser Sache nachgehen und wenig später traf ich dann auf sie." sagte er und deutete auf Zoe Barns, die bewusstlos und gefesselt auf dem Boden saß. " Sie hat mir dann erklärt, dass sie mich damals nicht behalten konnte, weil die Zeit zu schwierig für sie war und dass mein Vater sich nicht um mich kümmern konnte, weil er bei diesem Unfall gestorben ist." sagte er und Jamie sah ihn mitfühlend an. " Dann habe ich erfahren, dass ich eine Zwillingsschwester habe und daraufhin habe ich beschlossen dich zu finden. Aber dass das alles so kompliziert sein würde, wusste ich nicht. Ich hätte dich gerne unter anderen Umständen kennengelernt." sagte er und sah sie weiterhin betrübt an. Jamie ging einen Schritt auf ihn zu und lächelte ihn leicht an. " Unser Vater ist nicht Tod. Ich habe auch erst vor kurzem erfahren, dass ich adoptiert bin und dass mein Chef mein eigentlicher Vater ist, aber er wusste auch nichts von all dem. Wir haben einen Vaterschaftstest gemacht, weil wir es einfach nicht recht glauben konnten. Zoe hat ihm nie etwas von einer Schwangerschaft erzählt und sie hatten auch keinen

Kontakt mehr zueinander. Die letzte Zeit war für keinen von uns einfach, aber wir bekommen das alles schon wieder hin." sagte sie und er begann nun auch leicht zu lächeln. " Wir sollten über das alles mal in Ruhe sprechen, aber ich ruf ihn jetzt erst einmal an." sagte sie und er nickte ihr zu. Sie holte ihr Handy aus ihrer Jackentasche und rief Quentin an.

Indes war das Flugzeug immer noch auf dem Weg nach Korfu. Alle an Bord waren ungeduldig. Quentin saß vor dem Bildschirm, auf dem Jamies Position zusehen war und dann klingelte sein Handy. Er nahm es ruckartig aus seiner Hosentasche und sah ungläubig auf das Display. " Jamie" sagte er und alle stellten sich um ihn herum und sahen ihn aufmerksam an. " Jamie?" sagte er, als er den Anruf entgegennahm. Jamie erklärte ihm, dass es ihr gut ging, wo sie sich genau befand und dass sie die Situation schon geregelt hatte. Aber sie sagte auch dass sie ihm alles später genauer erklären würde. Er gab ihr Bescheid das sie schon auf dem Weg zu ihr waren und dass es nicht mehr lange dauern würde. Jamie legte auf und Quentin schien etwas erleichtert. " Und? Geht es ihr gut?" fragte Chris ungeduldig. " Sie ist in einem Landhaus auf Korfu und wartet dort auf uns. Sie hat ihre Entführer gefesselt und betäubt. Aber es geht ihr gut, dass hat sie mir versichert." sagte Quentin und die anderen beruhigten sich wieder. Sie setzten sich zurück auf ihre Plätze und warteten ungeduldig auf ihre Ankunft in Korfu. Chris schien aber noch nicht vollends beruhigt zu sein. Er konnte erst glauben, dass es Jamie gut ging, wenn er sie persönlich sah.

Jamie packte ihr Handy indes zurück in ihre Jackentasche und sah zu Raley. " Sie sind schon unterwegs." sagte sie und er sah sie nervös an. " Was ist los?" fragte sie ihn. " Was wird jetzt mit mir passieren?" fragte er sie mit einer zittrigen Stimme. " Du hast dir nichts vorzuwerfen. Du wolltest doch nichts Schlimmes, sondern nur deine Familie kennenlernen. Auch wenn der Weg dorthin etwas ungewöhnlich war. Wir bekommen das schon hin." sagte sie und sah ihn zuversichtlich an. " Außerdem muss Quentin jetzt erst einmal die Neuigkeit verkraften, dass er nicht nur von einem Kind nichts wusste, sondern von zweien." sagte sie schmunzelnd und das lockerte Raley auch etwas auf. Sie setzten sich wieder auf das rote Sofa und sahen sich gegenseitig neugierig an. " Das ist jetzt irgendwie etwas verrückt oder?" fragte Jamie und begann wieder zu schmunzeln und auch Raley konnte sich ein Schmunzeln nicht verkneifen. " Man bekommt nicht jeden Tag eine Zwillingsschwester." sagte er und beide lachten kurz, wurden dann aber wieder etwas ernster. " Wie ist es bei dir so gelaufen?" fragte Jamie. " Ich wurde von einem netten Paar adoptiert. Aber von Anfang an waren sie ehrlich. Ich wusste, dass ich adoptiert bin. Das konnten sie mir nicht verheimlichen." sagte er mit einem leichten Lachen in seiner Stimme. " Wieso? Also ich meine es ist ja gut, dass ihr keine Geheimnisse hattet, aber so ist es ja nicht überall." sagte Jamie und sah dabei etwas neugierig zu Raley. "Ich wurde von einem homosexuellen Pärchen adoptiert, da ist es eigentlich irgendwie schon klar." sagte er und Jamie musste lachen. " Ok stimmt." sagte sie und ihr Lachen verstummte wenig später wieder, aber ein breites

Lächeln blieb. " Und bei dir? Wie hast du es erfahren?" fragte er sie und wurde etwas ernster. " Ich habe es bei einem Verhör herausgefunden. Rodger Marlow, unser toller Onkel, hat es mir gesagt." sagte sie sarkastisch. " Ich habe meine Eltern dann zur Rede gestellt und wir haben alles besprochen." Raley sah sie ernst an. " Dann hast du ja wirklich alles auf dem schlechtesten Wege erfahren. So etwas sollte man nicht von unbeteiligten erfahren." sagte er. " Naja was im Leben ist schon normal? Es war schon ein Schock, aber ich komm jetzt damit klar." sagte sie. " Ja wir sind auch nicht wirklich normal." sagte er und beide lachten erneut. Ihr Lachen verstummte aber wieder als sie Geräusche hörten, die von draußen kamen. Beide standen auf und gingen zusammen zum Fenster. Ein Militärflugzeug landete auf einem der Felder vor dem Haus und Jamie atmete einmal tief durch und schien erleichtert, aber auch etwas angespannt. " Jetzt geht´s los." sagte sie und lächelte Raley zuversichtlich an. Raley war nervös und er wusste auch nicht genau wie er sich jetzt verhalten sollte. Jamie sah noch einmal zu Zoe und Alexa, die noch immer bewusstlos waren und ging dann zu der Eingangstür, aber bevor sie sie erreichte stürmten Chris und Jake auch schon herein.

Chris lief auf Jamie zu und schloss sie in seine Arme. " Es geht dir gut. Ich habe mir Sorgen gemacht." sagte er, ließ sie dennoch nicht los. " Mir ist nichts passiert. Ich bin froh das du hier bist." sagte sie und er hörte Erleichterung in ihrer Stimme. Sie ließen sich wieder los und Jamie sah wie Jake eine Waffe auf Raley richtete. " Nein. Lass das." sagte sie und nahm ihm seine Waffe weg. Nun kamen auch Quentin, Nicki und

Andy in das Haus und sahen zunächst erleichtert zu Jamie, aber als sie Raley sahen verschwand die Erleichterung und sie wollten nach ihren Waffen greifen. " Lasst eure Waffen stecken. Das hier ist alles etwas komplizierter als ihr denkt." sagte Jamie und alle sahen sie verwirrt an. " Vielleicht sollte ich einfach gehen. Das ist dann doch alles zu verwirrend." sagte Raley und Jamie wendete sich zu ihm. " Nein geh nicht. Wir kriegen das schon hin." sagte sie und lächelte ihn an. " Jamie was ist hier los?" fragte Quentin und ging währenddessen auf sie zu. Er stoppte jedoch als er Zoe Barns und Alexa Stepanow bewusstlos und gefesselt auf dem Boden sitzen sah. " Zoe." sagte er verwundert. " Ich habe doch gesagt es ist kompliziert." sagte Jamie und Quentin richtete seine Aufmerksamkeit wieder auf sie. " Da bin ich jetzt aber mal gespannt." sagte Quentin. " Also das ist jetzt alles etwas schwer zu erklären, aber das wichtigste ist, dass du wissen solltest das Raley mein Bruder ist." sagte Jamie und wartete bis Quentin diese Information verarbeitet hatte, aber das fiel ihm nicht so leicht. " Dein Bruder?" fragte er und wendete seinen Blick kurz zu Zoe. Als er wieder zu Jamie sah, ahnte er was sie ihm jetzt sagen würde. Er sah zu Raley und atmete einmal tief durch. Jamie erzählte die ganze Geschichte von Zoes fingiertem Tod und das sie Marlow bei allem geholfen hatte. Sie erklärte auch noch Alexa Stepanows Rolle in dem Ganzen und das Raley von all dem nicht gewusst hatte und er nur seine Familie kennenlernen wollte.

Nachdem Jamie mit ihrer Erklärung fertig war, musste sich Quentin erst einmal hinsetzten. Er versuchte alles zu verarbeiten. Chris stellte sich indes zu Jamie. " Und du bist dir sicher, dass er nicht mit denen unter einer Decke steckt?" fragte er sie flüsternd. Jamie sah ihn ernst an. " In letzter Zeit ist ganz schon viel passiert und jetzt habe ich zum ersten Mal ein gutes Gefühl. Ich weiß nicht was noch alles passierten wird, aber ich will ihm eine Chance geben." flüsterte sie ihm zu und sah dann zu Raley. Chris ging mit ihr zusammen auf Raley zu. " Du bist also ihr Bruder." sagte Chris und musterte ihn erst einmal. Raley sagte nichts, er sah Chris nur nervös an. Chris streckte ihm seine Hand aus und lächelte leicht. Raley schüttelte seine Hand und begann auch leicht zu lächeln und schien etwas erleichtert zu sein. Chris legte seinen rechten Arm um Jamie. " Wir sind alle nicht gewöhnlich also denke ich, dass wir mit dieser Situation auch zurechtkommen." sagte Chris und Jamie und Raley tauschten einen kurzen zuversichtlichen Blick aus. Jamie drehte ihren Kopf zu Chris. " Danke" sagte sie leise und dann legte sie ihren Kopf an seine Schulter. Quentin stand indes wieder auf. " Wir sollten zurückfliegen. Die beiden kommen auch gleich wieder zu Bewusstsein und ich will, dass sie dann bereits im Flugzeug sind." sagte er ernst und Jake und Chris brachten die beiden ins Flugzeug. Quentin ging auf Jamie und Raley zu. " Wir unterhalten uns später." sagte er zu den beiden und dann verließen alle das Haus und stiegen in das Flugzeug und flogen gemeinsam zurück.

**Kapitel sechzehn**

Sie waren auf dem Weg zu einem militärischen Flughafen, der nicht weit entfernt vom Stützpunkt lag. Doch bevor sie an dem Flughafen eintrafen, wurde

Quentins Neugierde geweckt. Zoe Barns und Alexa Stepanow wachten auf. Quentin, Jamie und Raley versammelten sich bei den beiden und warteten zusammen darauf, dass beiden wieder aufnahmefähig waren. Zoe Barns kam zu sich und als sie aufsah, erblickte sie zuerst Quentin und ihr Gesichtsausdruck verzog sich auf eine unangenehme Art und Weise. " Hallo Zoe" sagte Quentin emotionslos. Zoe Barns sah ihn sprachlos an und wendete dann ihren Blick zu Jamie und Raley. " Ich wollte euch beiden doch nichts Böses und ihr tut mir so etwas an." sagte Zoe und wollte Mitleid erregen, aber weder Jamie noch Raley ließen sich davon beeinflussen. " Es spielt keine Rolle wer du bist oder was du mit all dem bezwecken wolltest. Du hast Menschenleben gefährdet und dafür gibt es keine Entschuldigung." sagte Jamie ernst. " Du hättest auch anders handeln können, aber du hast dich nun mal für diesen Weg entschieden und jetzt musst du die Konsequenzen tragen." sagte Raley und auch er stand ihr vollkommen ernst gegenüber. Quentin sah zu Raley und wusste, dass er sich geirrt hatte und Raley eigentlich kein schlechter Mensch war. Er stand nur unter dem falschen Einfluss. Quentin wendete seinen Blick wieder von Raley ab und sah wieder zu Zoe. " Es ist schon schlimm genug das du mir meine Kinder vorenthalten hast, aber das du sie dann auch noch in Gefahr bringst ist unverzeihbar. Ich werde dafür sorgen, dass du deine gerechte Strafe bekommst. Es ist zwar schade, dass deine eigenen Kinder dich so kennenlernen mussten, aber ich werde nicht zulassen das du ihnen noch einmal zu nahe kommst." sagte Quentin entschlossen. " Du hast doch gar keine Ahnung davon was ich alles durchgemacht habe."

sagte Zoe und wollte sich noch immer nicht eingestehen was sie alles angerichtet hatte. " Du hast dir alles selber eingebrockt. Du kannst von uns jetzt kein Mitleid erwarten." sagte Raley und Jamie bemerkte seine tiefe Enttäuschung. " Sie kann jetzt sagen was sie will, dass wird sie auch nicht vor einer Strafe bewahren." sagte Jamie zu Raley und legte dabei ihre linke Hand auf seine Schulter und schenkte ihm ein sanftes Lächeln. Er sah zu ihr und erwiderte ihr Lächeln. Auch wenn die Umstände, unter denen sie sich kennengelernt hatten nicht gerade die besten waren, fühlte sie sich zusammen schon sehr wohl. " Sie ist immer noch eure Mutter. Ihr könnt doch nicht so mit ihr umspringen." sagte Alexa, nachdem sie nun auch zu sich gekommen war. " Ich habe eine Mutter. Und diese Frau ist es gewiss nicht. " sagte Jamie entschlossen." Wir werden in Kürze landen." sagte Andy, die kurz zu ihnen kam, aber dann auch schnell wieder verschwand. " Sobald wir gelandet sind werde ich dafür sorgen, dass ihr umgehend in ein Gefängnis überstellt werdet und ich bin auf deinen Prozess gespannt." sagte Quentin ernst und an Zoe gerichtet. Er sah kurz zu Jamie und Raley und dann verließen die drei den Bereich, indem sich Zoe und Alexa befanden, die weiterhin von einem Agenten bewacht wurden und noch immer gefesselt Rücken an Rücken saßen.

Das Flugzeug landete auf dem militärischen Flughafen und ein Transporter für Zoe Barns und Alexa Stepanow war bereits vor Ort und wartete auf sie. Zwei Agents standen vor dem Transporter und Quentin ging auf sie zu. " Ich will das die beiden so schnell wie möglich in ihren

Zellen sitzen." war alles was er sagte und die beiden Agents machten sich auf den Weg in das Flugzeug um Zoe Barns und Alexa Stephanow herauszuführen und in den Transporter zu bringen. Sie lösten Jamies improvisierte Fesseln und legten ihnen Handschellen an und nachdem sie sie in den Transporter gebracht hatten, fuhren sie umgehend zu einem militärischen Gefängnis. Denn da Zoe Barns militärische Geheiminformationen verraten hatte, wurde sie auch von einem militärischen Gericht bestraft und in Gewahrsam genommen. Und da Alexa Stephanow ihr geholfen hatte, ereilte sie dasselbe Schicksal. Jamie und Raley gingen auf Quentin zu und er sah sie mit gemischten Gefühlen an. Und auch Raley schien sich nicht ganz wohl zu fühlen. " Was passiert jetzt mit ihnen?" fragte Jamie. " Sie werden vor ein militärisches Gericht gestellt. Aber wir werden jetzt erst einmal zum Stützpunkt fahren." sagte Quentin und sah dabei zu Raley. " Wir müssen uns alle mal unterhalten." fügte er noch hinzu und dann stiegen sie zusammen in einen olivfarbenen Jeep und fuhren zum Stützpunkt. Chris, Jake, Andy und Nicki stiegen in einen schwarzen Jeep und folgten ihnen zurück zum Stützpunkt.

Nachdem alle den Stützpunkt erreicht hatten, gingen Quentin, Jamie und Raley in den Konferenzraum. Chris, Jake, Andy und Nicki gingen währenddessen zusammen in den Aufenthaltsraum und warteten dort gemeinsam auf Jamie und auch auf Raley. Sie waren alle neugierig auf den Neuzugang und auch wie Jamie mit der ganzen Situation umging. Während im Aufenthaltsraum alle ungeduldig auf Jamie und Raley wartete, standen Quentin, Jamie und

Raley vor einem ernsthaften Gespräch. Sie saßen alle an dem großen schwarzen Konferenztisch. Jamie und Raley saßen nebeneinander und Quentin saß ihnen gegenüber. Sie waren alle etwas nervös und jeder von ihnen schien darauf zu warten, dass irgendjemand etwas sagte. " Ok ja, ich hätte mir auch gewünscht, dass das alles etwas anders gelaufen wäre, aber jetzt sitzen wir hier nun mal und wir müssen mit all dem irgendwie klarkommen. Es ist zwar zwanzig Jahre zu spät, aber da kann keiner von uns etwas für. Nur was wir jetzt daraus machen ist uns überlassen." begann Jamie und wollte die Stimmung etwas auflockern. " Das ist alles nicht so ganz einfach. In letzter Zeit ist einiges passiert und ich will nicht mehr irgendwo hereingeraten nur weil ich jemandem das glaube was er sagt." sagte Raley und sah dabei Quentin nervös an. " Ich will einen Vaterschaftstest. Nur um sicherzugehen." sagte Raley mit einem leichten Zittern in seiner Stimme. Quentin schien etwas erleichtert, dass er dieses Thema nicht ansprechen musste. " Ich werde unserem Doc Bescheid geben. Ich bin gleich wieder da." sagte Quentin und verließ daraufhin den Konferenzraum und er schien froh darüber zu sein, dass er jetzt einen Moment für sich alleine hatte. " Das war alles etwas viel für dich oder?" fragte Jamie und sah Raley mitfühlend an. " Ich habe Marlow einfach geglaubt und dann als Zoe dazu kam, war mir der Gedanke fremd, dass das alles gelogen sein könnte. Aber nach allem was passiert ist, will ich einfach sichergehen." sagte er und klang etwas nervös. " Egal was auch passiert, wir bekommen das schon hin." sagte Jamie und lächelte Raley dabei zuversichtlich an. Er sah ihr in ihre Augen und wusste, dass sie recht behalten würde und das alles irgendwie gut werden würde, egal was jetzt auch passierte. Wenige Minuten später kam Quentin, gemeinsam mit dem Doc zurück in den Aufenthaltsraum. Raley stand auf und Jamie tat es ihm nach. Sie sahen beide aufmerksam zu Quentin und zum Doc. " Du bist also Raley." sagte der Doc und lächelte Raley dabei freundlich an. Raley nickte bloß. " Okay, ich werde dir jetzt etwas Blut abnehmen. Dann kann ich den Vaterschaftstest schnell durchführen und ihr habt Gewissheit." sagte der Doc und bat Raley sich zu setzten und seinen rechten Arm freizumachen. Raley kam seiner Bitte umgehend nach und während der Doc ihm etwas Blut abnahm, sah er nervös zu Jamie. Jamie sah ihn mit einem leichten Lächeln an. Sie wusste wie er sich jetzt wohl fühlen musste, denn erst vor kurzem musste sie dasselbe durchleben wie Raley jetzt. " Das war´s auch schon. Ich werde mich sofort an die Arbeit machen." sagte der Doc und verließ, mit der Blutprobe von Raley, den Konferenzraum. Quentin, Jamie und Raley standen weiterhin im Konferenzraum und die Stimmung wurde wieder etwas unbehaglich. " Setzten wir uns doch wieder." schlug Quentin vor. Raley und Jamie setzten sich daraufhin wieder nebeneinander auf die Plätze auf denen sie schon zuvor gesessen hatten und Quentin nahm wieder gegenüber von ihnen Platz. Quentin wirkte nun etwas ruhiger. Er hatte die ganze Sache etwas verarbeiten können. " Als ich erfahren habe, dass Jamie meine Tochter ist habe ich ihr schon erklärt, dass wenn ich etwas von ihr gewusst hätte, sie niemals adoptiert worden wäre und ich mich um sie gekümmert hätte. Und dasselbe will ich dir jetzt auch sagen. Wenn ich gewusst hätte, dass ihr beide existiert, dann wäre alles anders gelaufen." sagte Quentin und Jamie sah ihn zustimmend an. Sie hatte es mittlerweile verarbeiten können, dass Quentin ihr leiblicher Vater war und sie nahm sich jetzt vor Raley zu unterstützen, wenn er erfahren sollte, dass Quentin ebenfalls sein leiblicher Vater war und sie seine Zwillingsschwester. " Ich hatte keine schlechte Kindheit. Im Gegenteil, ich bin bei zwei liebevollen Menschen aufgewachsen, aber es blieb immer die Ungewissheit, wer jetzt meine leiblichen Eltern sind. Ich wollte es immer wissen und jetzt, wo es soweit ist es zu erfahren... bin ich doch etwas nervös." sagte Raley leicht stotternd. " Egal was uns der Doc gleich auch sagen wird. Du bist hier immer willkommen und hast hier einen Platz wo du keine Angst vor irgendetwas haben musst." sagte Quentin und beruhigte ihn so ein bisschen. Aus heiterem Himmel begann Jamie auf einmal an zu lachen. Raley und Quentin sahen sie etwas verwirrt an. Jamie versuchte sich zusammenzureißen und sah Raley und Quentin abwechselnd an. " Ihr müsst schon zugeben, dass das alles schon ganz schön verrückt ist oder?" sagte Jamie immer noch lachend. Und auch Quentin und Raley kamen nicht umher ebenfalls etwas Lachen zu müssen. Sie unterhielten sich noch eine Weile und warteten auf den Doc, aber die drei schienen das Ergebnis schon zu wissen. Sie fühlten sich miteinander wohl, aber auch wenn das Ergebnis des Vaterschaftstestes etwas anderes ergeben würde, war in der kurzen Zeit doch schon eine gewisse Bindung entstanden.

Im Aufenthaltsraum wuchs unterdessen die Neugierde von allen. " Was machen die denn da so lange?" fragte sich Andy. " Es braucht halt etwas Zeit, wenn man in einer so kurzen Zeit eine neue Familie dazu bekommt. Quentin hat auf einmal zwei Kinder, von denen er zwanzig Jahre lang nichts wusste und Jamie und Raley haben jeweils erfahren, dass sie schon immer einen Zwilling hatten. Die drei müssen jetzt so einiges verarbeiten." sagte Nicki und das nahm allen etwas von ihrer Neugierde, denn keiner wusste wirklich wie die drei sich jetzt fühlten, aber sie wussten, dass sie jetzt alle etwas Zeit brauchten. Chris stand von dem Barhocker auf, auf dem er gesessen hatte und wollte zur Tür gehen, aber Andy hielt ihn auf. " Wo willst du hin? Du willst doch nicht zu den anderen oder?" fragte Andy verwundert. Chris sah sie mit einem leichten Schmunzeln an. " Was denkst du von mir? Ich will nur Charly abholen und die Pfleger von ihm erlösen." sagte er und verließ daraufhin den Raum. Chris ging zu der Hundeschule und als er durch die Tür der Hundeschule trat, wurde er sofort von Charly begrüßt. Charly lief auf ihn zu und sprang wie wild um ihn herum. Chris kniete sich zu ihm und streichelte ihm hinter seinem rechten Ohr, Charlys Lieblingsstelle. Einer der Pfleger kam auf Chris zu, aber er behielt dennoch etwas Abstand zu ihm, denn Charly ließ auch niemanden zu nah an Chris heran genauso wie bei Jamie. Chris stand wieder auf und sah zu dem Pfleger. " Hat alles gut geklappt?" fragte Chris den Pfleger. Der Pfleger nickt, aber sah dennoch erleichtert aus. Er übergab Chris die Leine und Chris verließ zusammen mit Charly umgehend die Hundeschule und ging mit ihm zusammen zurück in den Aufenthaltsraum.

Als er die Tür zum Aufenthaltsraum öffnete lief Charly sofort herein und auf Andy, Nicki und Jake zu, die sich noch immer an der Bar befanden. " Charly" rief Chris laut und Charly drehte sich zu ihm. Chris sah ihn mahnend an und Charly entfernte sich wieder von den anderen und lief zu Chris zurück. Chris ging zu den andern an die Bar. " Und habt ihr etwas von den anderen gehört?" fragte Chris, aber alle nickten ihm verneinend zu. Chris nahm einen kleinen blauen Gummiball aus seiner Hosentasche, den der Pfleger ihm noch gegeben hatte bevor er mit Charly die Hundeschule verlassen hatte. Chris warf den Ball und konnte so Charly etwas beschäftigen, während er und die anderen auf Jamie und Raley warteten.

Nachdem einige Zeit vergangen war kam der Doc in den Konferenzraum und ging auf den Konferenztisch zu an dem Quentin, Raley und Jamie saßen. Quentin und Raley wurden beide nervös nur Jamie schien ruhig zu bleiben. " Ich habe eure Blutproben verglichen und ich habe auch deine dazu genommen." sagte der Doc und sah dabei zu Jamie. Er wendete seinen Blick wieder von ihr ab und sah abwechselnd zu Quentin und Raley. " Ich habe den Vaterschaftstest durchgeführt und ich habe auch Raleys Blutprobe mit der von Jamie verglichen." sagte er und machte es damit spannend. " Jetzt sag es schon." sagte Jamie etwas aufgeregt. " Ich kann mit Sicherheit sagen, dass Quentin der leibliche Vater von Jamie und auch von Raley ist. Und ihr beiden seid zweieiige Zwillinge." sagte der Doc, aber es schien keinen wirklich zu überraschen. Sie hatten es alle irgendwie schon gewusst. Quentin sah zu Raley und lächelte. Raley atmete einmal tief durch. Er sah erst zu Quentin und dann zu Jamie und musste etwas schmunzeln. " Dann habe ich jetzt nicht nur noch einen Vater, sondern auch noch eine Schwester." sagte er und sein Lächeln wurde etwas breiter. Jamie stand von ihrem Platz auf und stellte sich vor Raley. " Los komm schon. Eine Umarmung muss jetzt sein." sagte sie und er stand im selben Moment auf. Sie umarmte ihn und auch er hielt sie fest. Quentin stand ebenfalls auf und ging einen Schritt auf den Doc zu, der ein breites Grinsen in seinem Gesicht hatte. " Zwillinge. Wenn du etwas machst, dann aber auch richtig." sagte der Doc und auch Quentin mussten kurz lachen. Indes lösten sich Raley und Jamie wieder langsam voneinander und beide sahen zu Quentin. " Los du auch." sagte Jamie, weiterhin mit einem breiten Lächeln. Sie hatte noch immer ihren linken Arm um Raley gelegt und den rechten Arm streckte sie aus und bat so Quentin zu ihnen. Quentin ging langsam zu ihnen und auch Raley streckte seinen freien Arm aus. Quentin schloss seine Kinder in den Arm und der Doc verließ daraufhin den Konferenzraum. Er dachte, dass die drei etwas Privatsphäre brauchten. Die drei verharrten kurz in ihrer Umarmung und dann lösten sie sich wieder langsam voneinander. " Wir bekommen das schon hin." sagte Quentin und jetzt schien auch er sich wirklich über seinen Familienzuwachs zu freuen. " Ich würde sagen, dass du ihm hier alles zeigst. Ich fahre jetzt erst einmal nach Hause. Ich habe noch eine wichtige Aufgabe." sagte er und verließ anschließend den Konferenzraum. " Was für eine wichtige Aufgabe?" fragte Raley und sah dabei Jamie fragend an. Jamie wartete einen kurzen Moment, denn sie

musste noch überlegen wie sie es ihm sagen sollte. "
Naja er muss seiner Frau und seinem kleinen Sohn erst
noch von uns beiden erzählen." sagte sie schließlich
und Raley verstand nun die Schwierigkeit dieser
Aufgabe. " Ok ich verstehe. Das ist bestimmt nicht
einfach." sagte er. Jamie musste wieder etwas
schmunzeln. " Was ist?" fragte er sie und musste
ebenfalls schmunzeln. " Einfach ist doch langweilig."
sagte Jamie und beide lachten. " Komm ich stell dir die
anderen vor." sagte Jamie und daraufhin verließ sie
zusammen mit Raley den Konferenzraum und ging mit
ihm zum Aufenthaltsraum. Bevor Jamie die Tür zum
Aufenthaltsraum öffnete, stoppte Raley sie. " Ist das
wirklich so eine gute Idee? Bis vor kurzem war ich doch
noch der Böse für die." sagte er etwas zögerlich. " Du
brauchst dir keine Sorgen machen. Die verstehen
deine Situation schon und du bist hier nicht der Böse."
versicherte Jamie ihm und er nickte ihr zu. Daraufhin
öffnete sie die Tür.

Sie betraten den Aufenthaltsraum und sobald die Tür
aufging kam Charly ihnen entgegengelaufen. " Charly "
rief Chris und warf ihm erneut den blauen Gummiball
zu." Lass die beiden doch erst einmal reinkommen."
fügte er noch hinzu und richtete seine
Aufmerksamkeit dann auf Jamie und Raley. Jamie und
Raley gingen gemeinsam auf die Bar zu und blieben vor
den anderen stehen. Jamie hatte noch immer ein
Lächeln in ihrem Gesicht und auch Raley schien nicht
mehr so nervös zu sein. " Darf ich euch meinen
Zwillingsbruder vorstellen. Das ist Raley. Raley das sind
Chris, Andy, Nicki und Jake." sagte Jamie. " Ach und das
dahinten ist Charly." fügte Jamie noch hinzu und

deutete auf den deutschen Schäferhund, der auf einem der Sofas in der Sitzecke saß und sie beobachtete. Raley war nervös und das blieb den anderen nicht verborgen. " Jetzt haben wir auch noch einen Teleporter in unserem Team. Wir sind ja echt vielseitig." sagte Andy lachend. Jake stand hinter der Bar und reichte Raley ein Glas mit Whiskey. " Hier. Ich kann mir gut vorstellen, dass du den jetzt brauchst." sagte Jake und lächelte Raley dabei an. Raley nahm das Glas entgegen. " Ja die letzte Zeit war nicht gerade die einfachste." sagte Raley lächelnd, aber er war noch immer etwas nervös. Raley und Jamie setzten sich auf zwei freie Barhocker. " Zwillinge also. Darauf wäre ich ja nie gekommen." sagte Nicki und musterte Raley und Jamie langsam. " Dann frag uns erst einmal." sagte Jamie lachend und auch Raley wurde langsam etwas lockerer. Er bemerkte die Offenheit dieser Gruppe und das ihn niemand verurteilte. Sie unterhielten sich alle den restlichen Abend noch über Raleys Fähigkeiten und auch ob er jetzt mit ihnen zusammenarbeiten würde. Jamie und Raley wussten beide, dass die nächste Zeit zwar nicht die einfachste werden würde, aber sie waren sich beide sicher, dass ihnen nichts Besseres hätte passieren können. Sie wussten jetzt beide die Wahrheit über sich und ihre Familie und sie hatten jeweils einen Zwilling dazu bekommen. Der Abend neigte sich seinem Ende zu und Jamie verließ zusammen mit Raley den Aufenthaltsraum. Sie gingen zusammen auf Jamies Zimmer, da Raleys Zimmer noch nicht fertig war. " Und wie fühlst du dich?" fragte Jamie während sie ihr Zimmer betraten. Raley sah sich in ihrem Zimmer kurz um und sah dann zu Jamie. " Es ist alles wirklich ungewohnt, aber ich denke, dass ich schon damit klarkomme. Es sind alle echt nett und auch wenn es etwas komisch klingt. Ich bin froh das es jetzt so gekommen ist." sagte Raley und seine Nervosität schien fast vollkommen verschwunden zu sein. " Da bin ich wirklich froh. Meine erste Zeit hier war auch nicht die einfachste, aber das wird schon." sagte Jamie. Sie legten sich beide auf ihr Bett und starrten gegen die Zimmerdecke. " Wie haben deine Eltern auf das alles reagiert? Ich mein, dass du hier arbeitest." fragte er sie. " Ich habe ihnen nur erzählt, dass ich jetzt beim Militär arbeite, aber von meinen Fähigkeiten wissen sie bis heute nichts und das ist auch gut so. Dass ich hier arbeite hat ihnen überhaupt nicht gefallen und sie haben mir das auch nicht zugetraut, aber als das dann mit der Adoption herauskam haben wir alles geklärt. Es ist noch nicht wieder alles normal zwischen uns, aber wir bekommen das schon wieder hin." sagte Jamie und Raley drehte seinen Kopf daraufhin zu ihr. " Du hattest es wohl auch nicht so ganz einfach." Jamie drehte ebenfalls ihren Kopf und sah zu ihm. " Was ist hier schon normal." sagte sie und beide lachten kurz. " Was ist mit dir? Wissen deine Eltern von deinen Fähigkeiten?" fragte Jamie. " Nein. Zum Glück nicht. Als ich gemerkt habe, dass ich mich teleportieren kann, habe ich es für mich behalten. Und wenn ich mal Hausarrest hatte war es ganz praktisch." sagte er und musste schmunzeln. Jamie und Raley sahen wieder zur Zimmerdecke. Sie fragten sich noch gegenseitig über ihre Kindheiten aus und wie es für beide war als sie ihre Fähigkeiten bekamen, bis sie schließlich einschliefen.

Am nächsten Morgen wachten Jamie und Raley schon sehr früh auf und realisierten, dass alles wirklich geschehen war und dass sie es nicht nur geträumt hatten. Raley teleportierte sich kurz nach Hause um sich ein paar Klamotten zu besorgen. Währenddessen machte sich Jamie fertig für ihr Training. Wenig später kam Raley zurück und hatte eine schwarze Sporttasche bei sich. Er zog sich ebenfalls seine Sportsachen an und dann machte er sich zusammen mit Jamie auf den Weg zu seinem ersten Training. Jamie führte ihn aber zuerst auf dem Stützpunkt herum und zeigte ihm alles Wichtige bis sie schließlich mit dem Fahrstuhl auf der dritten Etage eintrafen und den Fitnessbereich betraten. Chris, Jake, Andy und Nicki waren schon mitten in ihrem Training als Jamie und Raley zu ihnen kamen. Andy unterbrach ihr eigenes Training kurz und ging auf Jamie und Raley zu. " Dein erstes Training." sagte Andy zu Raley und er sah sie gespannt an. Andy wand sich zu Jamie. " Und du willst mit ihm trainieren. Glaubst da, dass das eine gute Idee ist?" fragte Andy und klang dabei etwas besorgt. Raley sah, mit einem leicht fragenden Gesichtsausdruck zu Jamie. " Was meint sie damit?" fragte er Jamie. " Wüsste ich auch gerne. Wieso ist das keine gute Idee?" sagte Jamie und sah dabei Andy etwas verwundert an. Bevor Andy antworten konnte, kam Jake zu ihnen. " Naja vielleicht weil du deine Stärke bis heute noch nicht vollkommen kontrollieren kannst." sagte Jake und schmunzelte leicht. Jamies Gesichtsausdruck wandelte sich. Sie war nun nicht mehr verwundert, sondern wirkte eher etwas verlegen. " Stimmt." sagte sie etwas zögerlich und sah daraufhin zu Raley. " Wie wäre es, wenn du anstatt mit mir, mit Jake trainierst? Ich will dir nicht weh tun." sagte Jamie und Raley sah zu Jake. " Mit mir ist es etwas ungefährlicher." sagte Jake lachend und Raley stimmte Jamies Vorschlag zu und begann sein erstes Training mit Jake. Andy führte ihr Training fort und Jamie ging auf Chris zu, der sein Training stoppte als er sie sah. " Alles klar?" fragte er sie und sie nickte ihm bloß zu. " Bei dem ganzen Stress rund um die Familie, habe ich völlig vergesse, dass ich noch an meinen Fähigkeiten arbeiten muss." sagte Jamie und musste kurz schmunzeln. " Dann sollten wir trainieren bevor du noch jemanden wie eine Ameise zerquetschst." sagte er lachend und auch Jamie konnte sich ein Lachen nicht verkneifen. " Na komm. Lass uns anfangen." sagte sie und ging zusammen mit Chris in den Nahkampfbereich. Sie konzentrierten sich alle vollkommen auf ihr Training und auch Raley schien sich jetzt wirklich wohlzufühlen, aber so blieb es nicht lange. Quentin kam in den Fitnessbereich und unterbrach das Training.

Alle versammelten sich bei Quentin und sahen ihn fragend an. " Wir haben ein Problem." sagte Quentin und sein Gesichtsausdruck war äußerst ernst. " Um ihre Strafe etwas zu verringern hat Zoe Barns dem Gericht einen Deal angeboten. Wenn ihre Strafe milder ausfällt, liefert sie uns Informationen über Marlow und seinen eigentlichen Plan, der wohl größer ist als wir alle bisher dachten." sagte Quentin und beunruhigte damit alle. " Geht das Gericht darauf ein?" fragte Andy. Quentin richtete seinen Blick auf Jamie und Raley. " Sie will erst mit euch sprechen." sagte er und schien damit ganz und gar nicht einverstanden zu sein. Jamie und Raley sahen sich kurz an und sahen dann die beunruhigten Gesichter von Andy, Nicki, Jake und Chris. Sie sahen beide wieder zu Quentin. " Wann?" fragte Raley. Quentin atmete einmal tief durch und sah Raley besorgt an. " Ihr müsst das nicht machen. Ihr habt in letzter Zeit wirklich schon genug durchgemacht." sagte Quentin. " Wenn wir so etwas über Marlow und seinen Plan erfahren können, dann werden wir mit ihr sprechen." sagte Jamie und wirkte dabei vollkommen sicher. " Ich habe den Fehler gemacht ihr zu vertrauen und diesen Fehler will ich jetzt wieder gut machen." sagte Raley und wirkte sich seiner Entscheidung auch sicher. Quentin hielt einen Moment lang inne und sah Raley und Jamie nachdenklich an. " Dann macht euch fertig. Wir fahren sofort dorthin." sagte Quentin und verließ daraufhin den Fitnessbereich. " Wollt ihr das wirklich machen?" fragte Chris und schien damit überhaupt nicht einverstanden zu sein. Jamie richtete ihren Blick auf Chris und wollte ihm etwas von seiner Besorgnis nehmen. " Wenn wir so verhindern können das noch etwas passiert, dann müssen wir es machen." sagte Jamie und versuchte so allen klar zu machen, dass sie keine andere Möglichkeit hatten. Chris zog Jamie etwas auf Seite und wollte ungestört mit ihr sprechen. " Ich weiß, dass du immer das richtige machen willst, aber das geht jetzt zu weit. Du machst dich mit dem ganzen doch nur selber fertig." sagte er und klang völlig ernst. " Wenn du das nicht verstehen willst ist das deine Sache, aber ich werde es machen." sagte sie, ebenfalls ernst und ging dann zu den anderen zurück. Sie ging auf Raley zu und dann verließ sie mit ihm zusammen den Fitnessbereich und sie machten sich fertig um in das Gefängnis zu fahren, indem sich Zoe Barns befand.

Quentin fuhr gemeinsam mit Jamie und Raley zu Zoe Barns ins Gefängnis und hätte während der gesamten Fahrt kein gutes Gefühl. Er parkte seinen weißen Audi Q7 vor dem Gefängnis und bevor sie ausstiegen sah Quentin Jamie und Raley noch einmal ernst an. " Ihr wollt das wirklich machen?" fragte er sie. Jamie und Raley tauschten einen kurzen Blick aus und sahen dann wieder zu Quentin. " Mach dir bitte keine Sorgen." sagte Jamie. " Wir müssen herausfinden was sie weiß." sagte Raley. Quentin sah die Entschlossenheit von den beiden und war ein kleinwenig stolz auf sie. Sie stiegen schließlich alle aus und betraten das Gefängnis. Sie gingen gemeinsam auf einen der Verhörräume zu, wo Zoe Barns schon auf sie wartete. Bevor sie die Tür zu dem Raum öffneten blieb Jamie noch kurz stehen. Raley sah sie fragend und Quentin sah sie besorgt an. " Ich glaube wir sollten das alleine machen." sagte Jamie etwas zaghaft und sah dabei zu Quentin. Dieser atmete einmal tief durch und nickte ihr schließlich zustimmend zu. Daraufhin betraten Raley und Jamie den Raum. Zoe Barns richtete sich umgehend auf und wirkte sehr aufgeregt. Raley und Jamie setzten sich auf zwei Stühle die gegenüber von Zoe Barns standen und sahen sie etwas gleichgültig an. " Wir sind hier. Also sprich." sagte Jamie und versuchte keinerlei Emotionen zu zeigen. " Ich freu mich euch beide zu sehen." sagte Zoe und wollte eine persönliche Ebene mit ihnen erreichen. " Was weißt du über Marlows Plan?" fragte Raley ernst. Zoe sah ihn betrübt an. " Ihr müsst mir einfach glauben. Ich wollte das alles nicht.

Können wir nicht noch einmal von vorne anfangen?" fragte Zoe. " Rodger Marlow. Was weißt du über ihn und seine Pläne?" fragte Jamie und versuchte sich zu beherrschen. " Ich hatte gehofft mit euch sprechen zu können. Aber ihr schient daran nicht besonders interessiert zu sein." sagte Zoe Barns und versuchte nicht einmal ihre Enttäuschung zu verbergen. Jamie richtete sich auf ihrem Stuhl etwas auf und sah Zoe ernst an. " Was verlangst du eigentlich von uns. Du hast uns von Anfang an nur belogen und dir war egal ob jemandem etwas durch dein Handeln etwas passiert. Und jetzt willst du einen auf Familie machen. Dass hättest du dir wirklich früher überlegen können. Wir beide haben Familien und auch wenn es nicht so wäre, was für einen Grund hätten wir dir zu vertrauen?" sagte Jamie und versuchte sich wieder etwas zusammenzureißen. Zoe sah sie nachdenklich an. " Marlow hat etwas mit euch beiden vor. Ich weiß nicht was, aber glaubt mir, dass er im Gefängnis ist hält ihn nicht davon ab. Er findet Wege um seinen Plan zu verwirklichen und deshalb wollte ich auch nicht, dass er von euch beiden weiß." sagte sie und daraufhin beruhigte sich Jamie wieder etwas. " Was hat er vor? Du musst doch irgendetwas wissen." sagte Raley und wurde langsam unruhig. " Ich weiß es wirklich nicht. Nachdem er erfahren hat das ich Zwillinge habe, hat er hat mir geholfen euch zu finden und im Gegenzug sollte ich ihm Baupläne für einige Bomben liefern. Ich wollte euch beide nur schützen. Aber eins kann ich euch sagen. Es hat auch etwas mit Quentin zu tun. Mehr weiß ich wirklich nicht." sagte Zoe. Jamie und Raley sahen sich kurz an. Sie dachten beide nach und richteten ihre Aufmerksamkeit wieder auf Zoe. " Alexa hat bei dem Bau der Bomben geholfen oder?" fragte Jamie und Zoe nickte ihr nur bejahend zu. " Wie will Marlow seinen Plan durchführen, wenn er doch im Gefängnis sitzt?" fragte Raley. Zoe hielt einen Moment lang inne. Raley und Jamie sahen genau das Zoe mehr wusste als sie zugab. Sie sahen Zoe noch einen Moment lang fragend an, aber sie sprach nicht. Daraufhin standen Jamie und Raley auf und wollten den Raum wieder verlassen, aber bevor es dazu kam hielt Zoe sie auf. " Nein, geht nicht. Bitte." Jamie und Raley drehten sich wieder zu ihr, blieben jedoch stehen." Er weiß von eurem Stützpunkt. Er hat etwas davon gesagt, dass er Quentin von seinem Thron stoßen will und dass er es mit euch beiden schaffen wird." Jamie und Raley sahen sich noch einmal an und verließen umgehend den Raum und gingen auf Quentin zu, der alles aus einem Nebenraum mit angehört hatte. " Er will sich unsere Kräfte zunutze machen." sagte Jamie. " Er will vom Stützpunkt aus ein Zeichen setzten. Wenn er den Menschen den Stützpunkt offenbart haben wir alle ein großes Problem." sagte Quentin beunruhigt. " Aber wie will er das anstellen?" fragte Raley. " Das werden wir herausfinden." sagte Quentin entschlossen. Sie verließen das Gefängnis und stiegen in den weißen Aude Q7. " Wir sollten mit Marlow sprechen." schlug Raley vor. Quentin sah ihn nachdenklich an. " Er hat Recht. Wenn Marlow etwas vorhat, wobei wir ihm helfen sollen, dann sollten wir mit ihm reden." sagte Jamie. Daraufhin startete Quentin den Wagen und sie fuhren zu Marlow ins Gefängnis.

Im Gefängnis warteten Quentin, Jamie und Raley in einem Verhörraum auf Marlow, der wenige Minuten später von zwei Polizeibeamten zu ihnen gebracht wurde. " Womit habe ich diese Ehre denn verdient?" fragte Marlow als er den Raum betrat und sich auf einen Stuhl setzte. Jamie und Raley setzten sich ebenfalls und nahmen gegenüber von ihm platzt. Quentin blieb indes an einer Wand stehen und betrachtete Marlow. " Ein kleines Familientreffen." sagte Marlow und grinste höhnisch. " Was willst du von den beiden?" fragte Quentin und ging langsam auf Marlow zu, behielt dennoch etwas Abstand zu ihm. Marlow sah ihn an, aber sein höhnisches Lächeln verschwand nicht. " Ich wollte doch nur unsere Familie zusammenführen. Ist das ein Verbrechen?" sagte Marlow ironisch. " Wir haben mit Zoe gesprochen und sie hat uns einiges erzählt." sagte Jamie. Marlows höhnisches Grinsen verschwand und er sah Jamie ernst an. " Ach hat sie das? Ich denke nicht, dass sie euch alles erzählt hat." sagte er und versuchte die Oberhand in diesem Gespräch zu erlangen. " Egal was du auch vorhast. Wir werden dir nicht dabei helfen." sagte Raley entschlossen. Marlow richtete seine Aufmerksamkeit auf Raley und begann wieder höhnisch zu lächeln. " Ich denke schon, dass ihr mir helfen werdet." sagte er und klang selbstsicher. Jamie und Raley sahen ihn fragend an und Quentin war beunruhigt. Marlow ließ seinen Blick durch den Raum schweifen und spürte die Unsicherheit der anderen. " Guckt doch nicht so fragend. Ihr werdet eurem Onkel nur einen kleinen Gefallen tun." sagte er und lehnte sich auf seinem Stuhl entspannt nach hinten. " Egal was du auch vor hast, wieso sollten wir dir bei irgendetwas helfen?" fragte Jamie und fixierte Marlows Blick. Marlow lehnte sich wieder etwas nach vorne. " Naja, ich denke, dass eure Familien euch doch etwas bedeuten auch wenn es nicht eure echten sind." sagte er und lehnte sich wieder entspannt nach hinten. Er lächelte höhnisch und betrachtete die nachdenklichen Gesichter von Jamie, Raley und Quentin. " Was hast du vor?" fragte Quentin und versuchte nicht zu ungehalten zu wirken. Marlow sah Quentin an und sein höhnisches Lächeln wandelte sich in Verachtung. " Du warst immer von jedem der Liebling. Immer der Gute. Keiner hat jemals einen Fehler bei dir bemerkt, aber das wird sich jetzt ändern. Ich habe schon immer gewusst wer du warst. Du wirkst immer so perfekt, aber in Wahrheit bist du ein Blender. Du lässt immer nur die anderen für dich arbeiten und heimst dann den Ruhm ein. Das werde ich jetzt ändern. Alle sollen sehen wer von uns beiden der bessere ist und das wirst nicht du sein." sagte Marlow vollkommen sicher. Er wendete sich wieder von Quentin ab und sah wieder zu Raley und Jamie. " Und ihr beide werdet mir dabei helfen. Ihr beide werdet dafür sorgen, dass Quentin spürt wie es ist nichts zu haben und er wird das Gefühl kennenlernen, dass jeder ihn verachtet und ihn für Dreck hält." Jamie und Raley tauschten einen verunsicherten Blick aus und sahen dann wieder, etwas zögerlich, zu Marlow. " Wenn ihr nicht das tut was ich euch sage, kann ich für nichts garantieren. Es wäre wirklich schade, wenn euren Familien etwas passieren würde und da ich ja im Gefängnis sitze ist es wirklich schwer meine Helfer da draußen zurückzupfeifen. Was denkt ihr wieso ich von Zoe mehrere Baupläne für Bomben wollte." sagte er und Jamie und Raley saßen ihm erschrocken gegenüber. " Sprechen wir jetzt einmal darüber wie ihr mich jetzt hier herausholen werdet." sagte Marlow und strahlte dabei enormes Selbstbewusstsein aus. Er wusste, dass er Quentin in der Hand hatte und es nicht mehr lange dauern würde bis sein Plan Realität wurde.

Herstellung und Verlag:
BoD - Books on Demand, Norderstedt
ISBN 978-3-7460-4934-2